老苏州

姑苏烟雨

景 灏◎编

泰山出版社·济南·

图书在版编目（CIP）数据

姑苏烟雨：老苏州 / 景灏编 . -- 济南 : 泰山出版
社 , 2023.1
（老城趣闻系列丛书）
ISBN 978-7-5519-0757-6

Ⅰ . ①姑… Ⅱ . ①景… Ⅲ . ①散文集—中国—当代
Ⅳ . ① I267

中国版本图书馆 CIP 数据核字（2022）第 258303 号

GUSU YANYU：LAO SUZHOU

# 姑苏烟雨：老苏州

| | |
|---|---|
| 编　者 | 景　灏 |
| 责任编辑 | 池　骋 |
| 特约编辑 | 史俊南 |
| 装帧设计 | 蔡海东 |

出版发行　泰山出版社
　　　　　社　　址　济南市泺源大街 2 号　邮编　250014
　　　　　电　　话　综 合 部（0531）82023579　82022566
　　　　　　　　　　市场营销部（0531）82025510　82020455
　　　　　网　　址　www.tscbs.com
　　　　　电子信箱　tscbs@sohu.com
印　　刷　山东华立印务有限公司
成品尺寸　160 毫米 ×235 毫米　16 开
印　　张　23.25
字　　数　290 千字
版　　次　2023 年 1 月第 1 版
印　　次　2023 年 1 月第 1 次印刷
标准书号　ISBN 978-7-5519-0757-6
定　　价　68.00 元

# 目　录

# 苏州烟雨记

郁达夫

## 一

悠悠的碧落，一天一天的高远起来。清凉的早晚，觉得天寒袖薄，要缝件夹衣，更换单衫。楼头思妇，见了鹅黄的柳色，牵情望远，在绸衾的梦里，每欲奔赴玉门关外去。当这时候，我们若走出户外天空下去，老觉得好像有一件什么重大的物事，被我们忘了似的。可不是么？三伏的暑热，被我们忘掉了哟！

在都市的沉浊的空气中栖息的裸虫！在利欲的争场上吸血的战士！年年岁岁，不知四季的变迁，同鼹鼠似的埋伏在软红尘里的男男女女！你们想发现你们的灵性不想？你们有没有向上更新的念头？你们若欲上空旷的地方，去呼一口自由的空气，一则可以醒醒你们醉生梦死的头脑，二则可以看看那些就快凋谢的青枝绿叶，豫藏一个来春再见之机，那么请你们跟了我来，Und ich, ich Schnuere Den Sack and wandere，我要去寻访伍子胥吹箫吃食之乡，展拜秦始皇求剑凿穿之墓，并想看看那有名的姑苏台苑哩！

"象以齿毙，膏用明煎"，为人切不可有所专好，因为一有了嗜癖，就不得不为所累。我闲居沪上，半年来既无职业，也无忙事，本来只须有几个买路钱，便是天南地北，也可以悠然独往的，然而实际上却是不然。因为自去年同几个同趣味的朋友，弄了几种我们所爱的文艺刊物出来之后，愚蠢的我们，就不得不天天服海儿克儿斯（Hercules）的苦役了，所以九月三日的早晨，决定和友人沈君，乘车上苏州去的时候，我还因有一篇文字没有交出之故，心里只在怦怦的跳动。

那一天（九月三日）也算是一天清秋的好天气。天上虽没有太阳，然而几块淡青的空处，和西洋女子的碧眼一般，在白云浮荡的中间，常在向我们地上的可怜虫密送秋波。不是雨天，不是晴日，若硬要把这一天的天气分出类来，我不管气象台的先生们笑我不笑我，姑且把它叫风云飞舞，阴晴交让的初秋的一日罢。

这一天的早晨，同乡的沈君，跑上我的寓所来说：

"今天我要上苏州去。"

我从我的屋顶下的房里，看看窗外的天空，听听市上的杂噪，忽而也起了一种怀慕远处之情（Sehnsucht nach der Ferne）。九点四十分的时候，我和沈君就摇来摇去的站在三等车中，被机关车搬向苏州去了。

"仙侣同舟！"古人每当行旅的时候，老在心中窃望着这一种艳福。我想人既是动物，无论男女，欲念总不能除，而我既是男人，女人当然是爱的。这一回我和沈君匆促上车，初不料的车上的人是那样拥挤的，后来从后面走上了前面，忽在人丛中听出了一种清脆的笑声来。"明眸皓齿的你们这几位女青年，你们可是上苏州去的么？"我见了她们的那一种活泼的样子，真想开口问她们一声，但是三千年的道德观，和见人就生恐惧的我的自卑狂，只使我红了脸，默默的站在她们身边，不过暗暗的闻吸闻吸从她们发上身上口中蒸发出来的香气罢了。

我把她们偷看了几眼，心里又长叹了一声：

"啊啊！容颜要美，年纪要轻，更要有钱！"

# 二

我们同车的几个"仙侣"，好像是什么女学校的学生。她们的活泼的样子——使恶魔讲起来就是轻佻——丰肥的肉体——使恶魔讲起来就是多淫——和烂熟的青春，都是神仙应有的条件，但是只有一件，只有一件事情，使我无论如何也不能把她们当作神仙的眷属看。非但如此，为这一件事情的缘故，我简直不能把她们当作我的同胞看。这是什么呢，这便是她们故意想出风头而

苏州的少女

用的英文的谈话。假使我是不懂英文的人，那末从她们的绯红的嘴唇里滚出来的叽里咕噜，正可以当作天女的灵言听了，倒能够对她们更加一层敬意。假使我是崇拜英文的人，那末听了她们的话，也可以感得几分亲热。但是我偏偏是一个程度与她们相仿的半通英文而又轻视英文的人，所以我的对她们的热意，被她们的谈话一吹几乎吹得冰冷了。世界上的人类，抱着功利主义，受利欲的催眠最深的，我想没有过于英美民族的了。但我们的这几位女同胞，不用《西厢》《牡丹亭》上的说白来表现她们的思想，不把《红楼梦》上言文一致的文字来代

替她们的说话，偏偏要选了商人用的这一种有金钱臭味的英语来卖弄风情，是多么杀风景的事情啊！你们即使要用外国文，也应选择那神韵悠扬的法国语，或者更适当一点的就该用半清半俗，薄爱民语（La langue des Bohemiens），何以要用这卑俗英语呢？啊啊，当现在崇拜黄金的世界，也无怪某某女学等卒业出来的学生，不愿为正当的中国人的糟糠之室，而愿意自荐枕席于那些犹太种的英美的下流商人的。我的朋友有一次说，"我们中国亡了，倒没有什么可惜，我们中国的女性亡了，却是很可惜的。现在在洋场上作寓公的有钱有势的中国的人物，尤其是外交商界政界的人物，他们的妻女，差不多没有一个不失身于外国的下流流氓的，你看这事伤心不伤心哩！"我是两性问题上的一个国粹保存主义者，最不忍见我国的娇美的女同胞，被那些外国流氓去足践。我的在外国留学时代的游荡，也是本于这主义的一种复仇的心思。我现在若有黄金千万，还想去买些白奴来，供我们中国的黄包车夫苦力小工享乐啦！

　　唉唉！风吹水皱，干侬底事，她们在那里贱卖血肉，于我何尤。我且探头出去看车窗外的茂茂的原田，青青的草地，和清溪茅舍，丛林旷地罢！

　　"啊啊，那一道隐隐的飞帆，这大约是苏州河罢！"

　　我看了那一条深碧的长河，长河彼岸的粘天的短树，和河内的帆船，就叫着问我的同行者沈君，他还没有回答我之先，立在我背后的一位老先生却回答说：

　　"是的，那是苏州河，你看隐约的中间，不是有一条长堤看得见么！没有这一条堤，风势很大，是不便行舟的。"

　　我注目一看，果真在河中看出了一条隐约的长堤来。这时候，在东面车窗下坐着的旅客，都纷纷站起来望向窗外去。我把头朝转来一望，也看见了一个汪洋的湖面，起了无数的清波，在那里汹涌。天上黑云遮满了，所以湖面也只似用淡墨涂成的样子。湖的东岸，也有一排矮树，同凸出的雕刻似的，以阴沉灰黑的天空作了背景，在那里作苦闷之状。我不晓是什么理由，硬想把这一排沿湖的列树，断定是白杨之林。

远眺苏州城（一）

远眺苏州城（二）

# 三

车过了阳澄湖，同车的旅客，大家不向车的左右看而注意到车的前面去，我知道苏州就不远了。等苏州城内的一枝尖塔看得出来的时候，几位女学生，也停住了她们的黄金色的英语，说了几句中国话。

"苏州到了！"

"可惜我们不能下去！"

"But we will come in the winter."

她们操的并不是柔媚的苏州音，大约是南京的学生吧？也许是上北京去的，但是我知道了她们不能同我一道下车，心里却起了一种微微的失望。

"女学生诸君，愿你们自重，愿你们能得着几位金龟佳婿，我要下车去了。"

心里这样的讲了几句，我等着车停之后，就顺着了下车的人流，也被他们推来推去的推下了车。

出了车站，马路上站了一忽；我只觉得许多穿长衫的人，路的两旁停着的黄包车、马车、车夫和驴马，都在灰色的空气里混战。跑来跑去的人的叫唤，一个钱两个钱的争执，萧条的道旁的杨柳，黄黄的马路，和在远处看得出来的一道长而且矮的土墙，便是我下车在苏州得着的最初的印象。

湿云低垂下来了。在上海动身时候看得见的几块青淡的天空也被灰色的层云埋没煞了。我仰起头来向天空一望，脸上早接受了两三点冰冷的雨点。

"危险危险，今天的一场冒险，怕要失败。"

我对在旁边站着的沈君这样讲了一句，就急忙招了几个马车夫来问他们的价钱。

我的脚踏苏州的土地，这原是第一次。沈君虽已来过一二回，但是那还是前清太平时节的故事，他的记忆也很模糊了。并且我这一回来，本来是随人热闹，偶尔发作的一种变态旅行，既无作用，又无目的的，所以马夫问我"上那里去？"的时候，我想了半天，只回答了一句，"到苏州去？"究竟沈君是深于世故的人，看了我的不知所措的样子，就不慌不忙的问马车夫说：

"到府门去多少钱？"

好像是老熟的样子。马车夫倒也很公平，第一声只要了三块大洋。我们说太贵，他们就马上让了一块，我们又说太贵，他们又让了五角。我们又试了试说太贵，他们却不让了，所以就在一乘开口马车里坐了进去。

起初看不见的微雨，愈下愈大了，我和沈君坐在马车里，尽在野外的一条马路上横斜的前进。青色的草原，疏淡的树林，蜿蜒的城墙，浅浅的城河，变成这样，变成那样的在我们面前交换。醒人的凉风，休休的吹上我的微热的面上，和嗒嗒的马蹄声，在那里合奏交响乐。我一时忘记了秋雨，忘记了在上海剩下的未了的工作，并且忘记了半年来失业困穷的我，心里只想在马车上作独脚的跳舞，嘴里就不知不觉的念出了几句独脚跳舞的歌来：

秋在何处，秋在何处？
在蟋蟀的床边，在怨妇楼头的砧杵，
你若要寻秋，你只须去落寞的荒郊行旅，
刺骨的凉风，吹消残暑，

漫漫的田野，刚结成禾黍，

一番雨过，野路牛迹里贮着些儿浅渚，

悠悠的碧落，反映在这浅渚里容与，

月光下，树林里，萧萧落叶的声音，便是秋的私语。

我把这几句词不像词，新诗不像新诗的东西唱了一回，又向四边看了一回，只见左右都是荒郊，前面只是一条没有尽头的长路，所以心里就害怕起来，怕马夫要把我们两个人搬到杳无人迹的地方去杀害。探头出去，大声的喝了一声：

"喂！你把我们拖上什么地方去？"

那狡猾的马夫，突然吃了一惊，噗的从那坐凳上跌下来，他的马一时也惊跳了一阵，幸而他虽跌倒在地下，他的马缰绳，还牢捏着不放，所以马没有跳跑。他一边爬起来，一边对我们说：

"先生！老实说，府门是送不到的，我只能送你们上洋关过去的密度桥上。从密度桥到府门，只有几步路。"

他说的是没有丈夫气的苏州话，我被他这几句柔软的话声一说，心已早放下了，并且看看他那五十来岁的面貌，也不像杀人犯的样子，所以点了一点头，就由他去了。

马车到了密度桥，我们就在微雨里走了下来，上沈君的友人寄寓在那里的葑门内的严衙前去。

# 四

进了封建时代的古城，经过了几条狭小的街巷，更越过了许多环桥，才寻到了沈君的友人施君的寓所。进了葑门以后，在那些清冷的街上，所得着的印象，我怎么也形容不出来。上海的市场，若说是二十世纪的市场，那末这苏州的一隅，只可以说是十八世纪的古都了。上海的杂乱和情形，若说是一个busy port，那么苏州只可以说是一个sleepy town了。总之阊门外的繁华，我未曾见到，专就我于这蓒门里一隅的状况看来，我觉得苏州城，竟还是一个浪漫的古都，街上的石块，和人家的建筑，处处的环桥河水和狭小的街衢：没有一件不在那里夸示过去的中国民族的悠悠的态度。这一种美，若硬要用近代语来表现的时候，我想没有比"颓废美"的三字更适当的了。况且那时候天上又飞满了灰黑的湿云，秋雨又在微微的落下。

阊 门

施君幸而还没有出去，我们一到他住的地方，他就迎了出来。沈君为我们介绍的时候，施君就慢慢的说：

"原来就是郁君么？难得难得，你做的那篇……我已经拜读了，失意人谁能不同声一哭！"

原来施君是我们的同乡，我被他说得有些羞愧了，想把话头转一个方向，所以就问他说：

"施君，你没有事么？我们一同去吃饭罢。"

实际上我那时候，肚里也觉得非常饥饿了。

严衙前附近，都是钟鸣鼎食之家，所以找不出一家菜馆来。没有方法，我们只好进一家名锦帆榭的茶馆，托茶博士去为我们弄些酒菜来吃。因为那时候微雨未止，我们的肚里却响得厉害，想想饿着肚在微雨里奔跑，也不值得，所以就进了那家茶馆———一则也因为这家茶馆的名字不俗———打算坐它一二个钟头，再作第二步计划。

古语说得好，"有志者事竟成！"我们在锦帆榭的清淡的中厅桌上，喝喝酒，说说闲话，一天微雨，竟被我们的意志力，催阻住了。

初到一个名胜的地方，谁也同小孩子一样，不愿意悠悠的坐着的，我一见雨止，就促施君沈君，一同出了茶馆，打算上各处去逛去。从清冷修整狭小的卧龙街一直跑将下去，拐了一个弯，又走了几步，觉得街上的人和两旁的店，渐渐儿的多起来，繁盛起来，苏州城里最多的卖古书、旧货的店铺，一家一家的少了下去，卖近代的商品的店家，逐渐惹起我的注意来了。施君说：

"玄妙观就要到了，这就是观前街。"

到了玄妙观内，把四面的情形一看，我觉得玄妙观今日的繁华，与我空想中的境状大异。讲热闹赶不上上海午前的小菜场，讲怪异还远不及上海城内的城隍庙，走尽了玄妙观的前后，在我脑里深深印入的印象，只有二个，一个是三五个女青年在观前街的一家箫琴铺里买箫，我站到她们身边去对她们呆看了许久，她们也回了我几眼。一个是玄妙观门口的一家书馆里，有一位很年轻的学生在那里买我和我朋友共编的杂志。除这两个深刻的印象外，我只觉得玄妙观里的许多茶馆，是苏州人的风雅的趣味的表现。

玄妙观

　　早晨一早起来，就跑上茶馆去。在那里有天天遇见的熟脸。对于这些熟脸，有妻子的人，觉得比妻子还亲而不狎，没有妻子的人，当然可把茶馆当作家庭，把这些同类当作兄弟了。大热的时候，坐在茶馆里，身上发出来的一阵阵的汗水，可以以口中咽下去的一口口的茶去填补。茶馆内虽则不通空气，但也没有火热的太阳，并且张三李四的家庭内幕和东洋中国的国际闲谈，都可以消去逼人的盛暑。天冷的时候，坐在茶馆里，第一个好处，就是现成的热茶。除茶喝多了，小便的时候要起冷噤之外，吞下几碗刚滚的热茶到肚里，一时却能消渴消寒。贫苦一点的人，更可以借此熬饥。若茶馆主人开通一点，请几位奇形怪状的说书者来说书，风雅的茶客的兴趣，当然更要增加。有几家茶馆里有几个茶客，听说从十几岁的时候坐起，坐到五六十岁死时候止，坐的老是同一个座位，天天上茶馆来一分也不迟，一分也不早，老是在同一个时间。非但如此，有几个人，他自家死的时候，还要把这一个座位写在遗嘱里，要他的儿子天天去坐他那一个遗座。近来百货店的组织法应用到茶业上，茶馆的前头，除香气烹人的"火烧""锅贴""包子""烤山芋"之外，并且有酒有菜，足可使茶馆一天不出外而不感得什么缺憾。像上海的青莲阁，非但饮食俱全，并且人肉也在贱卖，中国的这样文明的茶馆，我想该是二十世纪的世界之光了。所以盲目的外国人，你们若要来调查中国的事情，你们只须上茶馆去调查就是，你们要想来管理中国，也须先去征得各茶馆里的茶客的同意，因为中国的国会所代表的，是中国人的劣根性无耻与贪婪，这些茶客所代表的倒是真真的民意哩！

# 五

出了玄妙观，我们又走了许多路，去逛遂园。遂园在苏州，同我在上海一样，有许多人还不晓得它的存在。从很狭很小的一个坍败的门口，曲曲折折走尽了几条小弄，我们才到了遂园的中心。苏州的建筑，以我这半日的经验讲来，进门的地方，都是狭窄芜废，走过几条曲巷，才有轩敞华丽的屋宇。我不知这一种方式，还是法国大革命前的民家一样，为避税而想出来的呢？还是为唤醒观者的观听起见，用修辞学上的欲扬先抑的笔法，使能得着一个对称的效力而想出来的？

遂园是一个中国式的庭园，有假山有池水有亭阁，有小桥也有几枝树木。不过各处的坍败的形迹和水上开残的荷花荷叶，同黯淡的天气合作一起，使我感到了一种秋意，使我看出了中国的将来和我自家的凋零的结果。啊！遂园吓遂园，我爱你这一种颓唐的情调!

在荷花池上的一个亭子里,喝了一碗茶,走出来的时候,我们在正厅上却遇着了许多穿轻绸绣缎的绅士淑女,静静的坐在那里喝茶咬瓜子,等说书者的到来。我在前面说过的中国人的悠悠的态度,和中国的亡国的悲壮美,在此地也能看得出来。啊啊,可怜我为人在客,否则我也挨到那些皮肤嫩白的太太小姐们的边上去静坐了。

出了遂园,我们因为时间不早,就劝施君回寓。我与沈君在狭长的街上飘流了一会,就决定到虎丘去。

（此稿执笔者因病中止）

原载1923年9月19日至26日上海《中华新报·创造日》第57期至第64期

# 苏州的回忆

周作人

　　说是回忆，仿佛是与苏州有很深的关系，至少也总住过十年以上的样子，可是事实上却并不然。民国七八年间坐火车走过苏州，共有四次，都不曾下车，所看见的只是车站内的情形而已。去年四月因事往南京，始得顺便至苏州一游，也只有两天的停留，没有走到多少地方，所以见闻很是有限。当时江苏日报社有郭梦鸥先生以外几位陪着我们走，在那两天的报上随时都有很好的报道，后来郭先生又有一篇文章，登在第三期的《风雨谈》上，此外实在觉得更没有什么可以记录的了。但是，从北京遥遥迢迢地往苏州走一趟，现在也不是容易事，其时又承本地各位先生恳切招待，别转头来走开之后，再不打一声招呼，似乎也有点对不起。现在事已隔年，印象与感想都渐就着落，虽然比较地简单化了，却也可以稍得要领，记一点出来，聊以表示对于苏州的恭敬之意，至于旅人的话，谬误难免，这是要请大家见恕的了。

　　我旅行过的地方很少，有些只根据书上的图像，总之我看见各地方的市街与房屋，常引起一个联想，觉得东方的世界是整个的。譬如中国，日本，朝鲜，琉球，各地方的家屋，单就照片上看也罢，便会确凿地感到这里是整个的东亚。我们再看乌鲁木齐，宁古塔，昆明各地方，又同样的感觉这里的中国也是整个的。可是在这整个之中别有其微妙的变化与推移，看起来亦是很有趣味的事。以前我从北京回绍兴去，浦口下车渡过长江，就的确觉得已经到了南边，及车抵苏州站，看见月台上车厢里的人物声色，便又仿佛已入故乡境内，虽然实在还有五六百里的距离。现在通称江浙，有如古时所谓吴越或吴会，本来就是一家，杜荀鹤有几首诗说得很好，其一《送人游吴》云："君到姑苏见，人家尽枕河。古官闲地少，水港小桥多。夜市卖菱藕，春船载绮罗。遥知未眠月，乡思在渔歌。"又一首《送友游吴越》云："去越从吴过，吴疆与越连。有园多种橘，无水不生莲。夜市桥边火，春风寺外船。此中偏重客，君去必经年。"诗固然做的好，所写事实也正确实，能写出两地相同的情景。我到苏州第一感觉的也是这一点。其实即是证实我原有的漠然的印象罢了。我们下车后，就被招待游灵岩去，先到木渎在石家饭店吃过中饭。从车站到灵岩，第二天又出城到虎丘，这都是路上风景好，比目的地还有意思，正与游兰亭的人是同一经验。我特别感觉有趣味的，乃是在木渎下了汽车，走过两条街往石家饭店去时，看见那里的小河，小船，石桥，两岸枕河的人家，觉得和绍兴一样，这是江南的寻常景色，在我江东的人看了也同样的亲近，恍如身在故乡了。又在小街上见到一爿糕店，这在家乡极是平常，但北方绝无这些糕类，好些年前曾在《卖糖》这一篇小文中附带说及，很表现出一种乡愁来，现在却忽然遇见，怎能不感到喜悦呢。只可惜匆匆走过，未及细看这柜台上蒸笼里所放着的是什么糕点，自然更不能够买了来尝了。不过就只是这样看一眼走过了，也已很是愉快，后来不久在城里几处地方，虽然不是这店里所做，好的糕饼也吃到好些，可以算是满意了。

苏州城外的石桥

　　第二天往马医科巷，据说这地名本来是蚂蚁窠巷，后来转讹，并不真是有个马医牛医住在那里。去拜访俞曲园先生的春在堂，南方式的厅堂结构原与北方不同，我在曲园前面的堂屋里徘徊良久之后，再往南去看俞先生著书的两间小屋，那时所见这些过廊，侧门，天井种种，都恍惚是曾经见过似的，又流连了一会儿。我对同行的友人说，平伯有这样好的老屋在此，何必留滞北方，我回去应当劝他南归才对。说的虽是半玩半笑的话，我的意思却是完全诚实的，只是没有为平伯打算罢了。那所大房子就是不加修理，只说点灯，装电灯固然了不得，石油没有，植物油又太贵，都无办法，故即欲为点一盏读书灯计，亦自只好仍旧蛰居于北京之古槐书屋矣。我又去拜谒章太炎先生墓，这是在锦帆路章宅的后园里，情形如郭先生文中所记，兹不重述。章宅现由省政府宣传处明处长借住，我们进去稍坐，是一座洋式的楼房，后边讲学的地方云为外国人所占用，尚未能收回，因此我们也不能进去一看，殊属遗憾。俞章两先生是清末民初的国学大师，却都别有一种特色，俞先生以经师而留心轻文学，为新文学运动之先河，章先生以儒家而兼治佛学，倡导革命，又承先启后，对于中国之学术与政治的改革至有影响，但是在晚年却不约而同的定住苏州，这可以说是非偶然的偶然，我觉得这里很有意义，也很有意思。俞章两先生是浙西人，对于吴地很有情分，也可以算是一小部分的理由，但其重要的原因还当别有所在。由我看去，南京，上海，杭州，均各有其价值与历史，惟若欲求多有文化的空气与环境者，大约无过苏州了吧。两先生的意思或者看重这一点，也未可定。现在南京有中央大学，杭州也有浙江大学了，我以为在苏州应当有一个江苏大学，顺应其环境与空气，特别向人文科学方面发展，完成两先生之弘业大愿，为东南文化确立其根基，此亦正是丧乱中之一切要事也。

在苏州的两个早晨过得很好，都有好东西吃，虽然这说的似乎有点俗，但是事实如此，而且谈起苏州，假如不讲到这一点，我想终不免是一个罅漏。若问好东西是什么，其实我是乡下粗人，只知道是糕饼点心，到口便吞，并不曾细问种种名号。我只记得乱吃得很不少，当初《江苏日报》或是郭先生的大文里仿佛有着记录。我常这样想，一国的历史与文化传得久远了，在生活上总会留下一点痕迹，或是华丽，或是清淡，却无不是精练的，这并不想要夸耀什么，却是自然应有的表现。我初来北京的时候，因为没有什么好点心，曾经发过牢骚，并非真是这样贪吃，实在也只为觉得它太寒伧，枉做了五百年首都，连一些细点心都做不出，未免丢人罢了。我们第一天早晨在吴苑，次日在新亚，所吃的点心都很好，是我在北京所不曾见过的，后来又托朋友在采芝斋买些干点心，预备带回去给小孩辈吃，物事不必珍贵，但也很是精练的，这尽够使我满意而且佩服，即此亦可见苏州生活文化之一斑了。这里我特别感觉得有趣味的，乃是吴苑茶社所见的情形。茶食精洁，布置简易，没有洋派气味，固已很好，而吃茶的人那么多，有的像是祖母老太太，带领家人妇子，围着方桌，悠悠的享用，看了很有意思。性急的人要说，在战时这种态度行么？我想，此刻现在，这里的人这么做是并没有什么错的。大抵中国人多受孟子思想的影响，他的态度不会得一时急变。若是因战时而面粉白糖渐渐不见了，被迫得没有点心吃，出于被动的事那是可能的。总之在苏州，至少是那时候，见了物资充裕，生活安适，由我们看惯了北方困穷的情形的人看去，实在是值得称赞与羡慕。我在苏州感觉得不很适意的也有一件事，这便是住处。据说苏州旅馆绝不容易找，我们承公家的斡旋得能在乐乡饭店住下，已经大可感谢了，可是老实说，实在不大高明。设备如何都没有关系，就只苦于太热闹，那时我听见打牌声，幸而并不在贴夹壁，更幸而没有拉胡琴唱曲的，否则次日往虎丘去时马车也将坐不稳了。就是像沧浪亭的旧房子也好，打扫几间，让不爱热闹的人可以借住，一面也省得去占忙的房间，妨碍人家的娱乐，倒正是一举两得的事吧。

在苏州只住了两天，离开苏州已将一年了，但是有些事情还清楚的记得，现在写出来几项以为纪念，希望将来还有机缘再去，或者长住些时光，对于吴语文学的发源地更加以观察与认识也。

民国甲申三月八日
选自《苦口甘口》，太平书局1944年11月初版

# 苏州识小录

程瞻庐

## 市　招

苏州著名之酱园有二，一曰潘氏之"所宜"酱园，一曰顾氏之"得其"酱园，命名至为特别。"所宜"者，乡党朱注所谓"食肉用酱各有所宜"也；"得其"者，乡党所谓"不得其酱不食"也。然"所宜"二字，尚嫌笼统，肉店亦可用，初不限于酱园一业也。又有"知足"袜厂，用孟子"不知足而为履"之义，亦属勉强。数年前胥门外有茶肆曰"丹阁轩"，盖借用苏字"耽搁歇"三字谐音，其命名至滑稽也。"毛上珍"为刻字铺，"月中桂"为香粉铺，均甚著名。曩年余与枫隐张春灯谜于观前街，余以"人间能得几回闻"射"月中桂"，枫隐以"满头珠翠"射"毛上珍"，均能恰如题分。

## 里　巷

苏州里巷桥梁之名，往往辗转误读，致与原名不合。如"邵磨针巷"之误为"撞木钟巷"，"游马坡巷"之误为"油抹布巷"，均可笑也。阊门外有"鸭蛋桥"，其名本俗，今有写作"阿黛桥"者，则化俗而为雅。城内有"钩玉弄"，其名本雅，今人辄呼为"狗肉弄"，则化雅而为俗。或有联合苏州城内街名以征对者，其出联曰："卫前街，道前街，观前街，卫道观前街。"此四街均在城中，因字复颇难属对，或对之曰："洋货店，广货店，京货店，洋广京货店。"亦颇工稳。数十年前，城内之"鲤鱼墩"与城外之"庄基"及"小邾弄"同日均有火灾，苏人相传谓之烧"大三牲"。盖鲤鱼之"鱼"，庄基之"鸡"（谐音），小邾之"猪"（谐音），合而言之，适成三牲也。城内有四街，性质各异："仓街"冷落无店铺，"北街"多受阳光，"观前街"食铺林立，"护龙街"衣肆栉比。苏人之谣曰："饿煞仓街，晒煞北街，吃煞观前街，着煞护龙街。"

# 茶 寮

城内著名之茶寮，玄妙观有"雅聚"（今仍旧），观前街有"玉楼春"（今改组），临顿路有"望月"（今停歇）。好事者曾凑合以成出联曰："雅聚玉楼春望月。"惜无有对之者。苏人吃板茶之风颇盛（按日必往茶寮，谓之板茶），亦有每日须至茶寮二三次者。一次泡茶以后，茶罢出门，茶博士不收壶去，仅将壶倚戥一边，以待其再至三至，名曰"戥茶"。取得"吃戥茶"之资格者，非老茶客不可。仅出一壶茶之费，而可作竟日消遣。茶博士贪其逢节有犒赏，故对于此辈吃戥茶者，奉承之惟恐不至也。

选自《红杂志》第18期，1922年12月版

# 吴侬趣谈

程瞻庐

## 排 骨

近数年中，苏州风行一种油煎猪肉，名曰排骨。骨多肉少，每块售铜元五六枚，前此所未有也。一人玄妙观，排骨之摊，所在皆是。甚至茶坊酒肆，亦有提篮唤卖排骨，见有辄曰："阿要买排骨！"老先生闻而叹曰："排骨二字，音同败国，宜乎？国事失败，一至于是也！"

## 外国面子

自毛织品之哔叽、直贡呢风行一时，而丝织品遂受一打击。吴中时髦少年之夹袍、夹褂，恒以哔叽、直贡为表，以绸缎为里。美恶倒置，成为风气。老先生见而叹曰："优美之国货，只做夹里，黯然无光之外国货，却做面子。无怪中国人之面子，都被外国人占去也。"

# 苦啊……当光

苏州通行人力车后，有街车，有自置之车。自置之车，装潢颇丽。行时，车夫捏橡皮喇叭，以辟行人。街车则摇小铃而已。犹忆去年腊尽时，余与友人行道中，往来之车，络绎不绝。铃声与喇叭声，此唱彼和，喧成一片。友人曰："岁除闻此声，殊令人攒眉。"余叩其故，友人曰："喇叭声似言苦啊、苦啊，铃声似言当光、当光，连声叹苦，吃尽当光，岁阑闻此声，乌得不令人攒眉！"

选自《红杂志》第95期，1924年4月版

# 苏锡之行（节选）

舒新城

## 一　明日到苏州去

　　"明日到苏州去"，是上海《时事新报》五月二十七日第一张新闻的大字标题。

　　苏州是地上的天堂，每当春和日暖，尤其是所谓外国清明节——春假——的时候，蛰居上海的人们大概都想乘着休沐之暇走向姑苏城畔，领略那虎丘风光、邓尉胜迹，就是我，也曾于去年那时，率领一群孩子们，来回在火车上站立了六个钟头，专诚去拜谒这人间的天堂。

　　今年的苏州虽然在三月四日以前，不时遭着日本飞机的威胁，但城内的双塔以及城外的种种，仍然如故。不过春假的时候，京沪路的一部分被日本军占据，虽然还有苏沪水道及京杭国道可通，但是除去事务上有必要的人们以外，所谓游客是绝无仅有的了！

　　五月五日，中日的上海协定，竟得于全国国民椎心饮泣的时候正式签字，盘踞上海三月余的日本陆军也为着他们国内及我国东北的种种问题竟切实撤退。间断几个月的京沪车，也居然于五月二十五日正式通车了。

　　车通了，好像人身久被压抑的血脉，骤然流通一般，周身的一切都会感到很舒适。虽然苏州的春，已为战争之神所蚕噬，但田野的新秧，道旁的绿草，还仍旧不畏骄阳地在那里含笑迎人。倘若不是自命为坐不垂堂的千金之子，或者是瓮餐不给的劫后余生，大概都很想走上这人间的天堂，一面凭吊沿途的战场，一面舒散胸中的郁气。

然而"明日到苏州去"的目的，却不是为此，是去吊国殇的！是去参加五月二十八日全国为淞沪抗日阵亡将士在苏州五卅公园开追悼会的盛会的！

## 二　京沪车上

八十年来，我国以内政不修，国力薄弱，所有的外交，固无不失败，所有外战更无不为城下之盟。此次上海事变，日本本其预定政策，挟其全国兵力以图控我上海，迫我再作城下之盟。虽然三十四日血战的结果，牺牲数万的生命，十余万万财产，只换得一纸有害于我的上海停战协定；然而因为有了十九路军和第五军的誓死抵抗，国际的观感为之一变，所谓"和平地带"所以不设，救国的集会结社可以存在；四千余健儿的血肉，总算是略有代价。我们民众虽不能一一努力于竟死者未竟之志，都去效死疆场，但对于他们的哀悼的情感，终思有以表现之。于是到苏州去参加与这庄严伟大的追悼会，是我们民众中间所谓"人同此心，心同此理"的必然要求了！

我本早打算去参与，适二十六日下午第一百五十六旅随营义勇军组织科长盛成有电相邀，更绝无踌躅，于二十七日下午三时三十五分由上海起行。

知道每日只有两次上行车，知道此去参加追悼会的人定会特别多，早一时余便同楫去北站。远从海宁路上望见那骷髅似的灰烬败垣，所有战争时候的种种惨象，都一一涌现于脑海之中，但为着要急于上车厢也就无暇去追忆往事，更无暇去详细考察各种建筑物被毁的情形而直趋月台中。

拥挤自然是我们想象得到的。但在未上车以前，以为离开车的时间这样早，头二等车中得不着一席地，三等车里终可以占据一个座位。不料跟着脚夫走遍了所有的车厢，不独无处可坐，即立也无地可立。正在无可如何的时候，适逢旁边的厕所开了门，我们也不管什么卫生不卫生，将几件随身的东西放进去，权且立下，冀图徐寻去处。不料后来的人们潮一般涌进，就是这一隙地也挤得水泄不通。等到车开时，连车顶上都是人。这情形，在十六年五月国民革命军初进南京的时候，我也曾经亲历过一次。但是旅客的心情似乎两样，就我回忆所及，那一次旅客似乎除了嗟叹的声音而外，很少别的表情；此次则车外的雨声，加厚了车内沉痛的空气，而兴奋的叹息声中，更夹着无限的凄凉。这自然是悼惜国殇，同时也是痛恨自己，因为"爱国有心，救国无方"，是我们老百姓的共同心理，眼看到四千余健儿死于沙场，终难救起国家的危亡，扪心自问，谁都会内疚自己平日无准备，不尽责任啊！

到苏州已是黄昏时候，那车外的雨声，更如流水般潺潺作响，偶想到战争的时候，每至杀人盈野，血流成河，倘若我们赴会的人，都于此时尽情一哭，泪水的声音也许可与雨声相应。然而除了各人面貌上"重有忧"的表情而外，走出车厢的时候，仍如平日一般，匆匆地各奔前程。

苏州的一切，都可以说"别来无恙"！不过道旁多了些十九路军的兵士来往，墙壁上多了些追悼淞沪抗日阵亡将士与其他关于国难的标语而已！

此次的盛会，是为追悼淞沪抗日阵亡将士，同时也是国民发舒郁积之气的场所。中华民国二十年来，几于无年不战，无月不战，所谓追悼阵亡将士大会，也不知开了多少次。但是那些战争，于国家，于国民何干？不仅无干而已，且将国家的元气作慢性的剥丧；国民的生计作暴烈的摧残。这次的战争，虽然也如其他战争一样地消耗物力，死伤人民。然而意义两样，是我国历史上最光荣的一页，是我们老百姓甘愿损失而无怨言的，不独甘受损失无怨言，且以不得损失为可悲。"老百姓"的种种郁积的情绪，既不能发舒于"抵抗"之时，则只有向已死的将士同声一哭。所以除去各机关的所谓代表而外，民众不期而集者数万人。所有苏州的旅馆都于上午即告客满。我们幸而于苏州饭店中得着一间他人所不要的大而无当的房间，解决了住的问题。

# 三　那堪卒读后出师

我们住定，晚餐之后，本想到城里五卅公园去看看追悼会的布置，只因为下雨不止，电寻盛君不得，便将挽联遣人送去。在平时，我们定会乘灯光灿烂的时候走向阊门的大街，赏玩赏玩那寂静街市的雨中夜景，听听那旅馆檐下的吴侬软语；今夜从窗上看见那淞沪抗日阵亡将士的电光牌楼，三十四日间的枪炮声音，四千余人的模糊血肉，百万民众的劫后惨状，十数万万的损失数字，都一一涌现于脑海之中，此时的心绪，不知是悲是愤，是苦是恨；只黯然无语地凝视电光——初尚辨认其有组织的电灯，后则只感到它是一团红光，俨然如闸北焚烧时的火焰，我们的心的全部已完全为凄凉之感所罩笼，再无暇想及街市的夜景了。最后因为敌不住凉风的侵袭，始收拾就寝。

第二日早六时即起，早点之后，已是八时，我们雇车直趋追悼会。沿途都有兵士站岗，但街中的行人则车水马龙，络绎不绝。将近会场时，更有童子军及警察照料。照筹

苏州的街市

备会规定，与会者均须先期至车站问询处或筹备处签到领证，方得通过。但因民众临时参加或不及报到者甚多，筹备处又在离会场三百步的地方设临时报到处。我们因为昨日匆匆，未曾按照规定的手续办理，但向执事者说明后，便立补证章，使我们于十时得瞻望那庄严伟大的会场。

远在数百步外，我们便看到会场周围屏风似的挽联，因风振荡，有如银波；中间一座青绿高台，耸入云霄；所有隙地均站满了人。我们从大门由招待员引入祭台左前方的来宾席，四望全场广达千数亩，而与祭者拥挤得水泄不通。我们本想走到周围去看看挽联，但竟为人众所阻，无法移动。对于台下的陈设，台旁的联语，以及祭奠时的种种动作，只好请自用的小电影机代为记忆；携归分诸孩子们，使他们于读书之余，知道一点关于国难的具体事实。

我们于会场中看到盛君，并见到其他的朋友，我们谈到许多

人的挽联的沉痛语，而尤同情于蔡廷锴军长"读后出师表，感怀精锐半销磨"的两句话。下午购上海《时事新报》，见到蔡将军亲书"那堪卒读后出师"的一幅铜图，更使我生无穷之感！

诸葛先生的《出师表》，大概是中国所谓读书人的家常读物，《后出师表》中所表现的孤忠亮节，更是任何读者所不能无动于衷的。诸葛在当时明知"陛下未及高帝，谋臣不如良平"，不足以胜魏；然而为着"汉贼不两立，王业不偏安"的忠愤，终于不愿坐以待亡，不计成败利钝，毅然"奉先帝之遗意"，负讨贼之大任，以期"鞠躬尽瘁，死而后已"。他当时所处的情形，正和我们淞沪抗日的将士们所处的情形相似，蔡军长是身历其境的人，所以独能想及诸葛的《后出师表》。我想蔡军长亲手写那"那堪卒读后出师"的七个字的时候，必是万感交集，泪眼昏花，其悲愤哀恸之情，恐比他在主祭台上放声大哭时尤有过之！

"那堪卒读后出师！"岂独是蔡军长的血泪语！凡属中华民国的有心者，都当同声一哭！

选自《名家游记》，上海文艺书局1933年11月初版

# 江浙漫游记（节选）

舒新城

## 青阳港及昆山

**民国二十三年十月六日　星期六　晴**

今年来楫君与我都为职务所忙，就是星期日也少外出，颇觉于健康有妨。前月与伯鸿谈及，他以为我们应当在年富力强的时候，常常旅行，以期变换环境，锻炼身体。长期旅行虽有不便，但星期尾作郊游是没有什么不行的；且介绍我们去青阳港。所以今天我们都请假一天，于早八时由家起行，赴上海北站赶九时开出的京沪快车。十时十九分到青阳港（由沪到青四十九公里）。

我们只从报上及伯鸿口中知道青阳港有铁路饭店可居，有小船可划；推想起来以为至少当是一个小都市的商港，不料在十时十五分之后，远远看见青阳港车站的路牌处，只有一座长不及二丈的公事房，连交车的轨道也没有。下车之后，询问铁路饭店之所在，由收票员很客气地指着隔河对面的一座孤零的洋房说："那就是，请过铁桥向右走下去，不数十步就到了。"我们照着他所指的方向望去，果见那洋房的外墙有"铁路花园饭店"六个见方大字。等火车开行之后，走数分钟便达目的地。

进店门有门房式之小房间，上悬"问讯处"木牌，入内告以来意，有穿白色制服之侍者引导入内看房间。饭店为一私家花园，占地数亩，亭榭池塘假山均备。其正屋为二层楼之住宅式洋房；下层为食堂、会客室及办公室等，室中设无线电收音机及沙发等；走廊则设藤椅茶几，便游人休憩。楼上有头等客房二间，二等三等各一间，及浴室、盥洗室等。一切设备均西洋式，房屋租金亦照西法计算，即头等房金一人四元，二人七元，三人八元；二等为三元、五元、六元，三等二元、三元（三等房只可住二人）。饮食中西均备，每顿每人西餐一元二角半、一元五角，中菜起码一元。我们以头等太宽，二等太小，乃由侍者引至园中之平屋，该屋计四间，均二等，但面积与楼房之头等者相若，故住定其最左面之一间，因隔壁及前面均为花园，空气清新也。

住定后，先至园中巡视一过，平屋之左有假山荷池，池右为工人室之平屋一排，池左有小坪，备石桌石凳。我们住室及楼房之对面均为绿茵之平地，并有养鸟之铁丝网小房两处，其中养白鹤、芙蓉鸟等；屋后为蔬菜场，厨房即在楼房之后。设备与维持所费甚大。询之侍者知为两路局所经营，目的在发展铁路营业，提倡正当休闲。因此间之水不洁，饮水亦由沪运来，故每年赔万余元。此园本为南京富绅蒋某之别墅，因年久不用，损坏甚多，路局向之租赁，第一次之修理费亦数千元云。

店之大门临通常熟、太仓及昆山而入太湖的河。河面宽数十丈，水甚清澈，小汽船及帆船往来甚多。此地人烟极稀，且离昆山不过三公里，火车不到十分钟，而独设一车站者，据饭店经理陈君（亦路局职员，此间一切人员，均由路局调来）说，是二十六年前，英人亨利管理沪宁路时，见此地河水清澄，特辟游泳池，以便来此游泳；并设划船俱乐部（后以水中有吸血虫不便游泳而中废，只划船俱乐部开设至今），平日由会员自由练习，每年春秋两季各比赛一次，故车站设备至简。而平时之来此者全为划船俱乐部会员；彼等生活习惯与国人不合，且离沪甚近，大抵朝来夕返，午餐均由沪带来，故二十余年，除赛船时为供应观众有零食摊外，始终不能成为市集。两路局长黄伯樵着眼于发展农村经济，始于今年六月设此饭店云。

我们均好划船，我幼时最欢喜在水上生活，楫君在北平六年，亦常在北海、中南海荡舟。前年来，我们虽曾游过西湖、玄武湖、瘦西湖、南湖，但均不能由游人驾船（前年在玄武湖中，曾经租一船自行驾驶，但非练习体操之船，无意义）。上海虽有所谓栗娃栗达，有小船出租，而是死水，河小，船又不合用（平底），划起来太不过瘾，所以去一次即不再去。此地河流广长，饭店所备之船为尖底，桨有胫，可坐荡而周身用力，颇于身体有益。故我们于十一时租船一小时（租金每小时四角），十二时半午餐后，大睡一觉，至三时又划船两小时，夜八时又划一小时。三次之中以夜船为最美，因河中一切静止，惟有我们的桨声与偶然火车往来之声打破大地的沉寂。桨声如诉，车声如吼，有如天籁，而饭店路灯之倒影映在水中则有如星斗。我们在一叶扁舟之中，占有了全宇宙，少年心情陡然增长，乃放乎中流，引吭高歌。饭店侍者闻之，寻声而来，谓寒气逼人，且恐生变，乃于九时后登岸人店。

### 十月七日　星期日　晴

昨夜睡甚美，今晨八时方起。早餐时，陈经理以路局所印《导游丛书》之一《昆山》相赠，且力劝我们去昆山一游。据该《导游》所载："昆山是山清水秀的地方，所产鱼虾蟹类，风味最为鲜美；鸡鸭亦为著名食品，喜尝异味者不可不一游。"又载古迹名胜有十二处，其中马鞍山一处在车站及饭店花园中均可望见。我们都是山野之人，除去二十年在北平去过西山外，近年不曾游过山。该山虽只高七十丈，广袤二里，在我们的眼中不足以言山，但它那"孤峰特秀，极云烟缥缈之观"（《导游》中语）的描写，却引起我们的兴致，而况有鲜美的鱼虾鸡鸭可以果腹。所以我们于早餐后即乘十时十九分的京沪车去昆山，八分钟即到。因系初游，雇车去东城桥北之半茧园。园为明嘉靖间叶氏所辟，名茧园，初占地六十余亩，清初析而为三，其仲子九来得东偏之半，从事修葺，名半茧园。园中有小池及供人游憩之亭舍，有茶及零食出售。以地面甚小，仅在其假山上小坐，即驱车入城，至北大街云记馆以鸭面及鱼面为午餐。餐毕去马鞍山。据《导游》所载，左为擘云峰，右为文笔峰，南有桃源洞，北有凤凰台，东有东崖，西有一线天诸胜。山顶一浮图名凌云塔。山之胜处，尤在东崖，石壁耸峙，震川所谓"苍碧嶙峋，不见有土；傍有一小径蜿蜒其上，莫测其所往"。我们由公园之运动场拾级而上，未十数分钟即达山顶文笔峰，再以一小时之力，遍走全山之小道，实觉不够爬山之味，乃在山后松林中静坐谈天，复至水城门（城墙已拆，水城门系特为补葺以存古迹者）看水摄影。四时起行返车站，五时乘火车返青阳港。晚餐后仍划船半小时，盖因陈经理之警告，不敢远游也。

此间一切西洋化，寓客室中只备冷水而无茶。昨夜与陈经理闲谈，彼曾读我书，知我姓名，且与老友王克仁甚稔，承其另眼看待，嘱侍者特在室中备茶一壶，真不胜感谢之至。

今日为星期，由沪来游者数十人，但大都一饭即返，虽亦有租船者，但为数甚少，且有雇乡人代划者。返观车站旁之划船俱乐部，则会员数十人，男女老少均赤膊划船，倦了即睡在草地上晒太阳，中西人士对于身体之锻炼相去不可以道里计矣。据侍者言，此店开张四个月，国人租船自划者不多，女子尤少；于星期日早五时车来，租船一日划至昆山者，只有日本人及西洋人。据此则黄伯樵之设此饭店，于发展农村经济外，提倡国人作郊游以锻炼身体，可称作一件社会教育及国民体育的功德。以后有暇，当约集友人来此。楫君闻侍者言，告以迟一二星期我们将五时车来，划船去昆山午餐，再划回赶五时车返沪，以雪国人之耻。侍者之中有老李者，向在莫干山铁路饭店服务，自称识我。询其故，则谓十八年夏，伯鸿住该处，有坐汽车之客人访彼，将汽车停在山麓，上山下山均步行，他们视为奇闻，所以虽然隔了四五年还认得我的面貌。闻楫君言，特意恭维，而欲我等再去时，先以长途电话通知陈经理，以备预备一切。本店有长途电话及邮政电报，电话利用路局专线，信件电报则利用火车为之递送。

### 十月八日　星期一

今日下午五时必须起行返沪，早起即决上午去乡村游览，下午划船。早餐后出店过铁桥至车站。在铁桥上极目四望，只见田野中极零落的几座平房，看不见大村落；至车站则站门紧闭，阒无一人。走下桥去，在写着由青阳港至常熟几个字的码头上，看见一位临时小食摊贩的老者，向他做了一笔生意（购四个莱阳梨）之后，询他附近有无市镇，有无土产可买。他说青阳港并无市镇，所有食品或杂用物，都是从昆山用小船摇来的。只有离此三里的一个村庄苏家庄或施家庄，有几十户人家，有茶饭出卖。要去的话，通过这道小桥循大路直走就是。

我们照着他的指示过小桥沿溪西行，穿过许多稻田，经过一个丛密竹林的农家，陡然跳出三只恶犬，挡住大路，我们捡取地上的棉花秆和石子当武器，鼓着勇气与狗作战。费了许久的时间，才通过这道关口。再前行里许，达到一个茅屋栉比的村庄，即所谓苏家庄了。但只有十数户土墙屋子连接着一条弄堂，无店面也无行人，更无谓出售茶饭的地方了。再走过去，看见溪流之旁几户人家半掩在茂林之中，屋前堆着尖塔似的稻草，旁边卧着耕牛，水中浮着几只鸭，连那房屋草堆的倒影映在水中，俨然一幅画图。我们为此美景所系，在那里徘徊十数分钟，而计议着将来回到乡下去的种种生活。

为着要满足我们跑路的欲望，归时不走原路，而从田坎中的小路向着车站走。不料看来甚近，但四处为小港所隔，又须与村狗作战，以致走了一时余尚得不着通大道的路；而烈日当空，汗流浃背，走近大河沙滩坐下，将梨解渴，再沿河前进，以为不久可以回寓；但行不数十步，又为小港隔断，幸有乡人驾载草的小船经过，乃予以一角而渡达彼岸。返饭店已十二时矣。

午餐后略事休息，将零物收拾寄交侍者，结清账目（共二十一元余，连往返车费及昆山所用共三十元），仍租一船放乎中流。前昨两日我们均在大河中荡舟，今日为欲探视乡村生活情形，乃划人小港。自饭店对岸之石桥驶入，沿港西行，遇乡人之稻草船、航船（代步者）甚多。彼此经过时，楫君特被注意，以乡间无此等装束之女子荡舟也。港边小孩常随舟叫洋先生洋太太不置，我们虽出身于农村，但现在则和农村相去太远了，不胜感慨系之。途中虽有村犬狂吠，但彼等不能游水，我们以桨挑水与战，彼等亦无如之何。三时一刻由原港返大河，尚只四时半，楫君忽谓我们久不乘海船，波涛经验已渐忘去，何不划至江心，听小火轮掠过，籍其波浪颠簸吾船，略尝风波之味。当即称善，且一面高唱《伏尔加船夫曲》，一面努力荡桨，她和之。未几，一小轮船经过，排浪达数尺，我们竭尽余力推桨前进，使舵稳船平以迎之，波浪掀吾船如荡秋千，俨似海船遇风，我们大乐，再高唱《渔夫曲》。直至五时始将船还饭店，匆匆取行李至车站，乘五时二十分之快车返沪，六时十五分即到北站。

此次三日之游，饱尝山水田野风味，而划船尤属难得。晒太阳三日，于健康尤有益。当与楫君决定每月各出十元存储，专去该处划船。预计每年春秋佳日，不过六七个月中二十余个星期日可去该处。如早去晚归，自带午餐，每次连车费船租不过七八元，我们的预算可敷用也。

# 常　熟

**民国二十四年十月五日　星期六**

早六时即起，六时半早点后同楫君去宝山路虬江路车站，以为中国旅行社当如其广告所言，随到随开。不意今日经由该社招待去常熟参加曾孟朴追悼者仅十五人，候至七时二十分车方开。途中经嘉定、太仓，至常已九时五十分矣。当照旅行社所指定去寺前街大新旅馆更衣，全车连该社领导员共十六人，除楫君与我外，皆乘轿上虞山。我等乘人力车去旅馆稍息，即

常熟兴福寺

雇车出北门，去兴福寺。寺在虞山东麓，占地数十亩，花木亭榭，有如公园。游人甚众，除当地人士外，尚有上海清心女学之团体女生数十人。十二时一刻午餐于该寺。因导游者钱某为常熟人，为此寺施主之一，故四元素餐有四碟六盘一汤，味均可口，平时不易得也。因系初次去该地，故于逆旅中雇向导一人随行，计工资五角。饭后由彼导游三峰寺、万松林、祖师殿、拂水岩、剑门、维摩寺、石屋洞、桃源涧，由北门返寓，已四时半矣。山并不高，且有大路，故行走甚易。途中惟剑门风景最好，系数十丈之岩石中裂一缝，由缝中乱石中爬上，随时回头远望，南湖之水色田景概收目下，开阔之至。万松林回望，可远看长江。而常熟城之建筑物如星罗棋布，远列目前，亦甚有趣。两涧甚大，惜秋深无水，名不足以副实耳。

六时略购土产，七时去山景园（书院弄）晚餐，由旅行社预定二席；每席十元，有六碟十碗，有本地之叫化鸡、新松菌等，味均可口。饭后于街上遇本所同事钱歌川等十三人，由沈元釪（本地人，现为本所图书馆员）领导，亦在街购土产，且寓于大新。晚九时即就寝。

## 十月六日　星期日

七时起，早点后，徒步出西门，拟去南湖边。出城遇一桥，并遇沈君。沈君谓经此再前行，误听为越此再前行，遂致人歧途。及询乡人而转，则已费去半小时，信步至一高桥而止。于十时赴西门内逍遥游参与曾氏追悼会。此地为一游戏场，依山建屋数幢，挽联轴幛，悬满走廊屋内。至十一时方开会，十二时半尚未散，我等因须游言子墓、新公园及虚霩居等处，故先出外至石梅（曾氏招待处）午餐。餐毕，雇车去虚霩居，即曾氏居处。占地数亩，亭榭、花木、池塘无所不备，著作读书之良境也。追悼会致词时有当地蒋子范者，年已七十，精神矍铄，音调铿锵，演说移时，略无倦容，为吾辈四五十许人所不及。出曾园雇车至旱北门新公园及言子墓，再步行返寓，已三时半。适元釪父亲及其兄送来礼物一份，且亲来相访，当辞谢不收。三时五十分至车站，本欲乘旅行社定备车，不知何人竟强拉至普通客车，上车即开行，中途停车，至六时方抵沪。

# 苏　州

**民国二十六年四月四日　星期日**

今日为儿童节，各处均举行纪念仪式。

午前七时宁即与其同学尤振华及湖、杭来寓，七时半与楫君及其母携宁等赴北站。因已向经济旅行社报名，当向该社换团体票乘八时十分该社之定备车赴苏州。该社计备三车，共三百余人，每人均有座位。友声旅行团亦于今日旅行苏州、无锡，备车五辆，共五百余人。车站旅客拥挤异常，单独购票者极难有座位。与旅行社同行，颇为便利也。九时三刻即到苏，由车站步行至虎丘，经小街行一小时方到。于十二时在该处冷

留　园

香阁午餐，每桌十人，六菜一汤，味颇可口。一时出发去西园、留园，仍步行。因久未去苏，竟将西园在路东之方向遗忘而向西走过留园，乃未及入内。循大街前进，愈走愈无游人，乃疑而问询诸途人，始转入留园。儿童每人有摸彩券一张。宁等得铅笔、书本、牙刷、皮球等各若干事。刘范猷君夫妇亦率其子女同行，在虎丘起行时，其女敏君不欲乘车，随余等行；彼等先至西园，余等则先至留园，久候彼等不至，乃去西园；及抵西园，不见彼等，乃又送其至留园，于门首遇之，遂又回至西园。当出留园时，旅行社且各赠成人小面包二枚，儿童亦二枚。旅行社之团体行动至此而止。以后则听各人自由行动，惟须于八时齐集车站耳。在西园勾留近一小时。十九年夏楫君初至沪时，曾携湘同其游苏一次，在西园放生池及江干摄有电影及照片，旧地重游，颇多逸趣。孩子们则在水边山上据土丘为城，以两人为一队互为攻守，以衣包为目的物，互相争夺。因临行匆匆，宁之卫生衣竟忘于园内，至晚饭后加衣时，方始发觉，已无及矣（宁在虎丘并遗书两册）。

四时半，由西园沿河步行至阊门，再乘车至城内观前大街。从前大街为麻石道，宽不盈丈，现在均改为马路，宽三丈余，可走汽车。去观前本无目的，不过欲宁等知道苏州城内为何种现象耳。故下车后即步返阊门，于途中略购零物，楫君及其母先携湖、杭乘车行，我携宁及尤步行。至阊门一小馆，以面为晚餐，共食面十余碗，费一元八角。赴车站时，宁欲乘马车，乃以六角雇一辆，宁与赶车者同座，得意扬扬，盖好奇也。八时二十五分专车返沪，十时十分到。当由小弟将宁等及振华送之返。

选自《漫游日记》，中华书局1945年11月初版

# 星社感旧录

范烟桥

当民国十一年间我离开故乡，移居吴门时，首先和赵眠云相识。那时他正是张绪翩翩，而且在胥门开着赵义和米行，不是寒酸的书生。既然臭味相投，自然一见如故，便接连着酒食征逐好几回。在七夕的那一天，他约我和郑逸梅、顾明道、屠守拙、孙纪于诸君以及族叔君博到留园去，我和姚赓夔（苏风）及舍弟菊高同去，在涵碧山庄闲谈，大家觉得这一种集合，很有趣味，就结成了一个社。我说，今夕是双星渡河之辰，可以题名为"星社"。星社就是在这样有意无意之间诞生了。

以后常作不定期的集合，所谈的无非是文艺而已。同声相应，同气相求，自然陆续有人来参加。我们并无成文的章则，只要大家话得投机，也就认为朋友了。所以到民国二十一年我在《珊瑚》半月刊上，写了一篇《星社十年》，说："这一天的情况，平淡得很，只是有一桩巧事，孙东吴先生和周瘦鹃先生欣然加入星社，新旧社友就凑成了天罡之数——三十六。我们是不是文坛的魔君？我们倒不敢断定呢。不过，过去的十年中间，我们三十六天罡，有何作为？有何贡献？实在恶于落笔；我们应当自励，虽不能像梁山上朋友的横行诸郡，也得分文坛一席地来掉臂游行，这才不负这一回的结合，而更使星社的存在为有意义了。"十年之间，只从九人进而为卅六人，见得我们重质而不重量，重精神而不重形式，重实际而不重名义了。

在十年间，我们常有茶会，而点心都出于自制，因为苏州人家的主妇，和老起家，很能别出心裁制几种比市沽不同风味的点心的。至于肆筵设席，作较具规模的聚餐，一年不过两三回而已。

所谓三十六天罡，除掉初次结合九人及最后加入二人以外，是江红蕉、蒋吟秋、朱枫隐、顾诚安、徐卓呆、程小青、赵芝岩、陶冷月、黄醒华、黄转陶、黄南丁、尤半狂、尤次范、尤戟门、徐碧波、范佩黄、杨剑花、周克让、陈莲痕、吴闻天、程瞻庐、金芳雄、严独鹤，加上未隶社籍而常为摄影的徐新夫——可说是梁山的额外头领。

一般结社的组织法，我们是没有的，每年推举二人为值年干事，总是我和眠云当选的。

十周年纪念在苏州鹤园举行，我曾经记着："苏州的鹤园，和文起八代之衰的韩昌黎祠、文学家俞曲园先生的故居春在堂，都很近。我们向主人——庞鹤缘借了来作苏州文艺种子的集会，大概也算是人地相宜了吧。"那天是"九一八"一周纪念，所以又说："九一八是中华民国受着巨创的纪念，我们要努力于文化救国，去雪此奇耻大辱。"族叔君博所撰的雅集小启，也是一种文献：

"时维七夕，社历十年，宜作优游，藉为嘉会。乃以炎惊秋虎，惮徵逐之烦；冰语夏虫，厌衣冠之累；爰移佳序，期逾中秋。乃者暴日熏天，胡尘扑地。吴都词客，心迟暮而兴悲；海角诗人，发伤秋而渐短。杞忧靡已，吾恨有因。共济危亡，遑论文字。今则止戈黄歇，暂告安澜，尝胆勾吴，应坚誓水。鼐鼎何堪蚕食，易上闻歌；酒淮岂待鲸吞，新亭有泪。招朋折柬，伫看千里停云；会友以文，共证十年说梦。天未寒而有鹤，竹可看兮入园；星际秋发愈明，月微觥其可思。时乎不再，于意云何？报之短书，企夫高躅。是约！"

更可纪念的是，这一期的《珊瑚》半月刊，寄给日本的订户，给神户邮局扣留，说是有不友好的文字。

在十年之间，我们出版了二十五期的周刊《星》，七十期的三日刊《星报》，小说杂文的汇刊《星光》和《小说家言》，在一向沉静枯燥的苏州文坛，燃起一点星星之火，而使苏州芜杂肤浅的报纸副刊，知所警觉，提高了一些水准。尤其是东南一隅，爱好文艺者，有了"星社"一个微小的印象。所以到了民国二十六年，我在上海，佣书明星影片公司，先后在漕河泾冠生园、城内豫园、城南半淞园雅集，陆续加盟者达六十八人，著录于下，以留鸿印。

| | | | | |
|---|---|---|---|---|
| 许月旦 | 包天笑 | 许息庵 | 孙筹成 | 张善孖 |
| 陈迦庵 | 丁慕琴 | 赵苕狂 | 颜文樑 | 陆澹庵 |
| 马直山 | 施济群 | 钱诗岚 | 易君左 | 高天栖 |
| 芮鸿初 | 尤彭熙 | 谢闲鸥 | 黄白虹 | 陈听潮 |
| 张枕绿 | 钱释云 | 俞逸芬 | 吴吉人 | 沈秋雁 |
| 朱其石 | 周鸡晨 | 陆一飞 | 钟山隐 | 郭兰馨 |
| 范系千 | 徐沄秋 | 毛子佩 | 陈蝶衣 | 范叔寒 |
| 金寒英 | 姚民哀 | 方慎庵 | 吴莲洲 | 柳君然 |
| 蒋蒋山 | 凌敬言 | 应俭甫 | 张一敬 | 张碧梧 |
| 张舍我 | 朱大可 | 徐耻痕 | 薛逸如 | 唐大郎 |
| 郑过宜 | 金健吾 | 钱瘦铁 | 江小鹣 | 任乐天 |
| 刘春华 | 杨守仁 | 胡叔异 | 丁翔熊 | 丁翔华 |
| 黄觉寺 | 顾肖虎 | 陶寿伯 | 匡雄勋 | 杨清磬 |
| 朱庭筠 | 陈巨来 | 杨家乐 | | |

其间只有杨家乐是女性，为徐碧波君的佳偶，而且她是殿军，因为我们在正谊社雅集那夜，决定不再扩展了。接着东寇来犯，星社就成了星散，在抗战的八年中，一直无声无息，有许多社友，站住本位，没有落入泥淖。胜利后，很想重振旗鼓，但是已过中年，曾经沧海，要保持过去的光明，让星社在中国文化人的口头挂着一个已成陈迹的名词，也许还能引起些人的回忆，何必使死灰复燃，枯井重波呢！

选自《宇宙》第三期，1948年8月版

# 茶烟歇（节选）

范烟桥

## 邻雅小筑

　　家大人买屋吴门，以东偏斗室无题额，命为拟之。余曰："邻雅小筑可乎？"考志，称清初顾予咸居史家巷，其东偏曰雅园，按其遗址，与余家后园相近，虽雅园已就芜，而里巷称传，未尝泯忘也。予咸自记，有云："予家兹里，里中有旷土，俗名野园，余拮据数年，粗成小筑，易野为雅，从吴语也。"余家初居吴趋，甲申变后，遂移同里，今复归城市，易野为雅，可以自况。予咸幼子嗣立有秀野草堂，亦近是地。嗣立字侠君，文名满南国，朱竹垞《秀野堂记》所谓"侠君筑斯堂，媲群雅也"。嗣立有《戊辰三月秀野草堂落成，偶题东壁》诗，写泉石之胜、息游之乐甚备。今余家方泓潴水，奇旱弗涸，老树参天，浓阴长蔽，几为秀野草堂之遗，则邻雅之义，未尝无当耳。惟今之所谓雅园者，土阜高出层楼，其下皆瓮牖蓬户，藏垢纳污，所在而是。当时林木，已无多痕迹，则又当易雅为野，邈想古人，低徊不尽。

# 洗城会

光复后，苏州有一巨案，其主人翁为蒯际唐、佐同兄弟。蒯为香山人，世业营造，积资买宅城北马大箓巷。蒯颇与闻革命事，辛亥迫程德全独立，蒯与海上同志之力为多。后程以政出多门，遇事有掣肘之感，乃以督练公所改参谋厅，位置此辈。蒯等非之，时与沪军都督陈其美相联，有去程之议，为程所闻，即以洗城会之罪相加，侦骑围蒯宅，诱际唐出，捕之。时佐同居海红坊，亦为捕去，立即枪杀，宣布罪状，谓蒯等将洗劫苏城也。苏人信之不疑。沉冤近二十年，迨国民革命军起，际唐之子大权，请表彰，其事遂大白。蒯氏自遭此厄，家日落，故居且待价而沽。余家曾雇一乳佣，为际唐之从妹，已嫁为劳工妇，言当时扰攘之状甚悉，一人匿梁上，亦为瞥见捕去，有人电南京留守黄克强乞援，黄电令程缓刑，已无及。闻平时程对蒯氏貌甚恭，不虞其猜忌至是也。

# 苏州头

苏州头，扬州脚，为以前女子所艳称。光复后，尚天足，扬州之脚，便成落伍，苏州之头，依然不减其声誉，虽曾有数度之变更，而光滑可鉴之致，犹未失其向具之美点。有贫家妇专执此业者，称梳头娘娘，曰莅理鬏，月取一二金不等。苏州女子之爱其头，亦云至矣。自截发风行，苏州之头，起大变化，虽小家碧玉，亦鲜有蟠云帘下者矣。

# 船　娘

苏州船娘，艳著宇内，与秦淮桃叶媲美。故《吴门画舫录》班香宋艳，与《秦淮画舫录》同为花史巨制，开《教坊记》、《北里志》之生面。近时顿见衰落，虽画舫依然，而人面不知何处去矣！尝见某笔记云，清人入关，颇不喜女闾，于是莺莺燕燕，悉避诸舟中，因舟中佳丽独弗禁，遂成习惯而产生一船娘之名词。当时悉在七里山塘间，一舸容与，群花招展，指点景物，品量容颜，往往竟日不足，继之以烛，因此有热水船之称，意谓柔橹拨水，殆将腾腾有热气焉。洪杨后，尚有数舫载艳，惟已变旧时体制，主筋政者多为枇杷巷中人，仅以船菜博人朵颐。然春秋佳日，亦颇多主顾，夏初，黄天荡赏荷，更排日招邀，自废娼后，无复"画船箫鼓夕阳归"之况矣。

# 西山访古记

吴中风俗醇厚，景物清嘉，故近年失意巨公，多来买宅，以遂初服，腾越李印泉先生其一也。印泉先生自黄陂退政后即无意功名，于吴中买中军旧署为宅，奉母阚氏以居，称阚园。甲乙之际，吴中名流有九九消寒之集，印泉先生亦题名入社，虽不工诗，而兴独豪，健于谈，写汉隶，愈大愈见古朴，寒山寺大雄宝殿额，自许为得意之笔。十五年春，报纸宣传黄陂将复为八十三日之总统，李已微行北上，参密勿矣。其实此时，乃雇舟，挈健仆，往太湖访古名人墓也。越二十余日归，流言始息。是行有《西山访古记》十余万言，并谓一日感腐草薰蒸之气，作三日呕，然休息一日，复往山中，踪迹如故。一夕假寝，忽见人影憧憧，罗列舟前，凝神视之，不复可睹，惟隐约中似有一红袍乌帽者，向之微笑，甚以为异。起坐草日记，微倦，复敧书作枕，两目再瞑，而群影复见，红袍乌帽者，且张吻欲言矣，一瞬即逝。闻者咸谓古人感其发幽阐微而来，一时传为佳话。

# 蓑衣真人

蓑衣真人殿，在玄妙观中，相传蓑衣真人为清初观中羽士，有幻术。观前桥下酱鸭肆，屡欠赁金，羽士向索不得，夜以瓦置肆前，明日，肆无顾客，如是者三日，羽士复向索，肆主曰："三日不得一主顾，所备俱腐败，损失更甚，何以筹措？"羽士曰："能清所负，当为禳解。"肆主如言，羽士去瓦，翌日门庭若市，途人相顾言："此肆三日闭户，今复新张矣！"又状元彭定求有事须北上，计时日恐弗及，谋于羽士。羽士曰："公舟启椗，即坚闭篷窗，勿使泄漏，如觉风涛声，戛然而止，则已至矣。"定求诺之，或窃觊羽士何所为，则供桌下置巨盆，注水制纸舟，飘浮其上，与《聊斋》所述同。后定求返，言是役行程固倍速，故彭氏岁首必诣蓑衣真人殿拈香云。

# 酒　人

丁巳春，吴门沧浪亭某校庶务，饮于观前酒家，黄昏而罢，已醺醺有醉意，觉步行将不胜，乃于护龙街呼藤舆乘之，忽见两旁儿童鼓掌呼噪，似为己而发，亦不解所以，惟觉舆行甚捷，不辨何向，斯时心忽惊恐，命止舆，舆止出视，则尚在饮马桥北，去初乘处不远，甚怪舆夫之迟缓，复坐，令稍速，舆夫果加速，似已过桥，惟尚不见学校。忽睹人影自远处来，有灯光甚微，已而渐近，彼人举灯相向，忽大惊呼，酒人亦如梦方醒，失藤轿所在，而己身则坐桥东岸上，两足将及夫水矣。彼人乃伴之归，明日犹了了，惟不知何由至此？

## 芳草园

洪杨前，江城外有园林数处，沈氏翠娱其尤著也，余家藏有芳草园图，为道光时人所作，城郭隐隐，有孤塔崔嵬，红墙掩映，则似垂虹光景，按王氏有故屋在城南三天门，殆当日亦有池馆林泉之胜。又藏有杨龙石刊"都梁香室"石章，初不知为谁家馆舍。后见骨董有芳草园八景册求售，都梁香室亦其一景，从知芳草园在当时亦称胜地，劫后已无可仿佛矣。

## 苏曼殊与麦芽塔饼

柳亚子君为曼殊搜辑遗著，不遗余力，可谓无负故人矣。其所作《苏玄瑛传》《苏玄瑛新传》《苏曼殊之我观》，将苏和尚之身世文学性情思想，曲曲写出，苏和尚不死矣。文中述其佚事，谓喜食采芝斋（原文误为紫芝斋）之糖，与吴江之麦芽塔饼。麦芽塔饼，他处人都不解为何物？盖吴江民间之自制食品也。以麦芽与苣（俗称草头）捣烂为饼，中实豆沙，杂以枣泥脂油，其味绝美，既无馄饨之病，又少胶牙之患。常人能下三四枚，已称健胃，而苏和尚能下二十枚，奇矣。所谓塔饼也者，言可以叠置而不黏合也。春日田家有事于东畴，每制之以饷其佣工，童时观春台戏，吃麦芽塔饼，拉田氓话鬼，承平之乐，不知世变为何事。今伏莽遍地，农村荒落，不敢再作此想矣。

# 程雪楼

　　程雪楼在苏州有两事，不可谓非润色河山、文人好事。其一为盘门之植园，当时有尼庵曰凤池，发生奸杀案，庵封，遂谋扩大为公园，分区植木，略建小屋，较之今日之公园，广大而幽蒨。程氏公余，亦常微行至此，惜人去事废，今半归苏州中学，半属诸建设局，每当秋令，法国梧桐区黄叶飞舞，犹饶胜概；即三春花事，亦有红紫可寻，惟径荒池涸，不复能与众共乐矣。其二为寒山寺，寺在枫桥，以唐张继一诗而传名域外，然荒废已不堪游眺；而"夜半钟声到客船"之钟，亦为贫僧售诸日人。程氏几经侦访交涉，不得要领，后由日伊藤博文发起，重铸一钟，

苏州城盘门内的瑞光寺塔

苏州城盘门内的开元寺无梁殿

以应故事。程氏乃筹资大加修葺，今已焕然一新。犹忆苏州第一次开运动会，程氏为会长，领顶辉煌而至王废基，举手于额，答学生之敬礼。午际，其戈什哈恶馒头不食，唾为癫团鼋之食料，为程氏所闻，大加呵斥，自啖一枚以为倡，则旧官僚之妩媚处，亦有为新官僚一股洋气所弗及也。程氏大病，目见群鬼嘈嘈，将有所不利，及愈，颇悔关外为都统时杀人过甚，乃痛自忏艾，为常州天宁寺僧以终。


# 八卦轿


天平近水，然游山者不能直诣山麓泊舟，其间曲折逾里，必以轿，轿以竹椅贯两杆，极简质，以为程短，虽妇女亦胜肩荷，以是有八卦轿之号，谓前后两人，与游客为数三，阴阳参互，适符卦象。春秋佳日，游者络绎，山人资酒食于斯。故见泊舟近岸，即蜂集招揽，有方于屋中刺绣，即抛针黹以从，倨恭之态不一，操纵之术綦工，无有不堕其玄中者。而尤以半途息肩，索点心钱，为其惯技。个中人号为"捉狗"，意谓一人圈套，无由摆脱也。近年人力车可通，若辈乃稍感落寞矣。若从木渎游灵岩折游天平，即无此扰，殆天平山下人特狡狯耳。景范路成，游者益便，若更延至苏城，可以驱车人山。则八卦轿将渐归淘汰矣，或言苏人建墓必于是，进香必于是，春秋两熟，同于农获，虽无游客，亦足浇裹，盖彼固未尝以此为恒业也。他方人每闻苏州女儿，有若水柔，观乎抛绣肩舆，健步如飞，不将咋舌叹苏州女儿之刚柔莫测耶？

# 惠荫秋禊记

癸酉中秋前三日，国学会友集于吴下惠荫花园，秋禊也。陈石遗、金鹤望两诗人各携文孙至。而张大千、谢玉岑、曹纕蘅辈，俱自海上来。石遗袖诗视纕蘅云："得子匡山一再书，阙然不报怅何如？病身宛卧芦中鹤，人海潜逃网底鱼。五老羡君常仰止，二林怪我太咨且。长翁契阔江湖久，可念白门烟柳疏？"缘纕蘅甫自牯岭归也。饮于渔舫，前池后河，然俱不可钓，渔之名非实焉。酒数巡，石遗老人抗喉歌辛稼轩《永遇乐》词，虽不协律，而苍凉悲壮，所谓放歌者近是。继之而歌者，有郭竹书之道情，屈伯刚之惨睹，杨蓉裳之琴挑，汪谦父之佛曲，杂然以起，与风雨萧疏、木叶瑟落相应。席终，鹤望师请大千作图，而自任撰文以记之，与者题咏其上，成文苑掌故，盛事也。惜累日阴雨，木樨犹未放，秋色殊落寞，惟阶砌海棠作可怜红耳。濒散，竹书以素笺索题名，石遗老人已七十有八龄，援笔作小记，老眼无花，洵寿徵矣。少年贝锦有轸念关外语，竹书怆然久之，盖竹书为苏翰章将军之秘书，去年转战黑水，近方息影吴门，故言及往事，不能无感也。

# 苏城光复小记

苏城光复，为宣统三年九月十六日，尔时余方读书于草桥中学。先是武汉义旗举，长江下游大震，学校虽未辍弦歌，而怯弱者已相率归去。十五日午间得海上友人书，谓已易帜，益怦然动乎中，知旦夕有变。入晚，朱梁任先生至，问有械否？答以皆一响前膛，且未经习练，必不济。朱先生去，临行犹叮嘱云，今夜若闻枪声，毋惊恐自扰，但竖一白旗足矣。于是乃各戒旦，顾终夕未闻一异声。天明出门则白旗已张于门楣之上，虽宫巷小肆，亦以竹竿缚白布撑檐下，仓卒不具者，甚至以被单为之。凡商廛市招，有满字者，皆掩以白纸如丧次。市人熙攘如故，惟相值偶语，叹为神速而已。是诚所谓鸡犬无扰、匕鬯不惊者矣。余即于是晨出阊门，就日人理发者去辫发，盖国人但难而弗剪也。于城墙见榜示，书黄帝四千六百零九年。午后至抚院，已易为都督府，士卒缠白布于左臂，巡骑络绎于道，并有紧急命令张通衢，如奸淫掳掠者杀，造谣生事者杀，凡十余则。其实苏人爱和平，罕有犯者，惟若干日后，谣诼渐起，则以金陵未下耳。城中有商团，至是更益以民团、学团，为安辑闾阎助，总其事者魏旭东也。魏为光焘犹子，以杀人逃吴，吴下学校咸以军事训练委之，纪律甚肃，苏人呼以魏教习而不名，今童子军副总干事薛嘘云，面有瘢如指掐者，即当时习射击所伤也。光复之际，人人存括垢磨光之心，故事事有朝气，曾几何时，而故态复萌，依然暮气沉沉矣。

# 狮子山招国魂

清光绪二十九年十月朔，关中梁柚隐，吴县胡友白、杨韫玉、朱梁任、包天笑等若干人，登苏州郊外狮子山，为诗文以招国魂，其事甚秘，而当时文人革命思想之活跃，此其见端。朱梁任先生最激烈，书年曰"共和纪元第四十六癸卯十月辛亥朔"，而署名曰"黄帝之曾曾小子"。诗曰："维有胡儿登大宝，岂无豪杰复中原。今朝灌酒狮山顶，要洗腥膻宿世冤。"若为当局所发，必难免身殉，然不死于文字，而死于水，梁任先生其不瞑目矣。复有《题招魂旗》云："归去来兮我国魂，中原依旧属公孙。扫清膻雨腥风日，记取当时一片旗。"旗为一白布，上绘雄狮狰狞状，意谓睡狮已醒，将一吼惊人也。前年陈佩忍丈主江苏革命博物馆，梁任先生曾语及旗，戏谓之曰："招魂之旗至今犹藏诸箧衍，其价值在革命博物馆所列者之上。"盖三十余年前，冒死以为此，其敢胆不弱于烈士之怀刃掷弹也。梁任先生殁后，此旗不知能始终保存否？惜革命博物馆，亦以不急之务，不置督理，已征集者，尘封蛛冒，精神之淬励，中土之人已薄之而不为矣。

# 苏　蔬

苏州居家常吃菜蔬，故有"苏州不断菜"之谚。城外农家园圃，每于清晨摘所产菜蔬入市，善价而沽，谓之"挑白担"，不知何所取义？城南南园土肥沃，产物尤腴美，庖丁亦善以菜蔬为珍羞之佐，如鱼翅虾仁，类多杂之，调节浓淡，使膏粱子弟稍知菜根味也。春令菜蔬及时，市上盈筐满担，有号马来头者，鲜甘甚于他蔬，和以香豆腐干屑，搀以冰糖麻油，可以下酒，费一二百钱，便能觅一醉矣。菜晒成干，别有风味。用以煮肉，胜于其他辅品。惟苏州菜不及吴江菜之性糯，宁波制为罐头之干菜更逊。吾乡多腌菜，我家文正公在萧寺断齑画粥，齑即腌菜，苏人至今称腌菜为腌齑。枸杞于嫩时摘食，清香挂齿。而豆苗更清腴可口，宋牧仲开府吴门，曾题盘山拙庵和尚沧浪高唱画册云："青沟辟就老烟霞，瓢笠相过道路赊。携得一瓶豆苗菜，来看三月牡丹花。"即此。王渔洋《香祖笔记》载之，注云："豆苗菜出盘山。"盘山在河北蓟县西北，为京东胜地，不知北国豆苗，与苏州豆苗孰美？荠菜吾乡称野菜，苏州人则读荠为斜字上声，即《诗经》"谁谓荼苦，其甘如荠"之荠。可知二千年前，已有老饕尝此异味矣。荠菜炒鸡炒笋俱佳。有花即老，谚有"荠菜开花结牡丹"之语，则暮春三月，即不宜食。周庄每以腌菜与茶奉客，谓之"吃菜茶"，别成风俗。苏州人好吃腌金花菜，金花菜随处有之，然卖者叫货，辄言来自太仓，不知何故？且其声悠扬，若有一定节奏者。老友沈仲云曾拟为歌谱，颇相肖也。山塘女子稚者卖花，老则卖金花菜与黄连头。同一笃篮臂挽，风韵悬殊矣。

# 拙政园

拙政园在苏州娄门大街，已零落有荒芜之渐。然其间布画，颇具丘壑。苏州园林，大率以曲折宏丽相尚，而拙政园独空旷，有吐纳消息，若稍事粉饰，可擅胜北城。园为大宏寺遗址，明嘉靖中御史王献臣所营，文徵明待诏为之图记。后其子以樗蒲一掷，偿里中徐氏，徐氏亦不能终有，为陈之遴相国所得。复加修饰，珠帘甲帐，炬赫一时。然相国居京师，十年未归，虽图绘咏歌，雅有林泉之乐，其实则园中一树一石，亦未之见。及穷老投荒，穹庐绝域，黄沙白草，茕茕可怜，而其园已籍没入官，为驻防将军所得矣。吴梅林《拙政园山茶歌》感慨惋惜，盖亦借题发挥也。《茶余客话》云："园中有宝珠山茶三四株，交枝连理，钜丽鲜妍，吴诗所谓'艳如天孙织云锦，赪如姹女烧丹砂，吐如珊瑚缀火齐，映如蝃蝀凌朝霞'是也。"闻诸父执，三十年前尚有一树着花，某岁奇寒，乃至冻萎无存，后代以小树，亦不能久，从此宝珠山茶与拙政园无缘矣。吴三桂盛时，其婿王永宁复从驻防将军许攫得之，益事雕镂，备极华侈，曾几何时，永宁殂谢，三桂崩溃，园林重归籍没。康熙十七年改为苏松道署，缺裁散为民居。其梓楠碱瑚，皆输京师，供将作，陈其年诗所谓"此地多年没县官，我因官去暂盘桓，堆来马矢齐妆阁，学得驴鸣倚画栏"，则当时更形败落，今已稍胜矣。从来园林，不易世有，然无有如此园之暂者。园外有文徵明手植紫藤，花时累累如缨络，庄严宝相，足称吴中春事一胜。蕙荫花园虽有之，殊不及其团簇。盛夏有早茶可饮，好鸟时鸣，古木下多凉风，亦足遣暑。惟吴市重心集中城南，而拥资财者仅知独乐，否则济以众力，略加整刷，固城北一绝妙公园也。

选自《茶烟歇》，上海书店1989年10月影印初版

# 吴中园林琐记

汪 东

## 一

前纪吴中网师园，宋时所建，大误。园为清初宋鲁儒筑，沈德潜为之记，彭启丰有《网师园说》。后归太仓瞿氏，则钱大昕为记。记中有云："带城桥之南，宋时为史氏万卷堂故址，与南园沧浪亭相望，有巷曰网师者，本名王思。曩三十年前，宋光禄悫庭购其地，治别业，为归老之计，因以网师自号，并颜其园，盖托于渔隐之义，亦取巷名音相似也。光禄既殁，其园日就颓圮。""瞿君远村，偶过其地，悲其鞠为茂草也，为之太息，问旁舍者知主人方求售，遂买而有之，因其规模，别为结构。"叙述原委甚详，余当时读碑不精，又事越二十年，但记其中有"宋时"语，且涉主人之姓，而致淆混，偶翻县志，亟自正其误如此，以为轻易落笔戒。

## 二

余所居邻拙政园，距狮子林，亦只隔一巷耳。拙政园本大宏寺地，明嘉靖中，王献臣始为园，占地之广，不可亩计。文徵明有记，并图。记云："凡为堂一，楼一，为亭六，轩槛池台坞涧之属二十有三，总三十有一。"盖其界西北近齐门，东抵娄门皆是。其子不肖，以樗蒲一掷，输诸里中徐氏。清初，归海宁相国陈之遴，之遴遣戍，籍没入官，以居驻防将军。康熙初年，复为吴三桂婿王永宁所有，其时盖犹仍旧观。故顾丹午笔记于陈氏云："珠帘甲帐，煊赫一时。"于王氏云："益华侈也。"吴败，永宁亦死，园再入官，由苏松道署，散为民居。后蒋氏得之，名为复园，意谓因拙政废园而复之也。然地杀于前，亭林非旧，沈归愚记所云"拙政园百余年来，废为秽区，既已丛榛莽而穴狐兔，主人得其地而有之，与客商略，因阜垒山，因洼疏池"云云，到今日所余池馆，皆蒋氏物，世人执文徵明图，按而寻之，宜其渺不可得也。

## 三

所以知地归蒋氏，已"杀于前"者，据顾丹午笔记："康熙十七年，园改为苏松道署，缺裁，散为民居。王皋闻、顾璧斗两富室分购居之。后严总戎公伟亦居于此，今属蒋氏，西首易叶程二氏。"盖地既分散，不可复并，势宜然也。蒋氏之后，归海宁查氏，复归平湖吴氏。咸丰间，李秀成入苏州，为忠王府。洪杨事定，籍没为八旗会馆。清亡，改奉直会馆。倭寇据江苏，为伪省政府。今则社会教育学院假为校址。先是西首所谓叶程二氏者，今亦无有。惟张氏宅比邻，宅后有园，与拙政园通，疑亦蒋氏旧物，学院并借赁之。其东久废为民田，今筑操场，场侧有沼，沼之南，叠石为峰，则知亦必园中遗迹。本属贝氏，乱后，贝氏宅为他姓所有，尽撤其屋材而货之，荡然无遗。叠石佳者，并为伪省长李士群运载以去。

# 四

吴中名园，首数拙政，而其变革兴废亦最繁，即我居处，安知非当日歌舞地耶。一庐之寄，可谓饱阅沧桑。昔吴梅村作《咏拙政园山茶歌》云"百年前是空王宅"，谓本大宏寺也。"歌台舞榭从何起？当日豪家擅闻里"，又"儿郎纵博赌名园，一掷流传犹在耳"，讥王氏之既得复失也。"后人修筑改池台"以下八句述徐氏之豪华。"齐女门边战鼓声，入门便作将军垒"，指清兵初入也。"近年此地归相公"，又"玉门关外无芳草"，综海宁盛时及迁谪之始末也。咏叹悲怀，历历如见，惜以后事非梅村所知，后之人亦不能继梅村之咏，遂令此篇独擅千古。山茶摧折已久，独徵明手植紫藤，至今犹在，蟠曲茂盛，郁为虬龙矣。

# 五

狮子林得名，或谓取佛书狮子座名之，或谓怪石有状如狻猊者，故名。又其住持天如禅师得法于中峰本公，中峰唱道天目山之狮子岩，识其授受之源也。或谓园有松五株，皆生石上，故以为名，又称五松园者是也。地本贵家别业，元至正二年，天如门人结屋奉师居之，屋不满二十楹，而佛祠僧舍，悉依丛林规制，历代修建，益增崇闳。寺初名菩提正宗，或即称狮林寺。明洪武间，并入承天能仁寺，久之，折入豪门，构市

狮子林

廛为利，佣保杂处。至万历二十年，僧明性求藏经于长安，规
摹复旧，敕赐圣恩寺。清乾隆南巡，复赐名画禅寺，今榜额仍
此，而世俗习称，惟狮林之名最著。其实逮清末叶，狮林与寺
已不相属。人民国，为贝氏园，建宗祠，设学校，往游者非有
因缘，辄不得人。林以叠石名，僧天如盖因贵家别业之旧，而
其丘壑曲折，则与朱德润、赵善良、倪元镇、徐幼文共商成
之，元镇为图，世遂称出自云林手矣。叠石佳处，相传有水陆
十八景。未归贝氏前，余曾往游，虽稍有倾圮，而陟降其间，
如入盘谷，玲珑深窈之致，信不可及。然所谓十八景者，未能
悉睹。贝氏重加修葺，补以新石，色与质俱逊其旧，斗接处，
复以水泥涂荿，法诚便捷，然颇损美观。倪徐而后，擅叠石之
巧者，惟李笠翁，世无名手，转不如任其颓卧荆棘中为犹愈
也。画禅寺有下院，原名狮吼庵，后易地重建，改名祗园，香
火之盛，与画禅埒。

# 六

去祗园数十步，邑人就吴王张士诚故宫废址辟为公园，荫

柳观荷，颇宜消夏。园有西亭，有东斋，皆设茶座，好奕者群趋西亭，东斋则诗人画客萃焉。韦斋隐然为盟主，首倡一韵，和篇纷叠，裒前后所得诗一百六十余首，装为长卷。常熟杨无恙、江宁邓孝先作图，嗣又印《东斋酬唱集》，使余署签。余居南京时多，故不预会，其事亦忘之矣。戚友沈挹芝昨以一册见惠，稽览作者姓名，太半旧识，而十余年间，凋谢几尽，即幸在者，亦都衰病谢客，无复雅兴。集有序两篇，一为孝先作，述诗会缘起甚详，云："癸酉春夏之交，蔡子云笙久病乍起，日必徜徉东斋，辰至午散。与云笙稔者，往往携杖相就，谈笑既洽，继之以讴吟，讴吟未已，参之以谐谑。同人本处萧散，不拘形骸，脱巾高睨，覆碗狂嬉，旁坐者或指目怪诧，而不知正吾辈至愉极快之一日也。"一为松岑作，中一节云："快风扶摇自东北来，凉雨继之，池荷万柄，漂香簌绿，珠颗喷涌，越槛跳橇，溅人裾袂；而四周万树低昂，若与风势相角拄，其声嚣悍，然在诗人听之，不嚣悍而若幽寂者，境以心殊，真天下之能自愉逸者。"举身世幽忧与所以自遣之情，一托诸写东斋景物，可谓善矣。乱后，重经其地，寥阒无人，求一闻嚣悍之声，亦不可得。故人往矣，彼所为幽忧狂吟者，以今思之，抑犹承平之遗迹也。

# 七

迂琐有东斋，小坐望见巽堪无恙，扶藜过桥，戏用陈简斋韵一首云："摇碧池沤散复生，熨栏茗碗对凉晴。百年他日知何地，四海弥天剩此城。幽坐自能穷物妄，剧终浑不斗心兵。眂园一叟应相忆，病起筇枝约意行。"迂琐即韦斋，巽堪即云笙，怳园一叟，指常熟宗子岱也。诗中兵字一韵，殊不易押，和章可摘取者，如拂云云："剩有心情茶后梦，了知世事酒间兵。"群碧云："草边依旧鸣蛙鼓，槐下何曾息蚁兵。"又，"静听荷喧如夏佩，闲寻瓜战已休兵。"栎寄云："荷香自饶花成国，鱼乐安知世斗兵。"弹民云："笑口忽开成妙药，词锋相对斗奇兵。"沙隐云："蝉病噤如钳口士，蚊多悍似溃围兵。"巽堪云："老去鬓丝惊脱叶，久疏棋局罢论兵。"南峰云："匠石不窥尸社树，英雄原属盗潢兵。"芊绵云："吾于成佛终居后，公等登坛善将兵。"霜压云："楼台烟雨南朝寺，子弟貂蝉北府兵。"隐庐云："结海略义王僧达，霾照沉酣阮步兵。"皆有意味。拂云为庞次淮，栎寄为陈公孟，弹民为屈伯刚，芊绵为彭子嘉，沙隐为梁少筠，南峰为翁志吾，霜压为吴瞿安，隐庐为费玉如，群碧即孝先也。感事怀人，追和一首如下："春寒只向袖边生，十日阴霾一日晴。老我心情同落蕊，故人踪迹问佳城。囊空并厌狸为客，色变争谈虎似兵。百感填胸无可语，裁笺聊作短歌行。"声韵久荒，涩不成语。

# 八

侯官梁少筠，弱冠周游东南各省。民国初，一任职商务印书馆，继为吴县及丹阳县佐，有廉勤之称。后遂移家吴门，性乐施舍，创苏州济生会，督修彩虹、善人诸桥，又于胥门外浚放生池，衣粥棺药，以赒贫民者，岁有常数。暇耽吟咏，与东斋诸贤相唱和。先是陈彦通寓吴，倡诗钟之戏，集者颇众。彦通去后，社集蝉联不辍，余与少筠皆尝预焉。及余人蜀，遂不复相见。少筠子嵩生，娶于汪，与余家有连，事舅姑孝谨。姑避寇乱，客死洞庭东山，临终，示象生西，旃馥盈室。少筠本奉佛，自是益虔。三十七年冬，患心脏病，然起居一切与恒人无异。适妇汪以事赴沪，少筠语之曰："期二日回，迟则予不及待。"汪心讶其言，果如期反，是夕遂卒。检其遗物，皆预为标识，又亲书遗嘱并诗一纸。遗嘱略云："予五六十年来，廉洁自持，为民为国，未取非分分文，甘以穷诗人终其身。所愧学业无成，功能无裨，羞对儒先师祖而已。此去心安意得，不必铺张，限三七至五七内，将灵岩生圹做好，异棺入葬，与吾妻同穴，近依佛土，远忏他生，此外别无所冀。"诗有"李贺甘诗鬼，栾侯倘社公"之句。自注："旅吴三十载，两佐县治，此心可质天地，可对鬼神，尤以沦陷一役，勉出拯民，先以不领俸、不受名、不见外人三条件，卒获省敛、足食、卫生三治策，今老而病，病且死，南屏慈尊梦示此去可膺社食云。"南屏慈尊，盖谓济公，吴中设坛奉之，始于郭曾基，郭亦闽人也。梦不必信，而其心无愧怍，始有此梦，则无可疑者。他日邑乘志流寓，沙隐之名，不可没也。

# 九

群碧先世，为洞庭山人，退食于吴，颇欲复其故籍，买宅侍其巷，优游文艺，聊以自娱。虽老辈，而未尝讴颂胜朝，以遗民自命。尝预修清史，获观内府档案，吴某公偶于众坐辩太后下嫁摄政王，必无其事。群碧私谓余："此事礼部实有案，但执笔者讳之耳。满洲旧俗，本不以此为怪。张煌言之诗，钱谦益之得罪，俱为旁证，所谓孝子慈孙，百世不改，岂可以口舌争耶。"清史之不信，如群碧言，可见一斑。群碧工篆书，略与孙星衍、洪亮吉近，晚亦作画，洒然脱俗。藏松壶画放翁诗册，特以假余，笔秀而弱，实赝品，然其意可感也。乱中遣其子赴渝州，覆车死，迨事定，而群碧亦前没。九州告同，竟不及待，悲夫！

选自《寄庵随笔》，上海书店1987年9月版

# 湖山怀旧录（节选）

张恨水

## 一

　　恒人有言曰："上有天堂，下有苏杭。"若乎苏州之风景，未可没也。好游而未至苏州者，有二处必知之，一曰寒山寺，一曰虎丘。盖词人吟咏，见诸篇章，可闻之久矣。寒山寺距阊门有七里许，夹河桑林匝翠，一望无际。林外有石道，平坦可步。行近得一石桥，横跨两岸，即枫桥也，桥畔有人家数

枫　桥

《枫桥夜泊》诗碑

百户，是曰枫桥镇。寺在镇后，约三进，其间虽略具楼阁，然绝无花木草石之胜。有一楼，架一巨钟，盖应张继诗"夜半钟声到客船"句而特设者。殿外廊间，有石碑二，一破裂，一完好，皆尽《枫桥夜泊》诗，字大如碗口，作行书，极翩翘有致。据僧云，旧碑系张继自书，新碑则拓而复勒者。然张继吟诗，何曾题壁，伪托可知。

苏杭一带，小河如棋盘蛛网，港里交通，随处可达。平常人家，大抵前门通陆，后门通河，于河更引支流一湾，直达院内。曾于友人席上，夸谈"江南好"以为乐。一友曰："吾家环野竹篱笆，中植芭蕉海棠月季腊梅之属，四时之花不断，罢约归来，引船入篱。"座有北人，不待其语毕，即笑曰："诈也，时安有引船人篱之事乎？"予即白其景实，且谓江南人家家有船，正如河北人家家有车，河入篱内，虽属为奇，而江南之河，大都宽仅数丈，水平浪稳，小舟如床，妇孺可操，且人家所分支流有恰容一小舟者，则其人篙，自可能矣。

## 二

胥江由将门入城，支渠绕街市，河流汩汩，沿人家绕户而过。晨曦初上，居民启户而出，上流人家虽倾倒污秽，下流人家自淘米洗菜，妇孺隔河笑语，恬不为怪。外地人谓苏州人物俊秀，其因在此，谑已。

一泓曲水，七里山塘，昔人谓其处朱楼两岸，得画船箫鼓之盛。盖朱明之际，昆曲盛行，此者架船为台，在中流奏技，出城士女，或继舟以待，或夹岸而观，山塘一带，遂为繁盛之区。降及逊清，此事早不可复观。今则腥膻扑鼻，两岸为鱼盐贩卖所矣。

山塘处曰虎丘，妇孺能道之江南胜迹也。此山之所以奇，在平畴十里，突拥巨阜，山脉何自，乃不可寻。初在外观之，古塔临风，丛楼隔树，孤山独特，一览可尽。及入其中，则高低错落，自具丘壑，回环曲折，足为半日之游。惟太平天国而后，花木摧残殆尽，蔓草荒芜，瓦砾遍地，殊煞风景耳。

## 三

江南人士，谈苏州者，无不知有留园。园为江苏巨室盛宣怀之别墅，在阊门外大约二里许。园中亭台曲折，花木参差，极奇巧之能事。园中最胜处，中为一巨池，石桥三折其上，南端为水榭，杂植桃杏杨柳之属，偏西为紫藤一巨架与一小亭，相互倒映水中，其余二面为太湖石，间植梧桐木樨，山下左设小斋，后植竹，宜读书。右为虚堂，无门。春草绿入其中，可小饮望月。略举一斑，其他可知。园之成传费四十万金，以予计之，成当不至此耳。

予曾读书苏州学校，为盛氏之住宅，与留园盖一墙之隔。其理化讲堂，即留园之一角，划入校中者也。教室上为西式红楼，下为精室。小苑三面粉墙，一处掩以雕栏，两处护以垂柳，廊外首植淮橘四株，其次为塞梨碧桃，交互则生，其三为垂丝槐五六本，更杂以紫薇，最末则葡萄一架，梅花围于四周，雕栏下有古井一，夭桃两树覆于上，夭桃之上，则为翠竹一排，盖隔墙之竹林也。相传此处为杏荪寝室，故其外之花木，罗列至于四季。予住校时，即卜居于此，花晨月夕，小立闲吟，俱感情趣，湖海十年，豪气全消，而一念及此，犹悠然神往。数年前乘沪车经过苏州，每见桑林之上，红楼一阁，恍然如东坡老遇春梦婆也。

与留园齐名者，有拙政园、植园、西园三处。植园以地僻未游，西园附于西园古刹（亦盛氏所建），简陋无足称，拙政园为八旗会馆之一部，虽小于留园，而池馆依花，山斋绕竹，皆精美绝伦。有玲珑馆者，满院怪石，不植花木，浅苔瘦蔓，繁华尽洗。石林中有一木屋，高不及丈，并无几榻，只设一蒲团，门上悬竹板，联曰："扫地焚香盘膝坐，开笼放鹤举头看。"恰如其分。

# 四

虎丘之胜，有剑池、憨憨泉、拥翠山庄、云岩禅寺、五云台、千顷云、阖闾墓、真娘墓、试剑石、点头石、千人石等处。拥翠山庄，沿山之半，建筑楼阁，南望天平上方诸山，如青嶂翠屏，遥遥环峙，西望麦地桑田，一碧无际，名曰拥翠，得其实也。阖闾墓渺不可得，真娘墓亦土垠崩溃，杂生荆棘，当予游时，颇感不快。近得友人书，墓已仿苏小坟，建亭植树，且拥翠山庄一带，亦遍树桃李数百株，虎丘满山锦绣，已不如数年前之荒落矣。

清某君咏虎丘诗曰："苍苔翠壁无人迹，小立斜阳爱后山。"此非经过人真不能道。盖虎丘奇，在于土垠之中自生奇石。前山剑池，削壁中开，下临幽泉，人以为奇。其实斧凿之痕，斑斑可辨。而后山则石崖陡立，无阶可下，蔓藤塞泉，自有幽趣。且惟至后山，能现虎丘真形，而信此山非人工所造也。

选自《世界日报》1929年6月2日—28日

# 古　刹

——姑苏游痕之一

王统照

离开沧浪亭，穿过几条小街，我的皮鞋踏在小圆石子碎砌的铺道上总觉得不适意；苏州城内只宜于穿软底鞋或草履，硬邦邦地鞋底踏上去不但脚趾生痛，而且也感到心理上的不调和。

沧浪古亭

阴沉沉的天气又像要落雨。沧浪亭外的弯腰垂柳与别的杂树交织成一层浓绿色的柔幕，已仿佛到了盛夏。可是水池中的小荷叶还没露面。石桥上有几个坐谈的黄包车夫并不忙于找顾客，萧闲地数着水上的游鱼。一路走去我念念不忘《浮生六记》里沈三白夫妇夜深偷游此亭的风味，对于曾在这儿做"名山"文章的苏子美反而澹然。现在这幽静的园亭到深夜是不许人去了，里面有一所美术专门学校。固然荒园利用，而使这名胜地与"美术"两字牵合在一起也可使游人有一点点淡漠的好感，然而苏州不少大园子一定找到这儿设学校；各室里高悬着整整齐齐的画片，摄影，手工作品，出出进进的是穿制服的学生，即使不煞风景，而游人可也不能随意留连。

在这残春时，那土山的亭子旁边，一树碧桃还缀着淡红的繁英，花瓣静静地贴在泥苔湿润的土石上。园子太空阔了，外来的游客极少。在另一院落中两株山茶花快落尽了，宛转的鸟音从叶子中间送出来，我离开时回望了几次。

陶君导引我到了城东南角上的孔庙，从颓垣的入口处走进去。绿树丛中我们只遇见一个担粪便桶的挑夫。庙外是一大个毁坏的园子，地上满种着青菜，一条小路逶迤地通到庙门首，这真是"荒墟"了。

石碑半卧在剥落了颜色的红墙根下，大字深刻的甚么训诫话也满长了苔藓。进去，不像森林，也不像花园，滋生的碧草与这城里少见的柏树，一道石桥得当心脚步！又一重门，是直走向大成殿的，关起来，我们便从旁边先贤祠，名宦祠的侧门穿过。破门上贴着一张告示，意思是崇奉孔子圣地，不得到此损毁东西，与禁止看守的庙役赁与杂人住居等话（记不清了，大意如此）。披着杂草，树枝，又进一重门，到了两庑，木栅栏都没了，空洞的廊下只有鸟粪，土藓。正殿上的朱门半阖，我刚刚迈进一只脚，一股臭味闷住呼吸，后面的陶君急急地道：

"不要进去，里面的蝙蝠太多了，气味难闻得很！"

果然，一阵拍拍的飞声，梁栋上有许多小灰色动物在阴暗中自营生活。木龛里，"至圣先师"的神位孤独地在大殿正中享受这霉湿的气息。好大的殿堂，此外一无所有。石阶上，蚂蚁，小虫在鸟粪堆中跑来跑去，细草由砖缝中向上生长，两行古柏苍干皱皮，沉默地对立。

立在圮颓的庑下，想象多少年来，每逢丁祭的时日，跻跻跄跄，拜跪，鞠躬，老少先生们都戴上一份严重的面具。听着仿古音乐的奏弄，宗教仪式的宰牲，和血，燃起干枝"庭燎"。他们总想由这点崇敬，由这点祈求：国泰，民安……至于士大夫幻梦的追逐，香烟中似开着"朱紫贵"的花朵。虽然土，草，木，石的简单音响仿佛真的是"金声，玉振"。也许因此他们会有一点点"前不见古人后不见来者"的想法？但现在呢？不管怎样在倡导尊孔，读经，只就这偌大古旧的城圈中"至圣先师"的庙殿看来，荒烟，蔓草，真变做"空山古刹"。偶来的游人对于这阔大而荒凉破败的建筑物有何感动？

何况所谓苏州向来是士大夫的出产地：明末的党社人物，与清代的状元，宰相，固有多少不同，然而属于尊孔读经的主流却是一样，现在呢？……仕宦阶级与田主身份同做了时代的没落者？

所以巍峨的孔庙变成了"空山古刹"并不稀奇，你任管到那个城中看看，差不了多少。

虽然尊孔，读经，还在口舌中，文字上叫得响亮，写得分明。

我们从西面又转到甚么范公祠，白公祠，那些没了门扇缺了窗棂的矮屋子旁边，看见几个工人正在葺补塌落的外垣。这不是大规模科学化的建造摩天楼，小孩子慢步挑着砖，灰，年老人吸着旱烟筒，那态度与工作的疏散，正与剥落得不像红色的泥圬墙的颜色相调合。

　　我们在大门外的草丛中立了一会，很悦耳地也还有几声鸟鸣，微微丝雨洒到身上，颇感到春寒的料峭。

　　雨中，我们离开了这所"古刹"。

　　　　　　　　　　　　一九三六年，四月末旬
　　　　选自《游痕》，上海文化生活出版社1939年2月初版

# 黄昏的观前街

郑振铎

我刚从某一个大都市归来。那一个大都市，说得漂亮些，是乡村的气息较多于城市的。它比城市多了些乡野的荒凉况味，比乡村却又少了些质朴自然的风趣。疏疏的几簇住宅，到处是绿油油的菜圃，是蓬蒿没膝的废园，是池塘半绕的空场，是已生了荒草的瓦砾堆。晚间更是凄凉。太阳刚刚西下，街上的行人便已"寥若晨星"。在街灯如豆的黄光之下，踽踽的独行着，瘦影显得更长了，足音也格外的寂寥。远处野犬，如豹的狂吠着。黑衣的警察，幽灵似的扶枪立着。在前面的重要区域里，仿佛有"站住！""口号！"的呼叱声。我假如是喜欢都市生活的话，我真不会喜欢到这个地方；我假如是喜欢乡间生活的话，我也不会喜欢到这个所在。我的天！还是趁早走了吧。（不仅是"浩然"，简直是"凛然有归志"了！）

归程经过苏州，想要下去，终于因为舍不得抛弃了车票上的未用尽的一段路资，蹉跎的被火车带过去了。归后不到三天，长个子的樊与矮而美髯的孙，却又拖了我逛苏州去。早知道有这一趟走，还不中途而下，来得便利么？

我的太太是最厌恶苏州的，她说舒舒服服的坐在车上，走不了几步，却又要下车过桥了。我也未见得十分喜欢苏州；一来是，走了几趟都买不到什么好书，二来是，住在阊门外，太像上海，而又没有上海的繁华。但这一次，我因为要换换花样，却拖他们住到城里去。不料竟因此而得到了一次永远不曾领略到的苏州景色。

我们跑了几家书铺，天色已经渐渐的黑下来了，樊说，"我们找一个地方吃饭吧。"饭馆里是那末样的拥挤，走了两三家，才得到了一张空桌。街上已上了灯。楼窗的外面，行人也是那末样的拥挤。没有一盏灯光不照到几堆子人的，影子也不落在地上，而落在人的身上。我不禁想起了某一个大城市的荒凉情景，说道，"这才可算是一个都市！"

这条街是苏州城繁华的中心的观前街。玄妙观是到过苏州的人没有一个不熟悉的；那末粗俗的一个所在，未必有胜于北平的隆福寺，南京的夫子庙，扬州的教场。观前街也是一条到过苏州的人没有一个不曾经过的；那末狭小的一道街，三个人并列走着，便可以不让旁的人走，再加之以没头苍蝇似的乱钻而前的人力车，或箩或桶的一担担的水与蔬菜，混合成了一个道地的中国式的小城市的拥挤与纷乱无秩序的情形。

然而，这一个黄昏时候的观前街，却与白昼大殊。我们在这条街上舒适的散着步，男人，女人，小孩子，老年人，摩肩接踵而过，却不喧哗，也不推拥。我所得的苏州印象，这一次可说是最好——从前不曾于黄昏时候在观前街散步过。半里多长的一条古式的石板街道，半部车子也没有，你可以安安稳稳的在街心踱方步。灯光耀耀煌煌的，铜的，布的，黑漆金字的市招，密簇簇的排列在你的头上，一举手便可触到了几块。茶食店里的玻璃匣，亮晶晶的在繁灯之下发光，照得匣内的茶食通明的映入行人眼里，似欲伸手招致他们去买几色苏制的糖食带回去。野味店的山鸡野兔，已烹制的，或尚带着皮毛的都一串一挂的悬在你的眼前——就在你的眼前，那香味直扑到你的鼻上。你在那里，走着，走着，你如走在一所游艺园中。你如在暮春三月，迎神赛会的当儿，挤在人群里，跟着他们跑，兴奋而感到浓趣。你如在你的少小时，大人们在做寿，或娶亲，地上铺着花毯，天上张着锦幔，长随打杂老妈丫头，客人的孩子们，全都穿戴着崭新的衣帽，穿梭似的进进出出，而你在其间，随意的玩耍，随意的奔跑。你白天觉得这条街狭小，在这时，你才觉这条街狭小得妙。她将你紧压住了，如夜间将自己的手放在心头，做了很刺激的梦；他将你紧紧的拥抱住了，如一个爱人身体的热情的拥抱；她将所有的宝藏，所有的繁华，所有的可引动人的东西，都陈列在你的面前，即在你的眼下，相去不到二尺左右，而别用一种黄昏的灯纱笼罩了起来，使它们更显得隐约而动情，如一位对窗里面的美人，如一位躲于绿帘后的少女。她假如也像别的都市的街道那样的开朗阔大，那末，你便将永远感不到这种亲切的繁华的况味，你便将永远受不到这种紧紧的箍压于你的全身，你的全心的煦暖而温馥的情趣了。你平常觉得这条街闲人太多，过于拥挤，在这时却正显得人多的好处。你看人，人也看你；你的左边是一位时装的小姐，你的右边是几位随了丈夫、父亲上城的乡姑，你的前面是一二位步履维艰的道地的苏州老，一二位尖帽薄履的苏式少年，你偶然回过头来，你的眼光却正碰在一位容光射人，衣饰过丽的少奶奶的身上。你的团团转转都是人，都是无关系的无关心的最驯良的人；你可以舒舒适适的踱着方步，一点也不用担心什么。这里没有乘机的偷盗，没有诱人入魔窟的"指导者"，也没有什么电掣风驰，左冲右撞的一切车子。每一个人都是那末安闲的散步着，散步着；川流不息的在走，肩磨接踵的在走，他们永不会猛撞着你身上而过。他们是走得那末安闲，那末小心。你假如偶然过于大意的撞了人，或踏了人的足——那是极不经见的事！他们抬眼望了望你，你对他们点点头，表示歉意，也就算了。大家都感到一种的亲切，一种的无损害，一种的无忧无虑的生活；大家都似躲在一个乐园中，在明月之下，绿林之间，优闲的微步着，忘记了园外的一切。

那末鳞鳞比比的店房，那末密密接接的市招，那末耀耀煌煌的灯光，那末狭狭小小的街道，竟使你抬起头来，看不见明月，看不见星光，看不见一丝一毫的黑暗的夜天。她使你不知道黑暗，她使你忘记了这是夜间。啊，这样的一个"不夜之城！"

"不夜之城"的巴黎，"不夜之城"的伦敦，你如果要看，你且去歌剧院左近走着，你且去辟加德莱圈散步，准保你不会有一刻半秒的安逸；你得时时刻刻的担心，时时刻刻的提防着，大都市的灾害，是那末多。每个人都是匆匆的走马灯似的向前走，你也得匆匆的走；每个人都是紧张着矜持着，你也自然得会紧张着，矜持着。你假如走惯了黄昏时候的观前街，你在那里准得要吃大苦头，除非你已将老脾气改得一干二净。你假如为店铺的窗中的陈列品所迷住了，譬如说，你要站住了仔仔细细的看一下，你准得要和后面的人猛碰一下，他必定要诧异的望了望你，虽然嘴里说的是"对不起"。你也得说"对不起"，然而你也饱受了他，以至他们的眼光的奚落。你如走到了歌剧院的阶前，你如走到了那尔逊的像下，你将见斗大的一个个市招或广告牌，闪闪在放光；一片的灯光，映射得半个天空红红的。然而那里却是如此的开朗敞阔，建筑物又是那末的宏伟，人虽拥挤，却是那样的藐小可怜，Taxi和Bus也如小甲虫似的，如红蚁似的在一连串的走着。大半个天空是黑漆漆的，几颗星在冷冷的眨着眼看人。大都市的荣华终敌不住黑夜的侵袭，你在那里，立了一会，只要一会，你便将完全的领受到夜的凄凉了。像观前街那样的燠暖温馥之感，你是永远得不到的。你在那里是孤零的，是寂寞的，算不定会有什么飞灾横祸光临到你身上，假如你要一个不小心。像在观前街的那末舒适无虑的亲切的感觉，你也是永远不会得到的。

有观前街的燠暖温馥与亲切之感的大都市，我只见到了一个委尼司；即在委尼司的St.Mark方场的左近。那里也是充满了闲人，充满了紧压在你身上的燠暖的情趣的；街道也是那末狭小，也许更要狭，行人也是那末拥挤，也许更要拥挤，灯光也是那末辉辉煌煌的，也许更要辉煌。有人口口声声的称呼苏州为东方的委尼司；别的地方，我看不出，别的时候，我看不出，在黄昏时候的观前街，我却深切的感到了——虽然观前街少了那末弘丽的Piazza of St.Mark，少了那末轻妙的此奏彼息的乐队。

选自《郑振铎文集》第2卷，人民文学出版社1963年3月初版

# 光福游记

蒋维乔

　　民国十一年冬，赴苏州视察学校。晤老友金君松岑，乃有光福之游。十月四日之晨，同赴胥门。登雇定之利泽小轮。到木渎，访袁君幼辛（培基）。在木渎绕行一周。袁君先得松岑信，已雇小舟，预备同游，乃系舟轮后而行。并携行厨，在舟中共餐，肴馔精美，中有松蕈，尤新鲜可口。日午，傍岸，同游于羡园。园中布置，曲折幽胜。登楼凭眺，灵岩山全景在目，惜已失修，渐近荒废耳。再返舟，开行，抵善人桥。水大，桥洞小，轮船不得过。余等乃自小舟过轮船，俾得加增重量，吃水较深，乃安然过去。午后二时，抵光福镇。舍舟登陆，寓寻梅旅社。光福乡董李玉卿、申子佩、第一国民学校校长邵立斋，皆来招待。因为时尚早，乃由邵君导游。出社，向西北行数十武，至光福寺。寺在光福山，为梁代所建，后有舍利塔，故亦名塔山；宋时获铜观音像，供奉寺中，亦名铜观音寺。寺后有送子洞，据山之高处登之，可以望东西崦。出寺，再向西北行里许，至三官堂。堂北有水阁三间，面临西崦，极湖山之胜。所谓崦，乃太湖之水，汇流山间，淹没而成者也。东西二崦，一水可通，中惟隔以石梁耳。堂后复有一亭，登之，更豁然开朗，西崦全部，宛在栏下。崦之三面皆山，其南则邓尉、西碛、铜井诸山，绵延不断，直至太湖口而止。既而光福寺僧，携二手卷来，展玩移时，遂至崦西小筑啜茗。凭栏观崦，仿佛西湖，流连久之而出。折向东南行里许，至湖上读书处，冯桂芬所建，今设第一国民学校于此。自校之后门出，沿西崦行，过石梁，登虎山。山不甚高，顶有平原，上有东岳庙，已荒废。自顶远望，左为东崦，右为西崦，群山环之，风景之美，不可名状！东崦面积，略与西崦等。不过农家筑围成田，致水道日狭，不及西崦之广矣。是时夕阳西下，晚霞映入崦中，上下皆红，荡漾如濯锦，令人低徊不忍去云。

五日，阴雨，不克畅游，拟至山中著名处，作半日之盘桓。遂于晨八时，乘肩舆西行，邵君立斋为向导。约三里，至柏因社，亦名司徒庙。庙中有古柏四株，曰清、奇、古、怪，形各不同，势复蟠屈，故得此名。所谓怪者，乃经雷火，劈一株为二，倒地复能生根长茂，斯真不愧为怪矣！观毕，出庙，折回原路。再南行，约九里，至玄墓山。相传晋青州刺史郁泰玄葬此，故名。今犹存墓碑，筑亭障之。此山面对太湖，登顶一望，洞庭诸山，若隐若现，沉浸于洪波。山上有圣恩寺，规模甚大，为此间丛林之冠。住持中恕出迎，并言今年时节和暖，牡丹桃花，非时齐开。以净瓶插牡丹桃花各一枝供客，并导游各处。寺后有真假山，在郁墓之侧。此山多土，惟此处奇石突出，嵌空玲珑，故呼为真假山。自山而下，复人寺，登还玄阁，俯视太湖，在几席之间，惜烟雨迷离，不能了了。寺中藏有周邾公牼钟，为珍贵之古物，中恕出示之，古色斑斓，钟带间有三十六孔，其镂刻为籀文。又有巨轴三，皆长二丈余，一为栴檀佛像；一为西方极乐世界图；一为华严经塔，写全部《华严经》，字迹细若蝇头，为虞山弟子许德心敬写，河南程眉绘像。余等在寺午餐，餐毕，再出寺西行。路小而窄，且雨不止，舆人缓缓而前。约五里，抵石楼，有古刹。其前修竹成林，临湖有万峰台遗址，登台可望七十二峰，惜亦迷茫不可辨。惟冲漫之峰，距离至近，如在足底耳。午后三时，仍乘舆回。路经香雪海，为早春梅花最盛处，今则深秋，无可观者，故未停。邓尉除香雪海尚多梅树外，他处已砍伐无余，改种桑树。询之土人，则云："种梅利薄，不如种桑利厚。"然桑树到处权桠，山容则因之丑陋矣。三时回旅社，即乘小轮返苏州。

二十四年八月补写

选自《因是子游记》，商务印书馆1935年12月初版

# 苏人苏事

周越然

## 一 引言

余自清光绪三十四年戊申（一九零八）起，至民国元年壬子（一九一二）止，每日所见闻者，苏州事也；每日所交接者，苏州人也。在此五年中，余以明求默索两法而学得吴中之风俗习惯，人情世态，当不在真苏人之下。但余旅苏之主旨，不在"学"而在"教"；教为正业，而学则陪衬之，故本篇言教。

## 二 英文专修馆

余于戊申春夏之交，人毛提学使实君（庆藩）所创办之英文专修馆（地点在大太平巷）为英语教师，介绍者李师登辉也。先此余在上海环球中国学生会所办之达成中学（地点在白克路）提任教职，同事有胡梓方、刘口口、朱大发、史东曙、季英伯诸公，皆博于学而富于经验之士，与之共事共游，随时随地可以受益。故薪水虽微，而"初出茅庐"之我，甚觉快乐而安心也。某晨十一时许，李师快步而入，见余即曰："周君，你快快告假，今天和我同到苏州去——正午十二时车。快些，快些，我们马上就要走了。"余问："有何事？"李师曰："到了那边你自会知道的。"

李师与余抵苏后，即往旧时之试院（考场），见内有被试之学生百余人，正在埋头苦干也。余不觉一疑，而自问曰："此何地乎？彼辈何人耶……难道科举已经恢复么？"正在此际，有口操福州官话而身穿蓝袍天青褂者，自大堂慢步而出，带笑而言曰："李先生，路上好吗？这就是周君吗？"李师曰："路上好——他是周君。"此公即向余曰："好极了，周君，你来得正好，今天就可以帮我们看卷了。毛提学使创办英专，缺一英文教员，李先生保荐你，我们已经决定请你了。我姓冯，我是冯玉蕃（琦）。"李师插问曰："毛提学使呢？他在哪里？"冯公答曰："他因为有要公，已经回衙门了。"

不久，李师、冯公及余同阅考卷。毕后，往提学使公署宴集。是晚寄宿于新校中。次晨，李师曰："我今天要回上海了，你还是同我回去呢？还是在此等开学？"余曰："冯君说开学最早在半个月以后，我还是回上海罢。"——李师、冯公与余谈话，纯用英语，本国人借外国语为表达意见之媒介，当时不以为奇。

余在英专服务，共约二年——至宣统元年己酉冬樊提学到任后因经费支绌决意停办时止。英专之学生，后来在社会上担任重要职务者，有过探先、钮因祥等人。

# 三　高等学堂

高等学堂之地点在沧浪亭，校长南翔朱锡百（寿朋）先生也。英专停办后，冯玉蕃君改任高校教务长，余因冯君之介，初（庚戌春）为补习班教员。学生皆京口驻防旗人，八旗中学毕业生，庆仁、铜章、增辉、德生、相宽、志证、炳堃、承荣、绍端等等是也。秋季学期开始，余始入正科授课，年底清廷"传旨嘉奖"。宣统三年，任为"英文兼心理辩学（即论理）教员"（见《校友会杂志》第一期）。当时心理论理两科，不知所用何书，所作何语，余已全然忘之矣。惟忆同事中有胡松圃、沈商耆、哈丝金（美国人）、华倩朔……除华君于最近在南京偶然相遇外，其他诸公久不见矣。当时肄业之学生，后来成名者，有朱贡三、汪懋祖、李广勋、孙雏飞、李迪彝、杨小堂、夏奇峰……夏君现任审计部部长。

江苏高校于辛亥九月停办。最后两月薪水，因藩库缺少现洋，以元宝为替。余尚忆手提银两，明明满头大汗，暗暗杭育杭育，向盘门步行，搭船回吴兴之"吃力"也。

# 四　私家教读

次年（壬子）仍来苏城，在某姓为英语教师，学生一人，系二百万以上之富豪也。自一月起，至十二月止，余共授鲍尔文读本第四册两课，而所得薪水，所受供养，远在——远在高校之上。余深知此种生活必然不能持久，且不利于少年人，故决意另谋相当之职。其时皖校需人，余立允其聘。

# 五　结论

余旅苏五年，对于其人其物，无不感到完美，不论男女老幼，出言总是和平，声音虽然尖利，但是并不触耳。二人相遇，无不招呼，无不恭恭敬敬。就是口角，亦必采用种种暗语（例如糖佛手），不肯明白骂人，以酿成法律问题。至于物，则更妙矣，瓜子香而且整，糖果甜而不腻，其他如小肉包、良乡栗子及一切小食，使人人有口不忍止、不顾胃病之势。

余去冬曾往苏州一游，惜为时只有半日，看不见老友，吃不到精品，不能尽兴也。他日有缘，当补行之。

余在苏时，尚有两事，一、吃馆子，二、坐花船——虽属荒唐，但不妨言之。当时馆子之佳而且廉者，司前街之京馆鼎和居（苏人读如"丁乌鸡"）也，与之交易者，大半为官员，其次则为绅士，最次教员与学生。花船之最著名者，李双珠家（鸭蛋桥）也。两者余均享受之，而尤以末一年为最多。

一九四三年四月十一日
选自《六十回忆》，太平书局1944年12月初版

# 关于女子——苏州女中讲稿

徐志摩

苏州！谁能想象第二个地名有同样清脆的声音，能唤起同样美丽的联想，除是南欧的威尼市或翡冷翠，那是远在异邦，要不然我们就得追想到六朝时代的金陵广陵或许可以仿佛？当然不是杭州，虽则苏杭是常常联着说到的。杭州即使有几分美秀，不幸都教山水给占了去，更不幸就那一点儿也成了问题：你们不听说雷峰塔已经教什么国术大力士给打个粉碎，西湖的一汪水也教大什么会的电灯给照干了吗？不，不是杭州。说到杭州我们不由的觉得舌尖上有些儿发锈。所以只剩了一个苏州准许我们放胆的说出口，放心的拿上手。比是乐器中的笙箫，有的是袅袅的余韵。比是青青的柏子，有的是沁人心脾的留香。在这里，不比别的地处，人与地是相对无愧的，是交相辉映的。寒山寺的钟声与吴侬的软语一般的令人神往。虎丘的衰草与玄妙观的香烟同样的勾人留恋。

但是苏州——说也惭愧，我这还是第二次到，初次来时只匆匆的过了一宵，带走的只有采芝斋的几罐糖果和一些模糊的影象。就这次来也不得容易。要不是陈淑先生相请的殷勤——聪明的陈淑先生，她知道一个诗人的软弱，她来信只淡淡的说你再不来时天平山经霜的枫叶都要凋谢了——要不是她的相请的殷勤，我说，我真不知道几时才得偷闲到此地来，虽则我这半年来因为往返沪宁间每星期得经过两次，每星期都得感到可望而不可即的惆怅。为再到苏州来我得感谢她。但陈先生的来信却不单单提到天平山的霜枫，她的下文是我这半月来的忧愁：她要我来说话——到苏州来向女同学们说话！我如何能不忧愁？当然不是愁见诸位同学，我愁的是我现在这相儿，一个人孤伶伶的站在台上说！我们这坐惯冷板凳日常说废话的所谓教授们最厌烦的，不瞒诸位说，这是我们自己这无可奈何的职务——说话（我再不敢说讲演，那样粗蠢的字样在苏州地方是说不出口的）。

就说谈话吧，再让一步，说随便谈话吧，我不能想象更使人窘的事情！要你说话，可不指定要你说什么，"随便说些什么都行"，那天陈先生在电话里说。你拿艳丽的朝阳给一只芙蓉或是一支百灵，它就对你说一番极美丽动听的话；即使它说过了你冒失的恭维它说你这"讲演"真不错，它也不会生气，也不会惭愧，但不幸我不是芙蓉更不是百灵。我们乡里有一句俗话说宁愿听苏州人吵架，不愿听杭州人谈话。我的家乡又不幸是在浙江，距着杭州近，离着苏州远的地处。随便说话，随你说什么，果然我依了陈先生扯上我的乡谈，恐怕要不到三分钟你们都得想念你们房间里备着的八卦丹或是别的止头痛的药片了！

但陈先生非得逼我到，逼我献丑，写了信不够，还亲自到上海来邀。我不能不答应来。"但是我去说些什么呢，苏州，又是女同学们？"那天我放下陈先生的电话心头就开始踌躇。不要忙，我自己安慰自己说，在上海不得空闲，到南京去有一个下午可以想一想。那天在车上倒是有福气看到镇江以西，尤其是栖霞山一带的雪叶。虽则那早上是雾茫茫的，但雪总是好东西，它盖住地面的不平和丑陋，它也拓开你心头更清凉的境界。山变了银山，树成了玉树，窗以外是彻骨的凉，彻骨的静，不见一个生物，鸟雀们不知藏躲在哪里，雪花密团团的在半空里转。栖霞那一带的大石狮子，雄踞在草田里张着大口向着天的怪东西，在雪地里更显得白，更显得壮，更见得精神。在那边相近还有一座塔，建筑雕刻，都是第一流的美术，最使人想见六朝的风流，六朝的闲暇。在那时政治上没有统一的野心家，江以南，江以北，各自成家，汉也有，胡也有，各造各的文化。且不说龙门，且不说云冈，就这栖霞的一些遗迹，就这雄踞在草田里的大石狮，已够使我们想见当时生活的从容，气魄的伟大，情绪的俊秀。

我们在现代感到的只是局促与匆忙。我们真是忙，谁都是忙。忙到倦，忙到厌。但忙的是什么？为什么忙？我们的子孙在一千年后，如其我们的民族再活得到一千年，回看我们的时代，他们能不能了解我们的匆忙？我们有什么东西遗留给他们可以使他们骄傲，宝贵，值得他们保存，证见我们的存在，认识我们的价值，可以使他们永久停留他们爱慕的纪念——如那一只雄踞在草田里的大石狮？我们的诗人文人贡献了些什么伟大的诗篇与文章？我们的建筑与雕刻，且不说别的，有哪样可以留存到一百年乃至十年五年而还值得一看的？我们的画家怎样描写宇宙的神奇？我们哪一个音乐家是在解释我们民族的性灵的奥妙？但这时候我眼望着的江边的雪地已经戏幕似的变形成为北方赤地几千里的灾区，黄沙天与黄土地的中间只有惨淡的风云，不见人烟的村庄以及这里那里枝条上不留一张枯叶的林木。我也望得见几千万已死的将死的未死的人民，在不可名状的苦难中为造物主的地面上留下永久的羞耻。在他们迟钝的眼光中，他们分明说他们的心脏即使还在跳动他们已经失去感觉乃至知觉的能力，求生或将死的呼号早已逼死在他们枯竭的咽喉里。他们分明说生活、生命，乃至单纯的生存已经到了绝对的绝境，前途只是沙漠似的浩瀚的虚无与寂灭，期待着他们，引诱着他们，如同春光，如同微笑，如同美。我也望见钩结在连环战祸中的区域与民生。为了谁都不明白的高深的主义或什么的相互的屠杀，我也望见那少数的妖魔，踞坐在跸卫森严的魔窟中计较下一幕的布景与情节，为表现他们的贪，他们的毒，他们的野心，他们的威灵，他们手擎着全体民族的命运当作一掷的孤注。我也望见这时代的烦闷毒气似的在半空里没遮拦的往下盖，被牺牲的是无量数春花似的青年。这憧憬中的种种都指点着一个归宿，一个结局——沙漠似的浩瀚的虚无与寂灭，不分疆界永不见光明的死。

我方才不还在眷恋着文化的消沉吗？文化，文化，这呼声在这可怖的憧憬前，正如灾民苦痛的呼声，早已逼死在枯竭的咽喉里，再也透不出声响。但就这无声的叫喊已经在我的周围引起怪异的回响，像是哭，像是笑，像是鸱枭，像是鬼……

但这声响来源是我坐位邻近一位肥胖的旅伴的雄伟的哈欠。在这哈欠声中消失了我重叠的幻梦似的憧憬，我又见到了窗外的雪，听到车轮的响动。下关的车站已经到了。

我能把我这一路的感想拉杂来充当我去苏州的谈话资料吗？我在从下关进城时心里计较。秀丽的苏州，天真的女同学们，能容受这类荒伧，即使不至怪诞的思想吗？她们许因为我是教文学的想从我听一些文学掌故或文学常识。但教书是无可奈何，我最厌烦的是说本行话。他们或许因为我曾写过一些诗是在期望一个诗人的谈话，那就得满缀着明月和明星的光彩，透着鲜花与鲜草的馨香，要不然她们竟许期待着雪莱的《玄雀》或是济慈的《夜莺》。我的倒像是鸱枭的夜啼，不是太煞尽了风景？这，我又转念，或许是我的过虑，他们等着我去谈话正如他们每月或每星期等着别人去谈话一样，无非想听几句可乐的插科与诙谐，（如其有的话，那算是好的，）一篇，长或是短，勉励或训诲的陈腐（那是你们打哈欠乃至瞌睡的机会），或是关于某项专门知识的讲解（那你们先生们示意你们应得掏出铅笔在小本子上记下的）写了几句自己谦让道歉不曾预备得好的话，在这末尾与他鞠躬下台时你们多少间酬报他一些鼓掌，就算完事一宗。但事实上他讲的话，正如讲的人，不能希望（他自己也不希望）在你们的脑筋里留有仅仅隔夜的印象，某人不是到你们这里来讲过的吗？隔几天许有人问。嗄，不错是有的，他讲些什么了？谁知道他讲什么来了，我一句也没有听进去，不是你提起，我忘都忘了我听过他讲哪！

这是一班到处应酬讲演人的下场头。他们事实上也只配得这样的下场头。穷、窘、枯、干，同学们，是现代人们的生活。干、枯、窘、穷，同学们，是现代人们的思想。不要把上年纪的人们，占有名气或地位的人们看太高了，他们的苦衷只有他们自家得知，这年头的荒歉是一般的。

也不知怎的我想起来说些关于女子的杂话。不是女子问题。我不懂得科学，没有方法来解剖"女子"这个不可思议的现象。我也不是一个社会学家，搬弄着一套现成的名词来清理恋爱，改良婚姻或家庭。我也没有一个道学家的权威，来督责女子们去做良妻贤母，或奖励她们去做不良的妻不贤的母。我没有任何解决或解答的能力。我自己所知道的只是我的意识的流动，就那个我也没有支配的力量。就比是隔着雨雾望远山的景物，你只能辨认一个大概。也不知是哪里来的光照亮了我意识的一角，给我一个辨认的机会，我的困难是在想用粗笨的语言来传达原来极微纤的印象，像是想用粗笨的铁针来绣描细致的图案。我今天所要查考的，所以，不是女子，更不是什么女子问题，而是我自己的意识的一个片段。

　　我说也不知怎的我的思想转上了关于女子的一路。最显浅的原由，我想，当然是为我到一个女子学校里来说话。但此外也还有别的给我暗示的机会。有一天我在一家书店门首见着某某女士的一本新书的广告，书名《蠹鱼生活》。这倒是新鲜，我想，这年头有甘心做书虫的女子。三百年来女子中多的是良妻贤母，多的是诗人词人，但出名的书虫不就是一位郝夫人王照圆女士吗？这是一件事，再有是我看到一篇文章，英国一位名小说家做的，她说妇女们想从事著述至少得有两个条件：一是她得有她自己的一间屋子，这她随时有关上或锁上的自由。二是她得有五百镑一年（那合华银有六千元）的进益。她说的是外国情形，当然和我们的相差得远，但原则还不一样是相通的？你们或许要说外国女人当然比我们强，我们怎好跟她们比，她们的环境要比我们的好多少，她们的自由要比我们的大多少。好，外国女人，先让我们的男人比上了外国的男人再说女人吧！

　　可是你们先别气馁，你们来听听外国女人的苦处。在Queen Anne的时候，不说更早，那就是我们清朝乾隆的时候，有天才的贵族女子们（平民更不必说了）实在忍不住写下了些诗文就许往抽屉里堆着给蛀虫们享受，哪敢拿著作公开给庄严伟大的男子们看，那不让他们笑掉了牙。男人是女人的"反对党"（The oppose faction），Lady Winchilsea说。趁早，女人，谁敢卖弄谁活该遭殃，才学哪是你们的分！一个女人拿起笔就像是在做贼，谁受得了男人们的讥笑。别看英国人开通，他们中间多的是写《妇学篇》的章实斋。倒是章先生那板起道学面孔公然反对女人弄笔墨还好受些。他们的蒲伯，他们的John Gay，他们管爱文学有才情的女人叫做"蓝袜子"，说她们放着家务不管，"痒痒的就爱乱涂。"Margaret of Newcastle另一位才学的女子，也愤愤的说"女人像蝙蝠或猫头鹰似的活着，牲口似的工作，虫子似的死……"且不说男人的态度，女性自己的谦卑也是可以的。Dorothy Osburne那位清丽的书翰家一写到那位有文才的爵夫人就生气，她说，"那可怜的女人准是有点儿偏心的，她什么傻事不做倒来写什么书，又况是诗，那不太可笑了，要是我就算我半个月不睡觉我也到不了那个。"奥斯朋自己可没有想到自己的书翰在千百年后还有人当作宝贵的文学作品念着，反比那"有点儿偏心胆敢写书的女人"风头出得更大，更久！

再说近一点，一百年前英国出了一位女小说家，她的地位，有一个批评家说，是离着莎士比亚不远的Jane Austen——她的环境也不见得比你们的强。实际上她更不如我们现代的女子。再说她也没有一间她自己可以开关的屋子，也没有每年多少固定的收入。她从不出门，也见不到什么有学的人。她是一位在家里养老的姑娘，看到有限几本书，每天就在一间永远不得清静的公共起坐间里装作写信似的起草她的不朽的作品。"女人从没有半个钟头"，Florence Nightingale说，"女人从没有半个钟头可以说是她们自己的"。再说近一点，白龙德姊妹们，也何尝有什么安逸的生活。在乡间，在一个牧师家里，她们生，她们长，她们死。她们至多站在露台上望望野景，在雾茫茫的天边幻想大千世界的形形色色，幻想她们无颜色无波浪的生活中所不能的经验。要不是她们卓绝的天才，蓬勃的热情与超越的想象，逼着她们不得不写，她们也无非是三个平常的乡间女子，郁死在无欢的家里，有谁想得到她们——光明的十九世纪于她们有什么相干，她们得到了些什么好处？

说起来还是我们的情形比他们的见强哪。清朝的大文人王渔洋、袁子才、毕秋帆、陈碧城都是提倡妇女文学最大的功臣。要不是他们几位间接与直接的女弟子的贡献，清朝一代的妇女文学还有什么可述的？要不是他们那时对于女子做诗文做学问的铺张扬厉，我们那位《文史通义》先生也不至于破口大骂自失身份到这样可笑的地步。他在《妇学》里面说——

近有无耻文人，以风流自命，蛊惑士女。大率以优伶杂剧所演才子佳人惑人。大江以南，名门大家闺阁，多为所诱，征诗刻稿，标榜声名，无复男女之嫌，殆忘其身之雌矣。此等闺娃，妇学不修，岂有真才可取？而为邪人播弄，浸成风俗，人心世道，大可忧也。

章先生要是活到今天看见女子上学堂，甚至和男子同学，上衙门公司店铺工作和男子同事，进这个那个的党和男子同志，还不把他老人家活活的给气瘪了！

所以你们得记得就在英国，女权最发达的一个民族，女子的解放，不论哪一方面，都还是近时的事情。女子教育算不上一百年的历史。女子的财产权是五十年来才有法律保障的。女子的政治权还不到十年。但这百年来女性方面的努力与成绩不能不说是惊人的。在百年以前的人类的文化可说完全是男性的成绩，女性即使有贡献是极有限的或至多是间接的。女子中当然也不少奇才异能，历史上不少出名的女子，尤其是文艺方面。希腊的沙浮至今还是个奇迹。中世纪的Hypatia, Heloise是无可比的。英国的依利萨伯，唐朝的武则天，她们的雄才大略，哪一个男子敢不低？十八世纪法国的沙龙夫人们是多少天才和名著的保姆。在中国，我们只要记起曹大家的《汉书》，苏若兰的回文，徐淑、蔡文姬、左九嫔的词藻，武曌的《升仙太子碑》，李若兰、鱼玄机的诗，李清照、朱淑真的词，明文氏的《九骚》——哪一个不是照耀百世的奇才异禀。

这固然是，但就人类更宽更大的活动方面看，女性有什么可以自傲的？有女莎士比亚女司马迁吗？有女牛顿女倍根吗？有女柏拉图女但丁吗？就说到狭义的文艺，女性的成绩比到男性的还不是培蝼比到泰山吗？你怪得男性傲慢，女性气馁吗？

在英国乃至在全欧洲，奥斯丁以前可以说女性没有一个成家的作者。从依利萨伯到法国革命，查考得到的女子作品只是小诗与故事。就中国论，清朝一代相近三百年间的女作家，按新近钱单夫人的《清闺秀艺文略》看，可查考的有二千三百十二人之多。但这数目，按胡适之先生的统计，只有百分之一的作品是关于学问，例如考据历史、算学、医术，就那也说不上有什么重要的贡献，此外百分之九十九都是诗词一类的文学，而且妙的地方是这些诗集诗卷的题名，除了风花雪月一类的风雅，都是带着虚心道歉的意味，仿佛她们都不敢自信女子有公然著作成书的特权似的，都得声明这是她们正业以外的闲情，本算不上什么似的，因之不是绣余，就是爨余，不是红余，就是针余，不是脂余梭余，就是织余绮余（陈圆圆的职业特别些，她的词集叫《舞余词》）。要不然就是焚余烬余未焚未烧未定一类的通套，再不然就是断肠泪稿一流的悲苦字样。（除了秋瑾的口气那是不同些）情形是如此，你怪得男性的自美，女性的气短吗？

但这文化史上女性远不如男性的情形自有种种的解释。自然的趋势，男性当然不能藉此来证明女子的能力根本不如男子，女性也不能完成推托到男性有意的压迫。谁要奇怪女性的回缓，要问何以女权论要等到玛丽乌尔夫顿克辣夫德方有具体的陈词，只须记得人权论本身也要到相差不远的日子才出世。人的思想的能力是奇怪的，有时他连蹿带跳的在短时期内发现了很多，例如希腊黄金时代与近一百五十年来的欧洲，有时睡梦迷糊的在长时期一无新鲜，例如欧洲的中世纪或中国的明代。它不动的时候就像是冬天，一切都是静定的无生气的，就像是生命再不会回来，但它一动的时候那就比是春雷的一震，转眼间就是蓬勃绚烂的春时。在欧洲从亚理多德直到卢梭乃至叔本华，没有一个思想家不承认男女的不平等是当然的，绝对不值得并且也无从研究的；即使偶有几个天才不容自掩的女子，在中国我们叫作才女，那还是客气的，如同叫长花毛的鸭作锦鸡；在欧洲百年前叫做蓝袜子，那就不免有嘲笑的意思。但自从约翰弥勒纯正通达论妇女论的大文出世以来，在理论上，所有女性不如男性，或是女性不能和男性享受平等机会，以及共同负责文化社会的生存与进步的种种谬见、偏见与迷信，都一齐从此失去了根据，在事实上，在这百年来女性自强的努力，也已经显明的证明，女性只要有同等的机会，不论在哪样事情上都不能比男性不如；人类的前途展开了一个伟大的新的希望，就是此后文化的发展是两性共同的企业，不再是以前似的单性的活动。在这百年来虽则在别的方面人类依然不免继续他们的谬误、愚蠢、固执、迷信，但这百余年是可纪念的，因为这至少是一个女性开始光荣的世纪。在政治上，在社会上，在法律与道德上，在理论方面，至少女性已经争得与男性完全平等的地位。在事实上，女子的职业一天增多一天，我们现在不易想象一种职业男性可以胜任而女性不能的——也许除了实际的上战场去打仗，但这项职业我们都希望将来有完全淘汰的一天，我们决不希望温柔的女性在任何情形下转变成善斗杀的凶恶。文学与艺术不用说，女子是早就占有地位的，但近百年来的扩大也是够惊人的。诗人就说白郎宁夫人、罗刹蒂小姐、梅耐儿夫人三个，已经是够辉煌的。小说更不用说，英美的出版界已有女作家超过男作家的趋势，在品质方面一如数量。I. A. George Eliot，George Sand，Brontë Sisters，近时如曼殊斐尔、薇金娜吴尔夫等等都是卓然成家，为文学史上增加光彩的作者。演剧方面如沙拉贝娜、Duse，Ellen Terry，都是人类永久不可磨灭的记忆。论跳舞，女子的贡献更分明的超过男子，我们不能想象一个男性的Isadora Duncan。音乐、画、雕刻，女子的出人头地的也在天天的加多。科学与哲学，向来是男性的专业，但跟着教育的发展，女子的贡献也在日渐的继长增高。你们只须记起Madame Curie就可以无愧。讲到学问，现在有哪一门女子提不起来的？

但这情形，就按最先进几国说，至多也不过一百年来的事，然而成绩已有如此的可观。再过了两千年，我想，男子多半再不敢对女子表示性的傲慢。将来的女子自会有她们的莎士比亚、倍根、亚里士多德、罗素，正如她们在帝王中有过依利萨伯、武则天，在诗人中有过白郎宁、罗刹蒂，在小说家中有过奥斯丁与白龙德姊妹。我们虽则不敢预言女性竟可以有完全超越男性的一天，但我们很可以放心的相信，此后女性对文化的贡献，比现在总可以超过无量倍数，到男子要担心到他的权威有摇动的危险的一天。

但这当然是说得很远的话。按目前情形，尤其是中国的，我们一方面固然感到女子在学问事业日渐进步的兴奋与快慰，但同时我们也深刻的感觉到种种阻碍的势力，还是很活动的存在着。我们在东方几乎事事是落后的，尤其是女子，因为历史长，所以习惯深，习惯深所以解放更觉费力。不说别的，中国女子先就忍就了几千年身体方面绝无理性可说的束缚，所以人家的解放是从思想作起点，我们先得从身体解放起。我们的脚还是昨天放开的，我们的胸还是正在开放中。事实上固然这一

代的青年已经不至感受身体方面的束缚，但不幸长时期的压迫
或束缚是要影响到血液与神经的组织的本体的。即如说脚，你
们现有的固然是极秀美的天足，但你们的血液与纤维中，难免
还留有几十代缠足的鬼影。又如你们的胸部虽已在解放中，但
我知道有的年轻姑娘们还不免感到这解放是一种可羞的不便。
所以单说身体，恐怕也得至少到你们的再下去三四代才能完全
实现解放，恢复自然发长的愉快与美。身体方面已然如此，别
的更不用说了。再说一个女子当然还不免做妻做母，单就生产
一件事说，男性就可以无忌惮的对女性说"这你总逃不了，总
不能叫我来替代你吧"！事实上的确有无数本来在学问或事业
上已经走上路的女子，为了做妻做母的不可避免临了只能自
愿，或不自愿的牺牲光荣的成就的希望。这层的阻碍说要能完
全去除，当然是不可能，但按现今种种的发明与社会组织与制
度逐渐趋向合理的情形看，我们很可以设想这天然阻碍的不方
便性消解到最低限度的一天。有了节育的方法，比如说，你就
不必有生育，除了你自愿，如此一个女子很容易在她几十年的
生活中匀出几个短期间来尽她对人类的责任。还有将来家庭的
组织也一定与现在的不同，趋势是在去除种种不必要精力的消
耗（如同美国就有新法的合作家庭，女子管家的担负不定比男
子的重，彼此一样可以进行各人的事业）。所以问题倒不在这
方面。成问题的是女子心理上母性的牢不可破，那与男子的
父性是相差得太远了。我来举一个例。近代最有名的跳舞家
Isadora Duncan在她的自传里说她初次生产的心理，我觉得她说
得非常真。在初怀孕时她觉得处处的不方便，她本是把她的艺
术——舞——看得比她的生命都更重要的，她觉得这生产的牺
牲是太无谓了。尤其是在生产时感到极度的痛苦时（她的是难
产），她是恨极了上帝叫女人担负这惨毒的义务，她差一点死

了。但等到她的孩子一下地，等到看护把一个稀小的喷香的小东西偎到她身旁去吃奶时，她的快乐，她的感激，她的兴奋，她的母爱的激发，她说，简直是不可名状。在那时间她觉得生命的神奇与意义——这无上的创造——是绝对盖倒一切的，这一相比，她原来看作比生命更重要的艺术顿时显得又小又浅，几于是无所谓的了。在那时间把母性的意识完全盖没了后天的艺术家的意识。上帝得了胜了！这，我说，才真是成问题，倒不在事实上三两个月的身体的不便。这根蒂深而力道强的母性当然是人生的神秘与美的一个重要成分，但它多少总不免阻碍女子个人事业的进展。

所以按理说男女的机会是实在不易说成完全平等的，天生不是一个样子你有什么办法？但我们也只能说到此因为在一个女子，母的人格，母性的实现，按理是不应得与她个人的人格、个性的实现相冲突的。除了在不合理的或迷信打底的社会组织里，一个女子做了妻母再不能兼顾别的，她尽可以同时兼顾两种以上的资格，正如一个男子的父性并不妨害他的个性。就说Duncan，她不能不说是一个母性特强（因为情感富强）的一个女子，但她事实上并不曾为恋爱与生育而至放弃她的艺术的追求。她一样完成了她的艺术。此外做女子的不方便当然比男子的多，但那些都是比较不重要的。

我们国内的新女子是在一天天可辨认的长成，从数千年来有形与无形的束缚与压迫中渐次透出性灵与身体的美与力，像一支在箨裹中透露着的新笋。有形的阻碍，虽则多，虽则强有力，还是比较容易克除的；无形的阻碍，心理上，意识与潜意识的阻碍，倒反需要更长时间与努力方有解脱的可能。分析的说，现社会的种种都还是不适宜于我们新女子的长成的。我再说一个例。比如演戏。你认识戏的重要，知道它的力量。你也知道你有舞台表演的天赋。那为你自己，为社会，你就得上舞台演戏去不是？这时候你就逢到了阻力，积极的或许你家庭的守旧与固执，消极的或许你觅不到相当的同志与机会。这些就算都让你过去，你现在到了另一个难关。有一个戏非你充不可，比如说，那碰巧是个坏人，那是说按人事上习惯的评判，在表现艺术上是没有这种区分的，艺术须要你做，但你开始踌躇了。说一个实例，新近南国社演的《沙乐美》，那不是一个贞女，也不是一个节妇。有一位俞女士，她是名门世家的一位小姐，去担任主角。她只知道她当前表现的责任。事实上她居然排除了不少的阻难而登台演那戏。有一晚她正演到要热慕的叫着"约翰我要亲你的嘴"，她瞥见她的母亲坐在池子里前排瞪着怒眼望着她，她顿时萎了，原来有热有力的音声与诗句几于嗫嚅的勉强说过了算完事。她觉得她再也鼓不起她为艺术的一往的勇气，在她母亲怒目的一视中，艺术家的她又萎成了名门世家事事依傍着爱母的小姐——艺术失败了！习惯胜利了！

所以我说这类无形的阻碍力量有时更比有形的大。方才说的无非是现成的一个例。在今日一个女子向前走一个步都得有极大的决心和用力，要不然你非但不上前，你难说还向后退——根性、习惯、环境的势力，种种都牵掣着你，阻搁着你。但你们各个人的成或败于未来完全性的新女子的实现都有关连。你多用一分力，多打破一个阻碍，你就多帮助一分，多便利一分新女子的产生。简单说，新女子与旧女子的不同是一个程度，不定是种类的不同。要做一个新女子，做一个艺术家或事业家，与充分发展你的天赋，实现你的个性，你并没有必要不做你父母的好女儿，你丈夫的好妻子，或是你儿女的好母亲——这并不一定相冲突的（我说不一定因为在这发轫时期难免有各种牺牲的必要，那全在你自己判清了利弊来下决断）。

分别是在旧观念是要求你做一个扁人，纸剪似的没有厚度没有血脉流通的活性，新观念是要你做一个真的活人，有血有气有肌肉有生命有完全性的！这有完全性要紧——的一个个人。这分别是够大的，虽则话听来不出奇。旧观念叫你准备做妻做母，新观念并不叫你准备做妻做母，但在此外先要你准备做人，做你自己。从这个观点出发，别的事情当然都换了透视。我看古代留传下来的女作家有一个有趣味的现象。她们多半会写诗，这是说拿她们的心思写成可诵的文句。按传说说，至少一个女子的文才多半是有一种防身作用，比如现在上海有钱人穿的铁马甲，从《周南》的蔡人妻作的"芣苢三章"，《召南》申人女"行露三章"《卫》共姜"柏舟诗"，《陈风》"墓门"，陶婴"黄鹄歌"，宋韩凭妻"南山有乌"句乃至罗敷女"陌上桑"，都是全凭编了几句诗歌，而得幸免男性的侵凌的。还有卓文君写了"白头吟"，司马相如即不娶姨太太；苏若兰制了回文诗，扶风窦滔也就送掉他的宠妾。唐朝有个宫妃在红叶上题了诗从御沟里放流出外因而得到夫婿的。（"一入深宫里，无由得见春。题诗花叶上，寄与接流人。"）此外更有多少女子作品不是慕就是怨。如是看来文学之于古代妇女多少都是与她们婚姻问题发生密切关系的。这本来是，有人或许说，就现在女子念书的还不是都为写情书的准备，许多人家把女孩子送进学校的意思还不无非是为了抬高她在婚姻市场上的卖价？这类情形当然应得书篇似的翻阅过去，如其我们盼望新女子及早可以出世。

这态度与目标的转变是重要的。旧女子的弄文墨多少是一种不必要的装饰；新女子的求学问应分是一种发现个性必要的过程。旧女子的写诗词多少是抒写她们私人遭际与偶尔的情感；新女子的志向应分是与男子共同继承并且继续生产人类全部的文化产业。旧女子的字业是承认女子无才便是德的大条件而后红着脸做的事情，因而绣余炊余一流的道歉；新女子的志愿是要为报复那一句促狭的造孽格言而努力给男性一个不容否认的反证。旧女子有才学的理想是李易安的早年的生涯——当然不一定指她的"被翻红浪，起来慵自梳头"一类的艳思——嫁一个风流跌宕，一如赵明诚的夫婿（"赖有闺房如学舍，一编横放两人看"），过一些风流而兼风雅的日子。新女子——我们当然不能不许她私下期望一个风流的情郎（"易求无价宝，难得有情郎"），但我们却同时期望她虽则身体与心肠的温柔都给了她的郎，她的天才她的能力却得贡献给社会与人类。

十二月十五日

原载《苏州女子中学月刊》第1卷第19期，1929年12月版

# 金昌三月记

叶楚伧

金昌亭，为苏州胜游荟萃之地。香巢十里，金箔双开，夕照一鞭，玉骢斜系。留园之花影，虎丘之游踪，方基之兰桨，靡不团艳为魂，碾香作骨。亭午则绿云万户，鬟儿理妆；薄暮则金勒香车，骞帷陌上。追灯火竞上，笙箫杂闻时，则是郎醉如醇，妾歌似水矣。

阿黛桥在后马路，为箫鼓渊薮，伎家栉比以居。同春同乐诸坊，门临桥干，重阁覆云。下眺马路，斜照中，五陵年少，连骖而过，时与楼头眉黛眼波疾徐相映。余《金昌杂咏》云："阿黛桥头夕照斜，玉鞭金勒碧幢车。重楼十二珠帘启，看煞梁溪浦醉华。"

黛桥诸坊而外，则有美仁等里，在石路一方，毗接山塘，犹秦淮之有旧院。花栏琴榭，小林居之，插柳双门，遂成艳窟矣。

留园芙蓉花坞、菡萏池塘，为江南冠。春秋佳日，裙屐毕集，尤以四面厅为花影侧聚之薮。季春之兰花会，倾城士女连翩而至。但汗香粉腻，笑情语低，兰花此时固不欲以解语媚人，人亦未尝以兰花之媚为媚也。

西园为某氏七姨舍资所建，中供五百罗汉，鸠五年之工而成，住持僧与七姨常顶礼其间。广池一泓，虹桥六曲，繁英密采，虽不如留园，而清旷胜之，出留园西行百步即至。衣香鬓影，时与曲廊洞房，相点缀金昌风景也。

方基画船，薄暮斯集。船娘多二十许丽人，织锦花鞋，青罗帕头，波光面影，一水皆香。最好是艄头笑语，月下微歌。

风华少年，挟艳买桨，游虎丘山塘间。夕阳欲下，缓缓归来，辄集于方基。野水上杯，名茶列坐，笙歌隔水，珠玉回波。星转露稀，则两行红烛，扶醉而归。洵夜景之解人，欢场之韵迹也。

余好驰马，遍金昌无一骏者。武弁徐某，马声满吴下，未有能超乘过之者。一日偶见小青骢一，扬鬣长嘶，栗耳瘦胫，状颇神骏，试以小走，平疾两备。时徐方放辔掠余侧过，余疾驰角之，自阿黛桥绕路三匝，如飞弹跳丸，破空而过。两岸彩声与风齐起，微闻脆声唱好，嘤然入耳。回顾盈盈，仿佛是同春采影也。

小白兰花，名满全国。原姓浦，无锡之荡口人，柔曼妩媚，丰华高贵，有压倒群芳之概。时梁溪浦醉华，酒场诗阵，一时无两，与余同走金昌间，颇昵小白兰花。余笑调之曰："卿家故事不凡，特芍药一栏，恐非三郎所宜问讯耳。"醉华无以答。《金昌杂咏》云："绿影红蕤冠赵家，昵人小字白兰花。佳人丽字应须记，难煞风狂浦醉华。"

绿梅影与花翡，姊妹行也。一色衣裳，两般娇小，哕哕然有雏凤竞鸣之概。虞山钱镜英昵之，至终日匿迹妆阁间，奉匜刷鞋，执美人役。伊家玫瑰酒，冠绝北里。余又酒入，至辄索饮，饮毕竟去，几忘其为赵李家也。

花珍字采影，居同春坊，能读书，教以词，琅琅上口。喜作男子妆，丰姿翩然也。性抗爽，辄为其侪解事，人莫能诽。顾娇小轻盈，一十六岁小妮耳，尝与余语竟夕。金昌亭畔人，颇有以幺凤毁之者。采影曰："生遭不幸，至以歌舞媚人，尚何忍自文，益令人齿冷耶？"余为惋叹久之，赠以《减兰》一阕云："采香泾里，倾国名花双舫旎。微雨帘栊，茉莉吹来一段风。蛮靴秃袖，一串歌喉珠跳走。堕落时流，值得为卿一度愁。"珍婢翠弟，亦娟妙无俦。

花绮字彩琴，居美仁里中，能绘花草，为金昌亭畔第一人。尝画一莲花扇面，丐余题词。余为写《清平乐》一阕云："花容人面，些几难分辨。鸂鶒波新妆潋滟，开到并头尤艳。可堪分付花神，横塘遍种莲芬。一瓣结成一子，子子沁入郎心。"绮喜，为设酒宴余。

王三字宝宝，百花巷歌者女，居安乐里，丰腴朗润，尤以柔媚胜。豪于饮，百斗不醉。与余约，余作七绝一首，伊亦倍尽一觞，自夜戌初起至晓，余成《金昌杂咏》三十绝，伊亦连引三十觥，淹才垂尽，环颜亦酡矣。其婢阿巧，亦能饮。故角饮斗杯，每每令人思王三。《金昌杂咏》中联云："花笺浣遍题诗墨，值得王三醉一宵。"即此事也。

谢英字月，居同春坊，冶艳为金昌冠。初余随总兵张公饮留园，笑曰："君才子合耦佳人。"遮令英就余坐。余嘿然不知所语。似记纳罕曰："海棠之娇，芙蓉之清，夭桃之媚，紫薇之柔，此人尽之矣。"后遂时徵之席间，婉娈和顺，无现时习气，佳姝也。

李双珠，下驷也。顾其侍儿金凤绝佳，与双珠合唱《春秋配》、《乌龙院》，吴下歌场，一时无两。金凤父马翔云，为江湖名旦，双珠诸曲，皆受诸翔云。翔云老矣，乃留女以教双珠，主婢亦师生也。余七绝云："南朝法曲几回闻，捍拨檀槽旧典型。沦落江头老供奉，新声竞记马翔云。"

浦醉华陌上连车，楼头斗酒，俊游中气概，豪快不凡。昵王三，竞渡日，遍集曲中诸姝，开午饮，自午至酉，花气如云，衣香绕席，凡金昌名姝，如花绮、花珍、谢英等，莫不彩舆钿车以至。歌声笑声，与楼下喝彩声相应，洵色界之豪游，情场之盛史也。

左灵夫将军，以据鞍余姿，入笙歌世界，缠头一掷，百万金豪，冠绝北里。旧时部曲，半江湖游侠客。香粉排衙，竹丝掩席。歌呼喑喑，居然东山携妓之遗；结驷翩翩，不少南郭寻春之乐。时邑令田宝荣，亦常过金凤家。余《金昌杂咏》一绝云："花扑双舆新使君，锦衣匹马旧将军。鸣驺齐向金昌里，偷解金泥簇蝶裙。"以两纪之。

金昌两金凤，一为李婢，一即田宝荣所眷者。田所眷者为城内卖烟者妇，艳名遍吴下。而《姑苏尤物》数卷，专述金凤事，第惜其遣词粗俗，唐突姝丽，丰容媚骨，自擅奇姿，放浪形骸，无伤国色。不数钟毓之才，自宜令上天下地贤不肖共领略之。人谓金凤荡，余谓惟金凤斯可荡耳。戏系以诗云："狂简不妨称弟子，贞淫何事别佳人。天公未断烟花种，留得姑苏婪尾春。"

花珍好读书，曾为余背"黄河远上"一绝。一夕至其家，时方小别，于锦盒中得其《忆别》一绝云："碧罗衫子不知寒，念四桥边月影阑。事事不堪郎去后，夜深牛女带愁看。"一往情深，不数于灞桥残月中，听唱市桥杨柳矣。

王三家咸瓜，花翠家玫瑰酒，林霏家八宝鸭，周二宝家龙团茶，俱擅一时之美，而尤以王瓜、花酒为最。瓜着齿，脆嫩芬芳，咸不伤涩，令人有厌薄珍错之想。

李双珠之《春秋配》，花绮之《乌龙院》，沈媛媛之《富春楼》，皆极一时歌场之选，然终未若花珍之《小放牛》绝伦超群也。

吴俗谓主娘为花婢子叶，问有倡条冶叶，独占一时，寂寞花神，反而低首者。则操莽在侧，彼祭则寡人之主娘，仅司起坐迎送之职已耳。金昌亭下采影家，翠弟第一，金凤次之，小白兰花家阿弥又次之，余则桧下诸什矣。

中秋日之留园，娇莺雏燕，联翩以至。余与朱钱诸君，饮于木樨香处，当筵编各园花影录。品谢小林第一，花绮第二，徐文玉第三，各系以身段衣饰之骈评。编末，余写一绝句云："名园别辟绮罗乡，云鬟珠冠各擅场。新定谢娘为第一，万花丛里记时妆。"

一夕过王三家，时方为某伧所赚，因唱别鹄离鸾之曲，声韵凄婉，不可卒听。余急止之曰："忧能伤人，卿好饮，余试以酒忏之。"乃设四碟：咸瓜、莲子、杏仁、云腿。出其自酿玫瑰酒，挑灯对饮。婢巧儿剥果温酒以侍，酌不计觞，酡然乃已，初不知朝曦上窗，好鸟催妆也。

余与浦醉华诸子，于竞渡节前后宴集始，至中秋前后至，日以时计，郇厨陶酒，到处品题。新太和之肆应，九华楼之明敞，皆为金昌冠。一夕集吴下诸俊人，饮九华楼，倾金昌之秀，无不茬止。故浦有诗云："帘内笙歌帘外月，几宵春满九华图。"

吴人歌喉之滑，娇莺乳燕，殆难伦比，恨语调不善，易人俚俗。云门诗云："吴人京语美于莺。"此为善体会者。必以吴人之喉，为京人之语，庶足为二美具乎。余涉足此中，辄作是想，而顾难得其人也。友人某曰："是南北二大美素，安得而遽人人合并之？君想得毋太奢。"余为之哑然。

金昌兵变事起，市廛栉比，几尽付劫灰，燕梁莺屋，大受创损。陈其年《平山堂感事诗》云："轻红桥上立逡巡，绿水微波渐作鳞。手把垂杨无一语，十年春恨细于尘。"余亦次其韵，继作两首。其一云："迢迢楼阁劫灰新，脉脉垂杨绾旧春。惆怅金昌门外道，香车无复逐轻尘。"其二云："流絮飞花无那春，云烟重结此江滨。杜郎回首三年事，绮恨空情梦似尘。"吊人亦以自慨也。

选自《叶楚伧诗文集》，上海三联书店1988年1月初版

# 狮林游记

朱剑芒

喝酒和游览名胜，是我生平最最喜欢的两桩事。可恨我早被造物者注定命宫：只许享些口福，不许多享一点眼福！自从离乡背井，在外混了二三十年，可怜只在苏州、杭州、南京、上海一带，什么"五岳攀登"，什么"重洋远涉"，完全是青年时代的一种梦想，现在连这梦想也差不多消灭了！

我的家乡，本来隶属于苏州的，相距也不过百里之遥。除了小时候跟随长辈，做了几回"乡下小儿上苏州，玄妙观前团团走"，后来居然当过桃坞中学的教师，称过金昌亭畔的寓公，做过苏关公署的幕友，约略合计，至少也住过五六年以上。在这五六年中间，城外的虎丘、天平、枫桥，城内的浪沧亭、拙政园等等，倒也游历过好几次。但是，很著名的狮子林，却始终没有到过。连我自己都不相信，狮子林就在城内，况且又非常著名的，好游的我，怎么不去瞻仰一番呢？啊，我记得了，当时住在苏州，也曾几次想去游览，不是临时发生了什么事故，阻住我的游兴；便是停止游览的告白贴在门上，使我不得其门而入。那真所谓"缘悭一面"了！

今年元旦后的第三天，放假空闲，湘忽然发起，要到苏州去游历虎丘。湘虽在间门寄居过二年，那更笑话，不要说狮子林与虎丘，连玄妙观的山门都没有见过。我就答允了她，立刻动身，并且带了圣儿同去。及至游毕虎丘，本想坐夜车回申，哪知老天留客，连连绵绵地下起雨来。只得在阿黛桥畔的旅馆中，开了房间住下。次日清晨起来，很娇艳的太阳早已爬进窗口，似乎在那儿招呼道："您俩既然来了，再玩一天回去吧！"我的脑海中，也突然想起了狮子林，得了湘的同意，携着圣儿，坐上人力车，进老阊门——新辟的金门，俗称新阊门，所以本城的人，常在阊门上加一老字——直望临顿路以西的潘儒巷进发。不过三十多分钟，已到了平生所渴慕而从没有游过的狮子林的门首。

狮子林现为富商贝淞泉所有。当开放时，和铁瓶巷顾氏的怡园相似，只须掏一张卡片给那司阍的，便可扬长直入。

我们初进园门，经过几处绝没有陈设的房屋，一条很曲折的走廊，和留园相仿佛。园林的建筑式，不过如是，见惯了，实在也引不起什么快感。到了正厅的庭前，才望见对面高高叠起的玲珑假山。相传这些假山，还是元代大画家倪云林打的图样。我所经游的园林，凡是人工堆叠的假山，果然要推狮子林的最为奇特了！倪老先生毕竟胸有丘壑，才能打此图样！我想，《红楼梦》上所说，胡山子野打的大观园图样，一丘一壑，都出人意表，大概也不过如此吧？

假山所占的面积很大，当我们去穿那螺旋式的山洞时，那真受累不浅。因为圣儿是非常顽皮的，他常看了《西游记》戏剧，最喜穿了短衣，左手在额上搭个遮阳，右手提根金箍棒——那是眠床上的一根帐竿竹，在家里专模仿孙行者的踪跳。现在他可大得其所了，把外罩的大衣脱下，抛在假山洞口，抢了我虎丘买来的一根司的克，向黑暗的山洞直蹿进去，真像齐天大圣打罢蟠桃宴，重回到花果山一般。我和湘都是皮袍大衣，着得非常臃肿；并且穿了皮鞋，哪里追得过这小猴儿。又怕他驾不成筋斗云，反栽了个筋斗，只得且赶且喊着：
"慢走！慢走！"这假山洞的回环曲折，很像我从前在精武体
育会所走过的迷阵。明明看见圣儿露出半身在相距咫尺的对
面，要想悄悄地赶去抓住他，哪知穿来穿去，仍旧回到初进来
的地方。狡猾的圣儿，看见我们找不着跟踪他的途径，却反站
在那里哈哈地笑。及至找到，他又脱手望别个山洞中一蹿，去
得无影无踪了。闹了好半天，才被我找着抓住，已累得气喘喘
而汗津津了！

后来在园的西部，突见了那座金碧辉煌的真趣亭，不觉忆
起自己像圣儿同样年龄时所听到父亲讲述过的一段极有趣味的掌
故。我便照着当时父亲所讲的演述一遍，不但湘听得津津有味，
并使最顽皮的圣儿也怔怔地听，安静了好一会。这段掌故是这样
的，据说清朝乾隆帝下江南游历，见了苏州狮子林，非常赞美。
乾隆帝是酷喜文墨的，遇到名胜地方，总是御笔亲挥，题了许
多诗歌。地方上得到这些墨宝，马上雇匠镌石，建筑起御碑亭，
表示珍重帝王的手泽，足使胜地胜景，增加了不少光彩。哪知
乾隆帝书法虽佳，真正的文才却很有限，并且提起御笔，总要
一挥而就，不加点窜，那才合得上"天资文藻，下笔成章"的
两句赞美词，假使也像老冬烘摇头播脑的推敲，岂非失了帝王
的体统？因之乾隆帝出游，常有一班翰林学士随从扈驾。驻驾
到那里，这班翰林就把那里的所有名胜，预先做成诗句，蝇头
小楷写在所留的长指爪中间。御驾到了一处，想要题咏，一声
旨下，预备笔墨，长指爪中写就此处题句的这位翰林，早已趋
步上前，假作铺纸，把几根长指爪伸张开来，献给龙目观览。
乾隆帝仗了这些捉刀人的妙法，所以到处题咏，信笔挥洒，好
像真有特具的天才。这回到了狮子林，可是糟了，那位早预备
狮子林题句的翰林，还没有走到御桌旁边，偏来个狮林寺接驾

的老和尚，兢兢地捧着匹黄绫，跪在地下，请求万岁爷赐题。乾隆帝一时兴到，绝不思索，竟提起大笔，写了"真有趣"三个大字。那时左右侍从的许多大臣，面面相觑，以为这样鄙俗的字句，如何用得。好在那老和尚见了御笔亲题，不慌不忙地向前启奏道："苏州地土平薄，御赐三个大字，恐怕载不起；可否分一字赐给臣僧，把去供奉在佛殿上吧？"乾隆帝何等聪明，也明白自己写的太不成话。但是删除哪一字好，一时竟想不起来。便对老和尚道："你爱哪一字，就把哪一字赐你。"和尚又启奏道："首一字臣僧万万不敢求取，请把中间的有字见赐了吧！"于是"真有趣"改为"真趣"，觉得非常雅致，一班翰林学士，也很佩服老和尚的大才。

父亲所讲的这段故事，究竟确不确，也不必去考求它；但是何等地有趣啊！我可要把真有趣的"有"字收回来，再把"真"字删去，连连地喊他几声"有趣""有趣"了！

选自《红玫瑰》第7卷第17期，1931年5月版

# 苏州的经历*

邹韬奋

## 高等法院

十二月四日的下午一点半的时候，我们刚才吃完午饭，公安局第三科科长跑进来，说立刻要送我们到苏州高等法院去。我们突然得到这个"立刻"动身的消息，想打个电话给家属通知一下，免得家人挂念，而且我们里面还有人要叫家属送铺盖来，但是这位科长说不可以，"立刻"就要动身，不能等候了。我们对于这种迅雷不及掩耳的手段都有些气愤，虽则我们都很镇定。沈先生说："好！走就走！"先去动手整理零物，包卷他的铺盖。这样匆促的把戏，我从来也没有过经验，不免又引起我的奇特的感触；但看见年高德劭的沈先生已在着手卷铺盖，我也就抑制着我的愤懑的情绪，动手归拢零用的东西，包卷我自己的铺盖。在匆匆几分钟的时间里，大家都把行李包卷好了，便打算滚我们的蛋。临行时公安局局长自己也跑到房里来打招呼，说他也是临时才奉到命令，对不起得很，并说他心里也觉得不好过。我们没有什么话说，只谢谢他对于我们的优待。

---

\* 标题为编者所加

我们从上海被押到苏州，不是由火车，用一辆大汽车（好像公共汽车），有十几个"武装同志"和几个侦探一同坐在里面，所以把全车坐得满满的。公安局第三科科长和其他两个职员另坐一辆寻常的汽车在后面跟着，我们的"专车"沿着从上海往苏州的公路走。上车的时候，公安局局长亲自送上车，叫"武装同志"坐到后面去，留出前面的位置让给我们坐。最后他又向我们一一握手，连说"对不起得很"。

我们和上海暂时告别了！车子向前急驶着，由玻璃窗向四野张望，感到如此大好河山，竟一天天受着侵略国的积极掠夺，而受着残酷压迫的国家还未能一致对外，这是多么可以痛心的事情！车子行到半路，李公朴先生立起来对同车的"武装同志"演讲国难的严重和我们的全国团结御侮的主张。他讲到激昂时，声泪俱下，"武装同志"们听了都很感动，有些眼眶里还涌上了热泪。随后他们还跟着我们唱《义勇军进行曲》。

下午四点钟到苏州了。汽车不能进城，我们各乘着黄包车，两旁由那些"武装同志"随伴着走。街上和铺店的人们望着莫名其妙，都现着诧异的神情；大概他们看到形势的严重，车子上坐的又不像强盗，所以使他们摸不着头脑。有几个"武装同志"在车旁对我们说："先生！我不是来押你的，是来保护你的。"走到半路，因为时间不早了，"武装同志"也纷纷乘黄包车，成了一条很长的蛇阵，蜿蜒着向前进。到高等法院的时候，已上了灯火。由上海伴送我们来苏的一群人都纷纷来和我们握手告别，尤其是那些"武装同志"们对于我们表示着非常恳挚的同情。

我们六个人同坐在待审室里面等开审。在这里所见的法警的装束，和上海的有些不同。上海法院的法警装束，和我们寻常所见的警察装束差不多；苏州法警穿的是宽袍大袖的黑外套，头上戴的是一顶黑漆的高顶帽子。沈先生是一位老资格的大律师，法警都认识他，很客气地和他打招呼，泡了茶送进来喝。

一会儿开审了，我们各人先后分别地被审问。所问的内容和在上海所问的大同小异，不过增加了一些。简单说起来，不过包括下面的这几点：（一）停止一切内战；（二）释放一切政治犯；（三）联俄；（四）曾否主张人民阵线？（五）曾否煽动上海日本纱厂罢工风潮？我们的答辩：对于第一点，我们的目的是要全国一致抗日，而且承认中央的领导权，没有推翻政府的意思。关于第二点，也是要集中人才来抗日救国。关于第三点，也是以有利于中国抗日救国为目的，而且同时主张联英、美、法。关于第四点。我们所主张的是民族阵线，未曾主张人民阵线；前者是以拯救民族危亡为要旨，是要一致来对外的，后者是以阶级斗争为中心的，是含有对内意味。关于第五点，我们因为日本纱厂里面的中国同胞在罢工后饥寒交迫，捐了一些钱救济救济，并未煽动工潮。

审问之后，由几名法警押着我们乘黄包车到吴县横街高等法院的看守分所。那时已在夜里九点后，街道上的人已很少了，但是有些人看见一群法警在几辆黄包车的左右随着走，仍对我们发怔。

# 看守所

苏州高等法院是在道前街，我们所被羁押的看守分所却在吴县横街，如乘黄包车约需二十分钟可达。凑巧得很，在我们未到的三个月前，这分所刚落成一座新造的病室。这个病室虽在分所的大门内，但是和其余的囚室却是隔离的，有一道墙隔开。这病室有一排病房，共六间；这排病房的门前有个水门汀的走廊，再出去便是一个颇大的泥地的天井；后面靠窗处有个狭长的天井，在这里有一道高墙和隔壁的一个女学校隔开。各病房是个长方形的格式，沿天井的一边有一门一窗，近高墙的一边也有一个窗。看守所的病室当然也免不了监狱式的设备，所以前后的窗下都装有铁格子，房门是厚厚的板门，门的上部有一个五寸直径的小圆洞，门的外面有很粗的铁闩，铁闩上有个大锁。夜里在我们睡觉以后，有看守把我们的房门锁起来；早晨七点钟左右，他再把这个锁开起来。此外附在这座病室旁边的，右边有一个浴池式的浴室（即浴室里面是用水门汀造成的一个小浴池），左边有两个房间是看守主任住的。天井和外面相通的地方有两道门：靠在里面的一个是木栅门；出了这个木栅门，经过一个很小的天井，还有一个门，那门的格式和我们的房差不多，上面也有个小圆洞。在这两道门的中间，白天有一个穿制服的看守监视着。夜里我们睡了以后，一排房门的前面也有一个看守梭巡着，一直巡到天亮。他们当然要轮班的，大概每四小时一班。另外有一个工役，穿着灰布的丘八的服装，替我们做零碎的事务，如扫地、洗碗、开饭和预备热水、开水等等。他姓王，我们就叫他做"王同志"。这位"王同志"是当兵出身，据说前在北伐军里面曾经上战场血战过十几次，不过他说："打来的成绩归长官，小兵是没有份的。"他知道了我们被捕的原因之后，也很表示同情。

我们所住的病房是一排六间，上面已经说过。各房的门楣上有珐琅牌子记着号数。第一号和第六号的房间是看守和工役住的；第二号用为我们的餐室和看书写字的地方；第三号是沈王两先生的卧室；第四号是李沙两先生的卧室；第五号是章先生和我的卧室。餐室里有两张方桌，我们买了两块白台布把两个桌面罩起来，此外有几张有靠背的中国式的红漆椅子，几张骨牌凳。天气渐渐地寒冷起来，经检察官的准许后，我们自己出费装了一个火炉。我们几个人每日的时间多半都消磨在这个餐室里面。每个病房本来预备八个人住的，原有八个小木榻，现在为着我们，改用了两个小铁床，上面铺着木板，把原来的八个小木榻堆叠在一角。这样的小铁床，我们几个人睡在上面都还没有什么问题，不过不免苦了大块头的王造时先生！王先生的高度并不比我们其他的几个人高，但是他却是从横的方面发展；睡在这样的小铁床上面，转身是件很费考虑的工作，一不留神，恐怕就要向地上滚！沈先生用的本来也是小铁床，后来他的学生来探望他，看见他们所敬爱的这位高年老师睡的是木板，很觉不安，买了一架有棕垫的木床来送给他。沈先生最初不肯用，说我们六人既共患难，应有难同当，他个人不愿单独舒适一些；后来经过我们几个人再三劝说，他才勉强收下来用。沈先生的学生满天下，对于他总是非常敬爱，情意殷勤，看了很令人感动。我一方面钦佩这些青年朋友的多情，一方面也钦佩沈先生的品德感动他的学生的那样深刻。

我们虽有一个浴池式的浴室，但是不知道什么地方出了毛病，屡次修不好，所以一次都未曾用过。我们大家每逢星期日的夜里，便在餐室里洗澡。用的是一个长圆式的红漆木盆。因为天气冷，夜里大家仍须聚在餐室里面，所以一个人在火炉旁大洗其澡的时候，其余几个人仍照常在桌旁坐着；看书的看书，写信的写信，写文的写文，有的时候下棋的下棋，说笑话的说笑话。先后次序用拈阄的办法。第一次这样"公开"洗澡的时候，王造时先生轮着第一，水很热，他又看到自己那个一丝不挂的胖胖的身体，大叫其"杀猪"！以他的那样肥胖的体格，自己喊出这样的"口号"，不禁引起了大家的狂笑！以后

我们每逢星期日的夜里洗澡，便大呼其"杀猪"，虽则这个
"口号"并不适用于每一个人。

## 临时的组织

我们所住的高等法院看守分所里的这个病室，因为是新
造的，所以比较地清洁。墙上的白粉和墙上下半截的黑漆，都
是簇簇新的；尤其侥幸的是，没有向来和监狱结着不解缘的臭
虫。房前有个较大的天井，可以让我们在这里走动走动，也是
件幸事。我们早晨七八点钟起身以后，洗完了脸，就都到这个
天井里去运动。我们沿着天井的四周跑步。跑得最多的是公
朴，可跑五十圈；其次是乃器，可跑二十五圈；其次是造时和
我，可跑二十圈，虽然他后来减到十五圈，大概是因为他的肥
胖的缘故；其次是千里，可跑十七圈，他很有进步，最初跑九
圈就觉得过于疲乏，后来渐渐进步到十七圈。就是六十三岁的
沈先生，也有勇气来参加；他最初可跑五圈，后来也进步到
七八圈了。跑步以后，大家分道扬镳，再去实行自己所欢喜的
运动。沈先生打他的太极拳，乃器打他的形意拳，千里也从乃
器学到了形意拳，其余的都做柔软体操。早餐后，大家开始各
人的工作。有的译书（造时），有的写文（乃器和我），有的
写字（沈先生和公朴），有的温习日文（千里）。午饭后，略
为休息，再继续工作。晚饭后，有的看书，有的写信，有的下
棋。有的时候因为有问题要讨论，大家便谈做一团，把经常的
工作暂搁起来；有的时候偶然有人讲着什么笑话，引得大家集
中注意到那方面去，工作也有暂搁的可能。在准许接见的时期
内，几乎每天有许多朋友来慰问我们。本来只认识我们里面任

何一个人的，进来之后也要见见其余的五个人；这样一来，经常的工作也要暂时变动一下，虽我们都很希望常有朋友来谈谈，换换我们的单调的生活。但是自从西安事变发生以后，竟因时局的紧张，自十二月十四日以后，完全禁止接见，连家属都不准接见，于是我们几个人竟好像与世隔绝了！直至我拿着笔写这篇文字的时候（二十六年的一月十三日），还是处在这样与世隔绝的境域中，我们的苦闷是不消说的。

不幸中的幸事是我们共患难的有六个朋友，否则我们恐怕要孤寂得更难受。我们虽然是在羁押的时候，却也有我们的临时的组织，我们"万众一心"地公推沈先生做"家长"。我们都完全是纯洁爱国，偏有人要误会我们为"反动"，所以不用"领袖"，或其他含有政治意味的什么"长"来称呼我们所共同爱戴的沈先生，却用"家长"这个名称来推崇他；我们想无论如何，总没有人再能不许我们有我们的"家长"吧！此外也许还有两个理由：一个理由是我们这几个"难兄难弟"在患难中的确亲爱得像兄弟一般；还有一个理由便是沈先生对于我们这班"难兄难弟"的爱护备至，仁慈亲切，比之慈父有过之无不及，虽则以他那样的年龄，而天真，活泼，勇敢，前进，都和青年们没有两样，除了"家长"之外，大家还互推其他几种职务如下：乃器做会计部主任，他原是一位银行家，而且还著过一本很精彩的《中国金融问题》，叫他来管会计，显然是可以胜任的。关于伙食、茶叶、草纸等等开支的财政大权，都握在他的掌中。造时做文书部主任，这个职务虽用不着他著《荒谬集》的那种"荒谬"大才，但别的不说，好几次写给检察官请求接见家属的几封有声有色的信，便是出于他的大手笔；至于要托所官代为添买几张草纸、几两茶叶，更要靠他开几张条子。公朴做事务部主任，稍为知道李先生的想都要佩服他的干事的干才。他所管的是好好贮藏亲友们送来的"慰劳品"，有的是水果，有的是菜肴，有的是罐头食物，有的是糖饼。他尤其要注意的是今天吃午饭以前有没有什么红烧肉要热一下，明天吃晚饭以前有什么狮子头要热一下（虽则不是天天有肉吃）！大家看见草纸用完了，也要大声狂呼"事务部主任"！所以他是够忙的。千里是卫生部主任，他的职务是比较清闲，谁敢偶然把香蕉皮或橘子皮随意抛弃在桌子上的时候，他便要低声细语道："卫生部主任要提出抗议了！"我被推为监察，这个名称怪大模大样的！我记得监察院院长似乎曾经说过，打不倒老虎，打死几只苍蝇也好；在我们这里既没有"老虎"可打，也没有"苍蝇"可欺，所以简直有"尸位素餐"之嫌，心里很觉不安，便自告奋勇，兼任文书部和事务部的助理，打打杂。会计部主任和事务部主任常常彼此"捣乱"，他们每天要彼此大叫"弹劾"好几次！

选自《经历》，上海生活书店1937年4月初版

# 虞山秋旅记

倪贻德

这是一九三三年的十月中旬。

秋是一天一天的深起来了，我们所期望着的秋季旅行写生的时节也到了，这种欢快足以使我们全身的血液都沸腾起来。地点是决定了常熟的虞山。

虞山，那是离上海并不很远的地方。在苏州的附近，濒临太湖，是和平安乐的鱼米之乡。而且，这又是我的旧游之地。虽然是十年以前的事情了，但，虞山的峻秀，剑门的挺险，运河两岸的青青的水田，言子墓道的荒凉古色，跟临河人家的悠闲小景，居民的柔秀和平……都还依稀留在我的脑际。那时，我好像还是二十岁左右的青年，随着学校的写生队同去的。我们都有健全的体格，饱满的精神，豪放的气概，文艺的趣味也正浓厚。但那时对于绘画的观念，还是茫然而无自觉的，技巧也很幼稚，不问色彩的调子，不问趣味的含蓄，只以为纵横涂抹，任情挥描，便是热情的表现，力的表现了。十年以来，我的绘画的技巧，已相当有些修养，对于对象的美点的捕捉，自信已有了一点把握，所以虽是旧游之地，我仍可以去作新的探求。但是，十年以来，我因生活的挣扎，各地的奔走，我的筋肉虽更强固了一些，而精神上却已饱受创伤了。虽然有时力自振作，而终不免现出疲乏的现象。当炎夏的时候，我本想到什么地方去作避暑的旅行，借以舒适我的胸襟，但因种种原因总是去不成，而接着又遭遇到种种不幸的事情。所以，入秋以来，我的精神感到极度的衰弱，身体也常常陷于不健全的状态，常日困居在繁嚣的大都会里，心里只感到忧郁和沉闷。那么，我也正可以到这悠闲静寂的江南胜地去变更变更我的新生活，那太湖的清流，也许可以洗去我心头的污浊吧。

我是很高兴地作虞山秋旅的准备了。

被许多琐事所耽搁，旅行队的全体先出发了，我是迟了两天才独自去的。

常熟离上海虽是不远，但火车不能直达。趁了早班沪宁车到昆山，再换乘内河的小火轮，经过了四个钟头，才到达了常熟的埠头。

虽然是旧游之地，但到底时间隔得太远了，看了岸上的一切情景，倒好像是初到的地方。跟了挑行李的脚夫弯弯曲曲走了许多狭街小巷，便到达了我们旅行队所住的旅馆——常熟饭店。这家旅馆，好像是新近开设的，门前停满了车辆，堂内结着红绿的灯彩，整个氛围里充满着热烈的人气，旅客们的大声呼喊，蓝衣的侍者穿梭似的呼喊着，妖媚的年轻的女性，成群的在徘徊观望。这第一个印象，就给我一个很满足的好感。我很欢喜静观这样富有人间味的场面。

那时正是下午二时，以为同伴们都出外作画去了。推开了弦所住的房间，他却一人坐着在悠闲地临摹字帖，在这样宝贵的旅行时期中，这样秋晴的午后，不作大自然的遨游，而闷居在室内作临碑的消遣，可以知道这位艺术家的泰然的态度了。弦，他是一个富有毅力的艺术苦学者，他曾两度作法兰西游，借工作以修炼艺术。他的特长是素描的线条，他以洋画上的技巧为基础，用了毛笔所描写的人体素描，有独到的功夫。他说他的临摹碑帖，便是作线条的修养。忠厚老实的容，他正在贪着午睡，被我闹醒了，操着不纯熟的广东音的普通话和我说笑起来。容，他是一位折衷派的国画家，便是所谓岭南三杰——陈树人、高剑父、高奇峰——的门弟子，他的作风有些近于日本画，采用写生而注重形似，有人称为新的国画。所以他的倾向正和弦相反，弦是想以东方的线条运用到西洋画上去，而容却在国画上采取西洋画的技法。

不久此君和她的几个女友也笑着进来和我招呼了。可巧她们正住在邻近的房间。旅途中有女性的同行，当然更能增加兴味。尤其是此君，她可说是一位典型的现代女性，她有一对大而神秘的眼睛，充满着南国女儿的热情，讲起话来露出一口整齐洁白的牙齿，使人起轻快流畅的感觉。微黑的皮肤，坚实的体格，更十足地表示了她的健康美。她不喜脂粉的涂抹，而自有素朴单纯的特色。我们有纯洁而澹泊的友谊，所以她这次的同行，实在使我们旅途中增加不少的兴趣。

在这样晴朗的秋天的午后，闷居在房间里终究是可惜的，我急于想饱览虞山的秋色，便提议出外去散步，他们当然都是欣然同意的。弦，容，此君和她的几个女友，七八人的一群，走到附近的言子墓道了。这是十年以前初次来虞山时的常游之地。斑斓古色的青石的牌坊，苔藓丛生的石级，苍劲的古树，褪了色的红墙，一切都是依旧。但前度来时，正当春盛，而现在却值河山秋老，虽然是带了几分萧条荒凉之意，但却更现出圆熟而老练的气概，衰黄的枯草，在秋日的骄阳下，也更觉得亲和可爱。

言子墓道是在虞山之麓，我们顺着墓道登临上去，山坡的斜度并不峻急，我们的脚步又很轻捷，不久就登到附近小山中的最高处了。久住在都市中的我，对于走路的机会很少，我很怕腿力渐渐退化，跑不动崎岖的山路，但现在走起来，脚步还是轻松得很，大约是呼吸了充分的清新的空气，精神觉得分外的舒畅，我的少年时代的活力，好像又恢复转来了。

登高四望，常熟的全景，都在眼底，连太湖的一线，也好像隐约在望。常熟，顾名思义，到底是江南富庶之区。因了产业的落后，农村的破产，连年的战争，中国内地的许多地方都现出凋敝颓废的气象，惟有这常熟，好像还保持着安乐富庶的状态。从这里鸟瞰下去的黑白相间的居民的家屋，那样的整齐而洁净，四乡的肥田沃土，那样的黄熟而丰润，街道上来往着的悠然的行人，又那样地和平而静穆，看了这种情形，不难想象而知。

山顶上有一处破落的古庙，大家都好奇地抢着进去，好像要在那里发现什么奇迹。推开了虚掩着的门，里面静寂得可怜，像是好久没有人迹的样子，偶然遇到了一二个僧人，在暗黑的阴影里打盹。在佛堂的神龛前，大家都抢着签筒来摇签。现在常有许多自负有新思想的青年，每逢游庙，也是欢喜求签，这似乎是很矛盾的事情。然而你说是迷信么，决不是迷信，不消说是一种游戏的冲动。但虽然是游戏，你如果求到的一签是下下，那你的心里至少有半天的不快，上上呢，自然感到几分得意。这还是因为人类的迷信的心理，尚潜存在人们的心底里的缘故吧。而我，总不愿意作这种无聊的举动，但这并不是比较他人能破除迷信，却是深怕求到了下下签而心里要感到半天的不快。此君和她的几个女友，她们都幸运求得好签，很高兴地给我们传观。然而那静寂久了的僧人，似乎有些讨厌我们的胡闹了。

走出了寺门，太阳已西斜了，晚秋的薄暮，不免有些凉意，我们便循着山坡，向另一条路下去。游兴还没有畅尽的样子。

然而，我此来虞山，最大的目的，到底还是希望在绘画上得到丰富的收获，所以从第二天起，我就开始作画了。作风景画，最先便要选择对象。到某一个地方作旅行写生，在开始工作之先，不妨先作一日的畅游，同时注意入画的对象，自己认为满意的，便在速写本上描出略稿，以后一一按日前去制作。这样的方法，大体可以试用，但风景因光线的变化，有的地方，适宜于早晨，而不适宜于午后；有的地方，暮色苍茫时很感兴趣，而在中午时却是平淡无奇。所以也不可一概而论，全在我们的随时活用。不过你没有一个预先定好的目的地，心里抱了很大的希望，信步乱步，看看这里既不能满意，那里也有点欠缺，路愈走愈远，精神已经疲乏了，还是找不到完全满意的对象，画兴就要减去大半，看看时候不早了，只得勉强敷衍了事，决不能得良好的结果。但常熟既是旧游之地，对于那地方的风景，我是略略知道了一点的。但这种风景，决不是名胜的地方，剑门，桃源涧，言子墓，这些只是名胜，可以供游览，而作为绘画的对象，并不怎样绝妙。宜于作画的地方，倒在县城的东西南北四门的附近。说到绘画上的题材，一般人总以为奇险的，著名的，或是有历史意义的为佳。其实一幅画的价值，并不是以题材的如何而定其高下，乃是系于技巧的高明与否。即使是很平凡的风景，经过作者的技巧的纯化，净化之后，自能成为另一世界。所以我以为作画的题材什么都可以，只要是自己认为满意的，和自己的作风颇相吻合的，再用自己的理想加以洗练，自然能创出好的画境。大凡名胜古迹的地方，都是因了名士文人的题咏而得名，并不一定适宜于作画，而且名胜所在地，都是被摄影师千百遍地拍摄过了，画出来总觉得俗气。即如西湖的平湖秋月、柳浪闻莺，苏州的寒山寺等，地名何等动听，而实际上描写起来索然无味，所以我以为选择风景的对象总以避去名胜古迹为宜。

　　大概城楼附近的地方，风景的趣味最为复杂。那地方不像市内的人烟稠密，也没有乡间的冷落荒僻，有疏疏落落的市集和人家，也可以望得见郊外的烟树云山；而且近城楼处必为水陆交通的要道，河中来往的船只，桥上的行人车马，这些都能增加风景中动的意味，而且富有现实的人间味。常熟的西门，便是具有这种特色的。

　　最初的两天，在东门、北门外作了几幅，但因为好久不提画笔，技巧不免有点生疏，所作的都不能十分满意，不是构图太无力量，就是色彩有些生硬，尤其因为有几个写生的姑娘，要拉着我改画，精神不能集中，所以到了第三天，我便一人独到西门去作画了。从西门的城楼上望下去，有一幅极妙的风景，我仿佛还有些记得。大部分是一片河水，河岸一面是小小的码头，一面是临水的茶楼，远近的河边都停着些大大小小的船只，中景的右面有一块土地直伸到河的中央，有如半岛，上面有一间破落的土地庙，但看上去还是很坚实的样子。庙旁有一棵生根在河岸的垂杨，再远过去，是一片黄色的稻田，和一簇一簇的丛树。这日正值日暖天晴，一切都在明艳的阳光底下，湖水是澄碧而透明的，微风吹过，略略有些皱纹，空气是那样的清洁，虽在重阳节前的晚秋天气，然而穿了夹衣还有点暖。我站在残缺的城楼上，禁不住喊了起来，啊，好一幅江南秋色！这样的喜悦，就成为我作画的动机（Motive）了。但单有这动机，而没有把握对象特点的技法，结果还是平凡无味的作品。我总觉得一件艺术品，如果没有一点对象的特点捉住，没有一点诱惑人的魅力，实在是近于无聊的。所以我首先就想把握这风景的特色。第一是构图，这样散漫的风景，要在画面上作恰当的构图，确是不容易。普通的构图，都是把主要物置于画面的中心处，两旁的东西，都居于陪衬的地位而从属于中心点，这样的金字塔形的构图，最为稳当的。此外或是垂直线与水平线的构图（如大地与乔木），或是对角线的构图（如透视很深的市街），都是比较的易于处理。现在我却要把几个主要物放在画面的四角，中间只是一片大而平的河水，这是非常危险的构图。但是你如能把这四只角在无形中加以连络，成一大包围的形势，好像没有主点而自有主点，使人起循环不息的感觉，那就成为一幅最有奇趣的构图了。其次是各种物象的表现。船，描写起来最难捉住其形式的特点，因为它是时常在变动的，即使不在行驶的时候，也因风吹波打而时时转变方向。其次，船是浮在水面上的，但还有一部分沉在水中，所以表现船要轻中有重，重中有轻，若是太重了，那就没有浮的感觉，太轻呢，又像气球那样的浮在水面上了。再说到水，描写水，要透明清澈，要流动活泼，要表出深度的感觉，冷冽的感觉。左上角的一株垂杨，虽然占了很少的地位，但树也是很难表现的东西，树中的杨柳尤其不易画成恰到好处。它整个的感觉是柔软的，含有水分的，浑圆的，绿是嫩绿；秋的垂杨，又有点枯黄的意味。此外右上角建筑物的坚实感，远景的深远感，倒还是比较易于处理。再说各物体的互相连络，我利用了水的皱纹及船上歪斜地簇出的竹篙，以及笔触的相互照应上使其严密地结构起来。中间的一大片河水，因了色调和笔触的变化，并不觉得单调了。同时还要注意到全体色调的统一。在辉耀的秋阳之下，色调是明快的，鲜艳的，但明快和鲜艳，最易流于庸俗，所以一方面还要顾到色彩的纯化。最后，就是诗意——江南水乡的情调——的表现了。这是须自始至终，不论一笔一色之微，都有意识地加以洗练和取舍，才能得到的结果。

江南水乡风光

　　我在作这幅画的时候，一方面是抱了极大的希望，一方面却有点担心。我深怕我的技巧不能和我的感觉相一致，辜负了大好的美景，即使再来描写，恐怕已不及此时的丰富的情绪了。所以我把全身的力量都放了出来，坐在残缺的城楼上，以十二分的勇气，聚精会神地开始描写了，大约经过一个半钟头的继续制作，完成了第一步的手续。于是从城头上跳下来，把画布搁在稍远的地方，口里抽起烟卷，看看构图和大体的色调都还满意，心里有了几分把握。若是最初构图和大体的色调认为满意的，便已有了一大半的成功。因为部分部分的分晰，倒比较的容易着笔，而且有了好的情绪，自然愈画愈合拍了。这样我又跳上城头，重新鼓起勇气作整理修饰的工夫，一忽儿跳上，一忽儿跳下，凝望，制作，抽烟，思索，以一贯的情绪，一贯的笔调继续下去，眼前只有一片的江南秋色，心中忘怀了一切，这种悠然自得的心境，恐怕只有画家自己知道吧。

　　因了这地方风景的入画，第二天早晨我又去了，所取的风景，是前一天决定好了的。就是将前一天所画的地方稍向左移，以伸出于河中的土地上的小庙作为画面的中心，把杨柳移到画面的右边，近景配以岸上的屋脊及船的顶篷，远景仍是一片平野。这幅风景，和前一幅虽在同一地方，而构图却已大大不同了。前者多透视线而后者多平行线，前者是动的而后者可说是静的。而且天气也变幻了，昨天那样的日暖天晴，而隔了一晚，已变成了昙天，而且还带点雨意。一切都现出银灰色调，倒影也分外沉静。然而阴天的风景，正是我所爱好描写的。这是因为阴天的色彩，比较的沉静，幽雅，和我的画面上的色调颇相一致。现代西洋画家马盖（Marque），他的风景画，大半都是这样的灰色调，那薄雾濛濛的码头情调，那带有凉意的湿味，那沉静而稳练的用笔，使全画面笼罩着一层微薄的伤感，使人看了陶醉于那种伤感的情调里。又如阿斯朗（Assline）也常用涩味的灰色。我因为平时爱好这几个作家的作品，所以不知不觉受了影响，也好用灰色调了。但是，就像前面说过，用鲜明的色彩，易流于庸俗，同样，用银灰的色调，却易流于平凡。所以用银灰的色调，要使它活动，幻变，像贝壳内层那样有光彩的色泽。而在全画面中，为了打破平凡，不期然地使用几笔大胆的原色。所以描写这阴天的风景，在我是觉得较有把握的。但是作画的情绪，却没有上一天的统一了。这因为有许多学画的青年，看了我的那幅"江南秋色"，第二天也都跟我一同去了。十多个人在城头上排成了一横列，又是拉了我修改，把我自己作画的情绪有些陷于昏乱了。当我以十分的镇静力重新提起画笔的时候，天已霏霏的下起微雨来，他们都草草画成回去了，最后仍旧剩了我一人，忍耐了凉湿的微雨，慢慢地完成了这幅画。虽然也表现出几分静穆的诗意，但较之前者，已缺少一点精彩了。

石梅附近，因为和我们所住的常熟饭店相去很近，所以有很多人常到那儿去探寻风景材料，我也觉得那地方另有一种悠闲的情调，也去画了几幅。白色的粉墙，后面衬着深绿色的杂树，不十分整齐的小路，路旁有枯黄了的小草，碧空中有几朵白云浮荡着。这样的风景虽然很平凡，但你如能在这里发现出美点来，却是有隽永的妙味。像现代法国画家佛拉芒克（Vlaminck），是常常描写这样的冷街僻巷的风景。他用了爽脆的表现法，把这种平凡的对象强调起来。这样的作品我是最爱好的。

在石梅附近一带的居屋，大都是有闲的中产阶级的家庭，那种房屋不是完全旧式的住宅建筑，当然更不是完全现代式的，乃是一种半洋式的，稍稍饶有点庭院之胜，从外面看去，可以知道住在这里面的主人，是度着相当舒适的生活。我那天就是立在那样的一家住宅的门前作画的。在街路上作画，最容易引起人家的注意。最初是年轻的姑娘在门缝里窥视，后来有一位中年妇人走到我旁边来看了，还噜噜苏苏地问了我许多话，问我画了这种东西有什么用，是去出卖的么。我海阔天空地向她乱吹了一番，说这种画带回上海，就有人买，而且价值非常的高。那诚实的妇人，听了我这样的话信以为真，颇有点惊奇的表情。其实，画家卖画实在也是很平常的事情，制作的时候是一种趣味，而制作完了后也可以成为一种商品，否则画家凭什么去生活呢？然而中国的洋画家，说来真是可怜，在展览会的目录上，即使是定了很低的价值，也极少有人过问。这是根本因为中国人对于洋画的鉴赏力太低的原故，即使有好的作品，也不为人所识，识者又或者无力购买。普通室内的壁面装饰，大都仍是中国的书画，而用油画作装饰者，却是很少。所以研究洋画的人，除了从事艺术教育，就别无出路，有的中途易业，有的穷途潦倒，埋没了多少天才，中国的洋画界到如今还是沉寂而无生气，这怕是最大的原因吧。

我们接连到各处制作了几天，作品也就挂满在旅舍的四壁了，心里颇觉自慰，以为不虚此行似的。有一天的午后，我们忽而想起了剑门之游，而且决心不带画具，专作游览。剑门，当我十年以前来虞山时，曾两度登临，所以那里的印象，还依稀残留在我脑里。危崖峻险，在江南一带，敢夸无匹。向远方眺望，可以看见那纡回曲折的运河，河的两岸的片片的水田，河上叶叶的归帆，都是充满着茫茫的诗意。由这样的回忆，更使我的游兴增高起来。我们约了此君和她的几个女友，还有两个南国青年，一行九人，我们先由西门雇了小船，慢慢的摇到剑门之麓，从那里攀登上去，山势峻急得很。记得前次来时，我正是年青气盛，步履健实，直登剑门之上，一点也不觉疲倦，然而我现在自信还保持着这样的元气。走了不多时候，我已遥遥超出了他们之前了，几个女友更觉落后，只有好胜的此君，她是不甘示弱的，她向我力追，我看她气喘不堪，有时故意坐在石级上休息一会，让她领先几步。而两个南国青年，他们到底壮健，他们如飞的赶了上来，一直向上跑，到了此君的视线及不到的地方，便预先埋伏在山上的大石旁，等到她走过的时候，便像狼一般的跳了起来，作大声的怪叫，她也骇得惊叫起来，于是大家都格格地欢笑了。这样，我们或先或后地走着，不知道路的远近，更忘记了身体的疲劳。四山是那样的寂静，除了我们的一群之外，连樵夫也不容易看到，只有一片风吹松林的音籁，像波浪一般地在空中滚着。但是我们并不感到空山的寂寥，因为我们自己的一群声势已经够浩荡了。

其实到了剑门，倒也并不觉得有怎样特别的兴趣。游览山川，往往是如此的。趣味倒在向前进行的途中，到了目的地也不过如此了。而且那时已是欲雨的昙天，登高远望，如一幅淡墨的山水，秋的娇艳的色彩，完全要阳光来渲染的，阴天的秋景，却只有严肃和凄凉的气象了。剑门之上，也只有一所空空的古庙，看不见一个僧人，残废的佛像，散乱在各处。寺院的殿堂内，更布满了沉沉的阴气，要是一人独游，定要疑惧鬼怪已将出现。但是我们这富有生命力的一群，似乎反把那里面的阴暗和恐怖征服了。他们在黑暗中找到了签筒，又照例的摇起签来。在临走的时候，弦又偷了一尊最小的涂金的木雕佛像，说这是可以看出东方的艺术趣味来。

在我们头顶上的天空，已经布满了层层的密云，稍远的景物，也有些模糊难辨，雨是快要落下来的样子；我们便只得作归计了，但我们的游兴还没有尽，就这样循了原路回去，实在不能满足我们的欲望，我就指着山的另一斜面并无人行坡道的地方，对同伴们说："走原路回去太没有意思了，有谁能从这面走下去的？"那山势的倾斜，真有一泻千里之概，向下直视，有些倾跌的恐怖。山上满生了荆棘丛树。平时，除了樵夫之外，恐怕再没有游人去冒险涉足了。

两个南国青年，不等我的话说完，便毫不思索地一跃下去了。此君，她是无论什么事情都不肯落人之后的，她也跟了我们下来。那样的山路，实在是不容易走，最初，我们利用了繁密的丛草，把两脚伸直坐在草上，向下直溜，倒是非常痛快，然而遇到了有刺的荆棘，就会把手上的血也刺出来，衣服也会钩破，此君就时常因此叫喊起来。她是在最后，不免现出一点心慌，有时就大声叫着："往哪里走？""从这面走，跟了我来！"我远远的应着，就坐在草上等她近来，再和她同行一段。渐近山麓，岩石也渐渐的多了起来，这对于攀行倒觉方便些，但不时可以遇到很深的窟窿，如果失足坠了下去，虽不致丧了性命，至少也得受些微伤，所以我们还得小心翼翼地，纡回曲折地走，不消说我们的脚胫都有点感到酸痛了，这是因为走这样的山路，非用全力在脚胫上不可的原故。但渐渐也就走到平地上了，这时日色已暮，四周又都是荒坟野冢，幸而我们的余勇犹存，对于那样的荒凉阴惨的环境并不感到恐怖，循着一定的方向，不久就到停船的埠头。他们由原路而归的几个，都早已到了，在等待我们，看见了我们，便讥笑我们的迷路迟归，而我们却夸示我们冒险中所得到的乐趣。真的，没有冒险的精神，决不能得到游览的真趣味，那些坐了藤轿去游山的绅士太太们，他们根本未曾领略到游山的乐趣呢。

此后，我们接着又到比较剑门更远的石老虎洞、白鸽峰等处。石老虎洞不过是个小小的村镇，勉强画了一幅临河的水乡风景。白鸽峰比较的有些山景，沿途多长松翠柏，清幽绝俗，而始终寻不到一处满意的画材。这样，我们又转而到北门外的菜园村。菜园村的风景虽属平凡，只具有田园的情趣，然绿荫深处，有白色的酒帘招展，凉亭竹椅，陈设清幽，旨美的酒，有本地风味的菜肴，确有诱致游客的魔力。弦，就是一个专喊着"到菜园村去"的人。从菜园村再往北去，那便是规模宏大的兴福寺了。天下名山，占尽佛门。这话真说得不错。这兴福寺，便是位在山的奥隩间，树木的环拱中，得天然的形势。而寺院的里面，更有亭台楼阁之胜，有泉石兰竹之趣，曲径通幽，如入仙境。然而我总觉得那地方太冷清，太孤寂了，只可作一时的清游，而不能作永久的住居。

接连去了许多地方，都是得不到满意的画材，为了作画，还是到西门去。这回，我走到城外去寻觅画材了。真的还有许多未曾发现的佳构。就像先前我从城楼上望见的那河岸的小庙旁的秋柳，现在从近处去看，又是另一种情景。我在画面上取了这样的构图：把柳树放在近画面的中央处，树下系着一只小舟，而背景却包含了很复杂的市集以及山上的杂树。这样的构图，颇有点抒情的意味。然而实在这地方，不但没有一点诗意，而且是污浊丑陋的平民窟的处所。即如那小舟，不过是江北人的浮家，而河水，却是充满了污物的浊流。尤其是站立的地方，前面就是一个大粪缸，周围集满了无数的苍蝇。所以当我开始作画直到终了的中间，我口上的烟卷是没有绝过。从这里看来，我得到了两种作画的经验，第一，便是证明了画风景不必一定要名胜古迹，即使是极丑恶的地方，经过了画家的技术的洗练，也可以成为一幅优美的有诗意的风景。第二点，作风景画有时必须有极大的忍耐心。能够在美好的环境作画当然最好，但如有了满意的风景，而作者自己所处的地位，却是污臭不堪的处所，也只得牺牲一时的难堪，忘却了周围的现实，忍耐着来作画。

再过了桥，从河的彼岸回身向城门处眺望，那又是另一种情调了。在码头边，有几艘内河的小汽船停着，岸上有许多错综着的经营小买卖的店铺，这就十分地充满了人间味，而对于构成画面也是最好的材料。在房屋的背后，更有一列城墙，而虞山，以最挺秀的姿态出现在城墙的后面。我画这风景的时候，是有极安适的心情和纵容的态度，这是因为连日勤于制作，手法和调色都渐趋于纯熟，对象虽然复杂，而我觉得操纵绰有余裕的样子。因了这样的自满，画时似乎并不十分专心，有时和旁边围拢来看的江北小孩开开玩笑，有时看看周围的情形。我的画架，正是安插在一间低矮的平房的门前。那平房里面，好像有母女二人在做着女红，她们最初看见我在她们的门前安放了画架，似乎有点感到惊奇，但后来看我尽是默默地作画，便在窃窃地谈论着，我听不出她们所说的是什么。有时回头去看她们一眼，那年轻的姑娘，长得也相当的美，水汪汪的眼睛，白净的皮肤，动人爱怜的姿态，可说是一个小家碧玉的典型。我不禁向她凝视了一会，用微笑来表示我对她的好感。但她似乎有些怕羞了，不好意思地躲了进去。看她们母女二人，手不停针，猜想起来是依女红为活的吧。啊，你年轻的姑娘，或许也是"年年压金线，为他人作嫁衣裳"的可怜虫吧？

说起女人，听说常熟正是中国产生美人的地方呢。所以我们到了常熟，对于这一方面也相当的注意。"看常熟美人去"几乎成了我们的口号。可是大家闺秀，都是深处闺中，我们外乡的游子，当然无缘看见，我们所能够看见的，只有小家碧玉了。你若是在清晨，坐了小船，摇过临河人家的面前，你便可以看到妙龄的娇娘，她们或许是小家的碧玉，或许是大户人家的侍儿宠婢，她们正三三两两的在忙着早间的工作，那盈盈如水的眼波，那楚楚动人的姿态，而且她们大都是分开了两腿蹲着的，更充分地暴露出丰富的性感。又如在乡间的夹树小道上步行时，也常常可以遇到明眸秀脸的乡姑，似乎在卖弄风情地引逗游人。你若是走近去问她们一声行路的方向，她们也会似真似假地指示你，而接着就可以和她们边走边谈了。有时，她们可以陪着你走到两三里的路程。至于旅馆里的那些娼妓，她们因了无节制的出卖肉体和不规则的生活，大都是苍白的面容，颓废的神态，毫无一点可爱的地方。可爱的倒是那些来叫卖生果的年轻妇人，她们都是田舍娘，每天到城里的旅馆酒楼上来贩卖生果，以帮助一家的生活的。她们都有健全的体格，红润的皮肤，好像雷诺阿（Renoir）画中的人物。每天到我们房间里来的，就有这样的两个。你最初若是拒绝了，她们就从篮里拿出一部分来，放在桌上，现出一脸的媚笑恳求着说："就买了吧，这一点钱在你们是不算什么的。"这样，我们终于买了下来，而她们也就快乐到很感激似的，把柚子的外皮剥了，一囊一囊的送到你的口边来，在这时候，即使是接触到她们的肉体，也是无妨的。

这样，她们便成了我们每天工作后的惟一的安慰者，我们也就把她们当作理想中的常熟美人了。当我们回上海的前一天，弦因了一时的高兴，竟用了一块钱向她买了不值四毫子的生果，我们都笑他太傻，而他却非常乐意似的。她们，做了这样一次好买卖，自然更高兴，格外的显出殷勤了。

"先生，你们还有几天好住呢？"

"我们明天就要走了。"

"为什么不再多住几天呢？"

"你可和我们一同到上海去好么？"

"我们是没有这样的福气哟。"

这样随便地谈笑了几句，她们也就辞了出去，做别人的生意去了。

在第二天的早晨，我们的一行就动身回上海了。对于这住了将近二十天的常熟，都有点依依惜别的样子。别了，常熟的城市。别了，常熟的美人。

选自《现代》第6卷第1期，1939年11月版

# 甪直罗汉观光记

赵君豪

民国廿一年十一月十二日，苏州甪直保圣寺古物馆举行开幕典礼。叶玉甫先生早事策划，备极周至。并柬邀新闻界同人，前往观礼，赵子叔雍与予实负招待之责。值兹初冬，霜林红叶，竟日清游，弥可乐已。此行虽往复匆匆，然以车以舟以步行，自都市以至于乡村，自文化贫乏之今日，观光一千二百年前之古物，中心感想，为喜为悲，殊未敢言。综之，甪直之游在予个人，以为至有意味也！按此遭招待各界观礼，系由教育部保存甪直唐塑委员会具柬。由沪往者，乘北站七时所开之快车，于八时三十九分到昆山，即至正阳桥六通轮船码头换乘该会所备之专轮，开赴甪直，约十一时到。由南京、镇江、苏州往者，于是晨乘苏州阊门外广济桥塊码头该会所备之专轮，开赴甪直，亦约十一时到。准十一时行开幕礼，聚餐后分乘原轮，开还昆山苏州，转车归沪或京镇。予侪从事报业者，深夜无眠，亭午方起，偶以事迫，亦能夙兴，然辄叹为异数。甪直之行，亦各有此意，是日曙光乍启，予即惊醒，整裾出门，驰赴车驿，则同人先予而至者，已有数人。七时车行，八时卅九分抵昆山，下车者可百余人。分乘昆山所备之人力车，车上植三角欢迎小红旗，晓风劲厉，兴会弥高。已而抵正阳桥电灯公司下船，计帆船四艘，用三小轮拖带，船甚轩敞，列席而坐。

昆山各界招待殷挚，极可感谢！角直为一小镇，分属于吴县昆山，水程约二小时可达。是日天气晴明，风物佳美，依舷遥睇，则波光云影，四野橙黄，都含画意，同人多相以为乐也。十一时廿分抵角。登岸后，由警士列队先导，同人随行于后，镇人夹道相望，欢迎甚盛。角镇本水乡，居民列河而居，房屋整洁，不殊于内地之县治。行约廿分钟，即抵保圣寺。寺址原极广袤，嗣为甫里学校所占用，校日扩展而寺址益蹙。今者古物馆落成，保圣寺始别于校，初则寺殆为校之赘疣也。既抵寺，于人丛中晤江小鹣、金家凤二君，二君致力于古物馆，厥功殊不可没。金君角直人，为余髫龄之学友，相见欢然！于校中休憩片时，即由叶玉甫先生宣布行开幕典礼，来宾集于庭院。由蔡孑民夫人行开门礼。门辟，此一千二百年前之唐塑罗汉，遂呈现于吾人之前。

## 蔡孑民先生开幕词

主席蔡元培致词云：今日为角直保圣寺古物馆开幕之期，承地方长官及各界光临，至为感谢！今日为总理诞辰，总理民族主义演讲上，力言我等恢复固有能力；能力也者，不仅在科学之发明与应用，而亦在美术之创造与纪述，我等于总理诞辰举行此古物馆之落成，表示我等于规复固有能力上，稍稍尽些义务，亦是有意义的事。按塑像为我国特殊之艺术，其古代作品，仅存于今者，以山东灵岩之宋塑罗汉，及北平、宝抵两处之元刘兰所塑释道各像为最著。然唐像尚付阙如（陕晋豫鲁各深山穷谷中，有无存物，则不敢知）。自角直保圣寺唐塑罗汉像发现，吾国艺术界乃为之一震。保圣寺相传始于萧梁，陈迹莫考，而塑壁及罗汉十八尊，则志中且详为唐之杨惠之所塑。惠之本画家，在唐代与吴道子齐名，因不愿与吴争胜，乃遁为塑造。保圣寺之塑造，是否确为杨惠之手造，除志书外，别无确证。然昆山志曾详述玉峰慧聚寺杨惠之塑像之事实，则距离不远之保圣寺，同为惠之所塑，亦属可能之事。各像前经顾颉刚先生首先注意，宣布于众，引起中外人之研究。鄙人曾议集资保存，因循未及实施，而大殿已毁。前之塑壁，为东西北三面者，仅余东部一面，连先已拆存之罗汉像，仅余九尊。同人以全部破坏为虞，佥议妥善保全之策，应建一新屋，以覆各遗物。其旧日之碎片，应装新壁之上，各罗汉像亦咸装入。鄙人方掌大学院，乃拟拨款一万元为之倡，旋省政府允拨款三千元，各方善信，又集资一万元有奇，由教育部组一委员会主持其事，复推元培及叶恭绰、陈去病、马叙伦、陈万里、陈剑修、金家风七人为常委。经营三年之久，今日乃克告成，此实为我国艺术界考古界所可庆幸之一事。盖不但唐代名手之作品，借此得以延寿，而因此可推见当时艺术之真相，且因以引起人研究之兴味与线索，在此时代，不能不认为一小小的贡献。抑保圣寺为著名古刹，其大殿之建筑，审为宋物，惜已倾圮，今仅能就其旧料凑合为二斗拱，以存形式。并将寺中古物，竭力搜集，借供参考，所有未善之处，尚希指教！甪直地处乡僻，对于来宾招待，尤愧不周，并祈诸君子加以原谅也！

# 叶玉甫先生报告词

叶恭绰先生报告经过云：保存委员会于十八年秋着手进行，中间曾因战事，致告停顿。建筑系由某建筑公司承造，以该公司不派员负责监造，致工程辄多不合，于是自行解约。因工程费仅一千余元，幸得史君设法，由常熟之建筑公司承包，始得完工。十八年秋九月，开始工作，移出大佛于金刚殿，由上海塑佛匠卫同庆雇宁波塑工，及当地小工三十人，拆卸东部塑壁一小部分并罗汉像，存放学校内。同年冬，起手建筑为塑壁之必要部分，附水门汀墙一座，并附角铁，以备附塑壁木架用。十九年六月，建筑墙壁屋顶工毕，开始修塑壁，将存放学校内罗汉像九尊及塑壁残块移新屋，先筑石台一座，以本有之石台改造。原来之石台狭而高者，改为稍低而阔，石台造就后，着手柱木，主柱自地平及顶，均附角铁，以作基础。续将罗汉九尊及残块塑壁移上，配置构图。时雇工人六人，且并未十分注意于原来塑壁之全部构图，仅就料（罗汉塑壁残块）构图，加以塑工，多以普通经验及传统观念工作，虽由江君构图作样，未曾以此为准。故七八个月工程完全无效，因再另觅能手，雇苏州塑匠胡寿康主持重修，四个月亦不能满意，此十九年一年内工程可称完全废工。二十年塑匠驻角工作，至沪战起时，大致全部告竣。至今岁夏初，整理最后工作，现已完全成功。塑壁诸料，计用料泥糠棉麻外用麻布皮纸桐油色粉，并依照原留残块色，罗汉像则亦依旧样，以存真迹。全部工程，计费时三年，每日平均约四人，计共费银二万四千余元，尚未及预算三万之数。除教育部拨一万元，苏省府三千元，各方募捐一万一百余元，银行利息五百余元外，尚欠一千余元。

# 保圣寺

于此予将一述寺内之规模，庭院作方形，中植丛树，并置唐代经幢。至古物馆作方形，屋作寺殿形，参以西法，门窗均属铁制。屋顶等鬃以深浅之绿，颇有洁无纤尘之概。寺两旁陈列石碑及旧寺卸下之砖瓦绿琉璃斗棋等件，中壁塑罗汉九尊，或坐，或趺坐山间。五尊较完备，四尊微损。形态各殊，神情生动，筋骨之间，亦各能表现。一代名手，殊非溢誉也！塑壁山石水浪，亦颇雄伟，前护以木栏，恐客毁坏壁像也。栏内并置一玻璃盒，中陈旧寺柱下之古钱，佛像腹中之脏金及经签等件，今已蛀毁。

# 杨惠之考

塑者杨惠之，究为何如人，亦有未能已于言者。按杨为唐代开元人，与吴道子同师梁张僧繇笔法作画。迨后杨易攻雕塑，艺猛进，遂与吴道子之画，并重于时。当时有"道子画，惠之塑，夺得僧繇神笔路"之谚。杨作品甚多，考诸记载，有京兆长乐乡太华观之玉皇大帝像，浩州安乐寺净土院大殿内之佛像与千条佛，东经藏院后三门上之门神及殿内维摩居士像，洛阳广庆寺三门上之五百罗汉及山高院之楞伽山，俱极神妙。黄巢作乱，京洛间所有宇寺，俱焚毁无遗，独杨塑诸像，硕果仅存。此外陕西临潼县骊山福严寺之塑佛壁，昆山慧聚寺毗沙门天王佛旁之两侍女，亦属杨之作品。杨在京兆，传曾为优人留杯亭塑像，像成，面墙置于街衢中，途人视其背，以为留杯亭出游，争与寒暄，其神妙概可想见也。

# 保存唐堡经过

姚梅玲君述保存唐塑经过，至为详尽，兹述之如次：甪直保圣寺的十八尊罗汉，是唐代名手杨惠之的作品，因为年代久长了，已毁坏不堪。民国七年，北大教授顾颉刚君游甪，偶见塑像，惊为绝技，赞赏不已！过了几年，（十一年）和陈万里君重游甪直，却见塑像倒坍依然，便拍了几张相片，携归北大，语之蔡元培先生，蔡就函致甪直乡绅沈柏寒，请设法保存。当时因经费关系，并无结果。顾颉刚一面向各处接洽作保存运动，一面在书报上作文字上的宣传，复经金家凤、高梦旦、任永叔等，一再向苏省当局请求保存。复得蔡元培、吴稚晖、叶恭绰诸君至甪直参观后，认为确有保存之必要，才把具有历史价值的国粹保存了下来。

陈彬龢当时见了杂志上顾颉刚的记载，便写了封信，附了照片，给日友东京美术学校教授大村西崖。大村得函，喜甚，不远千里而来，专诚到中国，在甪直饱看了五天的罗汉像，摄得廿八幅照相，归国后，做了部《吴郡奇迹塑壁残影》，书出后，畅销国内，售价达日币十二元。

当地绅士们，本拟将保圣寺中残毁庙屋，全部拆除，圈人甫里小学作校地，在计划时，恰接得叶恭绰等函嘱，保存唐塑，斯议遂罢，后将塑像卸下，因为年代关系，大多损坏，完整者仅得九尊，在甫里小学的一所破屋子里，暂时安置下来。

民十八年，教育部聘叶恭绰、蔡元培、张仲仁等十八人任委员，组织保存委员会。一面由发起人募集经费，聘了建筑师范文照设计建筑，雕塑家江小鹣、滑田友补壁。把大殿拆卸，改建保圣寺古物馆，馆内除塑像九尊，所有保圣寺的古代建筑物，亦置放在内，在民十八春动工，在今春全部工竣。

# 陆龟蒙祠

保圣寺左近，古木清溪，风景入画。其右又有陆龟蒙祠，亦名斗鸭池。架以小桥，池水已涸，祠中供陆龟蒙先生塑像，旁悬楹联，为迦陵居士顾锦所撰。联云："绿酒黄华，九日独高元亮枕。烟蓑雨立，十年长泛志稣船。"龟蒙先生为一代大儒，著有《甫里集》。甫里学校，殆为纪念先生而设也。

保圣寺开幕典礼既成，同人更合摄一影。并于甫里学校午膳，仍以小轮归昆山转车返沪。一日清游，瞥眼而逝，迄今思之，犹有余恋也！

民国廿一年作

选自《游尘琐记》，琅玕精舍1934年4月初版

# 苏台访古录

朱　契

灵岩烟雨白云濛，缥缈湖山一望中。
木渎芳声传蓟北，苎萝艳色重江东。
采香泾共苍茫尽，响屧廊随楼阁空。
最是苏台俱泯灭，行人犹说馆娃宫。

## 一　小引

在太湖的东岸，当天目山余脉，散为天平、灵岩、穹窿、东西洞庭诸山，湖山交错的地方，有锦绣的原野，有纵横的河渠；弯弯的环洞桥，显出江南水乡的风味；而隐隐的青山，迢迢的绿水，间或衬着几叶风帆，映着峰巅塔影，每当日丽风和的暮春天气，或纷纷细雨的清明时节，不由的令人陶醉。这正是山清水秀的姑苏城外——尤其令人销魂的，是那座古色古香的苏州城，和遗迹苍凉的灵岩山！

少小生长北国，未尝到过姑苏。然而小时读《枫桥夜泊》诗：

月落乌啼霜满天，江枫渔火对愁眠。
姑苏城外寒山寺，夜半钟声到客船。

未尝不悠然神往。寒山寺名色，是多少幽远夜半钟声，是多少荒凉寥寂！继读《苏台览古》：

> 旧苑荒台杨柳新，菱歌清唱不胜春。
> 只今惟有西江月，曾照吴王宫里人。

　　一弹三叹，为之低徊不已。木渎是陈圆圆的故里，姑苏台是当年西子逗留之处。采香泾的名色，是多少绮丽；响屧廊的名目，是多少典雅！他如琴台，横塘，香水溪，缥缈峰，又无一不旖旎风流，无一不令人流连！记得当年经过苏州，远望青山横黛，近见波光凝碧，临水人家，楼阁相望；一刹那间，城池幻树，又是绿草如茵的郊外，深深领会曼殊上人"江南花草尽愁根，惹得吴娃笑语频"之句。苏州好似江南文化的结晶，苏州好似中国文学中温柔旖旎的精华；而这温柔旖旎的象征，便是抽象的姑苏女儿。扬州不过是青楼式文化的结晶——"十年一觉扬州梦，赢得青楼薄幸名"——何尝比得上苏州；而杭州西子湖之所以知名，也不过因湖山之胜，假借西子之名。有人以杭州比大家闺秀，苏州比小家碧玉；实在大家闺秀，不过是后天的，而小家碧玉，风韵天成，才是先天可贵。究其实，西子浣纱，圆圆度曲，何尝尽出于大家？苏州之可歌可咏，也就是在此！

　　年来浪迹四方，南至粤，西至云梦，北至塞外，东至海门；江淮间名都，如扬州、无锡、镇江、嘉兴、杭州，以及浙东西名区，无不往游；独于苏州及其郊外名胜，未尝一览。二十五年四月，杨花初发，蝶倦莺飞，遂专诚往游，以二十五日，发自金陵下关车站。

# 二　苏州

　　是日向晚，车抵苏州，于夜色苍茫中进平门，护城河甚宽，初以为即运河；继询士人，始知运河绕城西南二面，此尚非运河正流也。过报恩寺，一称北寺，九级浮图，矗立空中，夜色深沉，备觉伟大。行护龙街，道旁有新筑别墅二所，琴韵悠扬，随风传来，窗中人影，楼外琴心，颇感人间情调，使我顿起他乡作客之思。幼时读海涅（Heine）《哈苴士纪游》（*Harzreise*），记得有一段故事，哈苴士一带，颇多古色古香的城镇。海涅到葛丝勒（Goslar），有一次遭遇，颇与我现在感触相同：

苏州报恩寺塔

葛丝勒的教堂，并不如何使人流连；但当我进城时，有一个曼妙的鬈发女儿，倚窗微笑，颇使我十分神往。用过饭后，我再去找那扇可爱的窗；但倩影已杳，只有一个玻璃瓶儿，插着几朵白色铃花。我爬上去，取了几朵花儿，从容不迫地插在帽上，街上的人们——尤其是老太太们——目瞪口呆，注视着这精致的窃案，我也不去管它。过了一小时，我又从这房前经过，那可人儿又立在窗前，当她看见了我帽上的铃花，登时满面红晕，退了进去。那时她的庞儿，我看得格外清楚：那是一副甜蜜的、透明的容貌，具着夏夜的气息，皓月的光辉，夜莺的歌声，和玫瑰的芬芳——夜色深时，她走出门前。我走过去——渐走渐近——她徐徐闪了进去，隐在幽暗的过道中——我过去拉着她手，告诉她：我酷爱好花与蜜吻，要是别人不爱给我时，我会偷得来——说时我轻轻吻她一下——她要躲避时，我低低地告诉她：明天我就要走了，也许永远不再来了——我觉着她可爱的唇与纤手神秘的反应——于是我笑着赶快走开了。当我想着，我不知不觉把那征人惯说的一句含有魔力的话，那常使女人们心折的话说了出来："明天我就要远行，也许永远不再回来。"不由得自己好笑起来。

征人们常有征人的情绪，而这情绪却非安土重迁的人所可梦想到的。那是异常的甜蜜，异常的令人陶醉，虽然这甜蜜，这陶醉，往往常伴孤寂以俱来；那是仿佛春梦一般，是来不须臾，去后又无从寻觅。我从前旅游莱茵的时候，时常感觉到；而今来游苏州，当着落花时节，目睹游春的士女，不由得又悠然神往起来。

# 三　名园

　　苏州是有名的"山水之窟"，园林之美，甲于东南，狮子林的曲折，留园的幽旷，沧浪亭的逸致，都足以使人流连。一般游苏州的人，往往盛称狮子林的假山，谓出于倪云林之手。据我看来，过于雕凿了，虽然曲折，但不免蹴踏；只有□□堂前一株枯松，几根石笋，一则霜干虬姿，一则孤峭挺拔，颇错落有致，其他部分，不免堆叠过甚，看过云林淡抹的山水，决不信是真出于倪高士之手，也许当年不是这样的。沧浪亭果然名不虚传，看它的回廊，如何高下升降，曲折有致，沧浪亭高踞丘上，飞檐凌空，玲珑剔透；五百名贤的石刻，也是吴中瑰宝，但五百名贤不都是苏州人，渔洋山人王士稹，也高踞一席。也许是他《入吴集》序中说他与渔洋山若有夙因的缘故。

　　城南的文庙，也是一处令人流连的地方。经过洪杨兵火劫后，南城满目苍凉，立在文庙棂星门前，望去是一片绿油油的草原，和迢迢的长垣；只有千百年来劫余的古塔，矗立西南，点破岑寂；然而塔缘和檐，都已零落殆尽，塔身也是欹倾欲倒。文庙前面左右，是古色古香的两座牌坊，照例的题着"德参天地"、"道冠古今"；是就石牌坊改造，上边石雕尚存明代的作风。路北东边是棂星门，经过二重庭院，直达大成门，再进便是大成殿，黄屋崇檐，颇为庄丽。西边是府学门，再进为端门、宜门。立在大成门前，望前面院落，规模颇为宏敞；只是甬路上生满蔓草，分不出是路是草地；而曲折的水道，由泮池引入，也是遍生芜草。这里是旧式文化曾视为中心的地方，而今已零落不堪；但是水流是清澈的，松柏是苍润的，庭院固然寥落，但依然钟灵毓秀，可惜地方的当局，似乎对于此处早已忘怀了。

# 四　虎丘

阊庐霸业夕阳沉，钟梵空山自古今。
剑去虎丘青嶂在，水枯鹤涧碧苔侵。
吴宫歌散声犹苦，越绝书成怨不任。
惟有生公台畔石，年年白月照禅心。

——王渔洋《虎丘》

虎丘山一名海涌山，离阊门不过九里，有山塘蜿蜒相通，所谓虎丘山塘是也。陆广微《吴地记》云："虎丘山，避唐太祖讳，改为武丘，原名海涌山，在吴县西北九里二百步。阖闾葬此山中，发五郡之人作冢，铜椁三重，水银灌体，金银为坑，《史记》云：'阖闾冢冢在吴县阊门外，以十万人治冢，取土临湖，葬经三日，白虎踞其上，故名虎丘山。'《吴越春秋》云：'阖闾葬虎丘，十万人治葬，经三日，金精化为白虎，蹲其上，因号虎丘。'秦始皇东巡，至虎丘，求吴王宝剑，其虎当坟而踞。始皇以剑击之，不及，误中于石。其虎西走二十五里，忽失。因名其地曰虎疁。唐讳虎，钱讳疁，改为浒墅。剑无复获，乃陷成池，故号剑池。池旁有石，可坐千人，号千人石。其山本晋司徒王殉与弟司空王珉之别墅，咸和二年，舍山为东西二寺，立祠于山。"

好事者尝谓天下名山，所见不及所闻，独虎丘所闻，不及所见。实则虎丘之所以得名，不过因有旖旎的传闻、香艳的古迹、伟大的建筑而已。除了剑池以外，天然风景，实无足多。至于吴王阖闾之冢，"以扁诸鱼肠等剑各三千殉焉，故以剑名池"，此种远古传闻，缥缈难寻，也只好姑妄听之而已。

剑池两崖划开，中涵石泉，深不可测；其间青藤掩映，水碧石青，阴幽窗察，别有意境。剑池之说有三：

一、范成大《吴郡志》：剑池，吴王阖闾葬其下，以扁诸鱼肠等剑各三千殉焉，故以剑名。

二、《元和郡县志》：秦皇凿山，以求珍异，莫知所在；孙权穿之，亦无所得，其凿处遂成深涧。

三、《朱长文余集》：剑池盖古人淬剑之地。

若不得已而求一解，余以为第二说较近。盖吴王阖闾，铸干将莫邪等剑，以剑殉葬，当时传说必甚流行。秦皇孙权，或尝凿之，以求珍异，亦属意想中事。至今石上有颜真卿书"虎丘剑池"四字，笔力雄浑，字径二尺余；然相传"虎丘"二字，已非

虎丘剑池（一）

虎丘剑池（二）

真卿原书，盖后人叶清臣所书，樵仿补镌，细观确有分别。又石壁刻"风壑云泉"四字，相传米芾书，亦别有风格。

虎丘塔七层，古色苍凉，巍然山巅，塔略向北欹，摇摇欲坠。塔隋文帝仁寿年间建，与北京之天宁寺浮图，栖霞山之舍利塔，皆同时所造，作风古朴，然别具雄浑之姿。相传塔基为晋司徒王珣琴台，建塔时，掘得古砖函，内藏银盒，护舍利一粒，落成时仍置塔中。洪杨劫后，塔四周檐栏杆皆毁，益显苍凉。

千人石系明季复社集会之所，为大磐石，可坐千人；生公讲台系神僧竺道生讲经处，相传生公说法，寒冬白莲花开，池上顽石点头，至今石上刻"生公讲台"四字（"生"字已泯），宗教传闻，也无足置辨。独道旁真娘墓，令人流连不置。李祖年集吴梦窗词句，以为联云："半丘残月孤云，寒食相思陌上路；西山横黛瞰碧，青门频返月中魂。"白乐天诗云：

真娘墓，虎丘道。

不识真娘镜中面，惟见真娘墓头草。
霜摧桃李风折莲，真娘死时犹少年。
脂肤蔑手不牢固，世间尤物难留连。
难留连，易消歇。
塞北花，江南雪。

　　虎丘真娘墓，与黑水青冢，燕郊香冢，可鼎足而三，同传千古矣。

# 五　寒山寺

　　"姑苏城外寒山寺，夜半钟声到客船"，是传诵天下的名句，无奈今日零落，钟呗寥寂。王渔洋至苏，舟泊枫桥，过寒山寺，夜已曛黑，风雨杂还，摄衣着屐，把炬登岸，迳上寺

寒山寺

门，题诗二绝而去，一时以为狂。其诗云：

> 日暮东塘正落潮，孤篷泊处雨潇潇。
> 疏钟野火寒山寺，记过吴枫第几桥。
> 枫叶萧条水驿空，离居千里怅难同。
> 十年旧约江南梦，独听寒山半夜钟。

姑无论其词句如何，此种豪兴，为文人所不可少，所谓"乘兴而来，兴尽而归"。天寒岁暮，风雪塞途，犹不远千里万里；微风细雨，何足阻其佳兴哉！

# 六 木渎

二十七日侵晨，发自阊门，满天阴霾，烟雨迷濛，远山近水，尽在霏霏中。数骑沿驿道行，绿杨荫里，蹄声得得，遥望西南一带，青嶂环列，秀色宜人。二十里抵一桥，风帆片片，长桥映带，波光塔影，景物至佳。又十余里，折入阡陌中，麦浪迎风，桑麻相望。不须臾抵木渎，为吴邑首镇，相传当年吴

木渎严家花园

王得越贡神木，将筑姑苏台，积材三年，连渠塞渎，木渎之名，所由起也。越溪水与木渎水，合流为横塘，东野诗"未随洞庭酌，且醉横塘席"是也。有圆圆故里，"恸哭六军俱缟素，冲冠一怒为红颜"，圆圆之魅力大矣哉！其地三面青山，一弯香溪，有人家数百，颇称殷富。至镇，饮于石家饭店，因于髯诗得名：

老桂花开天下香，看花走遍太湖旁。
归舟木渎犹堪记，多谢石家鲃肺汤。

生意鼎盛。主人索题，因即席题赠一绝云：

花落横塘处士庄，石家妙味擅莼汤。
当年西子寻芳处，煮得青茗水尚香。

应酬笔墨，不足跻于大雅也。饮毕即行，傍渎而上，两岸皆人家，渐行渐疏朗，忽见环桥弯弯，耸临水上，而老树交柯，绿荫如帏。吴溥诗云：

山郭人家似水村，榆阴深处半开门。
最怜微雨新晴后，染得溪流绿有痕。

如为此时写照。

鹭飞桥西，旧有沈归愚宅，小小木渎镇，词客才女，人才辈出，信乎人杰地灵，不枉山水明秀，我游横塘，心向往之矣。

# 七 灵岩山

馆娃宫阙已成尘，松韵琴声听未真。

寂寂芳魂招不得，苏台风物为谁春。

由木渎缘香水溪而上，至灵岩山麓，遥见琳宫雁塔，高出层峦，即梁秀峰寺，南宋崇报禅院，明永祚寺，近年新建，复名灵岩寺。相传寺即吴王馆娃宫故址。山有灵岩塔，塔前石壁耸起为灵芝石，灵岩以是得名。循塔而西，上有小斜廊，相传为响屧廊故址。《图经》云："吴王以梗梓藉地而虚其下，西子辇行则有声，故名。"元顾阿瑛诗云："日日深宫醉不醒，美人娇步踏花行。属镂赐与忠臣后，叶落君王梦亦惊。"唐皮日休诗云："绮阁飘香下太湖，乱兵侵晓上姑苏。越王大有堪

灵岩山寺

羞处，只把西施赚得吴。"诗人立论，或不直勾践，或致怨西子，实则古来亡国者多矣，岂皆因女色？宋苏舜钦诗云："苎萝山女人宫新，四壁黄金一笑春。步辇醉归香泾月，隔江还有卧薪人。"则庶几近之矣。

由迎笑亭登山，山麓有亭榭废址，毕沅之灵岩山馆也，曾几何时，华屋山丘，零落尽矣。更上过石龟，昂首望太湖。遥见云山苍茫中，豁然空濛，水天相接，"茫茫复茫茫，中有山苍苍"，隐约浮沉湖中者，洞庭山也。更上过灵岩寺，直上琴台，山石嶙峋，相传西子鼓琴之处。山雨欲来，松涛满壑，远望邓尉、上方诸山，烟鬟镜黛，积翠堆青；近瞰采香泾、香水溪，一泓清水，渐远渐杳，没人寒烟中。余有诗云："采香泾共苍茫尽，响屧廊随楼阁空。"盖写实也。西麓有宋韩蕲王墓，墓碑穹窿，高可三丈，自山巅可望见之，所谓万字碑是也。归避雨灵岩寺，登钟楼，寻吴王井、玩花池、砚池诸胜，半属附会。下山访西施洞，亦名石室，"废宫春尽长苍苔，不见罗裙拂地来。只恐西施是仙子，洞中别自有楼台"（明高启诗）。可供吟咏，别无足取。天晚雨甚，山景荒凉，乃骤骑而归。以五月一日重归白下，前后游程才六日耳。

选自《汗漫集》，正中书局1937年4月初版

# 记洞庭石公山

吴似兰

石公山居太湖之东，洞庭西山缥缈峰支脉，实一山嘴也。离苏垣计九十里，横亘湖中，占势绝佳，四面临水，左右皆山，高只七十余丈，面积一百八十亩许，山石苍霭玲珑，具绉瘦透三者之妙。石穴石腹，到处咸是堆砌重叠，真假莫审，即所谓太湖石是矣。湖滨浪花飞溅，无风湍激，细聆之，则音节谐韵，得天然趣味。石公寺居山之南，新设石公旅舍，附于寺中，布置简洁，几净窗明，安乐窝也。其下有盘龙洞，于水浅时可涉下一览，屈曲皆通，石纹斑斑若鱼鳞，然惜今为水所没，不克下游。寺上有断山、来鹤二亭，倚窗面湖，风物最宜。寺数百步为夕光洞，中有巨石倒悬如石笋，俗名倒挂塔，奇观也。洞门石色，异于他处，均似天际晚霞，五色纷呈，亦属罕见。洞之左山壁高广，仰瞻明人王鏊书大"寿"字，周围寻丈，笔力浑厚，乃全山伟物。其侧有"云梯"二字亦佳，惜无款识，不知何家手笔。再行百十步，则巨壁成障，雄姿巍峨，曰联云嶂。其巅有长沙罗绮书"缥缈云联"四字，罗为废清道光间人。离联云嶂至一线天，高岩对峙，中留狭隙；由隙缝中登石巅，觉幽壑阴森，怪石狰狞，颇劳跋涉。若援登石顶，俯视足下，水滨有二石如人形，面坐颇肖，村人呼之石公石婆。向南下行，越小岭而至来鹤亭，再下即断山亭，俯窥石公寺，房栊媲连，若模型仿佛。更下乃翠屏轩，对轩曰浮玉北堂，皆与石公寺衔接。由寺左行，过节烈祠，有归云洞，洞高数丈，石乳垂垂，有鹦鹉石、青龙石等胜，中央立送子观音石像，高八尺许，就石壁雕凿而成，今身涂赤金，怀抱婴儿，殊为庄严，故又称观音洞。"归云洞"三字，为严澂所书刻。洞之阳左壁，有一小孔，仅容手指，孔中泉水点滴不息，乡人谓此水能治目疾，来者或以指蘸水抹目，愚乎？灵耶？不能知矣！洞前曰御墨亭，并立一亭曰漱石居，又有印月廊，圆门启处，林木扶苏，略具园落意味。由洞西行数十步，石门在望矣。海波螺石处于附近石之空穴，用口吹之，有巨声詧然，可震闻全山，乃石公八景之一也。按石公山为吴中著名胜境，惜从前交通极不便利，又传闻宵小之徒出没，附乡且无住宿旅舍，以此数点，足使游者裹足。今经西山人士悉心改革，利便交通，辟旅舍，增饮食，及修葺全山，指导名胜，宣传土产等等，颇有茅塞顿开、化险为夷之概；从此大好名区，得遍赏无遗。余于前月廿八日占先一游，非敢夺人之美意，欲为同好作指南针耳！惜我笔拙才劣，不能将湖山景色移于毫端，殊为憾事！今以耳目所及，略述一过，惟石公山一部而已。附记游览日期如下：

日期只一天半，第一日午前十一时前后，乘苏木汽车，价二角八分，或轮船，皆直达木渎，约四十分钟即至。午膳后步至三义阁西山码头，候乘轮船，票价五角五分。午后一时左右必开，出胥口，行太湖中，于四时已抵石公。至石公旅舍码头登岸，略事休憩，可先游水道。命旅中代买小艇一艘，价甚廉，辅币三四毫足矣。绕游石公湖滨，二小时可毕。仍由原处返逆旅，晚膳后，于九时许便熄灯安眠。明晨须带早起身，以免登山跋涉劳也。（太湖面积宽广，然水底皆不甚深，今商轮所驶水道，悉在中央，沿途经过分站，均用民船载渡登岸，至石公山亦然。游者须提前向轮中执理说明赴石公山，则届时由轮上鸣号，代雇小舟，仍由原轮拖往。少时至石公附近处放却登山。）翌晨六时起身，食点后，即步行出寺，向左至日光洞，大寿字石壁，联云嶂，一线天，升一线天，向南行，至来鹤断山亭，下至石公寺，再由寺向右行至归云洞，御墨亭，出向右至石门，乃返，约二三小时足矣。如再有三小时余暇，可即往镇夏镇（离石公六七里）林屋洞即龙洞及畅谷洞、岳庙等胜，返可乘黄包车，车资二毫，惜山径不甚平坦，惟时间上经济些耳。或至东蔡消夏湾（昔为吴王避暑处），是处三面环山，一曲湖水，形势绝佳。有石佛寺，寺下山石崆峒，较石公有过之无不及。往返约十余里，游毕返旅舍，进午膳，闻轮上鸣号，便至寺前码头，再由小艇或渡登轮，一时许开返抵木渎，正四时，可接乘末班汽车返苏。往返计一天半，若欲食太湖新鲜水族或其他异味，可在二小时前知照旅中庖人，烹调甚佳，价廉物美，鲭鱼尤不可不食。旅费一人约五元，可以应付。

二十五年三月二十九日夜识于石公旅舍吴似兰记略

选自《旅行杂志》第10卷第12期，1936年12月出版

# 饕餮家言

朱枫隐[*]

　　《左氏传》载太史克之言，以饕餮列于四凶，余窃不平之。夫"食不厌精，脍不厌细"，《乡党》记之。"式饮庶几，式食庶几"，《风》诗咏之。是知饮食乃生人之大欲，餔啜亦贤者之微疵，苟菲闻韶之时，何必不知肉味；本异居丧之日，奚须食旨不甘？非然者，设或嘉肴在御，竟食而不知其味，不几令人有"心不在焉"之讥乎！爰草是篇，以供同嗜。知我罪我，一任读者。

## 抢食经

　　友人方雅南，尝言幼时在塾，与同学著有《抢食经》，甚有风趣。当时雅南背之甚悉，今余仅记其四句，曰"逢老先吃肥"，谓老人无齿，皆喜吃肥肉，吾先抢吃之，则所余瘦者彼不能吃，皆为我所享用矣；曰"逢女先吃瘦"，谓女人多喜瘦肉，我先吃之，则肥者亦必不能逃出我之腹中矣；曰"菜多休啃骨"，谓肴馔既多，苟我先啃其骨，则必多费时间，而其余

---

之菜必将为人所抢完矣；曰"事急先浇汤"，谓饭未毕而菜将
罄，此时事势已急，必抢先浇汤，则不致感有食无菜之困也。
其余大抵类此，惜余善忘之耳。

## 刮骨疗毒之鸭

老友章幼农，尝言菜中有四味最取人厌，一曰五代同堂之
鸡，言其老也；一曰酒色过度之鸭，言其瘦也；一曰怒发冲冠
之鱼翅，言其硬也；一曰七擒七纵之海参，言其一拨一跳也。
今岁与友好至人家宴饮，所上之鸭，其皮甚硬，友以箸揭之，
则见其中有骨无肉。余因笑谓之曰："此鸭非仅酒色过度，直
欲效关公之刮骨疗毒耳！"同席皆为之鞯然。

## 谐 对

余尝作谐对数则，皆可实吾饕餮家言，如"酒囊"可对
"饭桶"，"负腹将军"可对"空心老官"，"酒肉和尚"可
对"糕团司务"，"豆腐羹饭鬼"可对"芝麻绿豆官"。又唐
时，因求雨禁屠，有某御史请并禁斩杀鸡鹅，人因称之谓"鸡鹅
御史"。余谓"鸡鹅御史"可对"龙虎将军"（满洲未入关时，
明封之为龙虎将军）。又吾苏潘姓，有兄弟三人食量皆甚豪，惟
其一则必嘉肴美膳，方肯下箸，人称之曰"天吃星"；一则稍
可通融，人称之曰"地吃星"；一则不择美恶，但图醉饱，人
称之曰"狗吃星"。"狗吃星"三字甚新，可对"狼餐会"。

# 一至十之市牌

有人集食物店之市牌，自一至十者，其心思亦甚巧，曰一品天香，两洋海味，三鲜大面，四时鲜果，五香熏鱼，六陈粮食，七巧名糖，八仙对桃，九制陈皮，十景茶食。

# 苏州面馆中之花色

苏州面馆中，多专卖面，其偶卖馒首、馄饨者，已属例外，不似上海等处之点心店，面粉各点无一不卖也。然即仅一面，其花色已甚多，如肉面曰"带面"，鱼面曰"本色"，鸡面曰"壮（肥）鸡"。肉面之中，又分瘦者曰"五花"，肥者曰"硬膘"，亦曰"大精头"，纯瘦者曰"去皮"，曰"蹄膀"，曰"爪尖"；又有曰"小肉"者，惟夏天卖之。鱼面中，又分曰"肚裆"，曰"头尾"，曰"头爿"，曰"潷（音豁）水"，即鱼鬃也，曰"卷菜"。总名鱼肉等佐面之物，曰"浇头"，双浇者曰"二鲜"，三浇者曰"三鲜"，鱼肉双浇曰"红二鲜"，鸡肉双浇曰"白二鲜"。鳝丝面、白汤面（即青盐肉面）亦惟暑天有之，鳝丝面中又有名"鳝背"者。面之总名曰"大面"，曰"中面"，中面比大面价稍廉，而面与浇俱轻；又有名"轻面"者，则轻其面而加其浇，惟价则不减。大面之中，又分曰"硬面"，曰"烂面"。其无浇者曰"光面"，光面又曰"免浇"。如冬月之中，恐其浇不热，可令其置于面底，名曰"底浇"。暑月中嫌汤过热，可吃"拌面"。

拌面又分曰"冷拌"，曰"热拌"，曰"鳝卤拌"；曰"肉卤拌"；又有名"素拌"者，则以酱、麻、糟三油拌之，更觉清香可口。喜辣者更可加以辣油，名曰"加辣"。其素面亦惟暑月有之，大抵以卤汁面筋为浇，亦有用蘑菇者，则价较昂。卤鸭面亦惟暑月有之，价亦甚昂。面上有喜重用葱者，曰"重青"，如不喜用葱，则曰"免青"。二鲜面又名曰"鸳鸯"，大面曰"大鸳鸯"，中面曰"小鸳鸯"。凡此种种名色，如外路人来此，耳听跑堂者口中之所唤，其不如丈二和尚摸不着头者几希。

## 陆蹄赵鸭方羊肉

苏州从前有"陆蹄赵鸭方羊肉"之称。陆蹄，谓陆稿荐之酱蹄，现在其店已分为四，一在阊门大街之都亭桥，一在临顿路之兵马司桥，一在观前街之醋坊桥，一在道前街之养育巷口。赵鸭，谓赵元章之野鸭，店在葑门严衙前之东小桥；又有名赵允章者，在南仓桥，则冒牌也。方羊肉，谓方姓方阿宝之羊肉，在葑门之望星桥，惟洪杨役后，其店已闭。现在羊肉以阊门皋桥堍之老德和馆为最，观前大成坊口丹凤楼之小羊面，亦不弱。（漱按：德和馆在余髫龄时，先父挈之时人吃之，后即闭歇，老丹凤今已改为茶楼矣。）

## 野荸荠稻香村

苏州野荸荠、稻香村之茶食，遐迩驰名，分肆遍于各埠，然其大本营，则稻香村在苏州观前街之洙泗巷口；野荸荠在临顿路之钮家巷口，今迁萧家巷口。其出品，稻香村从前专批发于各乡镇，故营业虽佳而制法甚粗，野荸荠则较精。惟近今有宁波人所开之叶受和，出而与之竞争，故稻香村亦大加改良，而野荸荠顿形退化，然其所制之肉饺、楂糕、云片糕、猪油糕、熏鱼等，则当推首屈一指也。

## 采芝斋文魁斋

我国糖色，苏不如杭，然若苏州之采芝斋、文魁斋二家，则较西子湖边之出产，亦未遑多让也。其初，采芝斋仅售粽子糖，设摊于观前街吴世兴茶叶店门首；文魁斋专售梨膏糖，设摊于玄妙观场。今则皆已改摊为肆，采芝斋在观东之山门巷口，文魁斋在观西之太监弄口。惟改肆以后，文魁斋之营业大不如前，采芝斋则依然发达，其所制之各种糖食亦并皆佳妙。此外，有一枝香者，（激按：今已闭歇。）在玄妙观东角门口，出品亦良，其所制之梅酱糖、麦精糖，尤为独出冠时。（漱按：余童时上学，每日买之，含饴为乐。）至于马玉山分公司，（激按：十六年前已换店主，今更为广州食品公司矣，在北仓桥对过。）亦在观西，惟其价过昂，虽出品专仿西制，甜味颇逊，苏人士不甚欢迎之，远不若固有之国粹，价廉物美也。

民十二秋

选自《醇华馆饮食脞志》，载《苏州史志资料选辑》总第21辑

# 吴中食谱

佚 名[*]

美尽东南，包罗甚广，而吴中食品尤足以脍炙人口，一经品第，必芳留齿颊而弗忘，则抉隐搜奇，当为老饕所喜，朵颐占福，斯为压卷已。

吴中菜馆虽多，要以苏式为最占势力，苹花桥之天和祥，宫巷之义昌福，为一时瑜亮。此外偶然卖力，亦见长处，未足以执大纛周旋坚故也。天和祥之蜜渍火方，自如玉，红如珊瑚琥珀，人口而化，不烦咀嚼，真隽品也。义昌福之鱼翅，亦称擅场。近在城中饭店别张一军，时出心裁，每多新作，如番茄鱼片，如咖喱鸡丁，略参欧化，颇餍所好，一时仿而行者几于满城皆是，然终弗逮也。

苏州有"吃煞临顿路"之语，盖自临顿桥以迄过驾桥，中间菜馆无虑二十余家，荒饭店不计，茶食糖色店称是，而小菜摊若断若续，更成巨观，非过论也。

物必以时，罕而见贵，一年中如着甲、团鱼、黄鳝、螃蟹、鲥鱼，每在当行出色之时，其价之昂骇人听闻。某年立夏，鲥鱼每两卖八百文，一时引为谈资；近着甲一斤卖一元，

---

亦为近年所未有。闻诸渔人云，自冬至春，着甲之来苏者未及四十尾，大者可二百斤，鱼行得十一之佣，其利甚溥，惟招徕渔人亦颇费本钱，盖每年秋风起，例以"作裙"赠渔人之为长者，多至三四十袭，少亦一二十袭。云"作裙"者，渔人围身之裳，得之分贻伙伴，不啻受鱼行之定钱，终岁不得别就交易矣。

阊门外某教门馆，专制回回菜，不用猪羊，而烤鸭独肥美鲜洁。据云，于喂鸭时，先以竹竿驱鸭，使惊慌乱走，然后给食，故皮下脂肪称特别发达，虽此馔以京馆为最擅胜场，然亦不如其肥脆也。

在清明节前后，有糖菌者，为吴下产物，小而圆，嫩而脆，多产于附郭诸山，过时即如老妪之鹤发鸡皮矣。此外，若新鲜香椿头，若青蚕豆，若莼菜，虽为田园风味，偶尔登盘，亦足以当大雅一下箸也。

更有两异味，为常人所不易尝到者，一为鲃肺汤，一为红烧鳗鲡。鳃肺汤，他处人并不识其为何物，鳗鲡为田家所食，然两味别有妙处，虽为俗人道鳃肺汤在冬春问随处可得，鳗鲡则非深夏不办，而城中以松鹤楼为最腴美。

苏城点心，惠而不费，而以面为最普遍，观前观振兴面细而软，肉酥至不必用齿啮；傍晚，蹄膀面更佳，专供苏州人白相观前点饥之用，故大碗宽汤，轻面重浇，另有一种工架也。面之有贵族色采者，为老丹凤之徽州面，鱼、虾、鸡、鳝无不有之，其价数倍于寻常之面，而面更细腻，汤更鲜洁，求之他处不可得也。

每至夏令，松鹤楼有卤鸭面。其时江村乳鸭未丰满，而鹅则正到好处。寻常菜馆多以鹅代鸭，松鹤楼则曾有宣言，谓"苟能证明其一腿之肉，为鹅而非鸭者，任客责如何，立应如何"！然面殊不及观振兴与老丹凤，故善吃者往往市其卤鸭，而加诸他家面上也。

穗香斋为观前糕团业中后起之秀，所制汤团皮薄而汤多，美品也。薄荷、玫瑰馒头已逊一筹。言夫馒头，自以天和祥之大一品为最，惜乎无零售耳。

汤包与京酵，以悬桥堍之兴兴馆为上，虽观振兴亦有所弗及。苏城点心随时会不同，汤包与京酵为冬令食品，春日为汤面饺，夏日为烧卖。岁时景物自然更迭，亦不知其所以然也。

观振兴于秋日有蟹粉馒头，不解事者往往嫌其空洞无物，其实皆蟹油也，虽不及镇江馆所制之隽永，然在求镇江馆而不得之苏州，亦只能以此慰情胜无耳。

宫巷周万兴，制米风糕甚有名，寻常米风糕不能免酵味，而彼所制独否，故营业颇盛。有某甲羡之，赁其邻屋以居，每夜穴隙相窥，得其制法甚详，乃仿之，亦设一肆以问售，顾买者浅尝，辄叹不如远甚，卒弗振。于是更窃考其究竟，则见其杂搀一物于粉中，不审何名，因弃去不与之竞，自是其肆生涯益盛。每至岁首，制酒酿饼，皮薄而不韧，亦佳作也。

初夏，稻香村制方糕及松子黄千糕，每日有定数，故非早起不能得，方糕宜趁热时即食，若令婢仆购致即减色。每见有衣冠楚楚者，立柜前大嚼，不以为失雅也。熏鱼、野鸭，亦以稻香村为最，叶受和足望项背而已。东禄则以新张，不得老汁汤，自追踵莫及矣。此三家非得鲭鱼不熏，所谓宁缺毋滥，其他野味店不能及其"硬黄"，而价亦倍于常物也。

凡于佳节自他处来吴门者，必购采芝斋之糖食，其中尤以瓜子与脆松糖为大宗。瓜子之妙处，粒粒皆经选择，无凹凸不平者，无枯焦不穗者，到口一磕，壳即两分，他家无此爽快。

脆松糖无胶牙之苦，有芳颊之美。此外如楂糕、榧子糖，虽并称佳妙，不足以独步也。

定胜糕与酒酿，为春间流行之食物，然定胜糕亦以稻香村为软硬得宜，惜不易得热，必归而付诸甑蒸耳。酒酿以玄妙观中王氏所制，无酒气，荷担者往往贪利，购自他处，不如远甚。

东禄铺张扬厉，所出物品亦不过尔尔，惟所制鸡肉饺，则殊可口，每傍晚，环立如堵者，多为此而来也。

玄妙观为平民娱乐饮食之公共场所，而炒面、豆腐浆，则虽翩翩衣履之青年男女，亦有纡尊降贵以枉顾者。吴苑为零食所荟集，且多精品，如排骨为异味斋所发明，虽仿制者不一而足，俱有一种可憎之油味。异味斋之排骨，其色泽已不同凡响，近长子发明一种肉脯，不及其雅俗共赏，闻此法已为再传，当时其开山老祖所制，更觉津津有味云。卖糖山楂，为苏州小贩一种应时之职业，盖天热即不能制，有一烟容满面之小贩，所制特出冠时，非至电炬已明不肯上市，甫人茶肆，购者争集，往往不越一二小时，已空其洋铁之盘矣。吴苑之火腿及夹沙粽子，亦为有名之点心，米少而馅多，且煮之甚烂，几如八宝饭，老年人尤喜之。

苏州船菜，驰名遐迩，妙在各有真味，而尤以点心为最佳，粉食皆制成桃子、佛手状，以玫瑰、夹沙、薄荷、水晶为最多，肉馅则佳者绝少。饮食业之擅场者，往往以"船式"两字自诩，盖船式在轻灵精致，与堂皇富丽之官菜有别。

馄饨、水饺皆以荷担者为佳，旧时小仓别墅以虾子酱油作汤，肉斩极细，称独步，自谢客后颇有难乎其选之慨。每至秋日，糕团肆有大头芋艿，春深有煨熟藕，冬初有糖烧山薯，各有妙处，然不知者每以平凡忽之，因此等食品家厨手制颇多，不以为奇，殊不知黄天源、乐万兴诸家有出色风味也。

陆稿荐、三珍斋酱鸭、酱肉，几乎尽人皆知，惟城内城外无虑数十家，非经尝试何从鉴别，就所心得，以观前醋坊桥下之陆稿荐，及道前街之三珍斋为上。酱鸭在秋令最肥嫩，一至冬深，便咸硬如嚼蜡矣。喜食瘦肉者，可购蹄筋，惟须与酱肉同买，过早过晚均不易得，其名贵如此。立夏以后，乃有酱汁肉，与寻常酱肉异其味，至夏伏即停煮。城南西新桥野鸭有异香，虽稻香村、叶受和亦逊一筹，惟只在冬令可购，易岁即无之。

每至黄梅时节，虾乃生子，于是虾子酱油之制比户皆是。此品居家不可不备，如食白鸡、白肉、冬笋、芦笋皆需之，虽市上亦有出售，大都杂以鱼子，故不如自制之可口。

寺院素食，多用蕈油、麻油、笋油，偶尔和味，别有胜处。城中佛事近都茹荤，故素斋亦绝少能手，旧时以宝积寺为最，然不及玄墓山圣恩寺，有山蔬可尝也。

大家庖丁，每有独擅胜场之作，而亲手调羹尤足耐人回味。友家某太夫人，往往手制佳肴以饷客。余最爱其四喜肉，腴美得未曾有。尝以烹法相询，云纯以酒煮，不加滴水，故真味不去；即一勺之羹，亦留舌本之隽永也。吕君鹤章，曾告余以神仙肉煮法，以肉洗尽置钵中，注酒及酱油，不注水，上糊以布，阻泄味及回汽，放镬中亦不置水，盖密，以七五三间断煮之，味倍厚于常，试之信然。苏州买肉极便利，有纯瘦可买，价略昂，若煮肉丝，殊少糟粕之弃。

有所谓"叫化鸡"者，以鸡满涂烂泥，酒及酱油自喉中下注，然后燃炭炙之，既熟略甩，泥即脱然，香拂箸指。相传此为丐者吃法，盖攘窃而来，急于膏吻，不暇讲烹调事也。常熟馆中有此馔，美其名曰"神仙"。前年阊门有琴川嵩犀楼，枉顾尝新者颇众，后以折阅而辍业，此味遂不得复尝矣。

落花生，食品中之贱者也，然与南枣同嚼之，别有风味，且滋补胜于参芪，此半兰主人为余道者。主人素究卫生，已试而见效，当非虚谬。又云，落花生宜取生者，若以去膜衣为难，则不妨置温水中片时，及取出微抷便脱矣。

民十五春

选自《醇华馆饮食脞志》，载《苏州史志资料选辑》总第21辑

# 苏州之茶食店

莲　影[*]

　　故例，以茶款客，必佐以细碟数事，内设糕饼之属，故谓之茶食。

　　苏州茶食为各省所不及，故异地之士绅来苏游玩者，必购买之，以馈赠亲朋，受之者视为琼瑶不啻也。其老店如观前街之稻香村，临顿路之野荸荠，十全街之王仁和，其最著者也。至于叶受和，当时尚未开张，特后起之秀耳。王仁和，一名王饽饽，规模甚小，资本不丰，特善于联络各衙门之差役，故官场送礼多用该店之货，而其实物品不甚佳美，因之不克支持而关闭焉。若野荸荠数年前因亏本收歇，不久复开张于阊门外马路矣。

　　稻香村店东沈姓，洪杨之役避难居乡，曾设茶食摊于阳城湖畔之某村，生意尚称不恶。乱后归城，积资已富，因拟扩张营业，设肆于观前街，奈招牌乏人题名，乃就商于其挚友，友系太湖滨莳萝卜之某农，略识之无，喜观小说，见《红楼梦》大观园有"稻香村"等匾额，即选此三字为沈店题名。此三字与茶食店有何关系？实令人不解，而沈翁受之，视同拱璧。与之约曰："吾店若果发财，当提红利十分之二以酬君题名之

* 莲影，民国时期人物，生卒年不详。

劳。"既而，店业果蒸蒸日上。沈翁克践前约，每逢岁底除照分红利外，更滕以鸡、鱼、火腿等丰美之盘，至今不替云。

叶受和店主，本非商人，系浙籍富绅。一日，游玩至苏，在观前街玉楼春茶室品茗，因往间壁稻香村购糕饼数十文充饥。时苏店恶习，凡数主顾同时莅门，仅招待其购货之多者，其零星小主顾，往往置之不理焉。叶某等候已久，物品尚未到手，未免怒于色而忿于言，店伙谓叶曰："君如要紧，除非自己开店，方可称心！"叶乃悻悻而出，时稻香村歇伙某适在旁闻言，尾随叶某，谓之曰："君如有意开店，亦属非难，余愿助君一臂之力。"叶某大喜，遽委该伙经理一切，而店业乃成。初年亏本颇巨，幸叶某家产甚丰，且系斗气性质，故屡经添本，不少迟疑，十余年来渐有起色，今已与稻香村齐名矣。

其余，如城内都亭桥之桂香村，间门外石路口之凌嘉和，虽略有微名，仅等之自郐以下耳。各茶食店之历史，既详为报告矣，今复将各茶食店货品之优劣，更为读者介绍之。

稻香村茶食店，以饼为最佳，而肉饺次之。月饼上市于八月，为中秋节送礼之珍品，以其形圆似月，故以月饼名之。其佳处在糖重油多，人口松酥易化，有玫瑰、豆沙、甘菜、椒盐等名目。其价每枚饼铜圆十枚，每盒四饼，谓之"大荤月饼"。若"小荤月饼"，其价减半，名色与"大荤"等。惟其中有一种号"清水玫瑰"者，以洁白之糖，嫣红之花，和以荤油而成，较诸"大荤"尤为可口。尚有圆大而扁之月饼，名之为"月官饼"，简称之曰"宫饼"，内馅枣泥和以荤油，每个铜圆廿枚，每盒两个，此为甜月饼中之最佳者。至于咸月饼，曩年仅有南腿、葱油两种，迩年又新添鲜肉月饼，此三种皆宜于出炉时即食之，则皮酥而味腴，洵别饶风味者也。若夫肉饺，其制法极考究，先将鲜肉剔尽筋膜，精肥支配均匀，然后剁烂，和以上好酱油，使之咸淡得中，外包酥制薄衣，入炉烘之，乘热即食，有汁而鲜。如冷后再烘而食，则汁已走入皮中，不甚鲜美矣。后有三四月间上市之玫瑰猪油大方糕者，内容系白糖与荤油，加入鲜艳玫瑰花，香而且甜，亦醺醺有味。但蒸熟出釜时在上午六点钟左右，晨兴较早之人得食之，稍迟则被小贩等攫买已尽，徒使人涎垂三尺焉。

叶受和月饼、肉饺不及稻香村之佳，而零星食品则优美过之。如久已著名之枣子糕、绿豆糕，及新发明之豆仁酥、芙蓉酥等，皆制法甚精，饶有美味也。

野荸荠素以肉饺及酒酿饼著名，肉饺制法与稻香村略同。其酒酿饼，以酒酿露发酵，其气芬芳，质松而软，虽隔数天依然其软如绵，所以为佳。

其外，尚有广东茶食店两家，一名广南居，一名马玉山，地点俱在玄妙观以西，茶食花色虽多，其制法粗而不精，其美不及苏州茶食远甚。惟中秋月饼，硕大无朋，其形小者如碗，大者如盘。小者，其价银自五分至数角不等；大者，自一银圆起，至数十银圆为止。有名"七星赶月"者，亦价银一元，名目虽奇，其内容不过糖果等，和以盐蛋黄七枚而已，其味平常，并无佳处，即此一物，可例其余。惟暑月素点，名"冰花糕"者，广东店独有之，其制法传自海外英京伦敦，故简称"伦敦糕"。凡广店规则，如物品于某日上市，必先期标名于水牌，借以招徕主顾。"敦"字草书与"教"字草体相似，店友不谙文义，故以误传讹，认"敦"为"教"，遂名此为"伦教糕'矣。"伦教"二字何所取义？市侩不文可笑已极，至今沿讹已久，即有文人为之指正，彼反将笑而不信也。

凡茶食店必兼售糖果，亦有专售糖果者，谓之"糖果店"，以采芝斋为最佳。其著名之名，如玫瑰酱、松子酥、清水楂糕、冰糖松子等是。更有橙糕一味，色黄气馥，其味甘酸，为他店所无者，殊堪珍贵也。

糖果类中，又有所谓"果酥"者，系用炒熟落花生和以白糖，入臼研之，气香而味厚，且花生内含蛋白质及油分甚多，故可以补身，可以润肠，凡大便艰涩者食之，其效力之大，胜食香蕉也。其品初著名于宫巷颜家巷口之惠凌村，而碧凤坊巷西口之杏花村，实驾而上之，盖惠凌村之果酸，质粗糙而甜分少，杏花村之果酥，质细腻而甜分多，甲乙之判，即在于是矣。

廿年秋

选自《醇华馆饮食脞志》，载《苏州史志资料选辑》总第21辑

# 苏州小食志

莲 影

幼年失学，到老无成，惟饮食一事颇多经验，故凡点心、茶食、熟肉、杂食，何店最佳，何物最美，能历历不爽，谓余不信，请尝试之。

## 点 心

点心二字，不知何所取义，或者饥火中烧，以小食点缀之，得自安，点心之义得毋是欤？点心之种类不一，兹言其普通者：大面，以皮市街张锦记为最，观西松鹤楼次之，正山门口观振兴又次之，妙处不外乎肉酥、面细、汤鲜，此外面馆虽多，皆等诸自郐以下矣。至于小笼馒头，向无此等名目，流行不过十年。由于松酵大馒头之粗劣无味，于是缩小之，馅以猪肉为主，有加以蟹粉者，有佐以虾仁者，甜者有玫瑰、豆沙、薄荷等，俱和以荤油，无论甜咸皆以皮薄汤多为要诀。其蒸时不以大笼统蒸，而以小笼分蒸，每十枚为一笼，小笼之名职是故耳。玄妙观内五芳斋，宫巷太监弄内鸿兴馆，俱不恶。汤团，有精制粗制两种，粗制之汤团，形大如桃，甜用豆沙，咸用萝卜，间有加猪油；精制者大仅如核桃，系拣选上好猪肉，肥瘦均匀，刀斩如泥，和以上好酱油，有略加麻油者，于是肥美可口。此品各件头店（凡专售馒头、馄饨各品而不售大面者，谓之件头店）皆有之，但味佳者绝少，有过咸，有过淡，有剁肉不细，有皮粗而厚，顾客皆望望然去之。向者以护龙街察院场乐万兴为最。（漱按：此店数年之前已闭业，现易为肉铺矣。）嗣以生意太佳，不肯如前考究，精美者变为粗劣，今惟观前街黄天源后来居上矣。水饺，各面馆暨各件头店皆有之，皮坚而汁多，盖惟皮坚，则其汁不走人皮中，乃佳。资本较充之店，此品常备，余者须临时定制。向系狭长形，今改为椭圆式，有时如烂纸一团，殊不雅观，不知何人创此新模样也！件头店之物品，每不若馄饨担上所制之佳，以其专精也。紧酵馒头，亦有名细点，吴俗凡探亲归来，必送盘四色或两色，紧酵馒头必居其一，俗名"待慢盘"，谓简慢来宾，以盘谢之也。因馒头一名"兴隆"，而待慢盘必用兴隆者，取其吉祥也。惟因此品为日常所需，故亦格外讲究，最佳者肉细如泥，皮薄如纸，间有蒸熟之后更入油锅以煎之者，风味更胜。面馆之肉，用于大面者最为整齐，其余零碎之肉，略佳者用于汤包、烧卖，次者用于汤面饺、松酵馒头，其用于馄饨者，为最不堪之肉。然亦未可一笔抹杀，盖有担上之馄饨在，因挑担者只售馄饨一味，欲与面馆、件头店争衡，非特加改良不可，故其质料非常考究。件头店之汤包、烧卖，或有较佳于面馆者，至于汤面饺、松酵馒头，即件头店亦无佳品矣。

# 茶　食

古人奉茶敬客，必佐以食品，此茶食之名所由昉也。苏州茶食店，稻香村最为著名，其次为叶受和，若东禄、悦采芳又其次也，余店虽多，皆卑卑不足道矣。茶食何止数百种，讵能一一偻指计，兹只论其精者，而粗者不与焉。茶食甜者居多，咸者绝少，只有肉饺及火腿月饼、葱猪油月饼而已。但月饼须七八月上市，肉饺则常年有之，以稻香村为最佳。其制法，选择上品猪肉，去净筋膜，刀剁如泥，加入顶好酱油，更用干面和以荤油作外衣，入炉烘之，如能趁热即食，则酥松鲜美，到口即融，别饶风味也；设冷后复烘，则其汁走入皮中，便无味矣。至于火腿、葱猪油两种月饼，其制法与肉饺大略相同。但火腿月饼有名无实，盖猪油居十之八，火腿居十之二，实与葱油月饼大同小异，且此两种月饼因猪油太多之故，热食则腻膈，冷食则滑肠，有碍卫生，非佳品也。春末夏初，大方糕上市，数十年前即有此品，每笼十六方，四周十二方系豆沙猪油，居中四方系玫瑰白糖猪油。每日只出一笼，售完为止，其名贵可知。彼时铜圆尚未流行，每方仅制钱四文，斯真价廉物美矣。但顾客之后至者辄不得食，且顾客嗜好不同，每因争购而口角打架，店主恐因此肇祸，遂停售多年。迩来重复售卖，大加改良，每日约出五六笼，玫瑰、豆沙俱系全笼，不复如前此之简单，但出笼时极早，约在清晨六七点钟前，若晨起较迟，则售卖已完，无从染指矣。方糕之外，以鸡蛋糕最佳，向日只有黄色蛋糕，且入烘炉时，糕上遍涂菜油，苟手携不慎必至污衣。嗣后发明白色蛋糕，俗名"洋鸡蛋糕"，色白净而无油，携带乃称便焉。更有名"芙蓉酥"者，先以糯米淘净，浸透烧空，'复以洁净白糖和熬熟荤油融化锅中，稍冷，于其欲凝未凝时，将烧米拌人起锅，印以模型，冷而倾出即成，人口松脆非常，亦隽品也。

# 熟 肉

熟肉店，以陆稿荐、三珍斋两家最为驰名，其出品以酱鸭、莲蹄为上，蹄筋、酱肉次之，至于汁肉，则品斯下矣。欲知货物之佳否，不在招牌老否，而在手段之精否。熟肉之最佳者，莫如观东之老陆稿荐，余则皆甚平庸。熟肉店外，更有野味店，就观前街言，稻元章最为著名。此外各店，余尚未一一试验，不敢妄评。迩年，忽有常熟店来苏，马咏斋倡于先，龙风斋继于后。据云马店主人，本系老饕，于肉食研究有素，后家渐中落，试设小摊，售卖自己所发明之熟肉一种，因号"马肉"，岂知生意大佳，逾于所望，遂开一熟肉铺，即以己号"咏斋"名其店云。马肉之佳处，肥而且烂，宜于年老无齿之人，而不宜于肠胃不坚之辈。马肉外更有酱鸡一味，为苏地熟肉店所无者。余如野味而附售于非野味店者，如茶食之店兼售熟野鸭是。凡稻香村、叶受和、东禄、悦采芳皆有佳制，胜于专售野味之店，而其价亦较贵焉。

# 杂 食

一曰"肉粽"，凡糕团店所售者，只有素粽而无肉粽，惟大户人家，于大除夕前，必制肉粽以馈赠亲朋。其制法，以白糯米淘净滤干，和之以盐，使咸淡适中，再加少量之水，浸于瓦缸中一夜，待米涨透，另以盐肉洗净，去其外层粗皮，刀切长方块，务令肥瘦适均，以米和肉，包以青箬，用武火煮于釜中，熟后勿即出，须闷闭多时，方可取食，其味殊腴美也。近日用盐肉者少，用鲜肉浸以酱油居多，但其味不如盐肉之美耳。迩来一般小贩仿人家酱油浸肉之法，美其名曰"火腿粽"。有兼售豆沙猪油粽者，背负木桶沿途唤卖，并有人茶社兜销者，其中最著名之小贩，厥惟蔡钰如所售之粽，米烂而肉鲜。（激按：大除夕恐是端阳节之误。）

一曰"春卷"，一名"春饼"，以水和干面入釜，烘成薄衣，再以煮熟之肉丝，或以煮烂之鲜肉，包之成卷，入油锅煎熟。人家于腊尾年头用为馈赠之品。点心店中，近年始有之。观前街黄天源亦出售此点，用虾仁肉丝，以荤油七成，素油三成煎之，入口酥松可喜。

一曰"果酥"，用花生，俗名"长生果"，炒熟后去壳与衣，兼除硬粒，入石臼和糖春之，其烂如泥，故名。宫巷南首之惠凌村颇擅名，然碧凤坊巷西口之杏花村，亦味甘如蜜，入口而化也。

一曰"橙糕"，向日各糖店有楂糕，而无橙糕，惟观前采芝斋独有之。每当九十月之间，新橙成熟，色灿烂如金，不久而橙糕上市矣，色黄而香，味甘而酸，食之口颊生芳，大可醒酒。

一曰"栗酥"，味隽于麻酥糖十倍。麻酥糖质料虽细，然必和以米粉。栗酥虽甜分不多，然无他质搀和，入口酥而香，为麻酥糖所不及。此品产于吴江，而苏地只有养育巷生春阳糖果店有售，余店虽有之而不佳。

一曰"五香排骨"，初盛于玄妙观内各小食摊，但质粗而劣，且煮仅半熟，香味俱甚平庸。既而野味店效之，虽较小食摊略佳，而终嫌生硬难于咀嚼，与小食摊无异也。乃有小贩自出心裁，改良精制，兜售于茶酒肆，其味特佳，如异味斋者是。

一曰"糟鹅蛋"，现南货店、野味店所售之糟蛋，俱系鸭蛋，且味咸而不适口。惟糟鹅蛋，咸少甜多，味颇隽美。其初，盛行于浙省平湖，而上海珠家阁继之。制法，以盐和酒酿人坛，纳蛋其中，久之乃成。今观前亦盛兴野味店，亦有出售，盖从出产地运苏者也。但因其价甚昂，顾客稀少，久之味变，由坛移入玻瓶，但味已变酸矣。

一曰"虾子鲞"，制法以勒鱼煮熟，外敷炒熟于虾子，茶食、南货、野味等店皆有之，但不去骨，味亦不佳。凡考究肴馔之人家，以盐勒鱼煮熟，去净细芒之骨，碎为细末，更以鲜虾子同上好酱油煎干，和入鲞末中，印以模型成小饼样，于烈日中晒干，藏诸密器，用时取一饼，以沸汤冲化之，下酒佐餐，极饶风味，惜各店无有仿之者。

一曰"鱼卤瓜"，凡盐鱼店贮鱼之器。积久必余下卤汁，以稀麻布滤成清汁，另盛他器，将尚未长成半途枯萎之小黄瓜，长寸许，粗如簪者，浸入此清汁中，久之浸透，其味咸而鲜美，今菜馆所用粥菜采用之，彼中人美其名为虾卤瓜云。

一曰"素火腿"，以腐衣制之，一名"素鹅"。其制法，以腐衣数十百张，撕去其边，另用黄糖调入上好酱油中，即以撕下之边蘸以酱油，于每张腐衣上抹遍之，抹好一张，加上一张，约叠二十张，将腐边放入腐衣中，卷成长条，余则仍照前法，再抹再卷，卷毕，人锅蒸熟之，即成。虽为素品，其味鲜美绝伦。腐衣须用糯性者，浙杭之货最佳，常州次之，至于苏州之腐衣，其性坚而不柔，不可制也。观前协和野味店与常州小贩有往还，故常有之。至于他店，只有百叶所制之"素鸡"，其味太咸，而毫不鲜美也。

# 三万昌之茶

儿时即闻有"喝茶三万昌，撒尿牛角浜"之童谣。一般缙绅士夫，以及无业游民，其俱乐部皆集中玄妙观，好事之徒乃设茶寮以牟利。初只三万昌一家，数十年后接踵而兴者，乃有熙春台与雅聚两家。熙春台早经歇业，而雅聚亦更为品芳居矣。回溯三万昌开张之始，尚在洪杨以前，每当春秋佳日，午饭既罢，麕聚其间，有系马门前，凭栏纵目者；有笼禽檐下，据案谈心者；镇日喧阗，大有座常满而杯不空之概。间有野草闲花，为勾引浪蝶狂蜂计，亦于该处露其色相焉。百余年来，星移物换，一切风尚与昔大不相同，惟此金字老招牌之三万昌，依然存在，而生涯之鼎盛犹不减当年。尽有他乡商旅道经苏州，辄问三万昌茶室在何处者，噫，盛矣！

# 老万全之酒

老万全开张于光绪初年，今观东同福和酒肆，即老万全之原址也。该店以绍酒著名，且以地点适在城中，故阖城之具刘伶癖者，莫不以此为消遣之场。每当红日衔山，华灯初上，凡贵绅富贾，诗客文人，靡不络绎而来。时零售菜肴之店尚未盛行，且各酒肆预备供客下酒者，仅腐干、芽豆耳。然老饕难偿食欲，辄唤奈何，因以为利者乃设小食摊于该店门前，如虾仁炒猪腰、醋煮鲫鱼之类，物美价廉，座客称便焉。数十年来，生意非常发达，嗣后与之争利者多，营业遂一落千丈，今已休业矣。

# 凤林馆之饭

　　出老阊门，折北，迤逦而前，有桥名探桥，因年久失修，坍去一角，民间遂误"探"为"坍"，由是坍桥之名反著。桥上有饭铺名凤林馆，始业于洪杨以前，店主本系长洲县官厨，东人解组遂失其业，因略有积蓄即营业于斯。初不过小试其技，借为糊口之需，嗣以艺媲易牙，居然远悦近来，"坍桥面之饭"啧啧人口，并有简称为"坍饭"矣。顾客如云，但多中下阶级之流，至于驷马高车绝不一觌。每值良辰佳节，辄见斜戴其冠、半披其衣之辈于于道路中，友好问其何往，莫不曰："吃坍饭去！"当时生意之隆盛，概可想见。余家老仆吴升，有侄曾学艺于该店，尝将彼店烹调之如何讲究，肴品之如何精美，为余津津道之。时余尚在童年，闻之不觉馋涎欲滴，久思一尝其味，但彼店地处遐陬，不得其便。荏苒十余年，吴仆已殁，闻该店仍开原处，因决计鼓勇前往。比至该店，见房屋两进，业已破旧不堪，且泥地而不铺以砖，座客亦寥寥无几，心窃异之。姑人座点菜，一为虾仁炒猪腰，一为清煮糟鱼汤，讵炒虾腰一味，彼竟回绝无有，余大奇之。因问糟鱼汤之价目，答云"二钱四"。盖彼时铜圆尚未流行，市上通用者皆制钱，故当时菜肴以钱计，而不以银计，凡制钱七文为一分，七十文为一钱。彼云二钱四者，盖制钱一百六十八文也，较之他店之糟鱼汤竟两倍其值，想必物品较为考究，故其价独昂亦未可知。讵该汤至前，鱼腥之气扑鼻，似下锅时未用姜者，乃勉强尽饭一盂，扫兴而出。询诸该地父老，云凤林馆坍饭当年确有盛名，今已传三代，店运日渐衰微，肴馔亦无人注意焉。嗟乎，坍饭！已如告朔之饩羊，名存而实亡矣。

# 张锦记之面

皮市街金狮子桥张锦记面馆，亦有百余年之历史者也。初，店主人仅挑一馄饨担，以调和五昧咸淡适宜，驰名遐迩。营业日形发达，遂舍却挑担生涯，而开张面馆焉。面馆既开，质料益加讲究，其佳处在乎肉大而面多，汤清而味隽。一般老主顾既丛集其门，新主顾亦闻风而至，生意乃日增月盛。该店主尤善迎合顾客心理，于中下阶级，知其体健量宏，则增加其面而肉则照常；于上流社会，知其量浅而食精，则缩其面而丰其肉，此尤大为顾客所欢迎之端，迄今已传四五代，而店业弗衰。

# 王仁和之糖月饼

王仁和茶食店出世最先，而收场亦最早。其店初开张于十全街织署旁，即俗名"织造府场"是。该店出品并不见佳，而竟以月饼著名者何？盖以该店主自知手段太劣，货品欠佳，营业万难发达，乃异想天开，凡见织署中书吏差役等经过其门，必邀渠至店休息，奉以香茗水烟，日以为常，久之都稔，待月饼上市时必赠以若干，乘问进言曰："小店生意清淡，可否拜烦在贵上人前吹嘘一二，俾得购用小号货物，藉苏涸辙之鲋，则感戴无涯矣。"吏役等果在居停前竭力揄扬该店茶食之佳。不久，织署中人渐来购货。久之，凡官场中投桃报李之需，惟王仁和一家所包办，皆系织署所介绍者也。盖织造一职，必系清廷所亲信之满人，故自抚、藩、臬以下，皆谄媚逢迎之不暇。今织署中人以王仁和货物为佳，则苏之官场自无敢异议矣。此外更有一宗生意，为王仁和独家所专利，非他店所能觊觎者，厥惟秋试年之月饼券。盖苏州向有紫阳、正谊两书院，为生童肄业之所，每月有官、师两课，谓之"月课"，除师课由山长按月命题考试外，官课则由抚、藩、臬三大宪轮流当值。无论官、师课，凡考试优等者，俱发给奖励金。惟逢秋试之年，于入闱之前由抚宪增加一课，名为"决课"，谓如考优等者，决其今科必中式也。此课无论优劣俱给奖金，必加给"月饼券"一纸，计糖月饼一匣。紫、正两书院肄业生有七八百人，每逢秋试之年必多报名额若干，至决课时竟有一人作两三卷者，故决课与试者有千数百卷之多，此千数百之"月饼券"，利自不菲矣。科举既废，而王仁和之命运亦随士子之科名，同样寿终正寝矣。然王仁和既闭，王仁和之糖月饼犹盘旋于老学究之脑筋而不去。

# 周万兴之米风糕

玄妙观迤南，宫巷中之周万兴，年代亦悠久，专售米风糕者也。其糕质松而软，入口香甘，初出蒸笼时糕形圆大如盘，有欲零售者，切糕之法不以刀剖，而以线解，因其质太松故也。他种食品，如面风糕等，皆以热食为可口，惟此糕则反是，故独为夏日之珍品。至于制糕之法，据云以糯粳米各半，淘净晒干，磨为细末，更加酒酿发酵，入笼蒸熟即成。窃谓制法未必如此简单，或恐别有秘法，否则该店自开张伊始，何以从未有步其后尘，而与之争利者？近十余年虽略有数家与之竞争，然质料不如周店远甚。盖周店之糕，虽隔数天质略坚而味不变。他店之糕，清晨所购至晚则味变酸臭，不知是何原因。周店生涯独盛必非幸致，但糕之大如盘者，改为小如碗耳。

民廿三夏

选自《醇华馆饮食脞志》，载《苏州史志资料选辑》总第21辑

# 风帆沙鸟画湖天

徐 梦[*]

## 一 雷湾花影

往时读赵君豪先生所为《京杭国道游观记》，至父子岭一带，左湖右山，嘉木苍翠，风物之美，如入画图，每神往者久之。余故家宜兴，东滨太湖，与浙江之长兴交界。宦游数十载，虽间一归乡，归不数日即出，于宜兴极近之洮涌长荡诸湖，均未能一观，而于太湖尤觉疏远。所谓汪洋三万六千顷者，徒托诸梦想而已。民国二十一年夏间，归自匡庐，倦游息影。秋杪，见红叶烂山，云锦灿腾，游思又跃，曰归曰归，顿作一览家山之计。遂于夏历九月下旬赴宜，借居亲戚储简翁处。储君，即毁家整理善卷、庚桑两洞者也。以余远游还乡，乐道契阔，相叙数日。余将琐事勾当已毕，遂于十月十日，偕同简翁趁船抵湖汝。湖汝距城三十余里，内河汽船票价仅小洋三角。午前十时开行，午后一时到达，约需三小时。到埠后，即步行赴庚桑洞不及三里。按庚桑，即庚桑楚，原号庚桑子，其所著书又名《亢仓子》，采入《百子全书》中，周代人。唐杜光庭《洞天福地记》"福地类"载："张公洞，真人庚桑子

---

[*] 徐梦，民国时期人物，生卒年不详。

治之。"宋司马紫微《洞天福地记》载亦相同。是所谓张公洞者，不知何所依据，改称庚桑洞，自属相宜。且张公之名，或云始于汉时之张道陵，或云始于唐时之张果老。二张虽均住洞修道，成仙而去，要之皆在周代以后。推及始祖庚桑子，名称既古，典雅可喜，确为整理名胜之一种也。余于是日入洞游览，即宿洞口小楼中。翌日，写定洞口四碑，即考定庚桑名称之由来。至畅览两洞之事，另记详叙，兹不及。

十月十一日，余与简翁及庚桑洞事务员崔犇，步行返湖浮，趁来航赴汤渡。湖汝距汤渡十二里，有京杭国道汽车站。余等二时到站，候至四时半，汽车始到。上车约半小时，过董塘，直抵玉苔山下车。玉苔山为青石嘴左近之山，在兰山、香山两嘴之中间。斯时太湖汪洋之象，突现眼前，不禁为之叫绝。余等下车后，徐步前进，细细赏玩风帆沙鸟，以及万顷云涛，真觉赵君豪先生所云如入画图者，确系不虚，盖余等亦正徘徊于画图中也。行行重行行，直至锦村鳌山嘴始已。按江浙交界处之国道中，有一木栅，栅有二门，若闭其门，汽车即不通行，惟栅之两旁，仍可由行人来往，大约为表示划分两省界限之点。但既曰国道，即不能有省界；有省界，即不能称国道。此等设置，实近于自相矛盾，或者汽车公司另有其他作用，则非余等所能知已。过栅门后，属长兴县管辖。锦村，在汽车道旁，居民约十余家，大都于门前盖有小棚，设置零物出售，亦有横木，便于行路人之坐息。锦村湖滨，即为鳌山嘴，高如丘陵，上有庙，祀王二相公。庙旁建筑灯塔，为航湖者之标记。灯塔上层之梯已毁，无路可上，灯亦久不设置，已属无用。然其地点颇佳，占有环湖形胜。余等徘徊既久，天已暗黑，新月一弯，出丛树间，乃踏月折回董塘左近之前山村，借宿周丕承君家。周君昆季，皆富有思想，为不可多得之青年。

痛饮狂谈，厥乐无极。

宜兴方面之太湖，在国道旁者，以兰山嘴之一大弧形，为最占形势。兰山嘴伸入湖中，如一巨人长臂，然滨湖之山峰不高，无高掌远跖之钜观。由兰山嘴北走，此一大弧形，直至长兴之香山嘴，两相环抱，而半圆形以成。玉苔山下之青石嘴，适在弧形之中部，正对大雷山。故自兰山嘴起，迄至香山嘴止，总名为大雷湾。在此大雷湾全部，湖面极其开阔，混茫无际，每当狂风起时，经两面山势之包围逼促，辄引起旋飙之激荡，轻舟上下，失事尤多。故宜兴滨湖人士，发起设立救生局，配置巡船，以为救护。惟以经费不多，仅备两艘，未能极尽救护之能事。因是可知全湖最险区域，即在此大雷湾之中心。然我辈以风景论，则此全湾之周围，实为全湖风景最称特色之点。此何以故，盖湖面既阔，风势尤旺，全湖舸舶，有数百艘之多，皆所谓三平头、四平头者（三平头大抵七帆，四平头大抵八帆或十帆），莫不梭织往来于此。风帆参错，栉比鳞排，几如万瓣莲花，空中飞舞，加以波澜壮阔，日月吐吞，暮霭朝霞，相映成趣。远而望之，竟绘成一不可思议之奇景。此非大雷湾所独有耶？设有好事者极意经营，于此玉苔山左近，建筑园林，整理湖岸，决非吴门、锡山所能比并。惜乎太湖公园一事，至今寂然无闻，否则国道既已经过，加工尤易为力，淡漠置之，未免可惜耳。

## 二 玉苔刻石

十月十二日之晨，余等自前山村出发，步行至玉苔山坡下，搜览湖边奇石。不意石态之佳，出人意表，或呈洞壑之奇，或构峰峦之美，神工鬼斧，悉由波涛荡涤而成，简翁名之曰"石阵"。于是余等摩崖之兴大发，议定三人各司其事，简翁司品题，余司挥毫，崔髯备办粉浆棉絮。一一品定如下：

一"石阵东起于此西讫玉苔"，二"香嶂窝"，三"大雷湾"，四"大雷湾之界线东起香山西讫玉苔"，五"金鳌玉蝀"，六"佛影"，七"石阵之中枢"，八"小兰台"，九"云台"，十"九芝"，十一"天窝"，十二"虎踞"，十三"眠云"，十四"天床"，十五"锦嶂"，十六"石阵之终点"。

又于汽车道旁，题为"玉苔山"三字，拟即日镌刻。工作既成，便思从事游湖。崔髯提议商借救生船东下，盖以冬令无疾风，救护事少，局役均无所事事，便都赞成。同行约六七里，抵兰山嘴。时已午后四时，商得局董崔君之同意，方登舟待发。崔君急遣其第三公子勤之君到埠挽留，不得已随之上岸，至兰右镇，借宿崔君老内。时天忽微雨，东南风又大作，群以为忧。

# 三　石公探洞

当余等游湖之目的，第一石公山，第二林屋洞，第三缥缈峰，第四莫厘峰，第五北崾，以次而及。十月十三日，天阴骤冷，忽转西北风。余等欣然起，登舟，并邀勤之君偕行。张两帆绝饱，自早晨八时开船，十一时已达洞庭西山，此三小时间，计行二百余里。余观西山左近，岛屿罗列，有三山、菊山、石山等俗名，形如双鱼相斗，或作鼠形，或作龟形，不知凡几。转过西山之背，房屋骈连，即明月、可盘等湾，驻有少数军队。时石公已在望矣。按石公为西山之一角，属太湖七十二峰之最胜处。游太湖者，不可不游石公，既游石公，即他处可以不游。盖其林木葱蓓，洞壑幽奇，确为他处所无也。船行既驶过石公之前，奇石玲珑，沿岸矗列，时是吞吸湖波，遂成"皱瘦透"三字俱备之体质。因思吴门狮子林中所累累者，大抵皆采取于此等地带。宜兴滨湖之处，即无此物。惜乎沿岸均有石滩，舟不能近泊，只可遥望之耳。奇石之上，即为丛树，树中围有房屋，亭台楼阁，高下参差，再问以殷赤秋林，石岩峭立数十丈，夹辅于中。若令李公麟复生，必急为此仙山楼阁之大观也。石公前面，无可上岸，余舟转至山后，泊小港中。斯时风势已平，皓日丽野。余等相偕登岸，过小村上升，路极平整，有门题"石公胜境"，再进有照墙，题"一壑风烟"。转过山前，湖光映面，对山若双鱼形者，适现于前，纵横小山攒簇，又如黑子之点于棋面焉。

青山红树，到处皆同，而石公之树，尤为遒丽天成，试别其深浅，竟可得数十种之多。倘将高下楼台，饰以金碧，更饶艳冶。明圣湖之小孤山，无此娟媚也。余等既入石公之门，门无题额，有联曰："净地何须扫，空门不用关。"路旁一石，似螺形，曰石波罗，有孔吹之，其声呜呜然。再进有亭，额曰"濑石居"。过亭，两巨石如斧劈，下张如房，木栅为门，有摩崖，曰归云洞，祀佛像数尊。座旁有石，空其腹，以物敲之，声谷谷如木鱼。题曰"石木鱼"。木鱼之旁，刻有七律一章，乃龙阳才子易实甫之作也。诗云：

石公山畔此勾留，水国春寒尚似秋。
天外有天初泛艇，客中为客怕登楼。
烟波浩荡连千里，风物凄清似十洲。
细雨梅花正愁绝，笛声何处起渔讴。

洞颇高敞，约可坐二三十人。后有石罅，无可通。洞之左有亭，曰御碑亭，立有康熙御碑。亭前有廊，曰望月廊。廊尽，已达门前大道。由此再进，过节烈祠，入石公禅院，历阶而升一平台，建有正殿。台置石栏可坐，正殿祀佛像，一额曰"灵山自在"。由殿之行廊，左右可通别室。余等先自左行，入门，曰翠屏轩，轩中有联曰："归云洞里云千叠，明月湾头月一轮。"轩之对面，曰浮玉北堂，亦有联，曰："秋巘春岩，百变湖光苍莽外；渔帆雁阵，四围风景画图中。"再左，有关帝楼，下祀关帝，楼上空无所有，一额曰"大慈悲父"。凭窗纵眺，山色湖光，飞青送翠。时正波平如镜，意暖于春，睹此美景良辰，殊有恋恋不舍之意，徘徊约三十分钟始下。楼后有甬道，一小门通之，拾级上升，约数十级，得一亭，建立峭崖之巅，亭额曰"断山"。由此右行，愈上愈高，盘巉岩而上，又有一亭，前有栏，凭栏可望前湖，为院中之最高处，亦石公之最胜处也。亭额曰"来鹤"，有联曰："鹤曾来处亭犹古，云自能归洞益灵。"立观移时，乃由原路下，返至正殿。从廊之右入，即为节烈祠后身，天井中墙上，写有节孝等黑字，大至七八尺以上。过节烈祠再右行，上升石崖之平顶，建有小楼如船，题为"柏舟"二字。入船，有额曰"架壑"。登其楼，旁依峭壁，外吸湖光，亦佳处也。禅院中一老僧陪行，据云崇明人，颇干练。坐谈有顷出院，依大道前行，石牌坊颇多，借以装点湖山，亦殊不恶。自一石坊斜进，石壁如城，有一洞，洞门高而方，又似城之门。入门，见门壁大书"夕光洞"三字。按夕光洞，古称寂光洞，与归云洞东西对峙，归云在西，寂光在东。其石壁如城者，为联云嶂。夕光颇高爽，较归云为大。其后又有一石罅，斜上甚深，人若撑罅两壁可上登。崔髯先登，移时即不见。余以石滑未能追踪，俟之许久，崔髯始下。据云，此石罅可由以升登山顶，上段通天光，圆孔如瓮，不啻如瓮中出也。夕光洞外壁上有大"寿"字，方径及丈，为明时王文恪公鏊所书。以次向东，摩崖甚多。北转，有"步云梯"三字，略现阶级，然已模糊难辨。由路下降可达湖滩，余等环滩巡行，滩有白石平场，长约二三十丈，广约十余丈，无碎裂痕，玉净可爱，似为千人矶。场之北，有二大石对立，一高一矮，湖水在中间激荡，汩汩有声，俗名石公石婆。崔髯升登高者之巅。由此再北行，大石踞滩更多，有中露一线者，俗名一线天，均可盘行而过。其最大至十余丈之石，平顶如坡者，题为明月坡，皆可观。再进无路，乃返由原路下山。抵泊舟处，见高坡上有寺院，即登坡一观，题名满愿庵。人之，比丘尼数人招待甚殷，出瓜子香茗供客。询其庵名之由来，据称施主蔡姓立愿创建十庵，此其第十所，故以满愿名，志事实也。谈话移时，乃辞出，归舟夜饭，宿于舟次。记清时汪尧峰先生，有游石公山诗，状石之奇，如掌上螺纹，余最喜读之，今亲见其状，特为附录，以供阅吾记者之参考：

尝闻石公山，名称习已熟。

兹游下笋舆，缓步向前麓。

山色围暖翠，湖光漾晴绿。

万花惹衣袂，橘刺碍巾幅。

所遇石渐奇，一一烦记录。

或如城堞连，或如屏障曲。

或平若几案，或方若棋局。

虚或生天风，润或聚云族。

或为猿猱蹲，或为羊虎伏。

或如儿孙拱，或如主宾肃。

或深若永巷，或邃若重屋。

色或杂青苍，纹或麇罗縠。

累累高复下，离离断还属。

旷或可振衣，仄或危容足。

既疑雷斧劈，又似鬼工筑。

不然湖中龙，蜕骨堆深谷。

天公弄狡狯，专用悦人目。

芳草络根浅，孤松旋顶秃。

欹峛上鼯鼠，嵌空悬蝙蝠。

玩之渐忘返，苦被同游促。

平生解爱石，拜揖每匍匐。

急欲买兹山，诛茅架橡竹。

为谋吾已决，不假龟策卜。

# 四 林屋访道

十月十四日，黎明，拔碇启行，改泊西山市镇之轮船埠，以是地距包山为近也。早餐后，相偕上岸，行约二里，至包山。询林屋洞，土人但知为龙洞山。抵山，并不高，一土阜耳。然林屋洞，在唐杜光庭《洞天福地记》中，称"第九林屋洞，周围四百里，名佐神幽虚之天，在苏州洞庭湖中"。又宋司马紫微《洞天福地记》，载十大洞天中，"第九林屋山洞，周围四百里，号曰尤神幽虚之洞天，属北岳真人治之"。又蔡昇《震泽编》，载"林屋洞即《道书》十大洞天之第九，一名左神幽虚之天。洞有三门，同会一穴"，中有石室银房、金庭玉柱。又姚希孟《游林屋洞记》云："有真君主之者曰天后，达峨嵋，接罗浮，灵威丈人行七十日不穷，长毛仙客翻张公洞闻橹声而出。"可知既称为第九洞天，又有石室银房、金庭玉柱，四百里之大，七十日人行不穷之长，既通四川，又达广东，并与宜兴张公洞相接，其奇特奥妙，可想而知。不意山既平平无奇，而洞门复异常低矮，凡曾游吾宜之庚桑、善卷两洞者，必视为渺乎小也。然造物钟灵毓秀，每不在外貌之饰观，往往有恒幅无华，而事业能惊人特起者。庚桑、善卷两洞之山，亦皆平平无奇，一窥其内容，即须诧为奇妙不可思议。林屋，洞门虽小，余等未敢以其平常而忽之。于是伛偻而进，入约一二丈，始可直躬而行。再进，大石当路，地复崎岖，洞之上面又类屋檐之压覆，石之奇突而下坠者，更狰狞如鬼怪之倒悬。左行则右拒，右行则左拒，首俯则两肩受拒，进至数十丈以外，身迄不能直，气喘胸迫，几不可耐。四周视之，觉有三路可人，余等于是各向一路而奔，大抵不过数十步而阻。惟崔髯所向之路，最为深奥，如堂如庭如房，然皆低矮若鸡埘，地复汀湿，没于足者近尺，所谓石室银房、金庭玉柱者，均渺不可睹。于是崔髯亦徘徊而退，相聚于可以直躬之处，乃皆废然而返矣。按林屋洞，有洞三，曰雨洞，曰丙洞，曰旸谷洞。丙洞甚庳，其深不能隐尻。旸谷洞，可数十步辄塞。惟雨洞为大，当洞口有如夏屋者，潦水据焉，刺头望之，阴晦莫可测，或云通蜀之峨嵋，或云通岱岳、罗浮，与周围四百里之说，类皆荒诞不经之辞，乃志辄载之，以为根据，真有不如无书之感想焉。又云，明天顺间，徐武功曾篝灯深入，见有"隔凡"二字，率莫敢前进。然则灵威丈人，亦未免好拒人于千里之外矣。

大抵有名之洞，凡可以整理者，均须设法整理之。林屋洞满地皆石，又满地皆富泥沙。其地之高度，与洞外平地所差无几，可知皆由雨水冲挟泥土人内，以致逐渐增高洞地。洞地既高，则洞顶低压，所有奇妙不可思议之胜景，悉埋没于泥沙石块中，而不能发现。于此有人焉，抱整理洞天之志，研究开辟计划，掘去泥沙石块，挖深一丈至数丈，则必妙态毕露，奇景俱呈。来游者乐事流连，决不至废然而返，庶不负此数千年赫赫有名之胜景也。当余等既出洞外时，回视洞口，果有"天下第九洞天"及"灵威丈人授禹素书处"等摩崖。别洞而行，即至左近之灵佑观，房屋颇整齐，道士二人在殿诵经，睹余等人，即起而招待。简翁询其道家之宗派，伊等历举以对，极为详尽，颇觉闻所未闻。盖道家自丘长春真人开派以后，所有实行修炼之士，皆属是派，与天师派截然不同，故称为玄真门下。至于食肉娶妻之流，打醮书符，拿妖捉怪，皆所谓旁门左道，实行其生活问题而已。出灵佑观，仍向包山而行，见有大石如屏，环列左右，中间突起一石峰，四周可通，亦殊别致，俗称为屏岩，上有"伟观"二字。游林屋者，皆书其名于屏岩，故题名者颇多。再进登山，有庵曰无碍。入门，僧出招待，其别院有圃，名道隐园，筑室颇精雅，花木扶疏，且室有两窗，启之可望太湖，尤擅旷如之妙。庵僧既不俗，而屋内又布置得法，宜游客之乐而不忍去也。

# 五　缥缈登峰

余等既出无碍，遂由原道归舟午餐。登岸后，沿小河岸东行，所经村落树木，均甚茂密，尤以枇杷树为壮旺。坟山左右，大都丛植扁叶柏，枝叶高下屈曲，仿佛淡烟笼罩全身，别有奇观。往时所见扁叶柏，每无此茂盛，故不甚注意。今睹此，始知洞庭水甘土肥，确有超过他处之概，宜乎葱葱郁郁，随处不凋也。考洞庭东西山，皆以树艺胜，初春梅花，仲春梨花，夏间之樱桃、杨梅，秋末之橘橙，莫不见称于时。以西山论，涵村之梅，后堡之樱桃，角庵之梨花，东天王寺之橘橙，大都见之记载。虽不免多所荒落，然出产所关，地方经济所系，都人士一年之所嗜好，皆与之有连带问题，决不能自为放弃。观一路十余里间，除平衍空旷、阡陌纵横之良田若干外，莫不林幽果丰，石泉清润，径路周匝，村舍连萦，使吾人徐步其中，几不知太湖在何处者，真水国之桃花源也。昔龚璱人有买宅洞庭、携家归隐之议，殆亦有所见而云然欤。

偕行未几，即达消夏湾，时缥缈峰已望之甚近。古称消夏湾湾深九里，口阔三里，为春秋时吴王阖闾避暑之所。然余等未抵湾口，无从量其深浅，但遥望之而已。由消夏湾村落中折而登山，愈上愈高，高处既无树木，亦乏寺院。在山之腰，仅有方屋一间，建筑法颇佳，檐矮而有式样，为西洞庭之城隍庙。但庙内惟执役一人，绝少坐处。峰顶亦无平坦之路，其原来旧道，须在荒草中觅之，若有若无，久矣无人修理。所幸山势不陡，尚可缓缓上升耳。余等既跻峰顶，天风横吹，颇现冷意。纵览近处诸山，类如儿孙伏匿其下，而全湖汪洋浩瀚之势，直与眼帘相接，至数十处萦围之岛屿，又若黑点之杂乱于白玉盘中。具斯大观，真所谓地盖三吴、胜穷千里矣。盖湖中诸山，原以缥缈峰为最高，又得大小龙山、石公以为之辅，外包涵天之水，内孕地脉之灵，宜其称雄具区，俯视一切也。然余观峰顶平坦，绝少屋宇及其他建筑物为之点缀，游人遂无休息之所。且峰之左右，更乏树木，即松柏亦不生，童山濯濯，未免缺少美观。所幸有人以乱石积成两塔，高虽数尺，聊以解嘲，然亦非有心人不能作是举动耳。

余等既登缥缈峰顶，已极七十二峰中之大观，佥议不必从原路下。于是望北过岭，循山之腰，下视村落如垤，行人如蚁，两山夹壑，似长蛇蜿蜒，并首齐驱，壑中红墙碧瓦，突起在绿树丛中者，意必寺院，乃望之而奔。斯时满山红树，间以青松，或高可干霄，若撑云之赤锦；或低能照涧，似翘水之朱英。余等目不暇窥，神不暇注，逐渐下降，约六七里之遥，始达山麓。两岸果树茂密，中露浅水一泓，小桥曲折，境益幽深，地益秀美，穿林择径，乃抵一村。询之樵女，答曰涵村。盖西山之胜处也。余等念无寺院，更而返西，古藤编束，造作一门。出门后，大树益多，长松成林，围绕古寺，行经其前，额曰"上方讲寺"。然山门深闭，既非月下，亦乏僧敲，欲稍事休息，已绝望矣。忽闻女子数人谈笑而来，察其所自，自寺中出。余等即起而问讯，适两僧送客，不免含笑招接。爰乃随之，拾级而上，由寺左耳门人，但见破屋数间，异常湫隘。引至内屋，忽通一门，入门，豁然开朗，新建大雄宝殿，焕发生光，我佛如来，丈六金身，亦复照人灿烂。又有堂名妙香，既妙且香，殊出余意料之外。笑询两僧法号，年少者名根源，年老者名照开，莫不好谈经济，善诉艰难。小坐片时，即起而出，颇觉此等僧人，大足使名山削色也。一路西行，天已向晚，两足饶有倦意，复歇于过路茶亭。亭中阔木长条，可眠可坐，便利行人不少，为之赞许。归舟夜餐，余等便向东洞庭开驶矣。

# 六　东山话月

东山与西山相距十八里，在太湖中遥望之，似甚相近。

棹舟赴之，若遇逆风，便须一二小时始到。余等在船纵谈，不一小时，便已到达。然业经议定夜间均不上岸，乃泊于距东山一里外之湖中，实行休息。时方十月初旬，月白如银，余舟泊处，为东山列岛之中央，水为群山所束，风平浪静，一片茫茫，若置身于大玻璃镜中，令人作天际真人想。昔苏长公赤壁夜游，所谓"纵一苇之所知，凌万顷之茫然"者，此时此景，如或遇之矣。崔犇工于撅笛，能作《梅花三弄》，惜行时匆促，未能携笛相随，对此良辰，不免遗憾。因与崔犇同话船唇。月正当头，澄波若练，一鱼跳波而起，月光散作大圈，颤动移时，渐复凝聚。遥望东山，如在睡眠中，仅有灯火两三星，映水闪烁而已。于是余趺坐桅旁，吟兴顿发，拉杂成草，附录于下：

杖策年年兴趣浓，水云堆里数游踪。
多情一夜湖风好，送我来登缥缈峰。
睡里山灵唤不醒，咽船流水响泠泠。
何当吹彻梅花弄，惊起鼍龙出浪听。
一年花事去匆匆，偏有霜枫照眼红。
秋草已芜秋思尽，乱山无语乱愁空。
醉酒探幽日几回，每思往味总成灰。
愁生莫向澄波看，一片霜华上鬓来。
橘熟橙黄玉镜铺，刺船拨桨踏波奴。
五湖烟草朝朝绿，不见当年范大夫。
人心总是鱼吞饵，世事浑如海变桑。
欲问前朝何处是，青山依旧看兴亡。
笑对青天一放歌，寂寥情绪扫偏多。
孤帆远引长空尽，落日萧萧可奈何。

灵峰不住住何乡，买宅携家且莫忘。

我是泉唐龚礼部，不辞来作水仙王。


　　吾人玩月，每因时因地而生特别感想。在太湖舟中玩月，较任何处所为佳，兼之东山近处，小岛如环，若断若连，几无处非十洲三岛，羽化登仙，余之谓矣。斯时忽闻爆竹声声，出自东山村落，兼以鸣锣击鼓。热闹传来，询之舟人，据称正在迎神作祭。盖太湖中水神最多，每值祀时，必先称某神之名，然后再述致祭之人，及要求原因，以次称请，往往彻夜不息，甚有称请至数日数夜不息者，亦奇闻也。又太湖中西北岸一带，大都虔祀王二相公，每有所求，无不应验。行船或遇风暴，几欲失事，急呼王二相公可免；若呼而不应，急改呼赤脚王二郎，无不应验；若改呼后，仍无影响，急改呼王二麻子，自无不应验矣。故航湖者群奉之若天神。此等信仰，实属不可思议。惟王二相公，专司太湖西北方沿岸。至其他方面，又另有奉祀之神。盖此疆彼界，各有专责者，有功于民则祀，似亦不可非之矣。


# 七　莫厘遇异


　　东山胜景，比较西山为少，然东山最高处之莫厘峰，似不可不登。按莫厘峰，以隋将军莫厘得名，高及缥缈三分之一，近于吴门诸山。余等于十月十五日舟泊莫厘峰麓，望莫厘之背，如在眼前。早晨六时餐后，即登岸，见临水数家，自成村落。越过村前大路，向上直升，在果树肥美中，觅得登峰之径。约行三四里，盘过一山，苍松茂密，松间仅有小路，几若蚕丛鸟道。过后得一岭，翘首望之，峰巅之寺，已可窥见。然由岭达巅，路阔不及尺一，掩在荒草离离中，革只尺余，往往覆路，便能滑足，缓行亦极费力。幸余著布鞋，并以短杖扶持，尚可徐步。不一里即至顶，顶有巨石，上有金天羽题"云涛极望"四字，比之缥缈峰顶之一无所有，似稍佳矣。此时约六时半，日光初上，凉风摄衣，近望点点培嵝及吴门诸峰，皆如掌上罗纹，洞庭西山，亦隐约可数。方眺览间，忽闻笛声吹起，以为即在寺内。急行赴寺，并无笛声，始知乃山下传来。寺前远望，前山成两大束，每一束内，皆有庙宇，惟下降甚远，往返无暇。入寺，观门前立碑，称为慈云庵又刘香庙。寺无僧，仅香火一人，出为招待，煮茗相款，状若村农。余等既入茗，因为时尚早，历观其左右房舍，其右方尚有客室，颇洁净，额曰"水云自在"，宗能述制一联云："八百里湖山都收眼底，四千年历史默数胸中。"辞甚空泛。宗君闻曾作宰吴门者。遍览各屋，竟无一人，正殿祀观音大士，崔髯等焚香膜拜，又摇签以卜行藏。留连约一小时，始相偕出寺。

当出门时，余因贪看风景，下步最迟，又以草路滑软，艰于置足，徘徊不进，渠等三人已抵岭脊，而余尚迟迟吾行。崔等到岭时，回首望余，见相隔殊远，乃立以待余。余睹距岭已近，不忍速下，又立而望远。以为为时甚早，山路高狭，决无人上下相促也。不意方一迟疑，而足声已逼余背。急停步让之，后来者偏不即前。余殊以为怪，乃回身望之，余竟跃然一惊。盖来者非他，乃一妙龄好女子也，青衣布裤，面目宛秀，异哉从天而降欤。乃复更一让之，渠更缓行，又不即前，于是余不得不急速下岭。抵岭后，与崔等偕，渠从他道去，即不复见，同行者皆以为奇。盖余等在寺时，既未见有女子；山顶筑屋无多，余遍观各室，亦未见有女子；余等行时，亦未见有行人上下，崔等先到岭上相候时，回首望余，亦未见余身后有人；上下山路，无一树木遮蔽，又都可一览而尽，乃俟余近岭，而女子忽发现于身后，余屡让之，又不即前。怪哉此女，不能不以为奇。惜当时未能循其去路，而一究之耳。寺中匾额颇多，往往述大士之灵应，崔犟戏谓女子为大士化身，要亦滑稽之谈也。

# 八　禹庙寻锅

余等既从原道下山，登舟后，恰转东南风，于是张两帆向西疾驶。至十一时，已抵北崿，约行一百六十里，需二小时多。按太湖中共有四崿，即东崿、西崿、南崿、北崿也。凡崿皆祀禹，而北崿之禹王庙为最大。《禹贡》曰"震泽底定"。震泽，即太湖，禹王治水，终于太湖。俗称夏禹治水至北崿，上坐铁锅中，锅下有井，通地底，水从井出，故禹以锅镇之，而坐其上。殁后，百姓祀之婚中。崿中有井，即禹王所镇之井。建庙者即建大殿于井上，并镇一铁锅。禹王之神像，即塑坐于铁锅中，而铁锅下即井。在井旁者，时时闻风涛声。余等好奇心切，欲一见禹王所坐之锅，并崿上之井，故特游北崿以证其语之确否。舟抵崿后，即令船上伙夫，携带香烛，随余等上岸。余观北崿，为湖中一大滩，并非山岛，树木丛密，周围约一二里，禹王庙即在崿之中央。余等人庙后，同人皆焚香顶礼，以谢其治水敷土之劳。盖禹为奠定中邦之第一人，其俭德丰功，又足为千古模范，似不能不有相当敬礼。庙中除禹王外，尚有七相公、上天王、太君娘娘、萧天君诸神，木制小神船尤多，盖皆湖民所献。此时余等急欲知铁锅所在，于禹王神像宝座前后搜求，迄无所得。庙中原有看守香火二人，一吴姓，一李姓，住此已数代。询其情形，亦云不知。可知世俗所称，纯系荒诞不经之辞，要不能成为信史也。

出庙后，余与崔髯环滩一周，搜求水边奇石。崔君获有重约三四斤大石一块，极为玲珑。余亦选得小石二枚，色绛而多孔，可作案头之供。滩边湖波汹涌，触石如破花，远帆片片，若接眉宇，可谓旷如浩如，几不知人间世为何物。兴趣既奋，愉快更增，流连多时。舟人已在岸旁催促，乃登舟，为简翁述拾石之由。舟人闻之，颇露惊诧，即以舟底储石三枚掷滩还之。盖湖中风俗，禹嶷之石，不能携取，违之，定有风险，苟另以他石还掷，义在抵换，便可无事。此虽细故，然亦足见禹王之神，虽千载下犹有生气也。北嶷地并不高，据云无论大水，从未淹没，湖民称为活地。守庙之李、吴二姓，除种艺自食外，倘有断绝，即悬一小旗于树干，湖船见之，当即驶救。此等湖船，皆估舶之流，奉神最虔，兼之水上生涯，无多大智识，宜其迷信神权，计划周到也。

# 九 香嘴摩崖

自北嶷登舟，即作归计。舟行后，回视北嶷，仿佛明圣湖中之湖心亭然，惟杂树葱郁，古柏参天，其外波澜壮阔，水鸟翻飞，夕月朝霞，荡红浴碧，则有过之无不及。时余等归途，仍须由大雷湾上岸，以石上摩崖之事，只毕玉苔山一段，乃向香山嘴进驶，拟再题诸石，以尽余兴，且竟全功。曾未几时，舟泊鳌山嘴下，余等乃相将上岸。先登鳌山，游览王二相公庙。崔髯至锦村置备粉浆、棉絮。余仍司挥毫之役，简翁仍作品题。由鳌山嘴起，讫至与玉苔相近而止，所得题名较前日为多，兹仍一一附记于下：

一"鳌嘴"，二"玉屏"，三"松窝"，四"小松"，五"东崖"，六"东坡"，七"罗汉台"，八"云根"，九"雪浪"，十"老鼍"，十一"豁然"，十二"香嘴"，十三"大雄台"，十四"西台"，十五"厂台"，十六"大厂"，十七"小厂"，十八"松屏"，十九"小厝"，二十"象嘴"，二十一"厝台"，二十二"石鱼"，二十三"看帆"，二十四"简翁、云石、崔犨同游石公、林屋，登缥缈、莫厘两绝顶，尽揽湖中形胜，归过此间，舣舟崖下，题云根、雪浪两佳石，继而遍题诸石，西及玉苔，凡三十余处，使咸有嘉名，以便后之游者。壬申十月之望"。

香嘴一带之石，更佳于玉苔，如松窝之语瓓奇，松屏之净洁，罗汉台阶级之整，大雄台气势之雄，云根之奇峰如云，雪浪之叠岭如雪，老鼍石鱼之近似，大厂小厝之自然，皆为不可多得者。然玉苔之石，如天床、天窝、锦幛、云台等，亦均天然位置。独坐其间，饱看风帆上下，当令人忧乐都忘，真所谓旗鼓相当、天造地设者矣。

余等既题诸石毕，仍至汽车道旁，写成"香山"二字，以为识别。此后坐汽车者，行经香山时，见此二字，即可知是地即为香山。前日在玉苔山时，题写山名，亦即此意。盖吾人在行旅中，每欲逆知所过之地名，以为谈助，遇有风景佳美之处，尤历历记在心头，此后若再经过，即可为未到之人作一先导之指示，倘使不能再到，于谈话时，亦可提及某水某山某地，曾经目睹，必较之架空虚设者，相去霄壤。此则余等品题标揭之微旨也。工作既竟，日薄崦嵫，归舟醉月，复得二诗，附录于下：

扁舟稳住大雷湾，胜景无穷取次攀。

万顷碧波兰右渚，一亭红叶石公山。

莫厘拜佛钟留韵，林屋寻仙洞不关。

最是北堁堁畔路，涛声终古听潺潺。

皓月清波照我心，碧峦如睡夜沉沉。

诗怀容与成消遣，湖水沧涟自古今。

海上神仙疑接迹，天边云鹤有知音。

不辞更觅西山胜，缥缈峰头再一吟。

# 十 简斋谈联

翌日，以舟次兰山嘴。兰山嘴，为吾宜人太湖内之要道，嘴之内港，即兰右镇。在内河汽船未发达以前，所有江浙两省，往来于宜兴、长兴方面者，莫不通过于兰右镇。因之镇上异常热闹，商业亦异常发达，行台旅馆，有十余家之多，兰山嘴上，舟楫如林。厥后汽船既通，市面一落千丈，国道再筑，冷静更不待言。今则商店仅十余家，阒寂若小村落矣。兰山嘴有大小之称，大兰山嘴，奇石尤多，小洞石厂，所在皆是；小兰山嘴，即伸人太湖中若巨臂，大石如砥，为波涛所洗刷，广长至数十尺上，平净极可入目。兰山虽不高，然亦达二三十丈，又山顶平坦，可建房屋百数十间，远望巨浸波光，尤为扼胜，且松桧甚茂，实较玉苔、香山为腴，特现时尚无人经营之耳。

余等既登兰山，仍赴兰右崔君家停宿一晚。翌早步行至白泥场汽车站，八时三刻车到，九时半抵城。闻前日摩崖诸字，已由石工镌刻告毕，庚桑洞口四碑，亦已竖立。此游可告结束。一日，偶与简翁同坐简斋中，谈及太湖之胜，简翁为举贻赠锦园主人一联，属为缮写，联云："阳春召我以烟景，吴越之间有具区。"切当浑成，足为湖山生色，惜余书不足以副。锦园，在无锡小矶山，居太湖之中，与陆地不接，主人卒筑长堤以连络之，工程可为不小。同时又举贻赠杨园主人一联云："太湖三万六千顷，过尽风帆沙鸟；南朝四百八十寺，无此烟雨楼台。"杨园，即鼋头渚，尤为有名。此联较前联更佳，集句至此，真巧不可阶，皆三万六千顷中，所应有之点缀也。余于太湖方面，尚有未游之处甚多，他日若有余暇，仍当逐渐探求，以续吾记，阅者望勿责其草草了事耳。

选自《旅行杂志》第7卷第4期，1933年4月版

# 吴苑梁溪一瞬

徐 梦

名园依绿水，照眼太湖光。

今年的春天，气候异常寒冷，出游怕多带衣服的我，就因此不欲多走一步。有些朋友们来约我去看梅花，有的说杭州超山好，有的说苏州邓尉好，还有人说无锡的梅园也还不错。谁知结果一无所成，终日在家闲坐着，把眼中见过的好山好水，一幅一幅的从笔下温理过去。这也罢了，春天去了，渐渐炎暖，霎时间又撩起我的游兴，但是朋友们却不愿远道旅行，于是议定就在咫尺间的苏州、无锡，看看园林景色，不能算作游，无非借地消遣罢了。

由火车一上一下往宿新苏饭店的次日，天气倒也温和，陪了友人先到了娄门大街的拙政园。这个园本来又叫八旗会馆，或者是奉天人的产业吧。大概苏州的园林，要算这个园最大的了。开始创建这园的人，是明朝时代的王槐雨先生。我记得文衡山有一篇《拙政园记》，把它摘写在下面：

> 槐雨先生王君敬止所居在郡城东北，界娄齐门之间。居多隙地，有积水亘其中，稍加浚治，环以林木。为重屋其阳，曰梦隐楼；为堂其阴，曰若墅堂。堂之前为繁香坞，其后为倚玉轩。轩北直梦隐，绝水

为梁，曰小飞虹。逾小飞虹而北，循水西行，岸多木芙蓉，曰芙蓉隈。又西，中流为榭，曰小沧浪亭。亭之南，翳以修竹。经竹而西，出于水澨，有石可坐，可俯而濯，曰志清处。至是，水折而北，混漾渺弥，望若湖泊，夹岸皆佳木，其西多柳，曰柳隩。东岸积土为台，曰意远台。台之下植石为矶，可坐而渔，曰钓磐。遵钓磐而北，地益迥，林木益深，水益清驶，水尽，别疏小沼，植莲其中，曰水花池。池上美竹千挺，可以追凉，中为亭，曰净深。循净深而东，柑橘数十本，亭曰待霜。又东出梦隐楼之后，长松数植，风至泠然有声，曰听松风处。自此绕出梦隐之前，古木疏篁，可以憩息，曰怡颜处。又前，循水而东，果林弥望，曰来禽囿。囿尽，缚四桧为幄，曰得真亭。亭之后，为珍李坂，其前为玫瑰柴，又前为蔷薇径。至是水折而南，夹岸植桃，曰桃花沜，沜之南，为湘筠坞。又南，古槐一株，敷荫数弓，曰槐幄。其下跨水为杠。逾杠而东，篁竹阴翳，榆檿蔽亏，有亭翼然而临水上者，槐雨亭也。亭之后为尔耳轩，左为芭蕉槛。凡诸亭槛台榭，皆因水为面势。自桃花沜而南，水流渐细，至是伏流而南，逾百武，出于别圃丛竹之间，是为竹涧。竹涧之东，江梅百株，花时香雪烂然，望如瑶林玉树，曰瑶圃。圃中有亭，曰嘉实亭，泉曰玉泉。凡为堂一，楼一，为亭六，轩槛池台坞涧之属二十有三，总三十有一，名曰拙政园。

所有胜景，大都备具记内。他还又一处一处分开，画成各个的图，确有美术史上不少的价值。到了前清道光丙申年间，戴醇士先生又根据文衡山记内的名称，画作拙政园全图。但是他当时并未亲到苏州，不过补充文的分图罢了。我又记得恽南田先生有一段题记，极有趣味，也把它录在下面：

> 壬戌八月，客吴门拙政园。秋雨长林，致有爽气。独坐南轩，望隔岸横冈，垒石岐蟠，下临清池，涧路盘纡，上多高槐，柽柳桧柏，虬枝挺然，迥出林表。绕堤皆芙蓉，红翠相间，俯视澄明，游鳞可数，使人悠然有濠濮间趣。自南轩过艳雪亭，渡红桥而北，傍横冈，循涧道，山麓尽处，有堤通小阜，林木翳如。池上为湛华楼，与隔水回廊相望。此一园最胜地也。

南田先生所说的南轩、艳雪亭、湛华楼等等，已经不是王槐雨先生拙政园中原有的名称。自从明代到清初，中间已经过一度沧桑。到了戴醇士先生的时候，当然又是一番景象。我们今日看了现在的拙政园，自然免不了吁今吊古的感慨。但是眼前快乐要紧，既然有了这种好结构的建筑物，供我们消遣，也就不可错过。便急急买券进园，见它两面回廊环抱，正中是远香堂，挂额为"静观自得"四字。它的前面有一平台正沿大池，池的前面有两重小山。我们便从远香堂侧面一间名为南轩的穿过去，轩的侧门上有王梦楼的一对："睡鸭炉温旧梦，回鸾笺录新诗。"过一石桥，进了荷风四面亭，它的桩对为"四壁荷花三面柳，半潭秋水一房山"。穿过去渐渐高，上了一山，就是远香堂的对面了。山上有雪香云蔚亭，我们就在亭中小坐，微微的风吹到我们身上，加倍的爽快。恰巧远香堂前面来了一起拍曲子先生，远远地吹起笛子，拍起曲子来，夹着流水树林，听得格外清澈。他仿佛唱的是"笑他们是堂间处燕，有谁曾屋卜瞻乌，不提防柙虎藩熊任纵横，社鼠城狐"。不知道是什么曲子，或者他们是个今世上有心人，也未可知。

我们坐了许多时候，有个浙江先生携了一位女朋友，特意来苏州游玩，倒问我们是哪里好逛，我们也不大清楚，些微告诉他几处。下了山，仍回过桥，到烟波画船亭。那亭又叫梦池吟馆，内有文衡山写的"香洲"二字，楼上叫澄观阁，建造得非常精美。出了亭子，从前进有两条曲廊，廊的尽头，就是见山楼，楼下为藕香榭，内廊通藕香榭，外廊通见山楼，两廊的中间，有一小小的山坡，初看不过是一座楼房，谁知上下各自相通，更觉巧妙。可惜藕香榭前的木桥，已经断了，不能走过去。全园少去一角，道路便不能贯串。它的游廊又全都破坏，横七竖八的将木头支撑着，不便冒险。于是仍从藕香榭折回，过拥翠亭，挂额写"西山佳气"四字，有查梅壑的一对，为"唤我开门对晓月，送人何处啸秋风"。再前就是笔花堂，穿人廊内，到清华阁、松风亭，便好出园。我们又折回过桥，上过两重小山，进入梧竹幽居亭，它行廊中有一大"鹅"字，挂的对是王梦楼写的"婆娑青凤舞松柏，缥缈丹霞聚偓佺"，写得尤其精劲。再进便是玲珑馆，挂额写"玉壶冰"三字，又"晚丹晓翠"四字，一对是陈曼生写的"扫地焚香盘膝坐，开笼放鹤举头看"。又有小径好登山上，就是绣绮亭，挂额写"水木清华"四字，一对是刘石庵写的"人远忽闻清籁起，心闲频得异书看"，一对是梁山舟写的"闲寻诗册应多味，得意鱼鸟来相亲"。由此下山，也可以出园，我们便与拙政园告别了。那时正在上午十一点钟左右，就同到观前街午饭。

午后先到潘儒巷的贝庄，那庄又叫狮子林，它是拿太湖石堆叠出名的。俗说有倪云林所堆的狮子、象、虎，一时也辨不出它。正中是古五松阁，挂额写"揖松指柏"四字。又有高楼石船，极其富贵气。可惜走廊中嵌有一部澄鉴堂佳帖，竟没有细细观摩。匆匆之间，便出了庄，就到了大画家顾鹤逸先生的怡园。据说鹤逸先生前年已作古了，但是他所养的鹤尚有一只活着，照旧的引颈啄食。人中的鹤已去，禽中的鹤犹在，不免对鹤思鹤，惹起了许多华屋山丘的感慨来。他的园中布置极好，小山石洞又添上了许多曲折，因此可以看出艺术家的伎俩判然不同。并且所挂的对联，每每凑集古人绝妙好词，尤为他处所没有。只是一路行来，却不见有鹤逸先生的大作，未免使我失望呢。

大概制作园林的风景，本来要疏密搭配，山野气，富贵气，样样俱有最好。我们看了拙政园，此外的园林，自觉稍差了些。但是拿性好看山的我，缩小眼光，来批评园林结构，当然是绝对外行，只须撇开大处落墨，专从一壑一丘上着想，也未始不可到处留连呀。

一梦醒来，已是第三日早晨了。急忙坐了人力车先赴沧浪亭，看了一巡，又到对门可园一转，于是又到那山野气最足的南园，中间连绵一小山，虽不甚高，然觉得树木阴深溢出了葱葱郁郁的色彩，使我胸中旷如窗如。它山下一水回环，两面小桥通着，又不知不觉的引动我们山深林密的思想。它小山的顶上有一小亭，挂着庄思缄先生所书"远吞山光"四字，尤其切当。可见天然景色原不在雕琢上的，那倒是我们无意中得来的佳景，同是一样的树木流水，位置在亭台楼阁紧凑的中间，却只是繁阴浊潦，显不出它的奇异；若是位置在旷野高丘，叫它愈丛愈密，愈密愈幽，浓郁空明，一望不尽，偏又凭空添出了无穷的气概来。这就是苏州中学校南园的特长吧。

出了南园，便回到旅馆休息。意为苏州城内的花园，不过如是了。此时忽有苏友来访，谈起园林，一言之下，使我大为吃惊。他说苏州尚有两洞，极其著名，一为颐园，一为惠荫园，这两个园都是有最奇特之洞壑，远他园所不及，不可不看。结果我不得再休息了，霎时间已在景德路的颐园中。这园又名汪义庄，谅是汪姓所有，它的房屋并不多，但是高下疏落有致，位置相宜。中间假山一座，山下有一洞，乃清时常州戈裕良所造。戈先生在当时极为著名，他的堆叠假山，不是寻常堆法，是取法于名山洞府的。他的本领，能融洽泰华嵩衡黄雁诸奇峰于肚皮中，把几块石头砌合起来，叫人看着游着就像到了岱华诸山一样。这真不可不看的。当我们一进了洞，登时忘其所以，真不像在苏州城中，已经到了奇奥的山洞内。其中尚有洞水瀑布，水小未见瀑流，然而阴森峥嵘之象，耸人毛发。此时是绝对不能以园林的眼光来批评它，我觉得在哪个山里见过的，一时却指不出，只有啧啧叹赏了。园的正厅叫环秀山庄，它对句是"风景自清嘉，有画舫补秋，奇峰环秀；园林占幽胜，看寒泉飞雪，高阁涵云"。旁边有补秋亭，坐亭上恰对洞门，尤极奇妙。再进就是问泉亭，上升为涵云阁，阁下走廊嵌有汪退谷先生字帖。当时我看了这个洞，就觉得怡园的洞是不够瞧，一系人工，一系天然，一有砌接处，一无斧凿痕，一是假山，一是真山，可说是极尽建筑的能事吧。

天下事往往无独有偶，汪义庄一洞之外，居然又有一洞足与旗鼓相当，却又使我万万想不到的。原来我们看了汪义庄佳洞，过一宿后，又向南显子巷的惠荫园出发。那园又名安徽会馆，它的佳景有零窦门、蔚秀轩、云垂树接廊、隐虹楼、更上一层楼、白云房、栖霞处、冷绿吟香亭、琴台、鉴馨阁、丛桂山庄、霁览亭等处。它尤为奇妙的，就是苔青花绣之居下有一洞，叫小林屋洞。跨进洞门，便有阴森森的一泓池水，池边有一线高高下下崎岖的路，从池上的小石桥踱进去，暗黑中远远的见着一线天光。非在池边曲曲折折，盘过了逐渐上升，到接近天光处方可以伛偻出洞。洞虽不甚大，然洞内容纳一池，水声淅沥，在无意中却足以冷静我们的心地。所以我们进了洞去，由水洞门进，旱洞门出，只这一段过程中就足使我们大大的吃了一惊。总觉得这个境界，决非尘世的境界，的确是一个荒山洞壑幽寂的境界，说是在城市园林中见的是决不相信的。所以在我们进洞的时候，尚有两位妙龄女郎，徘徊洞口，不敢进探。经我们伴同入去，也觉得沁冷异常，别有天地。姑苏是个繁华人海，不料竟有这种妙境，若长得一游，譬如六月炎天中吃一服清凉散，谁都可以解烦醒渴的。

结束了苏州的园林，就向无锡下车。到新世界旅馆时，已下午一点多钟，赶忙雇车，向五里湖边的蠡园进发。无锡的园林，都是平地起楼台的，大概偏于欧化的多，要说曲折有味，自然不如苏州，然而空旷高远，气象万千，却在苏州各园的上头。蠡园入门就好，它的名称就叫湖滨小筑。前面有一段长廊，环着湖筑起，恰对了山峦青翠、一片波光。此种境界，的确胜过西子湖数倍。可惜长廊后墙未拆去，在那后花园中不能看见太湖，稍微有点欠缺，它园内的池，最好可以通连太湖，以小舟出入，外湖内池，更觉有趣。池中一岛名叫田田岛，极其特别。我在那石荷叶底下坐了许久，就到湖上草堂品茶。它的内园尚有云屏、涵碧亭等，外园尚有寒香阁、景宣楼诸处，可惜多是闭门不纳，无从入游。蠡园的旁边，尚有一园，不知何名，还未筑成。

明早起来，又到了梅园，树木茂盛，逐渐的长大。除了进门后的石美人，带有蓬蓬的藤萝鬓发外，其余也还照旧。高高的塔，仍旧是不能上去，依然在大枫树下的茶桌上吃了一回茶，温我五年前来看梅花的旧梦。只一霎便出园了，仅有张得天的字帖，嵌在墙上，一行一行的，留恋着我的眼帘中。那车夫风驰云卷的向前山里跑，越过一条宽阔高低的马路，已到了太湖边，由填筑好的湖堤上进去，那便是小矶山了。进了锦园，被一派的湖光晃耀着眼都张不开。它的建筑，也没有题名，正屋的柱上，只有鄙人所写的一对挂着，就是储简翁所制的"阳春召我以烟景，吴越之间有具区"十四字了。西式房屋，取其清爽，原不在乎这些装潢，但是游人竟没有坐处。有些地方又是关闭着，我们只好踱到渡船码头，雇了一只小船直望鼋头渚进驶了。

鼋头渚的风景，自然为锡山第一。它那湖波吞吐的奇石，遍满了诸岸边，又兼那小小的亭台楼阁，一处处妆点入画，倘从湖中远望，仿佛是一幅仇十洲的《仙山楼阁图》。并且有饭店，有客店，食住齐全，为他处所少有。这便是杨园的特色了。我们渡上了渚，先在旨有居午饭毕，再游所谓鼋头一周。上了山，山腰有新筑的霞绮亭，恰对湖边石上"包孕吴越"及"横云"等摩崖大字，为渚上最胜处。亭中有额写"乾坤日夜浮"五字，也很切当。再回到渡船停泊处上升，看看松下清斋的客店，以及鸥波小筑，云影波光亭，花神庙后的藏玄洞、涵虚亭。它的前面，正在建筑大规模的殿宇，不知何用。再进到长生未央馆，也有饮食店，以及退庐、陶朱阁，达横云山庄的界桥。大约园址到此为止了。陶朱阁的后身，可通到王姓园中，园内有七十二峰山馆，也像有客店可住，并有饮食店、茶寮。高处可望万顷波光，藤萝棚架一处处布满人行便道，也是不少的点缀。好在此山四面都有美曼窈窕的太湖，仿佛是满身发出晶莹艳冶爱好天然靓妆的舞女，日夜环抱着一片青山，贡献她的柔媚，所以无处不佳。我们是远道来享受那人工及天然分布的幸福，无论如何，也只有欢乐与赞叹的。我就在那个时候，正坐在一处最幽雅最清旷的亭子上。不知是怎样，忽然灵光飞越，回想到我去年所游西洞庭的石公山，含了不少艺术的心情，文学的趣味，能使我绵邈恍惚，忘却一切万有尘世上的辛勤劳碌，即或终日陶醉在此湖光湖影中，确也甘心。所以苏东坡先生说"飘飘乎如遗世独立，羽化而登仙"。我就是神仙中人，大概也不过如此吧。

鼋头渚游了，仍须渡到小矶山，渡船费大概一角或五分，有时他索二角。此段水程，比较从万顷堂到鼋头渚可减少一半，风浪较小，也没有危险。自从小矶山建筑后，万顷堂便没有游人，中途尚有一座小山名为中渎山，山上也有一园，叫小蓬莱馆，往游的人不多。闻说梅园及小矶山、小蓬莱馆，都是荣姓的别墅。从无锡近城到梅园，有汽车可趁，惟汽车不到车站马路上，外来游客就不便当。若雇人力车到蠡园，来回不过三四角；到梅园及小矶山来回，也不过一元左右。但须较论明白，免得回来时争索。此等地处，游客既多，最好由公家订定人力车章程，从何处到何处，定价稍宽，定后不得加索，却便利游人不少。那日我们回寓后，又进城到公园一游，过了一天便归家了。

选自《旅行杂志》第7卷第8期，1933年8月版

# 闲话刺绣

周瘦鹃

苏州的刺绣，名闻天下，号称苏绣，与湖南的湘绣和上海的顾绣，鼎足而三。

前年苏州市教育局曾办了一所刺绣学校，延聘几位刺绣专家担任教师，造就了几十位刺绣的好手。她们的作品曾参加一九五四年举行于拙政园的民间艺术展览会，博得观众的好评。秋间，苏州市土产公司与吴县合作总社联合举办了一个刺绣学习班，招了农村中擅长刺绣的妇女们上班学习，由黄芎女画师画了花卉，由以前刺绣学校的几位女教师教授散套针法，采取了湘绣的优点，提高质量，经过了一个多月，全都学会了。这班学员都是从吴县望亭、光福、浒墅关农村中来的，她们一向于种田之暇，以刺绣戏衣、被面、枕套等为副业，不过花样陈旧，绣法不够细致。经过了学习，顿时使人刮目相看；除了散套针法，又学会了反戗针法，作品有软缎的方靠垫和台毯、被面、睡衣等，刺绣的花样如梅、兰、竹、菊、百蝶、和平鸽等，都足以代表我国民族风格的，去冬已运往北京，听说转运法京巴黎去展览了。

一九五五年春节，苏州市人民文化宫举行了一个美术展览会，刺绣也陈列了一室，四壁琳琅，灿烂夺目，中如毛主席的绣像，用几十种色丝细针密缕的绣成，面目栩栩如生。还有一幅特出的作品，是刺绣学校前教师任嘒闲所绣的苏联画史之一《列宁在拉兹里夫火车站附近的草棚里》。列宁低着头在起草革命的计划书，除了人之外，还有郊野树木、草棚作背景，色彩调和，活泼生动，简直是好像一幅画；真可算得是一位现代的针神了。

我藏有旧绣一幅，以缎为地，色已黄黯，我也不知道是甚么时代的作品，朋友们给我鉴定，说是明代的刺绣。绣的是一尊观音，微微含笑，坐在一朵莲花上，花作浅红色，淡至欲无；观音的膝上坐着一个男孩子，玉雪可念，一手执红榴花一枝，向人作憨笑。上端用黑色丝绣有"礼拜供奉观世音菩萨，便生福德智慧之男"十七字，下有图章一方，可惜已认不出是甚么字了。旧时女子绣观音，郑重其事，必须洗了手才下针，以示虔诚；清代董文友曾有《留春令》第一体一阕咏浣手绣观音云："兰汤浴手，窗前先就，红莲娇片。须记他原少凌波，休错配、鸳鸯线。绣着金身须半面。似向侬青眼。春笋纤纤近慈云，疑紫竹、林中现。"

凡是男女婚礼中所用的绣品，鸳鸯是必要的图案，被面和枕套，总是绣着双宿双飞的鸳鸯，这又是词人们的好题材了。如朱竹垞的《生查子》云："刺绣在深闺。总是愁滋味。方便借人看。不把帘垂地。弱线手频挑。碧绿青红异。若遣绣鸳鸯。但绣鸳鸯睡。"董舜民《应天长》又一体云："水精帘卷东风院。枝上流莺声百啭。绿窗轻，香梦软。清泪朝朝曾洗面。砌痕深，花样浅。出水芙蕖波溅。绣到鸳鸯偏倦。恼乱针和线。"这两首词，都写出了旧社会刺绣者为人作嫁的苦闷。

选自《花前琐记》，北京通俗文艺出版社1955年6月初版，上海文化出版社1956年12月新一版

# 石　湖

周瘦鹃

杭州的西湖，名闻世界，而苏州的石湖，实在也不在西湖之下。石湖是太湖的支流，周围二十里，相传范蠡就由这里进入五湖的。东有越来溪，越国侵略吴国来自此处，故名"越来"。那时原有越城，宋代名臣范成大就其原址造了一所别墅，有亭有榭，种了不少梅花，别筑丰圃堂，下临石湖，宋孝宗亲书"石湖"二大字赐与他，中有北山堂、天镜阁、玉雪坡、锦绣坡、千岩观、梦渔轩、说虎轩、盟鸥室、绮川亭等，而以天镜阁为第一。范氏曾作上梁文，有"吴波万顷，偶维风雨之舟；越成千年，因筑湖山之观"诸语，其旨趣如此。一时名人，都纷纷以文词赞美他；可是时异世变，到现在早已荡然无存了。

距今约三十年前，苏州名书家余冰臣觉，曾就范氏天镜阁旧址造一别墅，恰与上方山遥遥相对，风景绝胜。他的夫人沈寿，以刺绣享盛名于国际。余氏八十岁生日，我和范烟桥、范君博二兄等同去祝嘏；就参观了他的别墅，凭阑小立，湖水荡漾于前，使人尘襟尽涤。

行春桥接近上方山麓，有环洞九个，倒影湖水中，足供观赏。每年农历八月十八日，苏沪一带工农男女，都到这里来看串月，桥边船舶如云，联接不断，鼓乐之声响彻云霄，一直要到天明才散。所谓串月，据说是十八夜月光初现的时候，映入行春桥桥洞中，其影如串；又有一说：十八夜从上方塔的铁链中间，可以看到此夜月的分度，恰当铁链的中央，联成一串，所以名为串月。清代沈朝初有《忆江南》词咏之："苏州好，串月看长桥。桥畔重重湖面阔，月光片片桂轮高。此夜爱吹箫。"

　　一九五三年的农历中秋后二日，老友俞子才、徐绍青、叶藜青三画师约同往观串月，我因返苏卜居已达二十年，而从未见过，因欣然追随前去；前一天已定好了一艘画舫，并备了旨酒佳肴，共谋一醉，三君因爱好写生，所以也带了全副画具，打算合作一幅《石湖秋泛图》。饱餐了一顿之后，船已停泊中流，大家坐在船头看月，那一轮满月，像明镜般挂在中天，照映着万顷清波，似乎特别的明朗，我于欢喜赞叹之余，口占了七绝二首："一水溶溶似玉壶，行春桥畔万船趋。二分明月扬州好，今夜还须让石湖。""秋水沦涟月满铺，长空如洗点尘无。嫦娥绝色倾天下，此夕分明嫁石湖。"大家听了，以为想入非非。看了好一会月，回到船舱里，三君就杀粉调铅，开始作画，先给我合作了一张便面，绍青画高士，藜青画古松，子才补景足成之，三君为吴湖帆兄高弟，所作自成逸品；我喜题一绝："飞瀑千寻绝点尘，虬松百尺缀龙鳞。翩翩白袷谁家子，疑是六如画里人。"这便面后来给湖帆兄看见了，就在背面题了一阕《和范石湖三登乐》词，更觉得添花锦上了。我看画看月，兴高采烈，始终没有倦意；直到天明时，送去了残月，迎来了朝阳，才兴尽而返。这时游人渐散，游船渐稀，石湖也似乎沉沉欲睡了。

选自《花前琐记》，北京通俗文艺出版社1955年
6月初版，上海文化出版社1956年12月新一版

# 苏州的宝树

周瘦鹃

　　旧时诗人词客，在他们所作的诗词中形容名贵的花草树木，往往用上琪花、瑶草、玉树、琼枝等字句，实则大都是过甚其词，未必名副其实。据我看来，苏州倒的确有几株出类拔萃的古树，称之为树中之宝，可以当之无愧。

　　最最宝贵的，无过于光福司徒庙中的几株古柏，庙门上有"柏因社"三字，就是因柏而名的。柏原有八株，后死其二，现存六株，其中最大最古的四株，据说清帝乾隆曾以清、奇、古、怪称之，树龄都在千余年以上，就是无名的两株，也并无逊色。今年初秋，曾偕同园林修整委员会诸委员并园林管理处同人，察勘香雪海的梅花亭，顺道往看古柏，见清、奇、古、怪四株，依然是清奇古怪，各有千秋；我虽已和它们阔别了十多年，竟浓翠欲滴，矫健如常；就是其他二株，好像在旁作陪似的，也一无变动，我想给它们题上两个尊号，一时竟想不出得当的字来。

　　清代诗人施绍书曾以长歌宠之："一柏直上海螺旋，一柏拏攫枝柯相胁骈。二柏天刑雷中空，伛者毒蛇卧者秃尾龙，上有蓊蔚万年不落之青铜。疑是商山皓，须髯戟张面重枣。或类金刚舞，眙杰傲目眦努。可惜陪贰四柏颓厥一，佛顶大鹏衔之掷过崭岩逸。否则八骏腾骧八龙吡，何异秃眇跛瘘踒躄游戏齐廷出。安得巨灵擘山，巫阳掌梦，召之归来，虬干错互掩映双徘徊。吁嗟乎！一柏走僵七柏植，欲噬精英月华昃，夜深月黑镫光荧，非琴非筑声清泠。天风飕飕，仙乎旧游，万籁灭息，远闻鸺鹠。此言谁所述，我闻如是僧人成果说。"诗颇奇崛，恰与古柏相称。而吴大澂清卿的《七柏行》，对于这七株古柏一一写照，更有颊上添毫之妙，如："司徒庙中古柏林，百世相传名到今。我来图画古柏状，日暮聊为古柏吟。一柏亭亭最清绝，斜结绳文寒欲裂。九华芝盖撑长空，几千百年不可折。一柏如桥卧彩虹，霜皮剥落摧寒风。霹雳一声天半落，残枝满地惊飞蓬。一柏僵立挺霄汉，虬枝蟠结影零乱。冰雪曾经太古前，炼此千寻坚铁干。一柏夭矫如游龙，蒙头酣卧云重重。满身鳞甲忽飞舞，掷地化作仙人笻。中有二柏亦奇特，清阴下覆高柯直。纵横寒翠相纷挐，如副三槐参九棘。墙根一柏等附庸，侧身伏地甘疏慵。昂头横出一奇干，千枝万叶犹葱茏。（下略）"

读了此诗，就可以想象到这些古柏的姿态了。我以为它们不但是苏州的宝树，实在足以代表全国。

另一株宝树，就是沧浪亭东邻结草庵里的古栝，俗称"白皮松"，在全苏州所有的老栝中，这是最大最古老的一株，干大数围，是南方所稀有的。明代大画家沈石田曾说庵中有古栝十寻，数百年物，即指此而言；自明代至今，又加上了四百多岁，那么这古栝的年龄定在一千岁以上了。番禺叶誉虎前辈寓苏时，常去观赏，并一再赋诗咏叹，如《赠栝》一首云："消得僧房一亩阴，弥天髯甲自萧森。挈云讵尽平生志，映月空悬永夜心。吟罢风雷供叱咤，梦余陵谷感平沈。破山老桂司徒柏，把臂应期共入林。"沧浪亭对邻可园中荷花池畔，有一株胭脂梅，据说还是宋代所植，有人称之为江南第一梅；据我看来，树干并不苍古，也许老干早已枯死，这是根上另行挺生的孙枝了。每年春初花开如锦，艳若胭脂，我园梅丘上的一株，就是此梅接本，我曾宠之以词，调寄《忆真妃》云："翠条风搦烟拖。影婆娑。疑是灵猿蜕化、作虬柯。春晖暖。琼英坏。艳如何。错道太真娇醉、玉颜酡。"梅花单是色彩娇艳，还算不得极品，一定要有水光，才是十全十美。这株胭脂梅，就是好在有水光，普通的梅花和它相比，不免要自惭形秽了。

选自《花前琐记》，北京通俗文艺出版社1955年
6月初版，上海文化出版社1956年12月新一版

# 闻木犀香

周瘦鹃

　　每年中秋节边，苏州市的大街小巷中，到处可闻木犀香，原来人家的庭园里，往往栽有木犀的；今年因春夏二季多雨，天气反常，所以木犀也迟开了一月，直到重阳节，才闻到木犀香咧。木犀是桂的俗称，因丛生于岩岭之间，故名"岩桂"。花有深黄色的，称"金桂"；淡黄色的，称"银桂"；深黄而泛作红色的，称"丹桂"。现在所见的，以金桂为多，银桂次之，丹桂很少。花有只开一季的；也有四季开的，称"四季桂"；月月开的，称"月桂"。可是一季开的着花最繁，并且先后可开二次，香也最浓；四季桂和月桂着花稀少，香也较淡，不过每到秋季，也一样是花繁香浓的。台州天竺所产桂，名"天竺桂"，是桂中异种，逐月开花，只在叶底枝头，点缀着寥寥数点。天竺的僧人们称之为月桂，好在花能结实，大小与式样，与莲子很相像，那就是所谓桂子了。

　　我于去冬得老桂一本，干粗如成人的臂膀，强劲有力，也是月月开花，并且是结实的，大概就是天竺桂。今秋着花累累，初作淡黄色，后泛深黄，我把密叶剪去，花朵齐露于外，如金粟万点，十分悦目。所难得的这老桂是个盆栽，栽在一只长方的白砂古盆里，高不满二尺，开花时陈列在爱莲堂中，一连三天，香满一堂。朋友们见了，都赞不绝口，这也可算是吾家盆栽中的一宝了。

记得二十年前，我曾从邓尉山下花农那里买到枯干的老桂三本，都是百余年物，分栽在三只紫砂大圆盆里，每逢中秋节边，看花闻香，悦目怡情，曾咏之以诗："小山丛桂林林立，移入古盆取次栽。铁骨金英枝碧玉，天香云外自飘来。"可惜在对日抗战时期，我避寇出走，三桂乏人照顾，已先后枯死，幸而最近得了这株天竺桂，虽然不是枯干，而姿态之古媚，却胜于三桂，我也可以自慰了。

向例桂花开放时，总在中秋前后，天气突然热起来，竟像夏季一样，苏人称之为"木犀蒸"，桂花一经蒸郁，就烂烂漫漫地盛开了；我觉得这"木犀蒸"三字很可入诗，因戏成一绝："中秋准拟换吴绫，偏是天时未可凭。踏月归来香汗湿，红闺无奈木犀蒸。"

江浙各处，老桂很多，杭州西湖上满觉垅一带，满坑满谷的都是老桂，花时满山都香，连栗树上所结的栗子，也带了桂花香味，所以满觉垅的桂花栗子，也是遐迩驰名的。听说，嘉兴有台桂，还是明代以前物，花枝一层层的成了台形，敷荫绝大，花开时香闻远近村落，诗人墨客，纷纷赋诗称颂，不知现仍无恙否？常熟兴福寺中有唐桂，一根分出好几株来，亭亭直立，去秋我曾冒雨往观，每株树身并不很粗，不过碗口模样，据我看来，至多是明桂，倘说是唐代，那么原树定已枯死，这是几代以下的孙枝了。鲁迅先生绍兴故宅的院落中，有一株四季桂，据说饱阅风霜，已有二百余年之久，从主干上生出三株六枝来，像是三树合抱而成的一株大树，荫蔽了半个院落，先生童年时，常常坐在这桂树下听他母亲讲故事的。

我家园子里也有三株桂树，一大二小，都不过三四十年的树龄，今秋花虽开得较迟，而也不输于往年的繁盛。我因桂花也可窨茶，运往苏联和其他民主国家，可换机器，因此自己享受了一二天的鼻福，摘下了几枝作瓶供，就让邻人们勒下花朵来，以每斤六千元的代价，卖与虎丘茶花合作社了（据说窨茶以银桂为佳，所以代价也比金桂高一倍）。苏州市的几个园林中，都有很多的桂树，而以怡园、留园为最，各在桂树丛中造了一座亭子，以资坐息欣赏；怡园的亭子里有"云外筑婆娑"一额；留园的亭子里有"闻木犀香"一额，我这一篇小文，就借以为名，写到这里，仿佛闻到一阵阵的木犀香，透纸背而出。

选自《花前琐记》，北京通俗文艺出版社1955年
6月初版，上海文化出版社1956年12月新一版

# 姑苏城外寒山寺

周瘦鹃

"月落乌啼霜满天，江枫渔火对愁眠。姑苏城外寒山寺，夜半钟声到客船。"

这是唐代诗人张继的一首《枫桥夜泊》诗，凭着这首诗在后世读者中的辗转传诵，就使枫桥和寒山寺享了大名，并垂不朽。

寒山寺在吴县西十里的枫桥旁，因此又称枫桥寺；起建于梁代天监年间，原名妙利普明塔院，宋代太平兴国初，节度使孙承祐又造了一座七层宝塔，嘉祐年中由宋帝赐号"普明禅院"；可是在唐代已称之为寒山寺，所以自唐至今，大家只知寒山寺了。元代末，寺与塔俱毁于火，明代洪武中重建；以后再毁再修，在嘉靖中，铸了一口大钟，并造了一座楼，把这钟挂在楼中；可是后来不知如何，竟不翼而飞，据说是被日本人盗去的，所以康有为题寒山寺诗，曾有"钟声已渡海云东，冷尽寒山古寺枫"之句。叶誉虎前辈也有一绝句咏此事："长廊曲阁塞榛菅，法物何年赵璧还。不分风期成钝置，寒山寺里觅寒山。"现在的那口钟，听说是日本人另铸了送回来的，但是好像是翻砂翻出来的东西，一些儿没有古意了。

寒山寺之所以得名，考之姚广孝记称，"唐元和中，有寒山子者，冠桦布冠，着木履，被蓝缕衣，掣风掣颠，笑歌自若，来此缚茆以居；寻游天台寒岩，与拾得、丰干为友，终隐而去。希迁禅师于此建伽蓝，遂额曰寒山寺。"明清二代间，寺中一再失火，一再修复，可是那座塔却终于没有了。

清代诗人王渔洋，曾于顺治辛丑春坐船到苏州，停泊枫桥，那时夜已曛黑，风雨连天，王摄衣着屐，列炬登岸，径上寺门，题诗二绝云："日暮东塘正落潮，孤篷泊处雨潇潇。疏钟夜火寒山寺，记过吴枫第几桥。""枫叶萧条水驿空，离居千里怅难同。十年旧约江南梦，独听寒山半夜钟。"题罢，掷笔而去，一时以为狂。

旧时诗人词客，都受了张继一诗的影响，每咏寒山寺，总得牵及那钟，如宋代孙觌《过寒山寺》云："白首重来一梦中，青山不改旧时容。乌啼月落桥边寺，欹枕遥闻半夜钟。"清代胡会恩《送春词》云："画屧苍苔陌上踪，一春心事怨吴侬。晓风欲倩游丝绾，愁杀寒山寺里钟。"词如宋琬《长相思·吴门夜泊》云："大江东。五湖东。地主今无皋伯通。谁人许赁春。听来鸿。送归鸿。夜雨霏霏舴艋中。寒山寺里钟。"赵怀玉《蝶恋花·吴门纪别》云："才得清尊良夜共。醉不成欢，却被离愁中。多谢故人争踏冻。霜天也抵花潭送。别语无多眠食重。隔个城儿，各做相思梦。篷背月窥衾独拥。寒山寺又钟催动。"可是寒山寺中，并没有张诗的真迹，旧有诗碑，是明代文徵明所写，因年久模糊，后由俞曲园重写勒石，至今尚存。

一九五四年十月，苏州市园林修整委员会鉴于寒山寺的日就颓废，鸠工重修，我也是参加设计的一员；动工三月余，面目一新，可惜原有的枫江楼没有修复，引为憾事！幸而后来将城内修仙巷宋氏捐献的一座花篮楼移建寺中，仍可登临远眺，差强人意。春节开放以来，游人络绎不绝，钟楼上钟声铿铿，也几乎终日不断了。

选自《花前琐记》，北京通俗文艺出版社1955年
6月初版，上海文化出版社1956年12月新一版

# 百花生日

周瘦鹃

　　百花生日又称花朝，日期倒有三个：宋时洛阳风俗以二月二日为花朝节，又为挑菜节；东京以二月十二日为花朝，作扑蝶会；成都以二月十五日为花朝，也有扑蝶会。昔人以挑菜、扑蝶点缀花朝，事实上这时期蝴蝶绝无仅有，不知怎样作扑蝶会的。挑菜倒大有可为，如荠菜、马兰头等，都可挑来做菜，鲜嫩可口，不过现在早已没有挑菜节这个名目了。总之，花朝在二月，是肯定的；正如汉张衡《归田赋》所谓"仲春令月，时和气清，原隰郁茂，百草滋荣"。百草既已滋荣，百花也萌芽起来，称花朝为百花生日，也是很恰当的。

　　苏州风俗，一向以农历二月十二日为花朝。女郎们剪了五色彩缯黏花枝上，称为"赏红"；现在可简化了，不用彩缯而用红纸，又做了三角形的小红旗插在花盆里，为花祝寿。从前虎丘花神庙中，还要献牲击乐，以祝花诞。清代蔡云《吴歈》所谓："百花生日是良辰，未到花朝一半春。红紫万千披锦绣，尚劳点缀贺花神。"此诗就是专咏这回事的。虎丘花神庙有一联很为工妙："一百八记钟声，唤起万家春梦；二十四番风信，吹香七里山塘。"不知是何人手笔？

　　唐代武则天于花朝日游园，令宫女采了百花，和米捣碎，蒸成了糕，赐与从臣。宋代制度，花朝日守土官必须到郊外去察看农事。明代宣德二年，御制花朝诗，赐尚书裴本。这些故事，都可作花朝谈助。

我于每年花朝前后梅花怒放时，例必邀知友八九人作酒会或茶会，一面赏梅，一面也算为百花祝寿，总是兴高采烈的。只记得当年日寇侵入苏州后的第二年，我局促地住在上海一角小楼中，花朝日恰逢大雨，而心境又很恶劣，曾以一绝句寄慨云："夭桃沐雨如沾泪，弱柳梳风带恨飘。燕子不来帘箔静，百无聊赖是今朝。"那年节令较早，所以花朝日桃花已开放了。

任何人逢到自己的生日，总是希望这一天是日暖风和的；花朝是百花的生日，更非日暖风和不可，下了雨，可就把花盆里的红纸旗都打坏了。清末诗人樊樊山有《花朝喜晴》一诗云："准备芳辰荐寿杯，南山佳气入楼台。鹊如漆吏荒唐语，花为三郎烂漫开。甚欲挽留佳日住，都曾经历苦寒来。晚霞幽草皆颜色，天意分明莫浪猜。"第五、六句很有意义。

词中咏花朝的，我最爱清代画家兼词人改七芗有一阕《菩萨蛮》云："晓寒如水莺如织。苔香软印沙棠屐。幡影小红阑。销魂似去年。春人开笑口。低祝花同寿。花语记分明。百花同日生。"又董舜民《蝶恋花·花朝和内》云："屈指春光将过半。又是花朝，花信春莺唤。情绪繁花花影乱，护花花下将花看。拈花笑倩如花伴。细读花间，花也应肠断。花落花开花事换，编成花史山妻管。"词中共有十五个花字，用以歌咏百花生日，确是很适合的。

选自《花花草草》，上海文化出版社1956年9月初版

# 枇杷树树香

周瘦鹃

　　苏州市的水果铺里，自从柑橘落市以后，就略显寂寞。直到初夏枇杷上市，才又热闹起来，到处是金丸累累，可说是枇杷的天下了。枇杷树高一二丈，粗枝大叶，浓阴如幄，好在四时常绿，经冬不凋，因有枇杷晚翠之称。花型很小，在风雪中开放，白色五瓣，微有香气，唐代诗人杜甫因有"枇杷树树香"之句。昔人称颂枇杷，说它秋萌冬花，春实夏熟，备四时之气，其他果树，没有一种可以比得上的。它有两个别名——卢橘与炎果。又因其色黄似蜡，称为蜡兄；大叶粗枝，称为粗客。它于农历三四月间结实，皮色有深黄有淡黄，肉色有红有白，红的称红沙，又名大红袍；白的称白沙，甜美胜于红沙。苏州洞庭东、西山，都是枇杷著名的产地，尤以东山湾里所产的红沙、槎湾所产的白沙为最美。每年槎湾白沙枇杷上市时，我总要一快朵颐，大的如胡桃，小的如荸荠，因称荸荠种，肉细而甜，核少而汁多，确是此中俊物，可惜产量较少，一会儿就没有了。

　　枇杷色作金黄，因此诗人们都以金丸作比。如宋代刘子翚句云："万颗金丸缀树稠，遗根汉苑识风流。"明代高启诗云："落叶空林忽有香，疏花吹雪过东墙。居僧记取南风后，留个金丸待我尝。"近代吴昌硕诗云："五月天气换葛衣，山中卢橘黄且肥。鸟疑金弹不敢啄，忍饥空向林间飞。"其实这是诗人的想象，并非事实，像吾家园子里的三株枇杷，一到黄熟时，就有不少是给鸟类抢先尝新的。

明代大画家沈石田，有友人送枇杷给他，信上误写了琵琶，沈戏答云："承惠琵琶，开奁骇甚！听之无声，食之有味，乃知古来司马泪于浔阳，明妃怨于塞上，皆为一啖之需耳。今后觅之，当于杨柳晓风、梧桐秋雨之际也。"石田此信原很隽妙，但据辞书载，琵琶一作"枇杷"，可是不知枇杷能不能也通融一下，写作"琵琶"呢？

清代朱竹垞，有《明月棹孤舟》一词咏枇杷云："几阵疏疏梅子雨。也催得嫩黄如许。笑逐金丸，看携素手，犹带晓来纤露。寒叶青青香树树。记东溪旧曾游处。日影堂阴，雪晴花下，长见那人窥户。"又宋代周必大咏枇杷诗有句云："昭阳睡起人如玉，妆台对罢双蛾绿。琉璃叶底黄金簇，纤手拈来嗅清馥。可人风味少人知，把尽春风夏作熟。"这一词一诗虽咏枇杷，而此中有人，呼之欲出，自觉风致嫣然。

苏州东北街拙政园中，有个枇杷院，旧时种有枇杷树多株，因以为名。中有一轩，额曰"玉壶冰"，现在是供游人啜茗的所在。我以为那边仍可多种几株枇杷，那么终年绿阴罨画，婆娑可爱，就将"玉壶冰"改为"晚翠轩"，也无不可。

选自《花花草草》，上海文化出版社1956年9月初版

# 双 塔

周瘦鹃

二十二年以前，我买宅苏州甫桥西街的王长河头，就开始和双塔相见了。除了抗日战争的八年间避地他乡，和双塔阔别了八年外，几乎天天和它们相见。虽然开出后门来一抬头就可望见它们，还是不知足。因此当初就挖深了一个池子，将挖出的泥土堆了一座土山，种了好多株花树、果树，而在这土山的最高处搭了一只刺杉木的六角亭子，可以从两株高柳的条条柳线中，远远望见那巍巍双塔。因此我就给这亭子命名"亭亭"，和"塔塔"作了对称。从此我不须开门，也可在这亭亭里随时和双塔相见了。

双塔位在定慧寺巷唐代咸通年间中州人盛楚所捐建的般若院内。这般若院知道的人较少，因了双塔之故，就俗称双塔寺。这两座塔根据寿宁寺修塔碑记，各有一个名称，一名舍利塔，一名功德塔，是宋代雍熙年间由王文罕捐建的。明嘉靖元年七月间，东塔顶上的铜轮突被大风吹毁。后由居士马祖晓集资修复。到清代道光元年又重行修葺过。从太平天国起义百余年来，从未修过，以致东塔的顶端倾侧在一边，所有砖瓦也剥落了不少。一九五四年秋，苏州市园林修整委员会得了省方的指示，鸠工庀材，将这东塔从事修理，顶端扶正，塔身也焕然一新。将来还须修理西塔。从此以后，这唐代的名迹，可以永

苏州双塔寺

久地保持下去了。

双塔共有七级，只因内无阶梯，不能登临。据说内部有宋代墨迹，是用毛笔写成的，很可宝贵。在明代曾放过灯，盛况可想。诗人张凤翼有《观双塔放灯》诗云："岩峣雁塔粲繁星，晃漾浑疑不夜城。双阙中分河影乱，两峰高并月华清。莲花竞证三生果，火树齐开四照明。漫向空中窥色相，还将上界独题名。"可惜现在不放灯了。如果放起灯来，那么我那去年新建的花延年阁北窗口，倒是一个看灯最好的所在。

安吉老画师吴昌硕，曾在苏州作寓公，住过好些时候。苏州的好多名胜之区，都印过他老人家的屐痕，双塔寺也到过几次。他的诗集中有《双塔寺寄友人》五律一首云："双塔倚林表，危楼此暂栖。湿云低渡鸟，朝日乱鸣鸡。入望烟芜冷，怀人浦树迷。黄华故园好，昨夜梦苕西。"

选自《花花草草》，上海文化出版社1956年9月初版

# 卖花声

周瘦鹃

花是人人爱好的。家有花园的，当然四季都有花看，不论是盆花啊，瓶花啊，可以经常作屋中点缀，案头供养，朝夕相对着，自觉心旷神怡。要是家里没有花园的，那就不得不求之市上卖花人之手。买了盆花，可多供几天，倘买折枝花插瓶，也有二三天可供观赏，而一室之内，顿觉生气勃勃了。

市声种种不一，而以卖花声最为动听。诗人词客，往往用作吟咏的题材；词牌中就有"卖花声"一调，足见词客爱好之甚了。

清代彭羡仁有《霜天晓角》咏卖花声云："睡起煎茶。听低声卖花。留住卖花人问，红杏下、是谁家。儿家花肯赊，却怜花瘦些。花瘦关卿何事，且插朵、玉钗斜。"

黄仲则有《即席分赋得卖花声》七律二首云："何处来行有脚春？一声声唤最圆匀。也经古巷何妨陋，亦上荆钗不厌贫。过早惯惊眠雨客，听多偏是惜花人。绝怜儿女深闺事，轻放犀梳侧耳频。""摘向筠篮露未收，唤来深巷去还留。一堤杏雨寒初减，万枕梨云梦忽流。临镜不妨来更早，惜花无奈听成愁。怜他齿颊生香处，不在枝头在担头。"这两首诗把卖花人的唤，买花人的听，全都淋漓尽致地写了出来。

吴侬软语，原已历历可听，而"一声声唤最圆匀"，那无过于唤卖白兰花的苏州女儿了。这班卖花女，大多数是从虎丘来的。因为虎丘一带，培养白兰花的花农最多。初夏白兰含蕊时，就摘下来卖与茶花生产合作社去窨花。那些过剩而已半开的花，那就不得不叫女儿们到市上去唤卖了。

我曾有小令《浣溪纱》咏卖花女云："生小吴娃脸似霞。莺声嘹呖破喧哗。长街唤卖白兰花。借问儿家何处是，虎丘山脚水之涯。回眸一笑髻鬟斜。"除了白兰花外，也有唤卖含笑花（俗呼香蕉花，因它含有香蕉的香气）、玫瑰花、玳玳花的；到了端午节后，茉莉花也可上市了。

南宋时，会稽城南上原陈翁，以卖花为业，得了钱全去买酒喝，又不喜独酌，往往拉了朋友们同醉。有一天，诗人陆放翁偶过他家访问，见败屋一间，妻子正饥寒交迫，而陈翁已烂醉如泥了。

放翁咏以诗云："君不见会稽城南卖花翁，以花为粮如蜜蜂。朝卖一枝紫，暮卖一枝红。屋破见青天，盆中米常空。卖花得钱送酒家，取酒尽时还卖花。春春花开岂有极，日日我醉终无涯。亦不知天子殿前宣白麻，亦不知相公门前筑堤沙。客来与语不能答，但见醉发覆面垂髟髟。"

明代刘伯温题其后云："君不见会稽山阴卖花叟，卖花得钱即买酒。东方日出照紫陌，此叟已作醉乡客。破屋含星席作门，湿萤生灶花满园。五更风颠雨声恶，不忧屋倒忧花落。卖花叟，但愿四海无尘沙，有人卖酒仍卖花。"

此翁在陆、刘笔下，写成一位高士模样；可是他卖了花只管自己买酒喝，不顾妻子饥寒，虽能生产，而不知节约，实在是不足为训的。

农历四月十四日，据民间传说，是所谓八仙之一吕纯阳的生日，苏州市阊门内福济观，前后三天，庙前的东中市一带有花市，城内和四乡的花贩花农都来赶集，花草树木，夹道陈列求售。爱花的男女老少，趋之若鹜。

选自《花花草草》，上海文化出版社1956年9月初版

# 清明时节

周瘦鹃

清明时节，往往多雨，所以唐人诗中，曾有"清明时节雨纷纷，路上行人欲断魂"之句。一九五五年自入春以来，分外的多雨，所谓杏花春雨江南，竟做得十足，连杏花也给打坏了。直到清明前二天，才放晴起来，使人胸襟为之一畅。清明那天，苏州市各园林中，游人络绎。虎丘千人石畔，挤得水泄不通。各处扫墓的人也不少。清代周宗泰《姑苏竹枝词》云："衣冠稽首祖茔前，盘供山神化楮钱。欲觅断魂何处去？棠梨花落雨余天。"这一首诗，也是为扫墓而作的。

邻儿到我的园子里来，摘了好几枝杨柳，插在他家门上；又做了几个杨柳球，给小姑娘们戴在头上。据老年人说，娘儿们戴了杨柳，可使红颜不老。所以《江震志》称："清明，男女咸戴杨柳。谚云'清明不戴柳，红颜成皓首'。"吴曼云《江乡节物词》有云："新火才从竹屋分，绿烟吹作雨纷纷。杨柳最是无情物，也逐春风上鬓云。"他咏的是杭州清明的风俗，正与苏州的风俗相同。

清代词人陈其年有《清明后一日吴阊道中作》调寄《南乡子》第二体有云："卷絮搓绵，雪满山头是纸钱。门外桃花墙内女，寻春路，昨日子规啼血处。"又云："才过清明，东风怯舞不胜情，红袖楼头遥徙倚。垂杨里，阵阵纸鸢扶不起。"前一首是咏的扫墓寻春，而后一首分明是放断鹞了。纸鸢，俗称鹞子，春初每逢晴日，孩子们每以放鹞子为乐。杨韫华《山塘棹歌》有云："春衣称体近清明，风急鹞鞭处处鸣。忽听儿童齐拍手，松梢吹落美人筝。"所谓鹞鞭，是用竹芦粘簧缚在鹞子的背上，遇风喤喤作声，很为动听。我在童年时，也很喜欢这玩意儿。照例放鹞子到清明后为止，称为放断鹞。

清明前二日为寒食节，一说是前三日。洛阳人家每逢寒食日，装万花舆，煮桃花粥。苏州风俗用稻麦苜蓿捣汁，和糯米作青粉团，以赤豆沙为馅，清香可口，这是祭祖时所不可少的。

清明日，旧时还有淘井的风俗，大概也是为了要使井水清明之故。据旧籍中载，苏东坡在黄州时，梦中听得高僧参寥朗诵所作新诗，醒后记起两句："寒食清明都过了，石泉槐火一时新。"梦中尝问："火固新了，泉为甚么新？"参寥答道："只因清明日俗尚淘井，所以泉水也新了。"这淘井的风俗，倒是卫生之道。苏州人家几乎家家有井，可是清明日淘井这回事，却早就没有了。

宋代名臣范成大归隐苏州石湖，对于乡村节景，都喜发为吟咏，如"石门桃绿清明市，洞口桃花上巳山""桃杏满村春似锦，踏歌椎鼓过清明"诸句，读之使人神往。至于《四时田园杂兴》诸作，描写农家乐事，也确是大可一读的。

选自《花花草草》，上海文化出版社1956年9月初版

# 顾绣与苏绣

周瘦鹃

　　近世统称刺绣为顾绣，代表顾绣最著名的，是露香园顾氏。绣品有如绘画，因有画绣之称。绣价最为昂贵，可惜现已失传了。此外又有顾氏兰玉，也是刺绣名手，曾经设帐招收生徒，传授绣法，她的作品也称为顾绣。可是顾绣除了上海之外，松江也有顾绣。清代词人程墨仙有《顾绣》一记云："云间顾伯露，会余于海虞，两月盘桓，言语相得；余时将别，伯露出其太夫人所制绣囊为赠，盖云间之有绣，自顾始也。囊制圆大如荇叶，其一面绣绝句，字如粟米，笔法遒劲，即运毫为之，类难如意，而舒展有度，无针线痕，睇视之，莫知其为绣也。其一面则白马一大将突阵，一胡儿骑赤马，二马交错；大将猿臂修髯，眉目雄杰，胡儿深目兕唇，状如鹰顾，袍铠鋈带，鞍鞯具备，锦裆绣服，朱缨绿縢，鲜熠炫耀。白马腾跃，尾刷霄汉，势若飞龙；赤马失主，惊溃奔逸，神姿萧索。一小胡雏远坡遥望，一胡方骑马赴阵，皆首蒙貂幞，毛毳散乱，光采凌轹，有非汉物，窄袖裹体，蕃部结束。复有旗幡刀戟，布密森严，幡缀金牙，旗张云彩，蕃汉二屯，遥相犄向。共计远坡二，白赤黄战马三，大将、胡将及小雏四，戈戟五，云旗锦幡各一；界二寸许地，为大战场，而中间空阔，气象寥远，不见有物，绣法奇妙，真有莫知其巧者。余携归，终日流玩，为纪于简。"以二寸许的面积，而绣出这许多人马刀戟旗幡，也可见它的精巧细致，不愧为神针了。

苏绣中的第一名手，要算是清末的沈寿。她于一九〇九年，曾绣成意大利君后肖像，由清政府送去，作为国际礼物。意国君后特赠沈寿钻石金时计一枚，嵌有王家徽章，系御用品。她四十二岁时，又绣成耶稣像一幅，由其夫余觉亲自送往美国，陈列巴拿马展览会中，得一等大奖。四十六岁时，又绣了一幅美国名女伶的肖像，面目如画，这是她最后的杰作。不久她就在南通女工传习所所长任上因病去世了。她的作品，一部分存在江苏省博物馆，都很精致。她在中国刺绣史中，是有很大贡献的。

清代诗人樊樊山有《忆绣》诗十首，斐然可诵，兹录其五云："绣绷花鸟逐时新，活色生香可夺真。近世写生无好手，熙荃画意属针神。""淡白吴绫四角方，风荷水鸟画湘江。去年绣得鸳鸯只，直到今年始作双。""枕函绣出红莲朵，比并真如脸际霞。猛忆北池同避暑，翠盘高捧两三花。""妃俪鲜明五色丝，花跗鸟翼下针迟。亦如文笔天然巧，尽在挑纱破线时。""十景西湖只等闲，裙花枕凤许多般。金针线脚从人看，愿度鸳鸯满世间。"诗中所咏绣件，几乎应有尽有，也总算想得周到的了。

亡妻凤君胡氏，工绣，先前所用绣绷和绷凳，至今仍还存在。她绣有彩凤一幅，我曾借郭频迦《清平乐》咏绣凤仕女一阕题其上云："低鬟斜弹。浅研吴绫妥。唤作针神应也可。一口红霞浓唾。秦楼烟月微茫。当年有个萧郎。到底神仙堪羡。等闲不绣鸳鸯。"这一幅绣凤遗作，已在抗日战争时失去，为之惋惜不止！

选自《花花草草》，上海文化出版社1956年9月初版

# 荷花的生日

周瘦鹃

人有生日，是当然的，不道花也有生日，真是奇闻！农历二月十二日，俗传是百花生日；而荷花却又有它个别的生日，据说是农历六月二十四日。在前清时，每逢此日，画船箫鼓，纷纷集合于苏州葑门外二里许的荷花荡，给荷花上寿。为了夏季多雷雨，游人往往被淋得像落汤鸡一般，甚至赤脚而归，因此俗有"赤脚荷花荡"之谣，足见其狼狈相了。

其实所谓荷花生日，并无根据。据旧籍中说，这一天是观莲节，昔晁采与其夫，各以莲子互相馈送；曾有人扶乩叩问，晁降坛赋诗云："酒坛花气满吟笺，瓜果纷罗翰墨筵。闻说芙蕖初度日，不知降种自何年。"连这无稽的神话，也以荷花生日为无稽，而加以讽刺了。

不管是不是荷花的生日，而苏州旧俗，红男绿女总得挑上这一天去逛荷花荡，酒食征逐，热闹一番，再买些荷花或莲蓬回去。其见之诗词的，如邵长蘅《冶游》云："六月荷花荡，轻桡泛兰塘。花娇映红玉，语笑薰风香。"舒铁云《六月二十四日荷花荡泛舟作》云："吴门桥外荡轻舻，流管清丝泛玉凫。应是花神避生日，万人如海一花无。"高高兴兴地趁热闹去看荷花，而偏偏不见一花，真是大杀风景；那只得以花神避寿解嘲了。词如沈朝初《忆江南》云："苏州好，廿四赏荷花。黄石彩桥停画鹢，水晶冰窨劈西瓜。痛饮对流霞。"张远《南歌子》云："六月今将尽，荷花分外清。说将故事与郎听。道是荷花生日、要行行。粉腻乌云浸，珠匀细葛轻。手遮西日听弹筝。买得残花归去、笑盈盈。"记得二十余年前，我与亡妻凤君也曾逛过荷花荡，扁舟一叶，在万柄荷叶荷花中迤逦而过，真有"花为四壁船为家"的况味。凤君买了几只莲蓬，剥莲子给我尝新，此情此景，历历在目，可惜此乐不可复再了！

清代大画家罗两峰的姬人方婉仪，号白莲居士，能画梅竹兰石，两峰称其有出尘之想。方以六月二十四日生，因有《生日偶作》一诗云："冰簟疏帘小阁明，池边风景最关情。淤泥不染清清水，我与荷花同日生。"诗人好事，又有作荷花生日词的，如计光炘一绝云："翠盖亭亭好护持，一枝艳影照清漪。鸳鸯家在烟波里，曾见田田最小时。"徐阆斋两绝云："荷花风前暑气收，荷花荡口碧波流。荷花今日是生日，郎与妾船开并头。""金坛段郎官长清，临风清唱不胜情。怪郎面似荷花好，郎是荷花生日生。"荷花生日虽说无稽，然而比了什么神仙的生日还是风雅得多；以我作为《爱莲说》作者周濂溪先生的后人来说，倒也并不反对这个生日的。

选自《花前续记》，江苏人民出版社1956年12月初版

# 甪直之行

周瘦鹃

　　久闻吾苏甪直镇唐塑罗汉像的大名，却因一再蹉跎，从未前去鉴赏，引为遗憾！劳动节前五天，蒙老友吴本澄兄与费怡盦画师见邀，因欣然同往。上午七时，从阊门外万人码头搭船出发；一行七人，都已年过半百，综计共四百十四岁，而逸兴遄飞，过于少壮。船行极稳，真有"春水船如天上坐"的感觉；过胥门后，水面渐见开阔，水色渐见澄清，青山环绕，如迎如送。我站在船头，饱餐绿水青山的秀色，顿觉扑去了万斛俗尘，不由得喊一声"不亦快哉"了。

　　十时到达甪直镇，找到了附设在保圣寺内的文化站，由唐君陪同我们入寺观光。此寺相传创立于梁代，一说是唐代，宋真宗时重建；大殿也是宋代建筑，原有唐代塑壁和罗汉像十六尊，据说是出于大雕塑家杨惠之手。民初殿堂倒塌，壁像也都有毁坏，民七顾颉刚先生见了塑像，大为赞叹，后又写了文章宣传，引起日本美术权威大村西崖的注意，不远万里而来，在甪直逗留了五天，拍了二十多张照片，他之爱好塑壁，过于塑像，回国后就写了一本《吴郡奇迹：塑壁残影》加以考证，他说塑壁上的云石、洞窟、树木、海水等，制作之妙，虽山水名手，也难与比肩。所称塑壁，只剩东壁一堵，有罗汉像四尊，另有五尊是先前拆存的；西壁早已坍塌，只剩碎片若干，真是可惜！民十八由当时的教育部和江苏省政府等拨款修复，于大殿址建古物馆，推蔡元培、马叙伦、叶誉虎、陈万里诸先生主持，由雕塑家江小鹣、滑田友二先生担任整修塑壁塑像，因东西两壁已无从复原，所以归并在北壁，凡是结构、形态、色泽，都不失其旧。罗汉像位置已不可考，或上或下，只求其俯仰呼应而已。自民十九年秋动工，二十一年秋工成，开幕之日，叶誉虎先生亲往参加，并赋诗记其事，诗云："年来寡所营，万事付休莫。法门勤外护，矢志非有托。甫里唐塑像，神物九鼎若。历劫荡烟灰，随风譬枯箨。我来不自量，辛苦强营度。中遭万迍邅，危途轻岞崿。观成幸有日，茹苦乃成乐。涌现弹指间，华严几楼阁。因思塑造工，历朝颇彰灼。戴颙称圣手，惠之多杰作。元代得刘兰，功堪继疏凿。所惜兵火余，遗制久凋落。杨塑仅此堵，亦几归冥漠。愿力保区区，孤怀殊硌硌。有为固如幻，卫道宁自薄。"叶先生对于这民族遗产的保存，是煞费苦心的。

我们看那塑壁和塑像，因已加上了小方格的玻璃窗，觉得视线有碍，不很畅快；然而看上去古意盎然，的非凡品。据唐君说，这九尊罗汉像，未必出于杨惠之之手，就是日本人大村西崖也不置一辞，只在塑壁上着眼；然而考据大殿是宋代的建筑，那么罗汉像出于宋塑，是可以肯定的。我们鉴赏了半小时，才兴辞而出；那个张口狞笑、右手上举的罗汉，却给我留下了活生生的印象。

选自《花前续记》，江苏人民出版社1956年12月初版

# 灯　话

周瘦鹃

　　我们在都市中，夜夜可以看到电灯、日光灯、霓虹灯，偶然也可以看到汽油灯；在农村中，电灯并不普遍，日光灯和霓虹灯更不在话下，所习见的不过是油盏或煤油灯罢了。我所要说的，并不是这些灯，而是用以点缀农历元宵的花灯。

　　元宵，就是农历的正月十五夜，古人又称之为元夕，又因旧俗人家都要在这一夜挂灯，所以也称为灯夕。旧时苏州风俗，十三夜先在厨下挂点花灯，称为点灶灯，一共五夜，到十八日为止，十三夜称为试灯日，十八夜称为收灯日，而以十五夜为正日，家家都点上了花灯，还要敲锣击鼓，打铙钹，热闹非常，称为闹元宵。

　　元宵张灯之俗，古已有之。考之旧籍，起于唐代睿宗景云二年。当时定为一夜，即正月十五夜。在安福门外作灯轮，高二十丈，挂点花灯五万盏，命宫女们在灯轮下踏歌。唐玄宗时，于十三夜至十六夜张灯三夜，在上阳宫中起建灯楼二十间，高一百五十尺，规模更为宏大。北宋、南宋时，又将时期延长，先为五夜，后为六夜，到十八夜落灯。到了明太祖朱元璋时，初八夜就开始张灯，在南都搭盖了高高的彩楼，连续十天之久，招徕天下富商都来看灯。北都东华门一带，也有二里长的灯市；在白天，有各地的古玩珍宝和一切日常服用的东西，陈列在市上，入夜就有花灯烟火，照耀通宵，鼓吹杂耍，喧闹达旦，足见当时统治阶级剥削了民脂民膏，穷奢极欲，连元宵看灯也要大大地铺张一下。

在清代时，苏州阊门内吴趋坊和皋桥、中市一带，每年腊后春前，就有劳动人民把手制的各式花灯，拿到这里来出卖，凡人物、花果、鸟兽等，一应俱全，十分精巧。如刘海戏蟾、西施采莲、渔翁得利、张生跳粉墙等，都是有人物的。花果有莲花、栀子花、绣球花、玉兰花、西瓜、葡萄、石榴、藕、菱，等等。鸟类有孔雀、仙鹤、凤凰、喜鹊、鹦鹉、白鸽，等等。兽类有兔、马、鹿、猴、狮，等等。其他如青蛙、鲤鱼、龙、虾、蟹、走马灯、抛空小球灯、滚地大球灯等等。因卖灯的人都聚在这里，前后历一月之久，因此称为灯市。大抵到十八夜落灯之后，这灯市也就收歇了。

古时苏州制作的花灯，精奇百出，天下闻名。宋代周密《乾淳岁时记》中有云："元夕张灯，以苏灯为最，圈片大者，径三四尺，皆五色琉璃所成，山水人物，花竹翎毛，种种奇妙，俨然着色便面也。"那时梅里镇中，也以精制花灯出名，用彩笺刻成细巧的人物，糊在灯上，就叫做梅里灯。又有一种夹纱灯，也用彩纸细刻花鸟虫鱼等等，夹着轻绡，更为精美悦目。自清代以后，苏州的花灯逐渐没落，巧匠难求，由浙江硖石镇、菱湖镇等起而代之，比之苏州旧时的花灯，有过之无不及。一九五六年春，上海博物馆中举行浙江手工艺品展览会，就有四十年前硖石名手所制的两只伞灯，灯上的花样，全用细针一针一针地刺成，十分生动；而二十余年前，菱湖灯也曾出现于上海永安公司中，多用纱绢制成，不论花鸟虫鱼，都像真的一样，灯型并不太大，更觉得玲珑可爱，人家纷纷买去，作元宵的点缀。不知解放以后，硖石、菱湖仍有这种制灯的巧匠没有。

抗日战争前，听说北京廊房头条有些灯画的店铺，也有制灯的巧匠。北京的工艺美术品，如象牙雕刻、景泰蓝等，一向以精美驰名国际，解放后又有了很多改进；我想花灯的制作，也不会例外，一定是精益求精的。

安徽黄梅戏的传统剧目中，有一出《夫妻观灯》，故事很为简单，说青年农民王小六，在春节的第一个月圆之夜——正月十五，听说城里在举行灯会，就匆匆地赶回家去，要他那个年青的妻子换上了新衣，手拉手地一同赶到城里去看灯。进了城，只见四面八方，人山人海，各种花灯来来往往，丰富多彩。夫妻俩兴高采烈地看着，指指点点，你问我答，直到夜深，才兴尽而归。我很喜爱黄梅戏的唱腔，也特别喜爱这出戏中夫妻二人的表演，他们每看见一种灯，就在一举手，一投足，以及脸色上、眼风里表达出来。我们不必看见灯，就可从他们的表演上看见多种多样的灯了。何况还有那种婉转动听的唱词和说白，加强了这出戏的艺术性。中间还有一个穿插，那个年青的妻子正在看得手舞足蹈之际，忽然向她丈夫撒娇，说是不高兴看了，硬要拉着丈夫回去。王小六不知就里，忙问为的是什么，她娇嗔地回说，因为人家不看灯，却都在看她。那个天真的丈夫就指手划脚地呵斥那些看他妻子的人，说他将来定要报复，也不看灯而看这些人的妻子。这一个穿插，很为有趣，好似一篇平铺直叙的文章里，有了这曲笔，就见得活泼生动了。因此我连带想起了明代诗人王次回的一首《踏灯》词："观梅古社暂经过，手整花冠簇闹蛾。说与檀郎应一笑，看侬人比看灯多。"读了这首诗，可知不看灯而看人，倒是实有其事的。

清代董舜民有《元夜踏灯》词，咏少妇看灯，写得很美，调寄《御街行》第二体云："百枝火树千金屐。宝马香尘不绝。飞琼结伴试灯来，忍把檀郎轻别。一回佯怒，一回微笑，小婢扶行怯。石桥路滑绷钩蹑。向阿母低低说。姮娥此夜悔还无，怕入广寒宫阙。不如归去，难忘畴昔，总是团圆月。"

选自《花前新记》，江苏人民出版社1958年1月初版

# 茶　话

周瘦鹃

茶，是我国的特产，吃茶也就成了我国人民特有的习惯。无论是都市，是城镇，以至乡村，几乎到处都有大大小小的茶馆，每天自朝至暮，几乎到处都有茶客，或者是聊闲天，或者是谈正事，或者搞些下象棋、玩纸牌等轻便的文娱活动，形成了一个公开的群众俱乐部。

茶有茗、荈、槚几个别名。据《尔雅》说，早采者为茶，晚取者为茗，荈和槚是苦茶。吃茶的风气始于晋代。晋人杜育，就写过一篇《荈赋》，对于茶大加赞美；到了唐代，那就盛行吃茶了。

茶树的干像瓜芦，叶子像栀子，花朵像野蔷薇，有清香，高一二尺。江苏、浙江、福建、安徽各省，都是茶的产地，如碧螺春、龙井、武夷、六安、祁门等各种著名的绿茶、红茶，都是我们所熟知的。茶树都种于山野间，可是喜阴喜燥，怕阳光怕水，倘不施粪肥，味儿更香，绿茶色淡而香清，红茶色、香、味都很浓郁，而味带涩性。绿茶有明前、雨前之分，是照着采茶的时期而定名的，采于清明节以前的叫做明前，采于谷雨节以前的叫做雨前，以雨前较为名贵。茶叶可用花窨，如茉莉、珠兰、玫瑰、木樨、白兰、玳玳都可以窨茶，不过花香一浓，就会冲淡茶香，所以窨花的茶叶，不必太好，上品的茶叶，是不需要借重那些花的。

吃茶有什么好处，谁也不能肯定。茶可以解渴，这是开宗明义第一章。有的人说它可以开胃润气，并且助消化，尤以红茶为有效。可是卫生家却并不赞同，以为茶有刺激神经的作用，不如喝白开水有润肠利便之效。但我们吃惯了茶的人，总觉得白开水淡而无味，还是要去吃茶，情愿让神经刺激一下了。

唐朝的诗人卢仝和陆羽，可说是我国提倡吃茶的有名人物，昔人甚至尊之为茶圣。卢仝曾有一首长歌，谢人寄新茶，其下半首云："……柴门反关无俗客，纱帽笼头自煎吃。碧云引风吹不断，白花浮光凝碗面。一碗喉吻润，两碗破孤闷。三碗搜枯肠，惟有文字五千卷。四碗发轻汗，平生不平事，尽向毛孔散。五碗肌骨清，六碗通仙灵。七碗吃不得也，唯觉两腋习习清风生。"夸张吃茶的好处，写得十分有趣；因此"卢仝七碗"，也就成了后人传诵的佳话。陆羽字鸿渐，有文学，嗜茶成癖，著《茶经》三篇，原原本本地说出茶之原、之法、之具，真是一个吃茶的专家。宋朝的诗人如苏东坡、黄山谷、陆放翁等，也都是爱茶的，他们的诗集中，有不少歌颂吃茶的作品。

制茶的方法，红、绿茶略有不同，据说要制红茶时，可将采下的嫩叶，铺满在竹席上，放在阳光中暴晒，晒了一会，便搅拌一会，等到叶子晒得渐渐地萎缩时，就纳入布袋揉搓一下，再倒出来暴晒，将水分蒸散，再装在木箱里，一层层堆叠起来，重重压紧，用布来遮在上面，等到它变成了红褐色透出香气来时，再从箱里倒出来晒干，然后放在炉火上烘焙。经过了这几重手续，叶子已完全干燥，而红茶也就告成了。制绿茶时，那么先将采下的嫩叶放在蒸笼里蒸一下，或铁锅上炒一下，到它带了粘性而透出香气来时，就倒出来，铺散在竹席上，用扇子把它用力地搧，搧冷之后，立即上炉烘焙，一面烘，一面揉搓，叶子就逐渐干燥起来。最后再移到火力较弱的烘炉上，且烘且搓，直到完全干燥为止，于是绿茶也就告成了。

过去我一直爱吃绿茶，而近一年来，却偏爱红茶，觉得醇厚够味，在绿茶之上；有时红茶断档，那么吃吃洞庭山的名产绿茶碧螺春，也未为不可。

在明代时，苏州虎丘一带也产茶，颇有名，曾见之诗人篇章。王世贞句云："虎丘晚出谷雨候，百草斗品皆为轻。"徐渭句云："虎丘春茗妙烘蒸，七碗何愁不上升。"他们对于虎丘茶的评价，都是很高的；可是从清代以至于今，就不听得虎丘产茶了。幸而洞庭山出产了碧螺春，总算可为苏州张目。碧螺春本来是一种野茶，产在碧螺峰的石壁上，清代康熙年间被人发现了，采下来装在竹筐里装不下，便纳在怀里，茶叶沾了热气，透出一阵异香来，采茶人都嚷着"吓杀人香"。原来"吓杀人"是苏州俗语，在这里就是极言其香气的浓郁，可以吓得杀人的。从此口口相传，这种茶叶就称为"吓杀人香"。康熙南巡时，巡抚宋荦以此茶进献，康熙因它的名儿不雅，就改名为碧螺春。此茶的特点，是叶子都蜷曲，用沸水一泡，还有白色的细茸毛浮起来。初泡时茶味未出，到第二次泡时呷上一口，就觉得"清风自向舌端生"了。

从前一般风雅之士，对于吃茶称为品茗，原来他们泡了茶，并不是一口一口的呷，而是像喝贵州茅台酒、山西汾酒一样，一点一滴地在嘴唇上"品"的。在抗日战争以前，我曾在上海被邀参加过一个品茗之会。主人是个品茗的专家，备有他特制的"水仙""野蔷薇"等茶叶，并且有黄山的云雾茶，所用的水，据说是无锡运来的惠泉水，盛在一个瓦铛里，用松毛、松果来生了火，缓缓地煎。那天请了五位客，连他自己一共六人。一只小圆桌上，放着六只像酒盅般大的小茶杯和一把小茶壶，是白地青花瓷质的。他先用沸水将杯和壶泡了一下，然后在壶中满满地放了茶叶，据说就是"水仙"。瓦铛水沸之后，就斟在茶壶里，随即在六只小茶杯里各斟一些些，如此轮流地斟了几遍，才斟满了一杯。于是品茗开始了，我照着主人的方式，啜一些在嘴唇上品，啧啧有声。客人们赞不绝口，都说"好香！好香！"我也只得附和着乱赞，其实觉得和我们平日所吃的龙井、雨前是差不多的。听说日本人吃茶特别讲究，也是这种方式，他们称为"茶道"，吃茶而有道，也足见其重视的一斑。我以为这样的吃茶，已脱离了一般劳动人民的现实生活，实在是不足为训的。

选自《花前新记》，江苏人民出版社1958年1月初版

# 山茶花

周瘦鹃

　　苏州拙政园中有十八曼陀罗花馆，庭前有山茶花十余株，曼陀罗花是山茶的别名，因以名馆。一九五六年春节，就在馆中举行山茶盆栽展览十天，庭前的山茶，还在含苞，而这几十个盆栽是放在温室中将花烘开的；种类有二乔、四面观音、东方亮、雪塔、槟榔、宝珠、六角银红、六角大红等等，只因时间较早，花开不多，不过给爱好山茶的人尝鼎一脔罢了。

　　云南所产山茶，居全国第一，称为滇茶，去春上海人民公园曾开过一个滇茶展览会，我没有看到，却往南京玄武湖公园里一餍馋眼。最使我念念不忘的，是鹤顶红一种，花瓣很像莲瓣，中心全都塞满，其大如碗，作深红色；可惜是盆栽，着花较少，如果上云南去看到一株大树，那么盛开时，定然如《滇中茶花记》所谓"一望若火齐云锦，烁日蒸霞"了。

　　欧洲也有山茶，大都是单瓣，而作红色和白色的。法国名作家小仲马所作小说《茶花女》，传诵全世界，女主角马克格妮儿，就是爱茶花成癖而经常把它作为襟饰的。英国一九一四年间，有少年作家贾洛业氏，任少年报记者，著小说《理想之妻》一部，披露报端，大受读者欢迎；尤其是一般女子，分外爱读，都想和他结识。有一位空军大佐朱曼高的爱女丽甘娟，更倾心于他，却没有机会和他接近。有一天，大佐特地唤女儿在海滨作驾驶飞机的表演，遍请各报记者前去参观，贾洛业也在其内，一见之下，大为叹赏；大佐笑问："你那篇《理想之妻》中的对象是一个女飞行家，你瞧她可能中选么？"贾洛业大喜过望，从此就和丽甘娟结为爱侣，不久成婚。二人都爱山茶花，常在花市徘徊欣赏。逾年，丽因所乘飞机失事，坠机而死。贾不胜痛悼，作《山茶曲》以寄意云："庭前山茶花，红白映窗纱。思君肠欲断，心绪乱如麻。山茶花！山茶花！去年花发时，人与花争春，今年花发时，不见去年人。花谢又花开，君去实堪哀。君与花同命，如何不再来。吁嗟乎！我所思兮在君侧，出门车马皆华饰。不见君兮我心悲，山茶为汝无颜色。"

选自《花前新记》，江苏人民出版社1958年1月初版

# 但有一枝堪比玉

周瘦鹃

"但有一枝堪比玉，何须九畹始征兰"，这是明代诗人张茂吴咏玉兰花的诗句，嵌上了"玉兰"二字，而也抬高了玉兰的身价。春分节近，气候转暖，一经春阳烘晒，春风嘘拂，玉兰的花蕾儿顿时露了白，不上二三天，就一朵朵的开放起来。我们搞园艺的，往往把玉兰当作寒暑表，每年春初一见玉兰花开，就知道不会再有冰冻，凡是安放在室内的盆树盆花，都可移出来了。

玉兰是落叶亚乔木，有高达数丈的，都是数百年物。枝条短而樛曲，很有风致；一枝一朵花，都着在枝梢，花九瓣，洁白如玉，有微香，与兰蕙相似。今年是玉兰的丰年，我园子里的一株，高不过丈余，着花数百朵，烂漫可观；可惜不能耐久，十天以后，就落英满地了。要是趁它开到五六分时，摘下花瓣来，洗净拖以面糊，用麻油煎食，别有风味。

苏州拙政园中部，有玉兰堂，榜额为明代大书画家文徵明手笔，遒逸不凡，庭前有老干玉兰，开花时一白如雪，映照得堂奥也觉得亮了起来。文氏也是爱好玉兰的，曾有七律一首加以咏叹："绰约新妆玉有辉，素娥千队雪成围。我知姑射真仙子，天遣霓裳试羽衣。影落空阶初月冷，香生别院晚风微。玉环飞燕原相敌，笑比江梅不恨肥。"他的诗友沈周，也有同好，曾有句云："韵友自知人意好，隔帘轻解白霓裳。"他简直把玉兰作为韵友了。

玉兰宜于种在厅堂之前，昔人喜把它和海棠、牡丹同植一庭，取"玉堂富贵"之意，在新社会中看来，实在是封建气味十足的。可是玉兰花盛开的时候，确也好看，甚至比作玉圃琼林，雪山瑶岛。明代诗人丁雄飞曾有《邀六羽叔赏玉兰》一简云："玉兰雪为胚胎，香为脂髓，当是玉卮飞琼辈，偶离上界，为青帝点缀春光耳。皓月在怀，和风在袖，夜悄无人时，发宝瑟声。侄瀹茗柳下，候我叔父，凭阑听之。"他将玉兰当作天上的所谓仙子，竟给与一个最高的评价。

洞庭东山紫金院里，有一株数百年的老玉兰，上半截早已断了，只剩几尺高，干已枯朽，只有一张皮还有生机，年年着花十余朵，多数是白色的，少数是紫色的，大概是把玉兰和辛夷接在一起之故。可惜树龄太老，树身太大，再也不能移植，如果能移植在盆子里的话，那是盆栽之王，盆栽之宝了。每年春初，这株老玉兰吸引不少人前去观赏，我祝颂它老而弥健，益寿延年！

选自《花前新记》，江苏人民出版社 1958 年 1 月初版

# 神仙庙前看花去

周瘦鹃

农历四月十四日，俗称神仙生日，神仙是谁？就是所谓八仙中的一仙吕纯阳。吕实有其人，名岩，字洞宾，一名岩客，河中府永乐县人，唐代贞元十四年四月十四日生，咸通中赴进士试不第，游长安，买醉酒家，遇见了钟离权得道，不知所往。吕还是一位诗人，有诗四卷；我很爱他的绝句，如《牧童》云："草铺横野六七里，笛弄晚风三四声。归来饱饭黄昏后，不脱蓑衣卧月明。"《绝句》云："朝游北越暮苍梧，袖里青蛇胆气粗。三入岳阳人不识，朗吟飞过洞庭湖。"《洞庭湖君山颂》云："午夜君山玩月回，西邻小圃碧莲开。天香风露苍华冷，云在青霄鹤未来。"这些诗倒也很有一些仙气的。

福济观，俗称神仙庙，又称吕祖庙，在苏州市阊门内皋桥东，就是供奉吕纯阳的所在。旧时每逢四月十四日，观中必打醮，香客都来膜拜顶礼。相传吕化为衣衫褴褛的乞食儿，混在观中，凡是害有疑难杂症的人，这一天倘来烧香，往往不药而愈，据说是仙人可怜见他而给他治愈的。这天到神仙庙来烧香或凑热闹的，叫做轧神仙。糕团店里特制了五色米粉糕出卖，称为神仙糕；有卖龟的，把大龟小龟和绿毛龟放在竹篓或水盆中求售，称为神仙龟；还有一般花农，纷纷挑了草本花和木本花来出卖，称为神仙花，总之，无一不与神仙勾搭上了。

我们一般爱花的朋友，年年四月十四日，总得前去走一遭，并不是轧神仙，全是为了看花去的。因为从十二日到十四日，神仙庙前的西中市、东中市一带，成了一个盛大的花市，凡是城乡的花贩花农都将盆花集中于此。我们可以饱看姹紫嫣红，百花齐放，见有合意的，就买一些回去；不管它是神仙花不是神仙花，只要是自己心爱的花就得了。

旧时不但人民大众要来轧神仙，娼妓们也非来不可，一面烧香，一面买花，而尤其要买千年莒，称为交好运，因为"莒""运"两字是同音的。清代沈朝初有《忆江南》词云："苏州好，生日庆纯阳。玉洞神仙天上度，青楼脂粉庙中香。花市绕回廊。"解放以后，妓女也都解放了，学习技术，从事生产，真的是交了好运。每年农历四月十四日，不废旧俗，大家仍去轧神仙，我们也仍到神仙庙前看花去。

选自《花前新记》，江苏人民出版社1958年1月初版

# 乞巧望双星

周瘦鹃

"苏州好，乞巧望双星。果切云盘堆玉缕，针抛金井汲银瓶。新月挂疏棂。"

这是清代沈朝初的《望江南》词，是专为七夕望牵牛、织女二星乞巧而作的。这一段美丽的神话，流传已久，几乎尽人皆知，就是戏剧中也有《牛郎织女》一出应时戏，每逢农历七月七日总要搬演一下。

神话的来源是这样的，据《荆楚岁时记》说，天河之东，有织女，是天帝的女儿，年年在织机上劳动，织成云锦天衣。天帝怜悯她单身独处，许她嫁与河西牵牛郎。她嫁了之后，不再从事纺织，天帝一怒之下，就责令她仍回河东，只许每年七月七日，渡过天河去与爱人一会。天帝拆散这一对恩爱夫妻，似乎忒煞无情；然而织女一嫁就不再纺织，也是自取其咎。足见照神话的作者看来，劳动不但是人间应有之事，就是做了神仙，也是不许不劳动的。

苏州旧俗，在七夕的前一夜，妇女们将杯子盛了一半河水一半井水的所谓鸳鸯水，露在庭心，天明后在阳光下暴晒了一会，就把绣针丢下去，针浮在水面，水底的针影或粗或细，自能幻出种种物象，借此验看丢针的女孩子是巧是拙。这玩意儿苏州人称为笃巧，北京人称为丢巧针，杭州人称为针影，据说是古代的穿针遗俗；清代吴曼云咏之以诗云："穿线年年约比邻，更将余巧试针神。谁家独见龙梭影，绣出鸳鸯不度人。"

七夕，苏州旧时人家有乞巧会，凡是女孩子都须参加，因又称为女儿节。她们往往在庭心或露台上供了香案，烧香点烛陈瓜果，各各礼拜牵牛、织女二星，向他们俩乞巧。这天还得吃巧果，也是乞巧之意；所谓巧果，是用面粉和着白糖打成一个结，入沸油氽脆而成。这种巧果，在七夕前茶食店中早就制备了。现在敬礼双星的旧俗虽已废止，而巧果却仍是年年可吃。

据说织女渡过天河去和牛郎相会，是借重许多乌鹊作成一条桥的，因此称为鹊桥。还有一个可笑的传说，说每逢七月七日，乌鹊头上的毛都会无故脱落，就为了作桥梁给织女过渡之故。它们这种服务精神，倒是很可佩服的。鹊桥，自是很好的词料，所以词牌中也有《鹊桥仙》一调，如清代女词人袁希谢《七夕》，调寄《鹊桥仙》云："银河耿耿，鹊桥填否，试想彩云堆里。双双曾未诉离愁，听壶漏、三更近矣。月光斜照，良辰易过，促织声催不已。年年此夕了相思，才了却、相思又起。"又孙秀芬《蝶恋花》云："又见佳期逢七夕。乌鹊桥成，欲渡还娇怯。一岁离情应更切。银河执手低低说。莫怪天孙肠断绝。修到神仙，尚有生离别。风露悄凉人寂寂，夜深独向瑶阶立。"这两位女词人都是深表同情于这一对神仙夫妇的别离的。

每年只有一个七夕，所以牛郎、织女也只有一年一度的相会，除非逢到闰七月，再来一个闰七夕，那么他们俩就占到了便宜，可以再渡天河，再会一次了。清初词人董舜民，曾有《闰七夕》一词，调寄《八声甘州》云："再向银河畔，数佳期、相望又相邀。正欢娱此夜，一年两度，良会非遥。记得从前好合，离恨在明朝。更值秋光永，清漏迢迢。天遣多情灵匹，却无情乌鹊，有意偏劳。看云开月帐，重与渡星桥。愿乞取、羲和历日，算年年、长是闰今宵。何须叹，世间儿女，一别魂销。"词人多情，对于这一对神仙眷属的再度相会，也觉得高兴，所以词中充满着欢欣歌舞的情调；并且愿望年年有个闰七夕，好让他们俩年年多会一次了。

选自《花前新记》，江苏人民出版社1958年1月初版

# 探梅记

周瘦鹃

从前文人墨客以及所谓"风雅之士"，或骑驴，或踏雪，到山坳水边去看梅花，称为探梅。虽说是"十月先开岭上梅"，梅花开得特别早，但现在才交九月，菊花尚未含苞，又从哪里去探梅呢？原来此梅不是那梅，我所探的，即是一九五六年九月三日夜晚才从北京到达上海的京剧大艺人梅兰芳先生。

偶然的机缘巧合，我和老友范烟桥兄在同一天搭着同一班火车从苏州到上海来；又是机缘巧合，恰好在一个宴会上遇见了，我们俩倒像是被台风的边缘刮在一起似的。

桥兄对我说："昨晚上梅兰芳先生恰也来了，停会儿我们一同去探看他一下可好？"

我一迭连声地回说："好！好！好！"

原来这两年来我们俩负着一个使命，就是代表苏州市邀请梅先生去作一次短期的演出。年初梅先生早就应允今秋要捉空儿来苏一行。我们此去就是要问一问梅花消息：这两年来苏州的文艺园地上果然也百花齐放了，能不能让苏州人早日欣赏这一枝"开在百花先"的梅花。

先到嵩山路吴湖帆兄的画寓，由吴兄打了个电话去问梅先生可在家里；接听的是葆玖世兄，回说昨晚上他老人家从北京一路下来，太累了，正在打盹，可于四点钟后前去访问。那时还只两点半，于是我们就说古论今，谈词读画，挨到了四点钟，才一块儿上梅家去。

我们三人先在楼厅里坐候，享受着烟和茶。我是爱好陈设的，就举目四看，见西壁上挂着一个横额，是清代嘉庆时一位名书家所写的篆体"艺效轩"三字，很为古雅，两旁是两幅缂丝的山水人物，古色古香，合成双璧。

下方是一个曲尺形的书架，插架的全是各种图书，琳琅满目。东壁客座之后，也有一个曲尺形的书架，却陈列着好多件白地青花的瓷笔筒和瓷花盆，多系清代康、雍、乾、嘉时物。

上方很突出地挂着一大幅墨笔的古松与老梅，据湖兄说，这是梅先生作画的老师汤定之先生的遗笔，老干虬枝，苍劲不凡。我正在凝神地欣赏着，而梅先生已翩然走进来了，彼此握手道好，喜形于色。

记得那年大儿铮在十三层楼结婚的那天，梅先生曾光临道喜，一转眼已十二年了，十二年来还是第一次重逢，怎么不喜心翻倒。他说我并不见老，而我瞧他也发了胖。在这祖国欣欣向荣的大时代里，他当然要心广体胖，而我也当然要越活越年青了。

梅先生先就谈起五月中访日演出的经过，那些日本的旧友们一见了他，都热情地和他握手拥抱，并且对于"八一三"事变表示歉意，有的说着还流出了眼泪。他先后往东京、京都、大阪等五地演出了三十二场，受到了日本人民热烈的欢迎，而其他国家的男女观众，也着实不少。梅先生又说起日本艺人们演出古典戏剧时，舞台上与中国旧时代的场面大略相同，乐队、歌唱者和检场的，都在台上的后半部，而前半部就在演出，与我国所不同的，演员只作道白和表演，唱由歌唱者代劳。他们的旦角儿也由男演员担任，有一位七十多岁的名艺人，有时还要扮成一个丰容盛鬓的妇女，上台去表演一下哩。我问起这回同去日本的欧阳予倩先生，也是三十年前的老友，近来身体可好？梅先生说他当年曾在日本留学，故旧很多，文艺、学术界方面的朋友都欢迎他，请他参加讲话、座谈、联欢活动。他非常兴奋，因为过于疲劳，关节痛风的旧病复发，遇到游览名胜的时候，日本朋友给他预备了一把轮椅代步，倒也方便。

桥兄这一年来正主管着苏州市的文化事业，最关心的就是梅先生去苏演出的问题，于是言归正传，重申前请，很婉转地说出苏州市五十多万人正伸长了头颈，老是盼望梅先生大驾光临，让他们一饱眼福和耳福；而我也在旁边敲着边鼓，说在私言私，就是我这苏州市五十多万人中的一人，也十多年没有欣赏梅先生的妙艺了，有时只得捡出三十余年前见赠的几帧玉照看看，也算是"望梅止渴"，说得梅先生笑了起来。

桥兄忙又问起此次在上海演出后，作何打算？梅先生回说，在上海先由葆玖上演，才由他接上去演几个戏；演完之后，因各地预约在先，将作轮回演出，可能先到杭州，然后再往南昌、长沙，因为这样安排，旅途上可以节省人力与物力不少。这次演出之后，打算在下一次巡回演出中，首先就和苏州观众见面。我们就向他祝福，希望他经过了这次巡回演出，老当益壮，有以慰苏州人如饥如渴的喁喁之望。

我们畅谈了一小时，怕梅先生太累了，就起身告辞；在走下楼去时，湖帆兄忽然说了一句笑话，说今天我们四个人的年龄，恰可凑满一个"二百五"。

我抢着指儿一算，他们"三马同槽"，都是六十三岁，加上我"一羊开泰"，是六十二岁，合算起来，真的险些儿变了

"二百五"；幸而我们一共是二百五十一岁，已经超额了。一路上嘻嘻哈哈，走完了楼梯，直到门外，大家才珍重别去。这一次的探梅，又给与我一个轻松愉快不可磨灭的印象。

选自《花前新记》，江苏人民出版社1958年1月初版

# 百花齐放中的一朵好花

*周瘦鹃*

昆剧无疑地是百花齐放中一朵古色古香的好花，在它四百余年悠久的生命史中，曾有过光辉的一页。可是近年来它那产地所在的苏州专区人民，看到昆剧却很少了。

一九五六年十月上旬，江苏省文化局和苏州市文化局主办昆剧观摩演出，在新艺剧场举行，一共是九个夜场和两个日场，这是空前未有的盛举，轰动一时。浙、皖、闽、赣、粤等省的各剧种都派代表来观摩，甚至北京和昆明方面的专家们，也不远千里而来。这标志着昆剧的复兴，已走上了光明和远大的道路。

这次演出的有浙江昆苏剧团"传"字辈的名艺人，有上海戏曲学校的学员和苏州苏剧团的学员，有苏、沪两地的昆剧名票友，并且有北方来的昆剧专家，真是璧合珠联，花团锦簇，使这文艺园地里的一朵好花，更开得大红大紫。

徐凌云、俞振飞两先生，是上海昆剧名票友中的两大台柱，最受观众的热爱，每一出场，掌声雷动，徐先生精研昆剧，已有五十年的历史，无所不能，也无所不工，这一次他在《连环记·小宴》中串王允，是老生；在《荆钗记·见娘》《梅岭》中串王十朋母，是老旦；在《借茶》《卖兴》中串张文远和来兴，是小丑；在《风筝误·惊丑》中串彩旦，多种多样，有声有色，使观众都看得出了神。他老人家在年青时常串吕布，曾有"活吕布"的称号。我很想看看当年"活吕布"的威风，请他来一下；剧目中也已排好他串演《梳妆射戟》中的吕布了，但是临时抽去。据他对我说："毕竟是七十一岁的老头儿了，腰腿工夫都差，怎么还能串那英姿飒爽的吕布！"其实我看他腰脚还很轻健，譬如串那《绣襦记》中的书僮来兴时，忽坐忽立，忽卧忽跪，与年青人一般灵活，哪里像是七十一岁的高年？不过串起吕布来，扮相当然要差了。他的哲嗣子权也随同演出，串《贩马记》中的李奇，《望湖亭》中的颜大麻子，唱做都好，不愧是将门之子。

俞振飞先生是昆剧中的唯一名小生，风流潇洒，一时无两。他天赋一条好嗓子，调高响逸，分外动听，并且为了善于变化切音，字字都很清楚。至于他的演技，更入了神化之境，无论亮一亮相，甩一甩袖，以至台步身段，眼风笑声，和脸上表现出来的喜怒哀乐之情，都足使人欣赏。这次他串了《连环记》中的吕布，《荆钗记》中的王十朋，《狮吼记》中的陈季常，《风筝误》中的韩琦仲，更在《长生殿》中串了老生唐明皇和李太白，真是能者多劳，而劳的成绩又是首屈一指的。他和张娴合演的《玉簪记·琴挑》，更是一件美绝精绝的艺术品，是一幅活的工细的仕女画，可以比作仇十洲的得意之笔。

各位"传"字辈的名艺人，是这次观摩演出中的骨干，每一个剧目，几乎都有他们一份，或作主角，或作配角，都能显示出他们艺事的老到。我尤其欣赏张传芳的《思凡》，王传淞的《狗洞》和《活捉》，华传浩的《醉皂》和《扫秦》，朱传茗的《芦林》。传淞、传浩的表演出神入化，真是丑角儿中的一对宝货。所可惜的，传芳的脸蛋胖了一些，传茗的嗓子哑了一些，未免有美中不足之感。

其他名票友参加演出的，有王吉儒的《游园》，看了这大名，总以为是个酸溜溜的读书人，谁知却就是当年上海人所熟知的王洁女士；她饰杜丽娘，表演也很细腻；配以包世蓉的春香，牡丹绿叶，相得益彰。顾森柏、应蕴文等的《贩马记》，从《哭监》《写状》到《三拉》《团圆》，十分热闹，顾森柏饰赵宠，风度翩翩，谁也不会相信他已五十八岁了。苏州市当地的名票友，只有姚轩宇昆仲参加，演出了《搜山》《打车》，轩宇的程济，活生生地刻画出一位有肝有胆的忠臣来，的是老斫轮手。北京昆剧名家的演出，我最欣赏白云生的《拾画》《叫画》，一切的一切，都与振飞有虎贲中郎之似，不愧是北方之雄。侯永奎的《打虎》，虎虎有生气，使人有武松犹在人间的感想。

苏州市苏剧团学员们演出了《断桥》，上海戏曲学校学员们演出了《出猎》《回猎》和《芦花荡》，唱做都已入彀，博得一致的好评。我们要额手庆幸昆剧已有接班人了。

彩凤"振飞""凌云"直上，我借这两位昆剧大家的大名，为发扬光大的昆剧前途祝。

选自《花前新记》，江苏人民出版社1958年1月初版

# 不断连环宝带桥

周瘦鹃

苏州原是水城，向有"东方威尼斯"之称，所以城内外的桥梁，也特别的多，唐代大诗人白居易任苏州刺史时所作一诗中，曾有"绿浪东西南北水，红阑三百九十桥"之句，可以为证。我于那许多桥梁中印象最最深刻的，要算是葑门外的那条宝带桥。桥身很长，共有环洞五十三个，记得我幼时曾一个个数过，数第一遍时似乎多了一个，数第二遍时，却又似乎少了一个，总是不能数得准确。

宝带桥坐落在葑门外东南方，距城十五里左右，正当运河的西面，瞧它横亘在澹台湖和运河的中间，有如一道长虹。查考它起建的年代，还是在唐代元和年间，足足有一千一百多年了。运河本是汉武帝时开的，它的头和尾亘震泽东墙一百多里，风浪冲激，船只通行不利，因此唐代刺史王仲舒筑了一个塘，就在河的西岸，现在成了东南的要道。然而河的支流，断堤而入吴淞江，再入于海，这堤还是不够缓和风浪，因此就造起一条长桥来，王刺史卖掉了他平日所束的宝带，充作造桥的工料费，宝带桥的名称，就是这样得来的。

在反动统治期间，桥身残破，从未修葺，勉支残局；抗日战争时，又被日机轰炸，遍体创痍，五十三个环洞，也已面目全非。可怜这一条虹卧五湖的宝带桥，好像一个害着五痨七伤的病人，只是躺在那里苟延残喘罢了。直到最近，救星来了，不但医好了重病，并且返老还童似的年青起来。原来一九五六年四月间，市建设局先做好了勘测检查的工作，五月里就开始修理，由上海同济大学道路桥梁系教授们指导一切，做到了又好又省的地步。所用金山石，由二十几位熟练的石工，加工细做，力求美观，于是宝带桥顿时起死回生，面目一新了。桃花水涨时，你如果以一叶扁舟，在五十三环洞中穿来穿去，这是多么够味啊！最近法国电影演员《勇士的奇遇》主角菲利浦和他的夫人来苏游览，见了宝带桥，也大为欣赏，因为这条砖桥有这么长，有这么多的环洞，是他们从来没有见过的。

古人诗词中，对于宝带桥都有赞美的话，如明代诗人王宠句云："春水桃花色，星桥宝带名。鲸吞三岛动，虹卧五湖平。"袁句云："分野表三吴，星桥控五湖。天河乌鹊起，灵渚彩虹孤。"清代薛氏女《苏台竹枝词》云："翡翠双飞不待呼，鸳鸯并宿几曾孤。生憎宝带桥头水，半入吴江半太湖。"我也为了爱宝带桥的美，想把它写得美一些，因仿元人所作《西湖竹枝词》体，作了四首《宝带桥竹枝词》："鸳衾独拥春宵冷，昨夜郎归喜不禁。宝带桥边郎且住，欲求宝带束郎心。""春水葑门泊画桡，月圆花好度春宵。郎情妾意谁堪比，不断连环宝带桥。""宝带桥边柳似金，兰桡欸乃出桥阴。卧波五十三环洞，那及侬家宛转心。""卧波五十三环洞，烟雨迷离数不清。恰似郎心难捉摸，情深情浅未分明。"朋友们，让我们来为这新宝带桥欢呼歌唱吧。

选自《花前新记》，江苏人民出版社1958年1月初版

# 石公山畔此勾留

周瘦鹃

"石公山畔此勾留，水国春寒尚似秋。天外有天初泛艇，客中为客怕登楼。烟波浩荡连千里，风物凄清拟十洲。细雨梅花正愁绝，笛声何处起渔讴。"

这一首诗，是七十年前诗人易实父游石公山时所作，而勒石嵌在归云洞石壁上的。

太湖三万六千顷，包涵着洞庭东西二山，湖上共有七十二峰，而以西山的石公山为最美。十年以前，我曾和范烟桥、程小青二兄同往一游，饱览了湖山之胜，并且饱啖了枇杷和杨梅，简直是乐而忘返。

今年六月中旬，苏州市文联动员部分作家前往东西山去体验生活，其中有我和小青，并《新苏州报》滕凤章和文联秘书段炳果二同志。第一天游了东山的雨花台、龙头山和紫金庵，第二天便坐汽轮上石公山去。

石公山周围约二里，高三十三公尺，在西山东南隅，三面沿湖，山上大半是略带方形的顽石，好像是小朋友们玩的积木一样。我们上了山，向东走了一段路，就瞧见一个洞，洞口刻着"归云洞"三字，高约二丈，相传有石挂在洞口，"如云之方归"，因此得名；中立装金的观音像，面部全已风化，倒像害着皮肤病。再向前进，便是石公禅院，背山面湖，地位极好，可是一进侧门，从草堆里走上浮玉堂和翠屏轩，见有的屋顶揭去，有的柱子欹斜，随时有倒塌的可能；地上不是断砖破瓦，便是荆棘乱草；四面壁上，全是游人所涂的字，乱七八糟的，不堪属目，前人称为"疥壁"，一些儿不错。禅堂虽然比较完整，而佛龛尘封，钟鼓无声，堂前有几株石榴，正满开着花，却如火如荼，分外地鲜妍可爱。高处有来鹤亭，传说当年曾有白鹤飞来投宿，可是现在那样子也岌岌可危，即使有鹤，怕也不敢飞来了。这时正下着雨，我们还是鼓勇直上，谁知山径上已有一座亭子塌在那里，拦住了去路，只得废然而下。

仍沿着禅院外的山路前去，找到了夕光洞，洞很浅，顶上斜开一罅，可见天日；一边有大石，像倒挂的塔，据说夕阳照射时，光芒夺目。过去不多路，有云梯，石块略作梯级模样，可是不能上去。再进见有一块硕大无朋的石壁，刻着"缥缈云联"四字，原来这就是联云嶂，上有剑楼，高四五丈，中间有一条石弄，旧名风弄穿云涧，俗称一线天，也有些像苏州天平山的一线天，仿佛是神工鬼斧劈开来的。记得当年我和小青曾勇敢地攀登上去，我还做了两首诗，其一是："奇石劈空惊鬼斧，天开一线叹神工。先登风弄骄风伯，更上层崖叩碧穹。"其二是："步步艰难步步愁，还须鼓勇莫夷犹。老夫腰脚仍轻健，要到巉岩最上头。"而现在"风弄"似乎也改了样，顶口已被野树堵住；我们只得望而却步，再也没有当年的勇气了。

踏着碎石东下，转到湖边，有一大片平坦的石坡，可容数百人坐卧其上，这就是明月坡。三五月明之夜，可在这里望月，光景十分美妙。我也有一首诗："静里惟闻欸乃声，轻舟如在画中行。此心愿似明明月，明月坡前待月明。"远处有明月湾，相传是吴王玩月之所。在明月坡前接近湖水的所在，有奇石两块，像人一般站在那里，俗称"石公石婆"；当年我也胡诌了一首诗赞美它们："双石差肩临水立，石公耄矣石婆妍。羡他伉俪多情甚，息息相依亿万年。"

这一天我们在湖边听风听雨，流连很久，觉得太湖真美，石公山也真美；可惜现在已变做了一座荒山，未免减色。最近蒙古人民共和国代表团曾去游览，因此我敢在这里大声疾呼，呼吁有关方面赶快抢修，使石公山恢复本来面目，以壮观瞻。

选自《花前新记》，江苏人民出版社1958年1月初版

# 清凉味

周瘦鹃

　　苏州市园林管理处从今年八月十五日起在拙政园举行盆桩展览会。早在半月以前，就来要我参加展出，我当下一口答应了。因为这些年来，拙政园每有展览会，我原是有求必应，无役不与的。但我想到那种枯干老桩的盆树，拙政园有的是，并且多得很，那么我拿些什么东西去展出呢？于是大动脑筋，想啊想的想了一天，终于想出一个避重就轻的新花样来。

　　配合着这个乍凉还热的新秋天气，我决计准备一些含有清凉味的竹子、芭蕉、芦荻、菖蒲、杨柳、爬山虎和水石等，作为出品。一连忙了几天，共得十九点，请几位写得一手好字的朋友，在各种彩笺上写了标签，注明名称和含有诗意的题句；又请林伯希老画师画了一小幅竹子、芭蕉、菖蒲三清图，在一旁题上"清凉味"三字，就作为我这次出品的总称。我希望观众看了之后，凉在眼底，更凉到心头，真能享受到一些清凉味。

　　"清凉味"展出的所在，是拙政园西部三十六鸳鸯馆，面临池塘，有一对对鸳鸯拍浮其中，这场合是挺美的。一只红木长台上，居中供着一大盆"紫竹林"，拳石的一旁，立着一尊佛山窑的观音像，手捧杨枝水瓶，好一副庄严宝相。左旁是一盆五株合种的芭蕉，有人小步蕉阴，神态悠闲得很，题名《小绿天》。右旁高供着一盆垂柳，长条临风披拂，使人想起"杨柳岸晓风残月"的名句。

长台前的贡桌上，中央一个长方形浅盆中，种着二十余枝芦荻，就题名"芦荻岸"，岸上芦荻丛中，有两只白鹅，正在低头刷翎；岸边有小池，铺满着浮萍，全是水乡风物。此外，盆景有仿明代沈石田的《鹤听琴图》，山洞的两旁，种着三枝文竹，洞口有老者正在鼓琴，一头白鹤在旁听着，似是知音。一只不等边形的歙石浅盆中，斜立着一座峭壁，顶上有爬山虎一株，枝叶纷披；壁下石坡上，正有渔夫持竿垂钓，活画出一幅"渔家乐图"。一只长方形汉砖浅盆中，有英石壁立，坐着一尊无量寿佛，座前满种菖蒲，题名"蒲石延年"。其他如"枯木竹石""新蒲寿石""空山高隐图"等，都是尽力求其入画，而又带着清凉味的。

我这次展出的盆竹，如果排队点起名来，共有十种，如紫竹、斑竹、文竹、棕竹、观音竹、寿星竹、凤尾竹、飞白竹、佛肚竹，而以金镶碧玉嵌竹最为别致，每根黄色的竹竿上每隔一节都嵌着一条粗绿纹，如嵌碧玉一样。古人说"宁可食无肉，不可居无竹"，我也有同感，并且爱它一年四季，都带着清凉味。

留听阁一带地区，全是本园出品，林林总总，美不胜收，枯干的红薇多盆，正在烂漫地开着花，如锦如绣。最特出的，是那株树龄五百余年的老榆桩，好像是一座冠云峰模样，使人叹为观止。这是该园组长于智通和技工朱子安两同志，今春从广福深山中掘来培养而成，不知费却了多少心力，才得此成果。会期共十六天，吸引了不少观众，上海、无锡的一般盆栽专家都来观赏，大有宾至如归之概。

选自《花前新记》，江苏人民出版社1958年1月初版

# 农村小景放牧图

周瘦鹃

　　我生长在城市里，几十年来又居住在城市里，很有些儿像井底之蛙，只看到井栏圈那么大的一爿天，实在是所见不广。偶然到农村里去走走，顿觉视野拓宽了，胸襟也拓宽了。见了农民兄弟，跟他们谈谈说说，又获得了一些农作物上的新知识，并且体会到一粥一饭，真是来处不易。凡是住在城里的人，吃饭不要忘了种田人啊。

　　这两年来，曾经到过几次农村，苏州枫桥的曙光合作社，给与我一个最深刻的印象，蓬蓬勃勃，充满了朝气。我于视察之余，更流连光景，最爱看的，便是牧童放牛，孩子们各自骑在牛背上，安闲地唱着山歌，在田坡上缓缓踱去，构成一幅挺美的画面。回家以后，就做了一个盆景，在一只浅浅的小长方红沙盆里，栽了一高一矮两株小榆树，配上几块小阳山石，而在树阴下的草坪上，放着两只广东石湾窑的小牛，牛背上各有一个牧童：一个背着笠子，双手撑在牛背上，翘起了一只脚；一个伏着牛背，像要泻落下去似的。他们的身上都穿着红衣，衬托了那榆树上的绿叶，分外好看。我给这盆景题了个名儿，叫做《放牧图》，曾展出于上海中山公园的展览会，最近在北京出版的俄文版《人民中国》刊物上，刊登了我的一篇论中国盆景艺术的文章，也就把这《放牧图》的摄影作为插图。此外，我又做过一个《农村小景》的盆景，在一丛小笋子下，有几个农民在种田；而在一片塘的旁边，有一个牧童坐在牛背上，那只牛正蹲在地上休息，模样儿安闲得很。我爱好这两个盆景，因为我爱好农村里的牛，爱好农村里的牧童。

农村里的牛和牧童，是活生生的画，当然可爱。就是画到了画里去，也觉得非常可爱。记得前两年曾在苏州一位收藏家那里，见到一个手卷《风雨奔犊图》，据说是梁代一位高僧所画的，画中雨横风斜，烟雾迷蒙，一头牛正迎着风雨向前狂奔，脖子里还带着一根挣断了的绳子，后面有一个牧童在没命的追赶，满面现出紧张和恐慌的神情，画面既十分生动，笔触也十分高逸，至今深印在我的心头眼底，不能忘怀。

不但是画，就是昔人诗里的牛和牧童，也觉得可爱。如宋代陆游《买牛》云："老子倾囊得万钱，石帆上下买乌犍。牧童避雨归来晚，一笛春风草满川。"又无名氏《牧童》云："草铺横野六七里，笛弄晚风三四声。归来饱饭黄昏后，不脱蓑衣卧月明。"清代的周镐《牧童》云："春原一路草抽芽，新学吴讴唱浣纱。晚笛数声牛背滑，满村红雨落桃花。"这三首诗中都有"笛"，足见从前的牧童都会吹笛，我想现在新农村里的牧童，搞过了多种多样的文娱活动，吹笛是不算一回事了。

又清代顾绍敏《牧牛词》云："秧针短短湖水白，场头打麦声拍拍。绿杨影里系乌犍，双角弯环卧溪碧。晚来驱向东阡行，蹋角上牛鞭两声。短童腰笛唱歌去，草深扑扑飞牛虻。但愿我牛养黄犊，更筑牛宫伴牛宿。年丰不用多苦辛，陇上一犁春雨足。"这一首诗真所谓"诗中有画"，借着牛和牧童作主题，写出农村景物，简直像一幅画那么生动，不但是写出种种动态，还写出种种音响；末四句更写出了对于增产和丰收的期望，表达出农民们的乐观主义精神。

现在有许多知识分子，为了要实现农业发展纲要四十条，纷纷到农村去参加体力劳动了。愿他们于工作余暇，尽量地欣赏农村里的一切景物，会作画的可以从事写生，会作诗的可以多写些歌颂新农村的诗歌文章，那么不但在农作物上得到丰收，在文艺上也可争取丰收了。

选自《花前新记》，江苏人民出版社1958年1月初版

# 省会侧记

周瘦鹃

"省会"，在我们江苏人说来，是南京的代名词，而我却把它用作一九五六年八月"江苏省第一届人民代表大会第四次会议"的简称；所谓"侧记"者，是一种侧面的琐碎杂记，蒜皮鸡毛，无关宏旨，只给此次出席"省会"的十余天期间，留下一个雪泥鸿爪的迹印罢了。是为序。

## 一

八月十三日早上七点四十五分，从苏州市搭上海开来的特快车出发，同行代表十余人，个个熟识，无论是点头微笑或握手道好，或促膝谈天，都有亲切愉快之感。沿路所见无数的树木，一大片一大片的庄稼，都好好地并没有给此次台风吹倒打坏，心中自有说不尽的欣慰。五小时的时光，似乎过得特别快，不多久就到了南京，大家搭了接待各地区代表们的专车，浩浩荡荡地开到大会招待所，各自向秘书处报到。这招待所的前身原是安乐酒店，而地点又在太平路，真是又安乐，又太平，名实相符；这两年来我前后五度都是住在这里，总觉得此间乐，不思家了。

我生平是好动不好静的，有些像花果山上的齐天大圣孙行者，跳跳蹦蹦，没有安定的时候；所以下午虽是闲着没事，也不肯休息，就独个儿赶往夫子庙去了。我每次来南京，夫子庙是必到之地，就是百忙中也要挤出时间来，非去不可；自己并不是孔门信徒，想效法"阳货欲见孔子"，况且孔老夫子也早就云游四海，让出他的庙来作为劳动人民游乐的场所了。我的目的是在看看文物，找找古董。

南京的古董店都已归并合作，并在松宝斋一家，如鲁灵光之巍然独存；我迈步进去，绕了个圈儿，东张西望，不见有什么合意的东西，只得没精打采地退了出来。在街头溜达了好久，像江西人觅宝似地到处留心，终于觅到了两件"活宝"：一个像我家孩子们玩的小皮球那么大的陵园瓜，四棵根叶干枯而浸在冷水中渐会变绿的所谓"起死还魂草"。我满心欢喜地把它们带了回来，并列在一起，作为案头清供；一个是娇小玲珑，一个是鲜艳碧绿，我边看瓜，边看草，文思也就汩汩而来了。

晚餐后，随同钱自严先生踱出大门，在邻近一带散步一会；他老人家的道德学问，人所共知，而年龄也打破大会全体代表的最高纪录。他今年八十七岁了，还是老而弥健。我这六十二岁的小老头儿，傍着他边谈边走，觉得自己倒像是个小弟弟了。

我住的是二楼二〇一号室，阳台面临太平路，可以观赏街景；并且有卫生设备，舒服得很！可是我不愿独享，拉了苏州市蔬菜公司的工作干部朱福奎代表来同住；上届开会时，我和评弹工作者潘伯英代表，也同他住在一起，彼此有说有笑，十分投契。朱同志思想前进，工作积极，两年前已光荣地入了党；我一再地拉拢他同住一室，乐数晨夕，也算是表示"跟着共产党走"的一些微意吧。

## 二

十四日黎明即起，草草盥洗之后，打算动笔写作，打开了门窗，晓风习习吹来，遍体生凉，就拿了床上的那条花布薄被，从左肩上披下来，在右腋下打了个结，对镜一照，倒像变做了一位北京雍和宫里的喇嘛，暗暗失笑；可是身上却暖和多了。

只因上午还是没有什么事，早餐后，把《省会侧记》第一篇赶写好了，就赶往玄武湖公园去。一出玄武门，就一眼望见前面七个长方形而圆角的花坛，一个接一个，全是种的太阳花，五色纷披，有如锦绣，煞是好看！那时有一位渡船上的老大娘，在岸边招揽主顾，她说右岸的船是往动物园去的；往梁洲去可坐左岸的船，问我要到哪里去。我向左一看，见湖面上莲叶田田，十分茂盛。莲花的季节虽已过去了，而近岸还开着三五朵桃红色的莲花，衬托着碧绿的莲叶，分外鲜妍。这些莲花莲叶的吸引力很大，就决定了我的目的地——梁洲；于是买票上了渡船，船上放着七八只藤椅，坐得很舒服。

老大娘用长篙子撑着船，撑呀撑的一路撑去，右面的岸边，全是连接不断的垂柳；而左边的湖面上，全是一望无际的莲叶，左顾右盼，胸襟为之一畅。船顶上虽遮着白布幔，而太阳仍然晒在我的身上，倒像来了个太阳浴，并不讨厌。

将近梁洲时，从柳荫中瞥见对面青草坡上，有用各色太阳花缀成的"为实现祖国第一个五年计划而奋斗"十五个字，好像是绣出来的一样，看上去自有一种美感。船在一座桥边停了下来，就登岸向梁洲走去，突现在眼前的是六株正在怒放的红薇花，树下四周，簇拥着无数五颜六色的矢车菊，真的如火如茶，富丽极了。

我很爱梁洲，因为它高出地面，仿佛是平地起楼台似的。我最爱上边的那许多高大而齐整的雪松和龙柏，有如一张张华盖，一座座宝塔，我也爱那一丛丛茂密的竹林，把夏午的骄阳挡住了驾。在这些地带信步走去，似乎走进了一片绿海，连白色的衣服也映成绿色了。在梁洲足足流连了一小时，看饱了近的湖光，远的山色，才恋恋不舍地走了下来。

午后，苏州市与苏州专区的全体代表开了个预备会议，推定了召集人和各组组长，凡是要在大会上发言的，也各自报了名；我因为苏州市文艺界的代表，只有我一个人（潘伯英代表还没有来），所以准备发表一些浅薄的意见，说一说我近二年来从事写作的过程，即以响应"百花齐放，百家争鸣"的号召为题，当夜就打起发言稿来。正在独坐灯下边想边写之际，忽有人推门进来，原来大会秘书处的一位工作人员，送来了一片瓜，却并不是西瓜；皮色和肉色是白的，籽与黄金瓜相像，而比较粗大，上口时肉酥而甜，别有风味；有人以为是哈密瓜，可是我前年在上海吃过，一切都不像，后来才知道这是甘肃省出产的白兰瓜。我本来是爱瓜成癖的，"有朋自远方来"，给我第一次尝新，欢迎得很！

# 三

十五日清早，阳光刚在云端里露了面，我也照例地起了床。潘伯英代表突然像飞将军从天而降，使我喜出望外；原来他参加过了苏州市先进生产者代表会议的开幕礼和一整天的小组讨论，就搭着昨夜的夜车赶来了。我们三人本是老搭档，于是仍同住一起；俗说"三个臭皮匠，凑成一个诸葛亮"，他一来，一室之内，平添了一种热闹的气氛。

八时正，江苏省第一届人民代表大会第四次会议，在人民大会堂开幕了。会场中是开放冷气的，温度与外间相差十度左右，我早有经验，一进门，即忙加上了一件上衣，把冷气中和了。我很欣赏主席台上七株硕大无朋的铁树，每一株的一片片硬性的绿叶，分叉而有规律地向四面展开，瞧上去自有一种庄严肃穆的气象；而后面衬着紫绒的幕，也分外漂亮，倒不需要再用鲜花来装点了。

冷副省长传达了"第一届全国人民代表大会第三次会议的内容与精神"；他那样的高年，还是精神饱满，始终不倦。在休息时，江阴县吴漱英代表来和我谈起苏州市正在整修玄妙观的问题，对建筑上提出了宝贵的意见，足供负责者的参考。

下午，听取管副省长《关于江苏省一九五五年决算和一九五六年预算的报告》，在那一连串的数字上，可以看出本省过去未来对于国家的社会主义建设有怎样的贡献，工作又是怎样的繁重，而远景又是怎样的美丽，真是使人十分感奋的。

散会后回到招待所，常熟的陈旭轮代表到我们宿舍来谈，谈起常熟颇有名的煨鸡（俗称叫花鸡）吸引力很大；上海方面几乎每星期日有人去吃煨鸡。那位山景园的厨师煨鸡专家朱林生同志，最近也被邀出席了常熟市的政治协商会议，足见地方上对他的重视。王四酒家已和山景园合并了。他家的桂花白酒，还是被人怀恋着，还是继续供应。我以为兴福寺那边王四酒家的招牌，何妨予以保留，觉得与唐诗中"牧童遥指"的"杏花村"可以媲美，也和它的环境很觉相称。

接着，我们的孔令宗同志也来了，他正在苏州市负责做领导手工艺的工作，我们便兴奋地谈起手工艺来。据说刺绣的成绩居第一位，曾在世界十一个国家举行展览，无论是社会主义国家或资本主义国家，都予以一致的崇高的评价。本来呢，每一幅的人像，每一幅的山水，每一幅的花鸟，千针万线，全是用女艺人们的心血交织而成的；还有苏州独有的缂丝，也是独标高格的艺术品，七十多岁的沈金水，和年近花甲的王梅仙，这两位老艺人都从农村中来，天天在他们那张旧式的机上，一针一线地缂出一幅幅美丽的画面来，到国外去替国家换取重工业建设用的机械和钢材，这贡献是具有何等的价值！具有何等的意义！

# 四

这一次的大会，确是充分发扬了民主精神，鼓励大家踊跃发言，要知无不言，言无不尽，也符合了"百家争鸣"的方针。我于十八日的上午，居然登台发言了。事前我原是很有顾虑的，因为我的发言侧重风趣，口没遮拦，怕要破坏大会严肃的气氛；谁知稿子送到秘书处付印，竟原封不动，一无删改。

对于我这一次发言，反映还算良好，有人认为在风趣中言之有物，不是滥放噱头。这就给我吃下了一颗定心丸。

今天一清早从睡梦中醒回来时，蓦见我们三张床上的吊帐，全都放下来了；记得昨夜临睡时，并未放下，不知是谁代劳的？经我出去探问之下，才知是一位工作人员沈良国同志，见我们三人都睡熟了，而蚊虫却三三两两地结队而来，择肥而噬，所以他替我们放下了吊帐，让我们可以高枕而卧，不要被这些"无声小飞机"搞醒了。这一件事，使我们很为感动，真的是古人所说"四海之内，皆兄弟也"了。

　　我们在小组讨论中，也充分发扬了民主精神，大家对于预算决算，提出了种种问题，又结合了当地的一切情况，作出了尖锐的批评，或提出了合理化的建议。譬如我们日常所吃的蔬菜，总是不新鲜，实在影响了人民的营养和健康。经苏州市蔬菜公司的干部朱福奎代表一说明，才知道从产地到消费人手中要经过五重关口，简直是在五处旅行，有时还要在仓库中借宿一夜；因此和消费人见面时，就形容憔悴，萎靡不振了。苏州市是如此，江苏省别的地区也许是如此；代表们就迫切地发出一致的呼声："我们要吃新鲜的蔬菜！"

　　我以苏州市文化工作者的资格，提出对于园林的继续整修，文物的调查研究，都是重要而必要的，可是苏州市的能力有限，呼吁省方大力支援，最主要的不是人力而是物力的补助。

# 五

　　欧洲人说得好："工作时你要工作，娱乐时你要娱乐"，所以这几天来大组讨论、小组讨论，讨论得紧张、热烈，而到了夜晚，往往来个文娱活动，让我们松松劲，开开怀，掉一句文，就是昔人所谓"乐在其中矣"。从十五日大会开幕以来，就举行了三个文娱晚会，皆大欢喜地看了京剧、电影与越剧。我是个老小孩子，贪玩心重，一样都不肯轻轻放过。

　　从解放军部队文工团里走出来面向群众的中国京剧院四团，给我们表演了四个精彩节目。我看京剧向来是粗枝大叶地粗看，而这一次却是聚精会神地加工细看。我很欣赏《铁弓缘》中那个扮演陈秀英的年柳英，她将女孩儿家急于求偶的情态，绘影绘声地描摹出来；而扮演母亲的金玉恒，也能于突梯滑稽中，体现出一片慈母舐犊之情。《醉打山门》中扮演鲁智深的殷元和，一举手，一投足，都是粗线条的演出，然而妩媚可喜，非有真功夫不办。《平地风波》一剧，是根据山西梆子《三疑记》改编的，因一只小小绣鞋而引起夫妇间的风波，反映了旧时代夫权思想的作祟，老是以粗暴而不信任的态度来对待妻子。王吟秋所扮演的李月英，委曲求全地屈服于丈夫淫威之下，他的表演是出神入化，丝丝入扣的。《乾元山》是一出蜚声国际的好武戏，演员俞鉴和班世超，都曾得过波兰十字勋章和罗马尼亚星勋章，光荣得很！我最欣赏俞鉴所扮演的哪吒，在英武中显出她的一片天真，无论弄一根棒，一个圈，一柄枪，一把刀，一只锤，都好像宜僚弄丸，得心应手，怪不得部队中的战士们写信给她，都心悦诚服地称她为"小哪吒"了。

第二个文娱晚会是看意大利的电影《橄榄树下无和平》，写法西斯统治时期，黑暗势力的魔手，残酷地扼杀了人民天赋的权利；只有强权，没有法律，人民只得婉转呻吟于强权的迫害之下，一些儿没有保障。可是剥极必复，不平则鸣，人民终于站起来了；那个受尽了恶霸折磨陷害的青年牧人，坚定地拿着一支枪和他那个觉悟过来而言归于好的爱人，肩并肩地大踏步前进，把那恶霸逼到了山穷水尽的地步，不得不跳下深渊去了此一生。黑暗势力是失败了，人民是胜利了，真的是大快人心，人心大快！

第三个文娱晚会，演出了越剧《南冠草》，这是根据郭沫若同志的剧本改编的。今年松江曾发掘到了明代两忠臣夏允彝、夏完淳父子的墓葬，而此剧的主角就是夏完淳，所以我对于此剧更有兴趣，更有一种亲切之感。名艺人竺水招扮演夏完淳，商芳臣扮演刘公旦，表演忠臣们不屈不挠、视死如归的精神，真的是入木三分。我尤其爱竺水招高吟夏完淳的那首五言诗中的两句："英雄生死路，恰似壮游时"，这是何等豁达的胸襟，何等悲壮的口吻！我尤其神往于虎丘山上的憨憨泉，原来四百余年前，泉畔曾经留下过这位英雄的脚印，这是虎丘的光荣，也是我们苏州的光荣！

我在这里要代表我们苏州市连我在内的十八个代表的十八张嘴，向招待所中主持炊事的同志们致谢和致敬。因为这几天来，他们想尽方法想出多种多样的美点佳肴来，使我们大享口福。例如点心吧，有枣泥的馒头，豆沙的酥合，夹蛋的面饼。例如菜肴吧，有用蟹粉制成的蟹斗；有荷叶粉蒸的牛肉；猪肉馅的番茄，拌着鱼肉馅的丝瓜和白色的马铃薯，红、绿、白三色相映如画；柔若无骨的嫩鸭，伴着撒满火腿末的开花蛋；鱼头鱼尾都全，而中间夹着图案式的大鱼圆。真是五花八门，丰富多彩，简直件件是色、香、味都上上的艺术品，使人欣赏着不忍下箸。

# 六

"浓阴夹道沉沉绿，修竹乔松集大成。天下为公今实现，好将斯意告先生。"这是我于省人代第一次会议开幕随同全体代表上中山陵园去献花致敬时所作的一首小诗。陵园一带的一片好风光，至今还是梦寐系之的。十九日是星期日，照例休息一天，我本想一清早就往陵园去，探望探望我那经过台风打击的"两位老友"，不知修竹无恙否，乔松也无恙否，至于中山先生呢，他正安然长眠于陵寝之中，那是断断不会受惊的。我心中虽已订下了这个计划，不料接到通知，上午八时，要举行一个苏州专区的代表团会议，中山陵园之行，只得作罢；遥向修竹、乔松两老友，致深切的慰问。

　　午后天气阴沉，出游颇有戒心；而民主同盟南京支部恰又预约我们文教界工作者，于三时半参加他们的小型联欢茶会。从安乐酒店招待所出发的，连我一共八人，就像八仙过海似的到了上乘庵会所。民盟南京负责人之一、文教界老前辈高一涵代表，热情地招待我们。他老人家说："这一次上海的人民代表大会开得特别好，我们江苏省不能示弱，也要把这次大会开好……"这时大雨如注，下个不休，我们一边谈天，一边听雨，一边吃着鲜果和糖果，其乐陶陶；直到六时，才尽欢而散。高老客气地说："今天本该休息，却请你们到这里来聊天，抱歉得很！"我即忙回说："今天要感谢民盟的一番盛意，不但让我们谈天说地，畅叙一番；并且在这下雨天及时地把我们安顿在这里，使雨师也奈何我们不得，不然，我此刻一定在玄武公园里，早就变做一头落汤鸡了。"说得大家都笑了起来。

　　苏州市的十八个代表中，有一位老寿星，就是七十四岁的汤国梨代表。她是余杭章太炎大师的夫人，做得一手好诗，填得一手好词；最近还做了九佳韵的七言律诗九首，中如"涯""钗""谐""埋"几个韵，都是不容易讨好的；而汤代表却信手拈来，做得首首都好，韵是九佳，恰恰是"九"首"佳"什。苏州一般老诗人读了，都击节叹赏，甘拜下风。虽说她是七十四岁了，而一副牙齿，还是大有可为，吃硬饭，嚼甘蔗，嗑瓜子，毫无难色，真是得天独厚。这几天她老人家正在赶写一篇发言稿，我是"近水楼台先得月"，得以先睹为快。她于文章里一再提起"外子章太炎先生"；我想：现在新社会里不论男男女女，总是称配偶为爱人的。汤代表是妇女界的模范人物，也该身体力行，带头提倡，大书特书地来个"我的爱人章太炎先生"；料想章先生在天之灵，也会作会心的微笑，乐于接受的。

# 七

到南京来出席"省人代大会"，忽忽已一星期了；我惦记着苏州家园里许多朝夕相见的盆栽盆景，不知别来无恙否，因此写了封信给一位爱好盆栽的老友刘骏声兄，托他去视察一下。二十日傍晚，接到了他的回信，据说除了一盆云柏略有病态外，其他都欣欣向荣，没有问题。信中还附有全国人民代表大会常务委员会副委员长黄任之前辈的一首诗，是寄到我家里去的；原来他老人家读了《新闻日报》上我写的《和台风搏斗的一夜》那篇小品文，特地来慰问的。他那笺纸上写着："读《新闻日报》生活小品，知苏城紫兰小筑为台风所袭，诗以慰问瘦鹃伉俪：'小小山林小小园，主人胸次地天宽。一诗将我绸缪意，呵尔封姨莫作顽。'"任老这首诗情深意厚，写作都好，是十四日从北戴河寄来的。说也奇怪，它竟好像是旧时代人家贴在墙上的一道符："姜太公在此，百无禁忌。"所以第二次从南海里刮起来的台风，就乖乖地转了向，不再到我们江苏来开玩笑，而浩浩荡荡地到日本九州去登陆了。

二十日和二十一日的下午，在省人民委员会举行专业小组讨论，从全体代表中挑出一百多位代表来，分作六组；我并不在实际的工作岗位上，可说是一个"无业游民"，充其极，也不过是文艺界的一个"单干户"，这次却被安插在文化与教育小组里，与二十多位专家共聚一堂，畅领教益。在这一个小组上，各地区的教育工作者提出了中小学教师的种种要求；而戏剧与曲艺工作者，也说了艺人们的种种意见，大家都说出了心中所要说的话。我近年来倒像变做了"只解欢娱不解愁"的无愁天子，自己并没有苦可言，就代表苏州市文化部门诉说了一番点金乏术之苦，以致一切文化事业，都小手小脚地无从开展；有的事情，钱已有了，而物资不能供应，没法动工。我们苏州市的代表们，以万分迫切的心情，请省方帮助我们解决具体困难，把这号称天堂的苏州，逐步逐步地打扮起来，使它更加美丽！

# 八

二十一日下午，潘伯英代表的爱人费瑾初同志，也突然地像飞将军从天而降，使老潘又惊又喜，莫名其妙。原来他爱人正在苏州市文化处工作，此次是为了评弹工作者的登记问题，特地赶来向省文化局请示的。他们俩虽不过小别一星期，如果把古人所说的"一日不见，如隔三秋"来计算，那么仅仅一星期，也如隔二十一秋了。可是我听得老潘单单问了一声儿子可好，双方就刺刺不休地谈着文化处工作上的许多问题，可说是语不及私，再不像旧社会里夫妇那套"卿卿我我"的老作风了。

这一天早上，正要去参加小组讨论，忽见萧秀娥代表急匆匆地向大门外跑，我忙问什么事？她回说买和平鸽去。我暗想招待所中已经住满了人，还有什么地方可养和平鸽，难道养在床底下不成？为了好奇心动，就拔脚跟着她跑，到了大门外，才明白过来；原来有一个十四五岁的小朋友，手中拿着一根细竹竿，挂着几只孩子们玩的小白鸽，嘴、眼和脚都是红的，翅和尾都用鹅毛制成；妙在两翅和身子连接的所在，用盘曲的铅丝连起来，颈项里系着一根红丝线，向上一提，两翅就会扑呀扑的，好像要飞去的样子。这一个挺有意思的小玩意，代价只须一角五分，我即忙买了一头，笑吟吟地拎到宿舍里去；于是我那小陵园瓜和起死还魂草两件活宝，又得了个象征和平的小白鸽来作良伴，更觉生意益然，栩栩欲活了。

潘慎明代表的发言中，说起苏州的园林，具有我国古代建筑的民族风格，得到了国内外一致的好评。甚至有的国际朋友说："看到了苏州的园林，才真正地看到了中国。"但他们看了那些狭小的街道，和古老破旧的许多屋子，不由得惊讶地说："天堂天堂，这就算是天堂么？"可是我们没有钱，只得将就一下。譬如那座岌岌欲危的虎丘塔，这些年来，我们早就要抢修了，中央文化部因为它是江南最著名的古迹，非常重视，南京和上海的建筑专家们，也一再地来察看研究；整修的计划方案虽已拟定了，可是为了没有钱，无从修起，真所谓"万事齐备，只欠东风"。今年五月里，才由市文化处范烟桥处长亲自赶到南京来，向省文化局苦苦请求，总算请到了五万元，而还要市方负担五万元。现在钱已有了，而必需的水泥没有，仍然没法动工，如果再过三个月仍还没有水泥，那么一到年终，这五万元就要上缴归库，恐怕要像"黄鹤一去不复返"了。万一在这三个月里，虎丘塔竟突然地垮了，那怎么办？

# 九

二十二日下午六时半，大会讨论结束了。我和潘伯英代表应省文化局之邀，随同钱静人副局长一起上香铺营文化局去。文艺界的前辈胡小石、陈中凡、陈之佛、吴白匋诸代表，与京剧艺人王琴生、锡剧艺人姚澄、扬剧艺人高秀英诸代表都来与会，南京博物馆曾昭燏院长和文化局各科科长也全都出席，济济一堂，真是一个文艺界的群英会。吃过了一顿丰盛的晚餐，座谈会开始了；钱副局长作开场白，由李进副局长报告最近拟定了的对全省文化事业的种种措施。对于各地区的戏剧和国画，都将有更进一步的发展，在南京并将有国画馆和"文化之家"的建立，使"百花齐放"，放得更好看；"百家争鸣"，鸣得更动听。这些美丽的远景并不太远，不久的将来就要像孔雀开屏一样，辉煌地展开在我们眼前了。

艺人们虽为这些美丽的远景而鼓舞，但仍毫不保留地诉说目前存在着的许多问题。姚澄代表是个大红大紫的锡剧名艺人；政治地位提高了，社会活动特别忙，因此影响了她的健康，也就连带影响了她的演出，甚至每天连休息的时间也没有。

在这座谈会上，又得到了一个很可兴奋的好消息，据潘其彬同志告知我：抢修虎丘塔的一切材料，全都准备好了，钢骨水泥，应有尽有，九月份内就可开工。我一听之下，不由得手舞足蹈起来，回到了苏州，就要迫切期待着这个"黄道吉日"的来临，而欢呼着"开工大吉"了。虎丘塔一经修好之后，便可永远地屹立在虎丘之上，为苏州增光，与河山同寿。

这一晚，人民大会堂又举行一个文娱晚会，由江苏省锡剧团演出了根据粤剧本改编而成的《搜书院》，我为了参加省文化局的座谈会，失之交臂；但据好几位看过的代表们说：这出戏情节好，表演好，说唱好，服装好，布景好，音乐好，真的是美具难并，无一不好。我向朱福奎同志要了一份说明书，却见第一幕第二场的唱词中，有一首题在那风筝上的长短句："长牵采线，辜负凌云心一片。线断随风，此身无寄任西东。碧空陨落，漂泊亦如人命薄。谁放谁收，恰似桃花逐水流。"似诗非诗，似词非词，但也尚可一读，大概是粤剧本中原有的吧。据姚澄代表对我说，她们的团，不久将到苏州来演出，我想那番演出，定将轰动一时，而这一失之交臂的《搜书院》，我也可以欣赏一下了。

一〇

到南京已十二天了，天天过着集体生活，有规律，有兴趣，年青时在学校里求学的情景，也正是如此，真好像重温旧梦一般。我在家里时，连一方手帕子也不会洗的，而在这些日子里，不论帕子袜子，衬衫衬裤，居然都由自己动手来洗，乐此不疲，觉得独立劳动，自是一件最有意义的事。

苏州市的代表，原有二十人，这次有两位代表因公请假，出席的恰符十八罗汉之数，大家都像一家人似的，打成一片；年事最高的如汤国梨、王季玉、邓邦逖、潘慎明四代表，可以把"嵩山四老"作比。领导党、政工作的，有孔令宗、李芸华、惠廉三代表，可以比作"风尘三侠"。工商界的领袖陶叔南、浦亮元、朱汝鹏、程延龄四代表，可说是"四大金刚"。萧伯宣代表是我们代表团中唯一的医药卫生工作者，可说是"擎天一柱"。我与潘伯英代表是两个文艺工作者，可以比作北方相声和苏州评弹的所谓"拼双档"。工厂中的积极分子萧秀娥、刘洪芬、沈凤珍三代表，再加上了同她们常在一起的朱福奎代表，和经常在苏州工作而在南京当选的徐仰先代表，凑成了"五虎将"。他们同出同入，同游同息，同在一处打杜洛克，跳踉作要，活泼泼地；而刘、沈二代表打扮得像花蝴蝶一样，给我们代表团生色不少。

这一次的省人代会开得再好没有了，无论小组讨论、大组讨论，对于全省各地区各部门的工作，或自我提出了种种存在的缺点，或对人作出种种尖锐的批评，真如并剪哀梨，十分爽快。人民代表当家作主的精神，在这里充分地表现了出来。我以为弥补缺点，是今后必须做并且急须做的工作，等于洪水决堤时堵塞缺口一样，要勇敢，要及时，要建设"即知即行"才可把所有存在着的种种缺点，又快又好地完全弥补起来，加速社会主义新中国的建设。

选举副省长，是这一次大会中的重要节目，除现有的四位副省长外，再增选六位副省长，有做统战工作的；有做计划和财贸工作的；有做文教和工商业工作的；并且内中还有一位女副省长，全是富有能力、富有才识的专家。经各地区的代表们反复讨论之后，一致赞同，终于在二十四日下午大会闭幕以前，把六位副省长选举了出来。从此十位副省长同德同心，分工合作，帮助省长把江苏省治理得尽善尽美，蒸蒸日上，涌现出一个十全十美的新江苏来。

举行了足足九整天的江苏省第一届人民代表大会第四次会议，终于胜利闭幕了，我将于二十五日回苏州去；可是临别依依，低徊不尽，紫金山的山色，玄武湖的湖光，似乎在殷勤地挽留我，我陶醉着它们的美，真有"故乡虽好不思归"之感。然而故乡的许多工作，正在等待着我，不得不割慈忍爱地走了，好在不久的将来，还是要来的。再会吧！南京！千万珍重！珍重千万！

选自《花前新记》，江苏人民出版社1958年1月初版

# 杨梅时节到西山

周瘦鹃

记得抗日战争胜利后的那一年农历二月中旬，正当梅花怒放的季节，我应了江苏省立图书馆长蒋吟秋兄之约，到沧浪亭可园去观赏浩歌亭畔的几株老梅，和莲池边那株人称江南第一梅的胭脂红梅，香色特殊，孤芳自赏，正如吟秋兄所谓以儿女容颜而具英雄性格的。饱看了名梅之后，又参观了在抗战期间密藏洞庭西山而最近完璧归赵的许多善本书籍。在茶会席上遇见了西山显庆禅寺的住持闻达上人，他就是八年间苦心孤诣保持这些珍籍的大功臣；年四十许，工书善诗，谈吐不俗，曾师事故高僧太虚、大休两大师。他除了显庆禅寺外，兼主苏州龙池庵，虽是僧侣，而并没有一些僧侣的习气，但觉得恂恂儒雅，绝似一位骚人墨客。席散之后，他就和范烟桥兄同到我家，探看梅丘、梅屋下的几株白梅；它们本是洞庭西山的产物，这时就好似见了故人一样。我们畅谈之下，仿佛增加了十年的友情，上人坚邀于枇杷时节去西山一游，可在他的禅寺中下陈蕃之榻，由他作东道主，我们都欢欣地应允了。

荏苒数月的光阴，消逝得很快，我于百无聊赖之中，只以花木水石自遣，几乎把闻达上人的游山旧约付之淡忘了。到了枇杷时节，眼见凤来仪室北窗外的一树枇杷，一颗颗的黄了熟了，天天摘下来饱啖，也并不想到洞庭西山的白沙枇杷。倒是范烟桥兄不忘旧约，一见枇杷、杨梅相继上市，就寄了一首诗给闻达上人："曾与山僧约看山，枇杷黄熟杨梅殷。偶然入市蓦然见，飞越心神消夏湾。"上人得诗也不忘旧诺，忙着与烟桥兄接洽，约定于新历六月二十七日往游，烟桥转达于我，并约了程小青兄等七八人同去，我是无可无不可的，立时答允下来。谁知到了二十七日那天早上，天不作美，竟下起雨来，我以为这一次西山之游，恐成画饼了。正待去探问小青他们去不去？而小青已穿了雨衣、戴了雨帽赶上门来，说别的游伴或因有事或因怕雨都来回绝，可是他和烟桥是去定了的，并要拉我同去。我倒也并不怕雨，他们既游兴勃发，我当然奉伴，于是毅然决然地带着雨具走了。

我们俩雇了人力车赶到胥门外万年桥下西山班轮船的码头上，闻达上人在船头含笑相迎，而烟桥早已高坐船舱中，悠闲地抽着纸烟。此行只有我们三人，并无他客，平日间彼此原是意气相投，如针拾芥，如今结伴同游，自是最合理想的游伴。闻达上人不在西山相候，而特地从苏州伴同我们前去，真是情至义尽，使人感激得很！轮船九时解缆，两小时到木渎镇停泊。我们在石家饭店吃面果腹之后，回到船中，直向胥口进发。一时余出胥口，就看到了三万六千顷的太湖的面目，浩浩淼淼，足以荡涤尘襟，令人有仙乎仙乎之叹。唐代大诗人陆鲁望称太湖乃仙家浮玉之北堂，的非溢美之辞。我们先前在岸上望太湖，只是心慕丽质，哪及此时借着舟楫投入太湖怀抱这么的亲切，不觉想起唐代诗人皮日休《泛太湖长歌》的佳句来："（上略）三万六千顷，顷顷玻璃色。连空淡无额，照野平绝隙。好放青翰舟，堪弄白玉笛。疏岑七十二，巉巉露寸戟。悠然啸傲去，天上摇画鹢。西风乍猎猎，惊波竞涵碧。倏忽雪阵吼，须臾玉崖圻。树动为蜃尾，山浮似鳌脊……"太湖之美，已给他老人家一一道尽，我虽想胡诌几句来歌颂它一下，竟不能赞一辞；而烟桥吟哦之下，却已得了两句："山分浓淡天然画，浪有高低自在心。"大家听了，都道一声好。他意在足成一首七律，一时想不妥帖，于是又成了七绝一首："一舟划破水中天，七十二峰断复连。低似蛾眉高似髻，不须纷黛亦娟。"比喻入妙，倒也未经人道。今人称东南山水之美，总说是杭州的西湖，其实西湖只有南北二高峰作点缀，哪及太湖拥有七十二峰之伟大。我们在船上放眼望去，只见峰峦起伏，似是一叶叶的翡翠屏风，目不暇接，而以西山的缥缈峰和东山的莫釐峰为领袖，东西岿峙，气象万千，衬托着汪洋浩瀚的太湖，送到眼底，高瞻远瞩之余，觉得这一颗心先已陶醉了。于是我也口占了一首诗："七十二峰参差列，翠屏叶叶为我开。湖天放眼先心醉，万顷澄波一酒杯。"太湖太湖，您倘不是一大杯色香俱美的醇酒，我怎么会陶然而醉啊？

　　船出胥口后又两小时许，就到了镇下，傍岸而泊，踏着轻松的脚步，跨上了埠头，这才到了西山了。跨上埠头时，瞥见一筐筐红红紫紫的杨梅，令人馋涎欲滴，才知枇杷时节已过，这是杨梅的时节了。闻达上人和山农大半熟识，就向他们要了好多颗深紫的杨梅，分给我们尝试。我们边吃边走，直向显庆禅寺进发。穿过了镇下的市集，从山径上曲曲弯弯地走去。夹道十之七八是杨梅树，听得密叶中一片清脆的笑语声，女孩子们采了杨梅下来，放在两个筐子里，用扁担挑回家去。我因咏以诗道："摘来甘果出深丛，三两吴娃笑语同。拂柳分花归缓缓，一肩红紫夕阳中。"这一带的杨梅树实在太多了，有的已把杨梅采光，有的还是深紫浅红地缀在枝头。我们尽拣着深紫的摘来吃，没人过问。小青就成了一首五绝："行行看山色，幽径绝埃尘。一路杨梅摘，无须问主人。"可是这山里的杨梅，原也并不像都市中那么名贵，路旁沟洫之间，常见成堆的委弃在那里，淌着血一般的红汁。我瞧了惋惜不止，心想倘有一家罐头食品厂开在这里，就可把山农们每天卖不完的杨梅收买了蜜饯装罐，行销到国内各地去，化无用为有用，那就不致这样的暴殄天物了。

行进约二里许，闻达上人忽说："来来来！我们先来看一看林屋洞。"于是折向右方，踏着野草前去百余步，见有大石盘礴，一洞豁然，石上刻有"天下第九洞天"六个擘窠大字，并有灵威丈人异迹的石刻。洞宽丈许，高约四五尺，我先就伛偻着走了进去。石壁打头，不能直立，地上湿漉漉的，泞滑如膏，向内张望，只见黑黝黝的一片，也不知有多远多深。但据《娄地记》说："潜行二道，北通琅琊东武县，西通长沙巴陵湖，吴大帝使人行三十余里而返。"《郡国志》说："阖闾使灵威丈人入洞，秉烛昼夜行七十余日不穷（一说十七日），乃返，曰：初入洞口甚隘，约数里，遇石室，高可二丈，上垂津液，内有石床枕砚，石几上有素书三卷，上于阖闾不识，使人问孔子，孔子曰：'此禹石函文也。'阖闾复令入，经两旬往返，云不似前也。唯上闻风涛声，又有异虫挠人扑火，石燕蝙蝠大如鸟，前去不得，穴中高处照不见巅，左右多人马迹。"《拾遗记》说："洞中异香芬馥，众石明朗，天清霞耀，花芳柳暗，丹楼琼宇，宫观异常；乃见众女霓裳，冰颜艳质。"众说纷纭，都是些神话之类，不可凭信。我小立了一会，只觉凉风袭来，鼻子里又闻到一股幽腐之气，就退了出来。要不是陵谷变迁，我不信这洞中可昼夜行七十余日，也不信可以深入三十余里。据闻达上人说：十余年前，他曾带了电炬，带爬带走地进去了半里多路，因见地上有很大的异兽似的脚印，才把他吓退了，不敢深入。唐代大诗人皮日休，曾探过此洞，有长诗记其事："斋心已三日，筋骨如烟轻。腰下佩金兽，手中持火铃。幽塘四百里，中有日月精。连亘三十六，各各为玉京。自非心至诚，必被神物烹。顾余慕大道，不能惜微生。遂招放旷侣，同作幽忧行。其门才函丈，初若盘礴砏。洞气黑映，苔发红狰狞。试足值坎，低头避峥嵘。攀缘不知倦，怪异焉敢惊。匍匐一百步，稍稍策可横。忽焉白蝙蝠，来扑松炬明。人语散洞，石响高玲玎。脚底龙蛇气，头上波浪声。有时若伏匿，逼仄如见绷。俄而造平淡，豁然逢光晶。金堂似铸出，玉座如琢成。前有方丈沼，凝碧融人情。云浆湛不动，乔露涵而馨。漱之恐减算，勺之必延龄。愁为三官责，不敢携一罂。昔云夏后氏，于此藏真经。刻之以紫琳，秘之以丹琼。期之以万祀，守之以百灵。焉得彼丈人，窃之不加刑。石匮一以出，左神俄不扃。禹书既云得，吴国由是倾。薜缝才半尺，中有怪物腥。欲去既嚘喑，将回又伶俜。却遵旧时道，半日出杳冥。屡泥惹石髓，衣湿沾云英。玄篆乏仙骨，青文无绛名。虽然入阴宫，不得朝上清。对彼神仙窟，自厌浊俗形。却怪造物者，遣我骑文星。"细读全诗，也并没有甚么新的发现，与诸记所载，如出一辙，他到底深入了洞没有，也还是可疑的。不过他并不曾说起遇到甚么神仙灵怪，以眩世而惑众，总算是老实的了。据道书所载：洞有三门，同会一穴，一名雨洞，一名丙洞，一名旸谷洞，中有石室银房，金庭玉柱，石钟石鼓，内石门名"隔凡"。我们所进去的，大概就是雨洞，过去不多路，就瞧见了"旸谷"，恰在山腰之上，洞口高约丈许，长满了野草，黝黑阴森，茫无所见，谁也不敢进去。洞外石壁上多摩崖，宋代名人范至能、范至先都有题名，笔致古朴可喜。再过去不远就是"丙洞"，洞门也很高广，可是进口很小，似乎容不得一个人体，当然是无从进去探看。这两洞附近，多玲珑怪石，形形色色，大小不下数百块，志书所谓林屋洞之外，乱石如犀象牛羊，起伏蹲卧者，大约就是指此吧？

辞别了林屋洞，仍还原路，又走了一里多路，蓦听得闻达上人欣然说道："到了到了，这儿就是我的家！"出家人没有家，寺观就是他的家。只见一重重果树和杂树，乱绿交织之间，露出黄墙一角。当下又曲曲折折地走了好几百步路，度过了一顶曲涧上的石桥，好一座宏伟古朴的显庆禅寺已呈现在眼前，我们就从边门中走了进去。此寺旧为禅院，有古钟，梁大同二年置为福愿寺，唐上元九年改为包山寺，高宗赐名"显庆"，可是大家都称它为包山寺，"显庆"两字反而晦了。大雄宝殿外有石幢二座，东西各一，上人郑重地指点幢上所刻的字迹，一座上刻的是《陀罗尼尊圣经》，另一座上刻的是唐代高僧契元所写的偈，字体古拙而遒媚，别具风致。此寺环境幽茜，疑在尘外，但看皮日休那首《雨中游包山精舍》诗，有"散发抵泉流，支颐数云片。坐石忽忘起，扪萝不知倦。异蝶时似锦，幽禽或如钿。箓还戛刃，枅桷自摇扇。俗态既斗薮，野情空眷恋"之句；但看这些描写，不就是好像仙境一般可爱吗？

大雄宝殿之后，有堂构三楹，中间挂一横额，大书"大云堂"，是清代咸丰时人谢子卿的手笔，写得倒也不坏；另有一个金字蓝地的匾，是清帝顺治写的"敬佛"二字，却并不高妙；真迹还保藏在藏经楼中，历数百年依然完好，可也不容易了。壁上张挂书画多幅，而以书轴为多，老友蒋吟秋兄以省立图书馆长的身份，亲书一轴，颂扬闻达上人保藏图书馆旧籍的功绩。此外，有石湖名书家余觉老人一联："佳味无多，白饭香蔬苦茗；我闻如是，松风鸟语泉声。"切合本地风光，自是佳构。名作家田汉也有一个诗轴，是他的亲笔："不闻天堑能防越，何处桃源可避秦。愿待涛平风定日，扁舟重品碧螺春。"原来他于抗战开始的那年暮春时节曾来此一游，而中日的局势已很紧张，所以有防越之语，至于问桃源何处？那么这一座包山寺实在是最现成的桃源啊。（据闻达上人说：苏州沦陷期间，日寇从未到此。）堂的左右，有两间厢房，右厢是上人的丈室，左厢就是客房，前后用板壁隔成两间，各置床铺一张，这便是我们的宿所。当时决定我和小青宿在里间，烟桥宿在外间，虽有一板之隔，而两床的地位恰好贴接，正可作联床夜话呢。堂前有廊，可供小坐，廊外有院落，种着两大丛的芭蕉，绿油油地布满了一院的清阴，爽心悦目。

我们在堂上坐定以后，就进来了一位三十左右的衲子，送茶送烟，十分殷勤；上人给我们介绍，原来是他的高徒云谷师。烟茶之后，云谷师忽又送上一盘白沙枇杷来，时令已过，蓦见此仅存硕果，我们都大喜过望。原来上人因和我们约定了游山之期，特地写信给云谷师，把最后一株树上的枇杷摘下来留以相饷的；如此情重，怎不使人感动！烟桥饱啖之余，立成一诗："我来已过枇杷时，山里枇杷无一枝。入寺枇杷留以待，谢君应作枇杷诗。"吃过了枇杷，我很想到附近山上去溜达一下，上人却说此来不免有些乏了，不如就在寺中各处瞧瞧吧。于是引导我们先到藏经楼上，看了许多经籍，但也有不少的诗词杂书。随后又穿过了几所堂屋，到一个很幽僻的所在，见有小小的一间房，很为爽垲。当年省立图书馆的善本旧籍四十箱，就由上人密密地藏在这里，虽被敌伪威胁利诱，始终不屈，终于在胜利后完璧归赵；吴江故金鹤望先生曾撰《完书记》一文记其事，吴中传诵一时。

寺中向来不做佛事，寺僧也只有他们师徒二人，不闻讽经念佛和钟磬之声，所以我们也忘却自己身在佛地，自管谑浪笑傲起来。参观一周之后，仍还到大云堂上。这时夕阳在山，已是用晚餐的时候了。香伙阿三用盘子端上了五色素肴，色香俱美，一尝味儿，也甘美可口，并不如我意想中的清淡。因为烟桥嗜酒，一日不可无此君，上人特备旨酒供奉，用一个旧景泰蓝的酒壶盛着，古雅可喜。我们一壁随意吃喝，一壁放言高论，一些儿没有拘束，极痛快淋漓之致。酒醉饭饱，便移坐廊下，香伙早又送上来一大盘的紫杨梅，是刚从本寺果园里摘下来的，分外觉得鲜甜。我一吃就是几十颗，微吟着宋代杨万里"玉肌半醉生红粟，墨晕微深染紫囊"，"火齐堆盘珠径寸，醴泉浸齿蔗为浆"之句，以此歌颂包山的杨梅，实在是并不过分的。

我们正在说古谈今，敲诗斗韵，蓦见重云迭迭，盖住了前面的山峰，料知山雨欲来。不多一会，果然下雨了；先还不大，渐渐沥沥地打着芭蕉，和我们的笑语声互相应和。谁知愈下愈大，竟如倾盆一般，小青即景生情，得了一首诗："大云堂上谈今古，蓦地重云罨翠岑。细雨蕉声听未足，故教倾泻作奔澜。"这时的雨，当真像倒泻的奔澜一样，简直要把那许多芭蕉叶打碎了。我很想和他一首，因不得佳句，没有和成。大家渐有倦意，就和上人说了声"明天见"，到左厢中去睡觉。我的头着到枕上，听得雨声依然未止，大约雨师兴会淋漓，怕要来个通宵了，于是口占二十八字："聚首禅堂别有情，清宵剪烛话平生。芭蕉叶上潇潇雨，梦里犹闻碎玉声。"梦里听得到听不到，虽未可知，不妨姑作此想吧。

第二天早上，云收雨歇，日丽风和，正是一个游山玩水的好日子。闻达上人提议今天不山而水，到消夏湾泛舟去。我早年就神往于这吴王避暑之所，连联到那位倾国倾城的西施；可是在苏州耽了好几年，无缘一游，今天可如愿以偿了。出得寺来，听得水声潺潺，如鸣琴筑，原来一夜豪雨，使溪涧中的水都激涨起来。我们找到一座小桥之畔，就看见一片雪白，在乱石中翻滚而下，虽非瀑布，也使耳目得了小小享受。从汇里镇到消夏镇，约有四五里路，中途在一个小茶馆中吃茶小息。向一位卖零食的老婆婆那里买了一卷椭圆形的饼，每卷五个，据说是吴兴出名的腰子饼，猪油夹沙，味儿很腴美。吴兴去此不远，每天有人贩来出卖，销路倒还不坏。沿路静悄悄地，住户似乎不多，有些很大的老屋子，坍毁的坍毁，空闭的空闭，充满了萧条之象。大概小康之家，不耐山城寂寞，十四年抗战期间，多有迁避到都市中去的，如今就乐不思返了。将近中午，闻达伴我们到他一个姓蔡的好友家去访问，与主人一见如故，纵谈忘倦，承以面点、家酿相款，肴核精洁，大快朵颐。广轩面南，榜曰晚香书屋，前有一个小小院落，叠湖石作假山，满种方竹无数。我的小园里没有方竹，就向主人要了几枝新生的稚竹，和了泥土包扎起来，预备带回家去；这是我此行第一次的收获，不可不记。

消夏湾在西山之北，《苏州府志》曰："水口阔三里，深九里，烟萝塞望，水树涵空，杳若仙乡，殆非人境。"可是我们要去泛舟，却并没有现成待雇的船只。难为闻达给我们设法，奔走打听了一下。恰好他的朋友有一位族侄女，中午要送饭去给她的丈夫吃，就让我们搭着她的船同去。她的丈夫今年新立了一个鱼簖，不幸在前几天被大风刮倒了一部分，这几天正在修葺，所以天天要送饭去。据说打渔的利益很大，要是幸运的话，每天大鱼小鱼源源而来，一年间就可出本获利。不过半夜三更就要出门，风雨无间，也是非常辛苦的。我们浮泛水上，但觉水连天，天连水，一片空明，使人心目俱爽。蔡羽《消夏湾记》有云："山以水袭为奇，水以山袭尤奇也，再袭之以水，又袭之以山，中涵池沼，宽周二十里，举天下之所无，奇之又奇，消夏湾是也。湾去郡城且百二十里，春秋时，吴子尝从避暑，因名消夏。自吴迄今垂二千年，游而显者，不过三五辈，其不为凡俗所有，可知矣。"足见消夏湾之为消夏湾，自有价值。俗传当年山上还有吴王的避暑宫，下筑地道，可以把船只拖上山去，可是年久代远，宫和地道早就没有。据说前几年曾有人发现宫的遗址，有砖石的残壁，留存在丛丛荆榛中，这究竟是不是避暑宫的所在，可也不可考了。不过宋、明人的诗中，已有此说，如宋范成大诗云："蓼矶枫渚故离宫，一曲清涟九里风。纵有暑光无着处，青山环水水浮空。"又明高启诗云："凉生白苎水浮空，湖上曾开避暑宫。清簟疏帘人去后，渔舟占尽柳阴风。"以吴王之善享清福，那么既有消夏湾，当然还有避暑宫，这是不足为奇的。

我们的船有时容与中流，有时在荻岸边行进，常见荇藻萍莼和菱叶泛泛水上，有的还开着小小的白花，纯洁可爱。我用手杖撩了几根浮萍起来观赏。这一带本来莲花也是很多的，大约为了时期尚早，只见一朵挺立在绿田莲叶之上，猩红照眼，在乱绿中分外鲜艳。这是吾家之花，不可无诗，因又胡诌了二十八字："消夏湾头一望赊，亭亭玉立有莲花。遥看瓣瓣胭脂色，疑是西施脸上霞。"烟桥兴到，也成了一首五绝："消夏湾头去，廿年宿愿成。一宵梅雨急，到处石泉鸣。先许红莲放，要同青嶂迎。倘迟两月至，可听采菱声。"

船在石佛寺前停泊，让我们在寺中游息一下，约定送饭回来时，再来相接。这石佛寺实在没有甚么可看的，就鼋头山麓开了一个小小的洞，雕成几尊小小的佛像，雕工也平凡得很。此寺何代兴建，已不可考，据《吴县志》说建于梁代，那么与包山寺是一样古老了。临水有阁，可供坐眺，见壁间有亡友刘公鲁题字，如遇故人，烟桥赋诗有"忽从题壁怀公鲁，老去风流一例休"之句，不禁感慨系之！我一面啜茗，一面饱看湖光山色，大有兴味，因微吟着明代诗人王鏊的两首绝句："四山环抱列中虚，一碧琉璃十顷余。不独清凉可消夏，秋来玩月定何如。""画船棹破水晶盘，面面芙蓉正好看。信是人间无暑地，我来消夏又消闲。"我这时的心中也正在这样想，这两首诗倒像是代我捉刀的。

在石佛寺坐息了一小时光景，那船又来了，把我们送到了汇里镇登岸，怀着满腔子的愉快回到了包山寺。难为云谷师早又备好了一大盘的白沙枇杷和一大盘的紫杨梅送到大云堂上，让我们既解了渴，又杀了馋。我随即把带回来的几枝方竹暂时种在芭蕉下，把浮萍养在水缸里，又将石佛寺里掘得的竹叶草和石上的寄生草种在一个泥盆子里，栗六了好一会，才坐下来休息。闲着无事，信手翻看案头的书本，发现了一本《洪北江诗文集》，翻了几页，蓦地看到一篇《游消夏湾记》，喜出望外，即忙从头读下去，读完之后，击节叹赏，的是一篇散文中的杰作，于是掏出怀中手册，抄录了下来："余以辛酉七月来游东山，月正半圭，花开十里。人定后，自明月湾放舟西行，凉风参差，骇浪曲折，夜四鼓，甫抵西山，泊所为消夏湾者。橘柚万树，与星斗并垂；楼台千家，共蛟蜃杂宿。云同石燕，竟尔回翔；天与白鸥，居然咫尺。舟泊水门，岸来素友，言采菱芡，供其早餐，频搜鱼虾，酌此春酒。奇石突户，乞题虫书；怪云窥人，时现鳞影。相与纵步幽远，攀跻藤葛。灵区种药，往往延年；暗牖栽花，时时照夜。晚辞同人，独宿半舫，莲叶千干，游鱼百头，怪响出波，奇香入梦。盖至夜光沉壑，湖浪冲霄，悄乎若悲，默尔延伫，此又后夜渔而燕息，先林鸟而遄征者焉。是为记。"游消夏湾归来，却于无意中给我读到这篇《游消夏湾记》，也可算得是一件奇巧的事了。

用过了晚餐，月色正好，我们便又坐在廊下啜茗谈天。正谈得出神，月儿被云影掩去，霎时间下起雨来。雨点先徐后急，愈急愈响，着在那两大丛的芭蕉叶上，仿佛奏着一种繁弦急管的交响乐。我侧耳听着，如痴如醉，反而连话匣子也关上了，沉默下来。这样不知听了多少时候，雨声并未间歇，芭蕉叶上仍是一片繁响，蓦听得小青放声说道："时光不早了，你难道不想睡了吗？"我这时恰好想得了两句诗，便凑成一绝句作答道："跌宕茶边复酒边，清言叠叠涌如泉。只因贪听芭蕉雨，误我虚堂半夕眠。"烟桥点着头说："这两晚你做了两首芭蕉诗，都很不错，我们援着昔人王桐花、崔黄叶之例，就称你为周芭蕉吧。"我连说不敢不敢，只是偶然触机而已。于是大家就在这雨打芭蕉声中，各自安睡去了。

天公真是解事，不肯扫我们的兴，仍像前天一样，夜间管自下雨，而一早就放晴了。一路泉声鸟语，把我们送到了镇下。闻达上人知道我除了游山以外，还得树拾石，因此特地唤香伙阿三带了筐子、刀凿随同前去，难为他想得如此周到啊！一到镇下，就雇了一艘船，向石公山进发。

石公山在包山东南隅，周二里许，三面环着湖水，山多石而少土，上上下下，都是无数的顽石怪石堆叠而成，正像小孩子们所玩的积木一样。我从船上远远地望去，就觉得此山不同于他山，它仿佛是一位端重凝厚的古之君子，风骨峻峋，不趋时俗。像缥缈、莫釐那么的高峰，到处都有，而像石公山的怕不多见吧？舟行约一小时有半，就到了山下，大家舍舟登山，从山径中曲折前去，但见高高低低怪怪奇奇的乱石，连接不断，使人目不暇给。先过归云洞，洞高约二丈，相传旧时有大石垂在洞口，如云之方归，因以为名。洞形活似一座天然的佛龛，中立观音大士装金造像，高可丈许，宝相庄严。另有青龙石、鹦鹉石，都是象形。石壁上刻有昔贤的题诗题字很多，如徐纲的十二大字："读圣贤书，行仁义事，存忠孝心。"倒像是现代标语的方式。尤西堂的古风一章，秦敏树的《石公八咏》，都是歌颂本山的妙景。最近的有六十年前龙阳易实甫的七律一首："石公山畔此勾留，水国春寒尚似秋。天外有天初泛艇，客中为客怕登楼。烟波浩荡连千里，风物凄清拟十洲。细雨梅花正愁绝，笛声何处起渔讴。"去洞再进，有御墨亭，游人胡乱题字题诗，都不可读，而墨污纵横，倒像人身上生满了疥疮，昔人称为"疥壁"，的是妙喻。

石公禅院背山面湖，处境绝胜，其旁有翠屏轩与浮玉堂，可供小憩。由轩后石级迂回而上，见处处都是方形的大石，似乎用人工堆积而成，宛然是现代最新式的立体建筑，难道天工也知道趋时不成？最高处有来鹤亭，料想山空无人之际，真会有仙鹤飞来呢。其下有断山亭，望湖最好，远山近水，一一都收眼底，足以醒目怡神。

闻达上人的游山提调，做得十分周到，他知道这里没东西吃，早带来了生面条和一切作料，唤香伙阿三做好了给我们吃；果腹之后，就继续出游。先到夕光洞，洞小而浅，石壁有罅似一线天，可是不能上去。据说另有一石好像一座倒挂的塔，夕阳返照时，光芒灿然，可惜此刻时光还早，无从欣赏。洞外一块平面的石壁上，刻有一个周围十余尺的大"寿"字，为明代王鏊所书，不知当时是为了祝某一大人物之寿呢，还是祝湖山之寿，这也不可究诘了。过去不多路，又见石壁上刻有"云梯"二大字，只因这里的石块略具梯形，因有此名，其实并无梯级，除了猿猴，恐怕谁也不能走上去的。再进就是本山第一名胜联云嶂，一块硕大无朋的石壁，刻着"缥缈云联"四个硕大无朋的字，而这里一带错综层迭，连绵衔接的，也全是无量数的硕大无朋的方形顽石，正如明人姚希孟所记："如崇丘者，如禅龛者，如夏屋者，如钓台者，皆突屼水滨而瞰蛟龙之窟，参差俯仰，离亘离属。"转折而上，便是联云嶂的第一名胜"剑楼"，高四五丈，宽十丈许，中间开出宽窄不一的五条弄来，弄中石壁，都锐剡如攒剑，因名"剑楼"。五弄之中，以"风弄"为最著，仿佛是神工鬼斧，把一堵奇险的峭壁，从中间劈了开来；顶上却留着一个窟窿，透进天光，因此也俗称"一线天"。闻达上人并不取得我们的同意，先自矫捷地赶上前去，鼓勇而登。我和小青虽过中年，而腰脚仍健，不肯示弱，见弄中并没有显著的石级，只是在两旁突出的石块上攀跻上去，石上又湿又滑，必须步步留神，一失足就得掉将下去，也许要成千古恨了。我们一面用脚踏得着实，一面用手攀着上面的野树和藤葛，好容易跟着上人到达弄口，回头一瞧，不禁长长地吐了一口气，竟不信我们会这样冒险攀登上来的。烟桥脚力较差，没有这股勇气，只得被遗留在下面，抬着头望"弄"兴叹。我们当着弄口，小立半晌，领略了一阵不知所从来的飒飒凉风，才知道风弄之所以名为风弄。小青先就口占一绝句道："百尺危崖惊石破，才知幽弄得风多。攀缘直上临无地，笑傲云天一放歌。"我也和了两绝："奇石劈空惊鬼斧，天开一线叹神工。先登风弄骄风伯，更上层崖叩碧穹。""步步艰难步步愁，还须鼓勇莫夷犹。老夫腰脚仍如昨，要到巉岩最上头。"当下我们俩一递一迭地信口狂吟，悠然自得。转过身去，却见闻达上人又在攀登一座危崖，于是也贾着余勇，手脚并用地攀援了上去。在这里高瞻远瞩，一片开旷，又是一个境界。从乱石堆里曲折盘旋而下，和烟桥会合；我们犹有童心，不免把他的畏葸不前调笑一番。烟桥却涎着脸，放声长吟起来道："我本无能，未登风弄。公等纵勇，不上云梯。"他明知云梯徒有其名，可望而不可即，却故意借此来调侃我们，这也足见他的俏皮处了。可是他虽怯于登山，而勇于作诗，三天来一首又一首的，随处成吟，这时他已和就了易龙阳那首刻在归云洞中的七律，得意地念给我们听："暂作西山三日留，晚凉我亦感如秋。云归有待尚虚洞，风至无边欲满楼。上下天光开玉垒，东南灵气尽芳洲。不闻梵呗空钟磬，惟与山僧杂笑讴。"两联属对工稳，字斟句酌，自是一首好诗。

从联云嶂那边转下去，步步接近水滨，见有一大片平坦宽广的石坡，直展开到水里去，可容数百人坐，很像虎丘的千人石。闻达上人说："这是明月坡，三五月明之夜，啸歌于此，又是何等境界！"我留连光景，不忍遽去，很愿意等到月上时候，欣赏一下，因此得句："此心愿似明明月，明月坡前待月明。"因了明月坡，便又想起了明月湾，据说是当年吴王玩月之所，有大明月湾、小明月湾之分，湖堤环抱，形如新月，因以为名。明代诗人高启曾有诗云："木叶秋乍脱，霜鸿夜犹飞。扁舟弄明月，远度青山矶。明月处处有，此处月偏好。天阔星汉低，波寒菱荷老。舟去月始出，舟回月将沉。莫照种种发，但照耿耿心。把酒酬水仙，容我宿湖里。醉后失清辉，西岩晓猿起。"我因向往已久，便向上人探问明月湾所在，能不能前去一游？上人回说湾在此山之西，还有好一些水路，时间上恐来不及，还是以不去为妙。我听了，不觉怅然若失，于是身在明月坡上，而神驰明月湾中了。

在明月坡前滨水之处，有两块挺大的奇石差肩而立，闻达上人指点着那伛偻似老人的一块，说道："这就是石公，不是很像一位老公公吗？"又指着那块比较瘦而秀的说道："这就是他的德配石婆，顶上恰长着一株野树，不是很像老太太头上簪着一枝花吗？"我瞧着这石公石婆一对贤伉俪，不胜艳羡之至！因为人间夫妇，共同生活了若干年，到头来不是生离，就是死别，哪有像他们两口儿天长地久厮守下去的？因又胡诌了一绝句道："双石差肩临水立，石公耄矣石婆妍。羡他伉俪多情甚，息息相依亿万年。"当下向石公、石婆朗诵了一下，料想贤伉俪有知，也该作会心的微笑吧。这一带水边，很多五光十色的小石块，有黑色的，有绿色的，有纯白色的，有赭黄色的，有黑地白纹的，有灰色地而缀着小红点的，大概都被湖中波浪冲激而来。那时我如入宝山，看到了无数的宝石，一时眼花缭乱，也来不及掇拾，只捡取了一二十块。又在大石上掘了好多寄生的瓦花和水苔，一起交与香伙阿三纳入带来的那只筐子里代为保管，这是我此行很大的收获，也是石公、石婆赐与我的绝妙纪念品。

昔人曾称石公山为"石之家"，奇峰怪石，有如汗牛充栋，所谓"绉""瘦""透""漏"石之四德，这里的石一一俱备。宋代佞臣朱勔的花石纲，弄得民怨沸腾，据说也就是取自石公山和附近的谢姑山的。千百年来，人家园林中布置假山，大都到这里来采石，所以"绉""瘦""透""漏"的奇峰，已越采越少了。至于那些硕大无朋的顽石，当然无从捆载以去，至今仍为此山眉目。清代诗人汪琬游石公山一诗中，写得很详细，兹录其一部分："……所遇石渐奇，一一烦记录。或如城堞连，或如屏障曲。或平若几案，或方若棋局。虚或生天风，润或聚云族。或为猿猱蹲，或作羊虎伏。或如儿孙拱，或如宾主肃。或深若永巷，或邃若重屋。色或杂青苍，纹或蹙罗縠。累累高复下，离离断还属。旷或可振衣，仄或危容足。既疑雷斧劈，又似鬼工筑。不然湖中龙，蜕骨堆深谷。天公弄狡狯，专用悦人目。……"这写石之大而奇，历历如数家珍，而末后几句，更写得加倍有力，石公有知，也该引为知己。

我盘桓在这明月坡一带，游目骋怀，恋恋不忍去，要不是大家催着我走，真想耽下去，耽到晚上，和石公、石婆俩一同投入明月的怀抱，作一个游仙之梦。记得明代王思任《游洞庭山记》中有云："……诸山之卷太湖也以舌，而石公独拒之以齿，胆怒骨张，而石姥助之。予仰卧于廿丈珊瑚濑上，太清一碧，斜睨万里湖波，与公姥戏弄，撩而不斗，乃涓涓流月，极力照人，若将翔而下者。李生辈各雄饮大叫，川谷哄然，竟不知谁叫谁答。吾昔山游仙于琼台，今水游仙于石公矣。……"写月夜游赏之乐，何等隽永够味！我既到了这廿丈珊瑚濑上，却不能水游仙于石公，未免输老王郎一着，恨也何如！

我们重到翠屏轩中，喝了一盏茶，才回上船去。可是大家都有些恋恋不舍之意，因命船家沿着山下缓缓摇去，让我们把全山形势仔细观察一下，有在山上瞧不见的，在船上却瞧清楚了。有一个像龙头一般伸在水里的，据说是龙头渚；而石公、石婆比肩立着，也似乎分外亲昵。我们的船摇呀摇的，直摇到了尽头处，方始折回来。我又掏出手册，把风弄、联云嶂、明月坡一带画了一个草图，打算把昨天在大云堂前花坛里所捡到的许多略带方形的小石块，带回去搭一座石公山模型玩玩，那也算不虚此行了。一路回去时，烟桥被好山好水引起了灵感，提议联句来一首七律，由他开始道："七十二峰数石公（桥），烟波万顷接长空。风帆点点心俱远（青），山骨嶙峋意自雄。萍藻随缘依荻岸（鹃），松杉肆力出芜丛。崩云乱石惊天阙（达），未许五丁夺化工（桥）。"单以这么一首七律来咏叹石公山，实在还不够，且把清初吴梅村的一首五古来张目："真宰云根，奇物思所置。养之以天地，盆盎插灵异。初为仙家困，百仞千仓闭。釜鬲炊雪中，杵臼鸣天际。忽而遇严城，猿猱不能缒。远窥楼橹坚，逼视戈矛利。一关当其中，飞鸟为之避。仰睇微有光，投足疑无地。循级登层巅，天风谺苍翠。疲喘千犀牛，落落谁能制？伛偻一老人，独立拊其背，既若拱而立，又疑隐而睡。此乃为石公？三问不吾对！"一结聪明得很。

回到了包山寺，啜茗小息，我因为今天得了许多好石，却没有掘到野树，认为遗憾。闻达上人就伴我到他的山地上去，由他亲自带了筐子和刀凿；我策杖相随，还是兴高百倍。一路从山径上走去，一路留心着地下，上人知道我的目标所在，随时指点，做了一小时的"地下工作"。大的树桩因时令关系，掘回去也养不活，所以一概留以有待，只掘了许多小型的六月雪、山栀子、山竹、杉苗，连根带泥，装在筐子里，满载而归。当下我把那些野树一一种在地上或盆里，忙了好一会，还是不想休息；烟桥便又调侃我，做了一首诗："根剔石不寻常，也爱山栀有野香。鸟语泉声都冷淡，此来端为访花忙。"小青接口道："岂止冷淡，简直是一切不管！"我立时提出了抗议，说鸟语泉声，都是我一向所爱听的，岂肯冷淡，岂有不管；不过好的卉木，凡是可以供我作盆玩用的，也不肯轻轻放过罢了；于是也以二十八字为答："奇葩异卉随心撷，如入宝山得宝时。寄语群公休目笑，鲰生原是一花痴。"他们见我已自承花痴，也就一笑而罢。这夜是我们在大云堂上最后的一夜，吃过了一顿丰盛的晚餐，又照例在廊下聊天。大家畅谈人生哲学，飞辞骋辩，多所阐发，好在调笑谑浪既不禁，谁驳倒了谁也并不生气。这大云堂上的三夜，至今觉得如啖谏果，回味无穷。

第四天早上，我们倍觉依依地和包山寺作别了。闻达上人直送我们到镇下，云谷师已先在那里相候，并承以寺产杨梅三大筐分赠我们，隆情可感！我们各自买了一些土产，就登轮待发，上人送到船上，珍重别去。十时左右，船就开了，一路风平浪静，气候也并不太热，缥缈峰兀立云表，似在向我们点头送别，可是石公山已隐没在烟波深处了。船到胥口，停泊了一下，我因来时贪看大者远者的太湖，没有留意这一带风物，此刻便在船窗中细看了一下，唐代皮日休氏曾有《胥口即事》六言二首，倒是所见略同，诗云：“波光杳杳不极，霁景淡淡初斜。黑蛱蝶粘莲蕊，红蜻蜓袅菱花。鸳鸯一处两处，舴艋三家五家。会把酒船偎荻，共君作个生涯。”“拂钓清风细丽，飘蓑暑雨霏微。湖云欲散未散，屿鸟将飞不飞。换酒帢头把看，载莲艇子撑归。斯人到死还乐，谁道刚须用机。”把这两首好诗录在这里，就算对证古本吧。

午后二时许，我们已回到了苏州，而这四天中所登临的明山媚水，仍还挂在眼底，印在心头，真的是推它不开，排之不去。在山中时，烟桥、小青二兄曾约我和闻达上人合作了一篇集体游记。我自己又把带回来的许多小石堆了一座石公山的模型，和一盆消夏湾的缩景，朝夕自娱，并吸引了许多朋友都来欣赏。山竹、山栀、六月雪等分栽多盆，也欣欣向荣，于是更加深了我对于洞庭西山的好感。

一九四七年五月

选自《行云集》，江苏人民出版社1962年11月初版

# 姑苏台畔秋光好

周瘦鹃

秋光好，正宜出游，秋游的乐趣，实在不让春游，这就是苏东坡所谓"一年好景君须记，最是橙黄橘绿时"啊！我年来隐居姑苏台畔，天天以灌园为事，厮守着一片小园，与花木为伍，简直好像是井底之蛙，所见不广，几几乎不知天地之大，更不知有秋游之乐了。

但我住在苏州，却也尽可说说苏州的秋日风光，多拉些行有余力的游客来，使苏州一年年地长保繁荣，长享天堂令誉。至于苏州的园林，有创建于宋代的沧浪亭，元代的狮子林，明代的拙政园、网师园，清代的留园、怡园，一年四季都可游目骋怀，并不限于秋季；所以我的秋游节目中只限于山与湖，而不提园林，好在游山游湖之余，也尽可到各园林里去走走，欣赏那一片秋色。

凡是游苏州的人，总得一游虎丘，好像不上虎丘，就不算到过苏州似的。虎丘的许多古迹，几于尽人皆知，不用词费；而我最爱剑池的一角，幽蒨独绝。当此清秋时节，倘于月夜徘徊其间，顿觉心腑皆清，疑非人境。

苏州旧俗，中秋夜有"走月亮"之举，而以虎丘为目的地，长、元《志》有云："中秋，倾城士女出游虎丘，笙歌彻夜。"邵长蘅诗有"中秋千人石，听歌细如发"之句，沈朝初

《忆江南》词也有这么一首："苏州好，海涌玩中秋。歌板千群来石上，酒旗一片出楼头。夜半最清幽。"海涌，就是虎丘的别名，当年中秋的盛况，可见一斑。不但清代如此，明代即已有之，但看袁中郎记虎丘云："虎丘去城可七八里，其山无高岩邃壑，独以近城故，箫鼓画船，无日无之。凡月之夜，花之晨，雪之夕，游人往来，纷错如织，而中秋为尤胜。每至是日，倾城阖户，连臂而至，衣冠士女，下迨蔀屋，莫不靓妆丽服，重茵累席，置酒交衢间。从千人石上至山门，栉比如鳞。檀板丘积，樽罍云泻，远而望之，如雁落平沙，霞铺江上，雷辊电霍，无得而状。布席之初，唱者千百，声若聚蚊，不可辨识。分曹部署，竞以歌喉相斗，雅俗既陈，妍媸自别。未几而摇头顿足者，得数十人而已。已而明月浮空，石光如练，一切瓦金，寂然停声，属而和者，才三四辈。一箫，一寸管，一人缓板而歌，竹肉相发，清声亮彻，听者魂销。比至夜深，月影横斜，荇藻凌乱，则箫板亦不复用。一夫登场，四座屏息，音若细发，响彻云际，每度一字，几尽一刻，飞鸟为之徘徊，壮士听而下泪矣。（下略）"

中郎此作，仿佛是记虎丘中秋夜的音乐会，自交响乐、大合唱、小合唱以至独唱，无所不有。可是清代以来的中秋节，除了白天还有士女前去游眺借此点缀令节外，早已没有这种笙歌彻夜的盛况了。

领略了虎丘的秋光之后，可不要忽视了山塘，不管是仁者乐山，智者乐水，乐山也何妨兼以乐水；再加上一个"山塘秋泛"的节目，实在是挺有意思的。山塘在哪里？就在虎丘山门之前，盈盈一衣带水，迤逦曲折，据说有七里之长，因此有"七里山塘"之称。那水是碧油油的，十分可爱，架在上面的桥梁，以青山桥与绿水桥为最著。你要是以轻红一舸，容与其间，一路摇呀摇的摇过去，那情调是够美的。昔人咏山塘诗，有黄仲则的两首："中酒春宵怯薄罗，酒阑春尽系愁多。年年到此沉沉醉，如此苏州奈若何。""寒山迢递镜铺蓝，小泊游仙一枕酣。夜半钟声敲不醒，教人怎不梦江南。"屠琴坞《山塘访秋》云："白公堤畔柳丝柔，十二红阑隐画楼。才到吴乡听吴语，泥人新梦入新秋。""绿酒红灯映碧纱，水晶帘外又琵琶。匆匆转过桥西去，一角青山两岸花。"读了这四首诗，就觉得山塘之美，真如人的尤物。我于某一年的春间，曾随老诗人故张仲仁、陈石遗、金松岑诸前辈，以夏桂林画舫泛山塘，玩水终日，乐而忘倦，曾有《七里山塘词》之作："七里山塘春似锦，坠鞭公子试春衣。家家绮阁人人醉，面晕桃花映酒旗。""拾翠人来打桨邀，山塘七里绿迢迢。垂杨两岸傲傲舞，只解嬉春系画桡。""吴娃生小解温存，画出纤眉似月痕。七里山塘春水软，一声柔橹一销魂。""虎丘惯自弄春柔，七里山塘满画舟。好是平波明似镜，吴娘临水照梳头。""几树疏杨斗舞腰，真娘墓畔草萧萧。山塘七里绿，不见烟波见画桥。""七里山塘宛宛流，木兰桡上听吴讴。未须更借丹青笔，柳媚花娇画虎丘。"读了这几首拙作，也足见我对于山塘是倾倒之至了。其实清代承平之岁，山塘也着实热闹过一下，曾见某笔记载："虎丘山塘，七里莺花，一湖风月，士女游观，画船箫鼓。舟无大小，装饰精工，窗有夹层，间以玻璃，悬设彩灯，争奇斗巧，纷纶五色，新样不同；傍暮施烛，与月辉波光相激射。今灯舫窗棂，竞尚大理府石镶嵌，灯则用琉璃（俗呼明角），遇风狂，无虞击碎也。"诗人王冈龄因有《山塘灯船行》长歌之作，极尽铺张扬厉的能事。

中秋游虎丘兼泛七里山塘，这是秋游的第一个节目，第二个节目就是农历八月十八夜石湖串月了。石湖在城西南十八里，是太湖的支流，恰界于吴县、吴江之间，映带着楞伽、茶磨诸峰，风景倒也不错；相传范大夫入五湖，就是在这里下船的。宋代名臣范成大就越来溪遗址筑别业，中有天镜阁、玉雪坡、盟鸥亭诸胜迹，宋孝宗亲书"石湖"二字赐与他，因自号"石湖居士"。他的诗文集中关于石湖的作品很多，诗如《初归石湖》云："晓雾朝暾绀碧烘，横塘西岸越城东。行人半出稻花上，宿鹭孤明菱叶中。信脚自能知旧路，惊心时复认邻翁。当时手种斜桥柳，无限鸣蜩翠扫空。"读此一诗，就可知道他是石湖主人了。湖边有一座山岧峣着，即楞伽山，又名上方山，山上有楞伽寺，年年八月十八，香汛极盛。山顶有塔，共七级，中有神龛，供五通神，据说极著灵异。清代巡抚汤斌为破除迷信计，曾把它毁灭，可是后来又重行恢复，以至于今。山之东麓有石湖书院，昔为士子弦诵之所，今已废。东南麓有普陀岩，有石池、石梁诸胜，乾隆南巡，曾经到过这里，从此身价十倍了。袁中郎把它和虎丘作比，说"虎丘如冶女艳妆，掩映帘箔，上方如披褐道士，丰神秀特"，倒也取譬入妙。到了农历八月十七、十八这两天，这里可就热闹起来了；苏州城乡各处的善男信女，纷纷上山进香。入夜以后，就有苏沪士女坐了画舫，到行春桥边来看串月。所谓串月，据说十八夜月光初现时，入行春桥桥洞中，其影如串。又说十八夜从上方塔的铁链中，可以瞧到这一夜月的分度，恰恰当着铁链的中段，倒影于地，联为一串，因曰串月。沈朝初的《忆江南》词，曾有一首咏其事："苏州好，串月看长桥。桥影重重湖面阔，月光片片桂轮高。此夜爱吹箫。"原来每逢此夜看串月时，画舫中往往是笙歌如沸的。或说葑门外五十三环洞的宝带桥边也可一看串月，从宝带桥外出，光影相接，数有七十二个，比了行春桥边似乎更为可观，清代诗人顾侠君有《串月歌》咏之云："治平山寺何岩峣，湖光吐纳山连遥。烟中明灭宝带桥，金波万迭风骚骚。年年八月十八夜，飞廉驱云落村舍。金盆出水耀光芒，琉璃迸破银瓶泻。散作明珠千万颗，老兔寒蟾景相吓。鱼婢蟹奴争献奇，手擎桂旗吹参差。水花云叶桥心布，移来海市秋风时。吴侬好事邀新客，舳舻衔尾排南陌。红豆新词出绛唇，粉胸绣臆回歌席。绿蚁淋漓桅桥倒，醒来月在松杉杪。"看串月这玩意，大概是肇始于清代，只不知道是谁发明的，真所谓吴侬好事了。

秋游的第三个节目，该是重九登高了。向来苏人登高，就近总是跑上北寺塔去，虚应故事，后因年久失修，不再开放。至于山，那么城外高低大小多的是，随处都可登高，而顾名思义，却要推荐贺九岭。相传吴王曾登此岭贺重九，因以为名，崖壁上至今刻有"贺九岭"三大字，不知是甚么时代刻上去的。明代文徵明曾有《过贺九岭》诗云："截然飞岭带晴岚，路出余杭更绕南。往事漫传人贺九，胜游刚爱月当三。岩前鹿绕云为路，木末僧依石作庵。一笑停舆风拂面，松花闲看落参毛。"我于十余年前也曾到过此岭，似乎平凡得很，并没有甚么胜迹；但是从这里可以通到华山，却是游腻了虎丘、灵岩之后，非游不可的。华山在城西三十里，《吴地记》载，吴县华山，晋太康二年生千叶石莲花，故名。《图经续记》云："此山独秀，望之如屏，或登其巅。"见有状如莲花者，今莲花峰是也。《吴郡志》云："山顶北有池，上生千叶莲华，服之羽化，因曰华山。山半有池一泓，水作玉色，逾数十丈，厥名天池。"袁中郎游天池记云："从贺九岭而进，别是一洞天，峭壁削成，车不得方轨，飞楼跨之，舆骑从楼下度。逾岭而西，平畴广野，与青峦紫逻相映发。（中略）行数里，始至山足，道旁青松，若老龙鳞，长林参天，苍岩蔽日，幽异不可名状。

才至山腰，屏山献青，画峦滴翠，两年尘土面目，为之洗尽，低回片晷，宛尔秦余，马首红尘，恍若隔世事矣。天池在山半，方可数十余丈，其泉玉色，横浸山腹。山巅有石如莲花瓣，翠蕊摇空，鲜芳可爱。余时以勘地而往，无暇得造峰巅，至今为恨。（下略）"明代诗人高启诗云："灵峰可度难，昔见枕中书。天池在其巅，每出青芙蕖。湛如玉女盆，云影含夕虚。人静时饮鹿，水寒不生鱼。我来属始春，石壁烟霞舒。滟滟月出后，泠泠雪消余。再泛知神清，一酌欣虑除。可当逐流花，遂造仙人居。"于对这天池一水，可说恭维到了一百二十分。山上有石屋二座，四壁都凿着浮屠的像，此外，有龟巢石、虎跑泉、苍玉洞、盈盈池、地雷泉、洗心泉、桃花涧、秀屏鸟道诸胜迹，石壁上刻有宋代赵宧光手书"华山鸟道"四字，遒劲可喜。山南有华山寺，北有寂鉴寺，寺庭中有金桂、银桂两株老树，秋仲着花累累，一寺皆香。寺旁有泉，名钵盂泉，泉水是非常清冽的。清康熙南巡时，因雨欲游此山不果，赐以"清远"二字，后来乾隆南巡，总算游成功了。昔人游华山诗，佳作很多，而元代顾仲瑛一首足以代表一切："萦纡白云路，窈窕青山联。秋风吹客衣，逸兴良翩翩。扪萝度绝壁，蹑磴穷层巅。崖倾石欲落，树断云复连。两峰龈牙门，中谷何廓然。大山屹登登，直欲摩青天。小山亦磊落，飞来堕其前。阴阴积古铁，粲粲开青连。神斧削翠骨，天沼含灵泉。玉龙抱寒镜，倒影清秋悬。忆昔张贞居，寄我琳琅篇。逝者不可作，新诗徒为传。举酒酹白日，万壑生凄烟。幽欢苦未足，落景忽已迁。美人胡不来，山水空青妍。"读此诗，已足使人神往，那么何妨趁贺九岭登高之便，一游华山呢？往上津桥雇船，到白马涧镇上，步行八九里到贺九岭，再由此而西，就可到达华山了。

天平山

　　"远上寒山石径斜，白云生处有人家。停车坐爱枫林晚，霜叶红于二月花。"杜牧之这一首《山行》诗，道尽枫叶之美，所以天平山看枫，也就是秋游第四个节目了。枫叶须经霜而红，红而始美，因此看枫须等到秋深霜降之后，太早则叶犹未红，太晚则叶已凋落，大约须在农历十月间吧。所以蔡云《吴歈》有"天平十月看枫约，只合诗人坐竹兜"之句。天平的枫树，都很高大，叶作三角形，因称三角枫。在"万笏朝天"一带三太师坟前，有大枫九株，俗呼"九枝红"，因为那枫叶经霜之后，一片殷红，有如珊瑚灼海，而昔人称颂枫叶，说是"非花斗妆，不争春色"，真是再贴切也没有了。清人李果有《天平山看枫叶记》云："天平山，予旧所游也。乾隆七年十月朔之二日，马生寿安要予与徐北山游。泛舟从木渎下沙可四里，小溪萦纡，至水尽处登岸，穿田塍行，茅舍鸡犬，适带村落，纵目鸡笼诸山，枫林远近，红叶杂松际。西山皆松、栝、杉、榆，此地独多枫树，冒霜则叶尽赤。今天气微暖，霜未着树，红叶参差，颜色明丽可爱也。历咒钵庵，过高平范氏墓，岩壑溢秀，楼阁涨彩。折而北，经白云寺，憩泉上，升阁以望，则天平山色峻嶒，疏松出檐楯，凉风过之，如奏琴筑，或如海涛响。马生出酒馔，主客酬酢。客有吹笛度曲者，其声流于林籁，境之所涉，情与俱适，不自知其乐之何以生也。（下略）"天平不失为苏州一座最好的大山，可是粗粗领略，往往不易见到它的好处；如"万笏朝天"一带的石笋，可就是绝无而仅有，而一线天以上，全是层层叠叠的奇峰怪石，自中白云以达上白云，一路饱看山色，消受不尽。加上深秋十月，经过了红艳的枫叶一番渲染，天平山真如天开图画一般，沈朝初所谓"一片枫林围翠嶂，几家楼阁迓丹丘。仿佛到瀛洲"，自是一些儿没有溢美啊。

　　春光固然易老，秋光也是不肯久留的。姑苏台畔，秋光大好，正欢迎你们联翩蜡屐而来！

一九六二年八月改写

选自《行云集》，江苏人民出版社1962年11月初版

# 苏州盆景一席谈

周瘦鹃

　　"三尺宣州白狭盆。吴人偏不把、种兰荪。钗松拳石叠成村。茶烟里、浑似冷云昏。丘壑望中存。依然溪曲折、护柴门。秋霖长为洗苔痕。丹青叟、见也定销魂。"

　　这是清代词人龚翔麟咏苏州盆景的一阕《小重山》词，他说的把一株小松种在一只狭长的宣石盆中，配以拳石，富有画意，成为一个上好的盆景，因此老画师也一见销魂了。

　　盆景是什么？盆景的构成，是将老干或枯干的花树、果树、常绿树、落叶树等一株或二株种在盆子里，抑制它们的发育，不使长得太高太野；一面用人工整修它们的姿态，力求美化，好像把山野间的树木缩小了放在盆里一样。其实盆景大部分也就是利用这种野生的树木作为材料，由于艺术加工而制成的。原来那山野、岩谷间所生长的松、柏、榆、枫、雀梅、米叶、冬青等，经过数十年或数百年之久，枯干虬枝，形成了苍老的姿态，只因一年年常经樵夫砍伐，高度只有一二尺左右。这种矮小而苍老的树木，俗称树桩或老桩头，如果掘来上盆，加以整理，一面修剪，一面扎缚，就可成为盆景。要是单独的一株，那么可以依树身原来的形态，种在深的或浅的方形、圆形以及其他长方形、椭圆形、六角形等陶、瓷或石盆中，树下树旁可适当地安放一二块拳石或石笋。例如一株悬崖形的树木，种在方形或圆形的深盆里，根旁倘有余地，可以插上一根石笋。欹斜形的树木，种在长方形的浅盆中，不论一株、二株，倘觉树下余地太大，显得空虚，那就可以配上一块英石或宣石。像这样的栽种和布置，可称为简单化的盆景。

那么怎样才是复杂化的盆景呢？这就须更进一步，制作比较细致；倘以绘画作比，等于画一幅山水或一幅园林，又等于在盆子里制成一个山水或园林的模型，成为立体的实物了。农村渔庄，都可用作绝妙的题材，并可在配置的人物上，设法将劳动生产的情况表现出来。凡是山岩、坡滩、岛屿、石壁，等等，都可用安徽沙积石或广东英石、苏州阳山石等作适当的布局。人如渔、樵、耕、读，物如亭、台、楼、阁、桥、船、寺、塔、水车、茅舍，等等，都以广东石湾制的出品最为精致。树木一株、二株，或三、五株以至七株、九株，树身不必粗大，务求形态美好，必须有高低、有远近、有疏密，并以叶片细小为必要条件，否则与全景不称。就是人与物配置的远近，也都要有一定的比例；而人与物的形体，为了要与树叶作比例，所以不宜太小，还是要选用较大的较为合适。凡是制作盆景的高手，必须胸有丘壑，腹有诗书，多看古今名画，才能制成一盆富有诗情画意的高品。如果有这么一个水平较高的盆景，供在几案上，朝夕观赏，不知不觉地把一切烦虑完全忘却，仿佛置身于大自然的怀抱里，作神游、作卧游，胸襟为之一畅。

苏州的盆景，已有很悠久的历史，可是过去传统的风格，总是把树木扎成屏风式、扭结式、顺风式和六台三托式，等等，加工太多，很不自然；并且千篇一律，也显得呆板而缺少变化。后来由于盆景爱好者观赏的眼光逐渐提高，厌弃旧时那种呆板的风格，于是一般制作盆景的技工，也就推陈出新，提高了艺术水平，在加工整姿时，力求自然。凡是老干或枯干的树木，依据它们原来的形态，栽成种种不同的形式，大致可以分作五种，对于剪片、扎缚等手法，起了显著的变化。

一、直干式：主干直立，只有一本的，称为单干式；主干有二本的，称为双干式；不过双干长短不宜相等，应分高低。主干三本或五本的，称为多干式。本数以单数为宜，不宜双数。

二、悬崖式：此式俗称"挂口"，有全悬崖、小悬崖、半悬崖各式。全悬崖的主干悬出盆外较长，角度较大，枝叶不在盆面，要用深盆栽种；近根处竖一石笋或瘦长的石峰，这树就好像生长在悬崖峭壁上一样。小悬崖的主干悬出盆外较短，少数枝叶布在盆面，但仍需要深盆。半悬崖的主干只有少许斜出盆外，并不向下悬挂，角度更小，大部分的枝叶都在盆面，所以栽种时可用较浅的盆子。

三、合栽式：十多株同一种类的树木，高高低低、疏疏密密地栽在一只浅而狭的长方盆中，树下配以若干块大小高低的英石或宣石，好像是一片山野间的树林，很为自然。

四、垂枝式：盆树有枝条太多太长，无法整形的，可将长条一根根屈曲攀扎下来，形成垂柳的模样，这就叫做垂枝式。例如迎春、柽柳、金雀、枸杞、金银花、金茉莉、紫藤花等，枝条又长又多，都可用此式处理。

五、附石式：把盆树的根株、根须附着在易于吸水的沙积石上，因吸收石块的水分而生长；或就石块的窟窿中加泥栽种，更为容易。这种附石式的盆景，既可将浅盆用土栽种，也可安放在瓷质或石质的水盆里，盛以清泉，陪以小块雨花石，分外美观。

总之，盆树的形态变化很多，能够入画的，才可称为上品。枯朽的老干，中空而仍坚实，自觉老气横秋。露根的老干，突起土面，有如龙爪一样。这些树木，都是山野间老树常有的美态，在盆景中也大可增加美观。盆树的整姿定形，一定要有充分的艺术修养和灵巧的手法，才不致因加工过度而成为矫揉造作，落入下乘。春秋佳日，要经常地出外游山玩水，从岩壑、溪滩、山野、村落以及崇山峻岭之间，可以找到不少奇树怪石，都是制作盆景的好材料，要随时随地多多留意，不可轻轻放过。平日还要经常观摩古今名画，可以作为盆景的范本，比自己没根没据想出来的，高明得多。我曾经利用沈周的《鹤听琴图》、唐寅的《蕉石图》、夏昶的《竹趣图》、王烟客的《新蒲寿石图》、齐白石的《独树庵图》等，依样画葫芦似的制成了几个盆景。像这样的取法乎上，不用说是更饶画意了。

选自《花弄影集》，香港上海书局1964年3月初版

# 恰夏果杨梅万紫稠

周瘦鹃

当我在琢磨那首咏"长沙"的《沁园春》词时，一时不知该怎样着手？穷思极想之余，却给我抓住了末一句"浪遏飞舟"四个字，得到了启发，可就联想到那三万六千顷浪遏飞舟的太湖，又联想到那太湖上花果烂漫的洞庭山。当下就把洞庭山作为主题，费了大半天的工夫，好容易总算写成了。上半首写的是山上景物和动态，下半首写的是前几年游山的回忆，抚今思昔，真是别有一番滋味上心头。

那时我游的是洞庭西山，恰值是杨梅成熟的季节，因此我那下半首的头二句用"游"字韵和"稠"字韵，凑巧地写成了"年时曾此遨游，恰夏果杨梅万紫稠"。真的，当时在山上所见到的，记忆犹新；在那漫山遍野无数的杨梅树上，密密麻麻地结着无数红红紫紫的杨梅，别说数也数不清，简直连看也看不清了。我跟着那位导游的朋友在山径上走走停停，欣赏着那许多杨梅树上的累累硕果。一路走去，常常听得路旁杨梅树上响起一片清脆的笑声，从密密的绿叶丛中透将出来。原来是山农家的姑娘们正在那里摘取她们劳动的果实；一会儿就三三两两地下了树，把摘到的杨梅从小篮子里放到大竹筐里，用扁担挑着竹筐回家去。我从旁瞧着，觉得这情景倒是挺有诗意的，于是口占了二十八字："摘来嘉果出深丛，三两吴娃笑语同。

拂柳分花归去缓,一肩红紫夕阳中。"所谓"一肩红紫",当然是指她们肩挑着的满筐杨梅了。

杨梅毕竟是果中大家,不同凡品,因此植物学家给它所定的科属,就是杨梅科和杨梅属。李时珍给它释名,说是"其形如水杨子而味似梅,故名"。段氏(公路)《北户录》名朹子;扬州人呼白杨梅为圣僧。以圣僧作为白杨梅的别名,不知是何所取义?我总觉得太怪了。杨梅树是常绿乔木,叶形狭长而尖,很像夹竹桃,可是形态较短而较厚,一簇一簇的光泽可喜。我曾从西山带回来一株矮矮的老树,模样儿很美,栽在盆子里作为盆景,想看它开花结果。可是山野之性,不惯于局处盆子,不满两年,就与世长辞了。杨梅在春天开出黄白小花来,有雌有雄。雄花不能结实,雌花结成小球似的果实,周身是坚硬的小颗粒,到小暑节边成熟。为了种子的不同,因有红、紫、白、黄、浅红等色彩,自以紫、白二种为上品。味儿有酸有甜,但是甜中带一些酸,倒也别有风味,正如宋代诗人方岳咏杨梅诗所说的:"众口但便甜似蜜,宁知奇处是微酸",可算是知味的了。

杨梅的品种,因地而异,据旧籍《群芳谱》载:"杨梅,会稽产者为天下冠;吴中杨梅种类甚多,名大叶者最早熟,味甚佳,次则下山,本出苕溪,移植光福山中尤胜;又次为青蒂、白蒂及大小松子,此外味皆不及。"不错,我们苏州光福镇原是一个花果之乡,潭东一带的杨梅,至今还是果类中颇颇有名的产品,与色紫而刺圆的洞庭山所产的杨梅,可以分庭抗礼。浙江的杨梅,会稽当然包括在内;大叶青种就产在萧山,果形椭圆,刺尖,作紫色,甘美可口。不可多得的白杨梅,就产在上虞,果形不大,而颗颗扁圆,很为别致。明代诗人瞿佑咏白杨梅诗,曾有"乃祖杨朱族最奇,诸孙清白又分枝。炎风不解消冰骨，寒粟偏能上玉肌"之句，有力地把个"白"字衬托了出来。

杨梅供人食用，大概已有一千多年的历史，梁代江淹就有一篇《杨梅赞》："宝跨荔枝，芳轶木兰。怀蕊挺实，涵黄糅丹。镜日绣壑，照霞绮峦。为我羽翼，委君玉盘。"说它跨荔枝而轶木兰，真是尽其赞之能事了。汉代东方朔作《林邑记》有云："林邑山杨梅，其大如杯碗。青时极酸，既红，味如崖蜜。以醢酒，号梅香酎，非贵人重客，不得饮之。"杨梅竟大如杯碗，闻所未闻；至于用杨梅酿酒，至今还在流行，并且还有杨梅果汁和杨梅果酱等等，供广大群众享受了。

杨梅又有一个别名，叫做"君家果"，据《世说》载：梁国杨氏子修九岁，甚聪慧，孔君平诣其父，父不在，乃呼儿出，为设果，果有杨梅；孔指以示儿曰："此是君家果。"儿应声答曰："未闻孔雀是夫子家禽。"自从有了这个故事以后，姓杨的人就是往往跟杨梅认起亲来。例如宋代杨万里诗："故人解寄吾家果，未变蓬莱阁下香"；明代杨循吉诗："杨梅本是我家果，归来相对叹先作"，只因这两位诗人都是姓杨，所以就称杨梅为吾家果了。此外，还有把唐明皇的爱宠杨贵妃拉扯在一起的，如宋代方岳的一首咏杨梅诗："五月梅晴暑正祥，杨家亦有果堪攀。雪融火齐骊珠冷，粟起丹砂鹤顶殷。并与文园消午渴，不禁越女蹙春山。略如荔子仍同姓，直恐前身是阿环。"这位诗人竟把杨梅当作杨玉环的后身，真是想入非非。

栽杨梅宜山土，以砂质而混合一些细石子的，最为合适，所以栽在山地上就易于成长，并且最好是在山坡的东面和北面，西、北二面还要有一带常绿树，给它们挡住西北风，才可安稳过冬。栽种和移植时期，宜在农历三四月间，每株距离约二丈见方，不可太近。地形要高，但是地土要湿润，因此梅雨时节，就发育得很快，自有欣欣向荣之象。一到炎夏，烈日整天地晒着，枝叶就容易焦黄，影响了它的发育。新种的苗木，必须注意它的干湿，即使经过二三年，要是遇到天旱，仍须好好浇水，不可懈怠。浇水之外，还要注意施肥，用豆粕、草木灰、人粪尿等和水，先在春初一二月间施一次，到得结了果摘去以后，再施一次。树性较强，病虫害较少；枝条如果并不太密，也就不必常加修剪。

三年以来，我们苏州洞庭东西山的杨梅，年年获得大丰收。一九六一年五月下旬，有一位诗友从洞庭山来，说起今年杨梅时节，踏遍了东西二山，他所看到的，正如陆游诗所谓"绿阴翳翳连山市，丹实累累照路隅"，到处是一片丰收景象；千千万万颗的杨梅，仿佛显得分外的鲜艳。

选自《花弄影集》，香港上海书局1964年3月初版

# 殿春芍药花

周瘦鹃

你如果到苏州网师园中去溜达一下，走进一间精室，见中间高挂着一块横额，大书"殿春簃"三字，就知道这一带是栽种芍药的所在。宋人诗云："过眼一春春又夏，开残芍药更无花。"原来芍药是春花的殿军，殿春之说，就是由此而起的。

《本草》说："芍药，犹绰约也，美好貌，此草花容绰约，故以为名，处处有之，扬州为上。"不错，扬州的芍药，久已名闻天下，苏东坡曾说"扬州芍药为天下冠"；此外，古人诗中，也有"千叶扬州种，春深霸众芳""扬州帘卷春风里，曾惜名花第一娇"等句，足见扬州的芍药，确是出类拔萃，不同寻常的。前年我到扬州去，听说现存名种只有十多种，而最名贵的"金带围"尚在人间，这是一个可喜的消息。至于整个扬州由花农们培植出来的芍药，共有一千多墩，都已归公家收买，从事繁殖。我因此建议在瘦西湖公园中辟一广大的芍药田，集体栽种，再设法搞些新品种出来，使扬州芍药发扬光大，在现代仍能争取第一，与年来崭露头角的丰台芍药，来一个友谊竞赛。

芍药的花期，比牡丹迟一些，红五月中，才是它盛放的季节。花分黄、紫、红、白、浅红、洒金诸色，据旧时《芍药谱》所载，共有八十余品。我家爱莲堂前牡丹坛下，只有红、白、浅红三种芍药，这几天正在次第开放，可是天不作美，常受雨师风伯的欺陵。一枝方挺秀，风雨中立即倒伏，索性把它剪下来作瓶插，倒有好几天可以欣赏。另有黄色的一种，种了三年，还是不见一花，真是一件憾事！

种芍药应该挑选向阳而排水良好的地方，土壤要肥要松。种定之后，不可移种，过了几年，根株发展太大，那就要分株重栽。分株以秋季为宜，须挖成尺余深穴，多施猪、牛、羊、马粪等堆肥，然后铺土，把每株有三四个嫩芽的根株种下，根须定要垂直，上盖细土，切忌踏实。一春逐日浇水，发芽前和花落后，都须浇粪水一次。生了花蕾，每茎只留一个，花开必大。开残后立即将花剪去，不要让它结籽。天寒地冻时，须在根上铺盖稻草，切忌浇水。春季因芽得春气而长，不可分株，俗有"春分分芍药，到老不开花"之说，虽然说得夸张一些，未必正确，但是轻举妄动，怕要等上好几年，才能看到花开。

选自《花弄影集》，香港上海书局1964年3月初版

# 扬芬吐馥白兰花

周瘦鹃

　　从小儿女的衣襟上闻到了一阵阵的白兰花香，引起了我一个甜津津的回忆。那时是一九五九年的初夏，我访问了珠江畔的一颗明珠—广州市。在所住友谊宾馆附近的农林路上，瞧见两旁种着的行道树，都是白兰花，不觉欢喜赞叹。后来又在中山纪念堂前，看到两株二人合抱的老干白兰花树，更诧为见所未见。可惜我来得太早了，树上虽已缀满了花蕾，但还没有开放。料想到了盛开的时候，千百朵好花吐馥扬芬，这儿真成为一片香世界哩。

　　白兰花是南国之花，所以广东、广西、福建、云南等地，都是它的家乡。它最初的出生之地，据说是在马来半岛一带，经过引种培育，它的子子孙孙就分布到中国来了。南方四时皆春，尽可作为地植，且易于长成大树，绿叶扶疏，终年不凋。不像苏沪一带，只能种在盆子里，娇生惯养，见不得冰霜，入冬就得躲在温室里，不敢露面了。

　　白兰花是一种属于木兰科的常绿亚乔木，木质又细又松，表皮作白色。叶大如掌，作椭圆形，长达五六寸。到了五六月里，叶腋间就抽出花蕾，嫩绿色的苞，有如一只只翡翠簪头，玲珑可爱。到得花蕾长大，苞就脱落而开出洁白的花朵来了。每一朵花约有十一二瓣，瓣狭长，作披针形，长一寸左右。花心作绿色，散发出兰蕙一般的芳香，还比较的浓一些。但还有比这香得更浓的，那就是白兰花的姊妹行——黄兰花。它穿着一身鹅黄色的衫子，打扮得很漂亮，和白兰合在一起，自觉得别有风韵。黄兰的树干和叶形、花型，跟白兰没有什么分别。可是种籽不多，分布面不广，物以稀为贵，就抬高了它的身价。

苏州虎丘山的花农，很早就在培植白兰花了。它们跟玳玳、茉莉、珠兰等共同生活，成为形影不离的好朋友。这些花都是怕寒的，入冬同处温室，真是意气相投。过去在白兰花怒放的季节，花农们除了把大部分卖给茶叶店作窨茶之用外，小部分总是叫女孩子们盛在竹篮里入市叫卖。那时的卖花女，都过着艰苦的生活，借白兰花来博取一些蝇头之利，那卖花声中是含着眼泪的。近年来花农们生活大大改善了，白兰和其他香花的产量突飞猛进，不仅用来窨茶，并且大量炼成香精、香油，连白兰叶也可提炼，给轻工业和医药上提供了不少必要的原料。

选自《花弄影集》，香港上海书局1964年3月初版

# 探梅香雪海

周瘦鹃

"万树梅花玉作堆，皑皑一白满山隈。几时修得山中住，朝夕吹香嚼蕊来。"

这一首诗是我为了热爱邓尉香雪海一带的梅花而作的。每年梅花时节，一见我家梅丘上下的梅花开了，就得魂牵梦萦地怀念香雪海，恨不得插翅飞去，看它一个饱。一九六一年三月八日早上，我正在给那盆百年老绿梅"鹤舞"整姿，蓦见我的一位五十年前老同学翁老，泼风似地跑进门来，兴高采烈地嚷道："我刚从香雪海来，那边的梅花全都开了，枝儿上密密麻麻地开足了花，简直连花蕊儿也瞧不出来了。您要是想探梅，非赶快去不可！"我一听他传来了这梅花消息，心花怒放，仿佛望见那万树梅花正在向我含笑招手，于是毅然决然地答道："好啊，谢谢您给了我这个梅花情报，明儿一清早就走！"

真是幸运得很！九日恰好是一个日暖风和的晴天，我就邀约了一位爱花的老友老刘和一位种花的花工老张，搭了八时四十五分的长途汽车，向光福镇进发，十时左右已到了光福。我们下车之后，决定沿着那公路信步走去，好边走边看梅花，尽情地享受。走不多远，就看到了疏疏落落的梅树，偶有一二株开着红的花或绿的花，而大半都是白的，被阳光照着，简直白得像雪一样耀眼，不由得想到了王安石的两句诗："遥知不是雪，为有暗香来。"真的，要不是有一阵阵的暗香因风送来，可要错疑是雪了。

走了大约三刻钟光景，就到了马驾山。据《苏州府志》说，马驾山向未有名，四面全都种着梅树，清康熙中，巡抚宋荦题"香雪海"三字于崖壁，才著名起来。清帝康熙、乾隆先后南巡时，曾到过这里，住过这里，料想也曾看过梅花的了。汪琬《游马驾山记》云："马驾山在光福镇西，与铜井并峙。山中人率树梅、艺茶、条桑为业，梅五之，茶三之，桑视茶而又减其一，号为光福幽丽奇绝处也。……前后梅花多至百许树，芬香翁勃，落英缤纷，入其中者，迷不知出。稍北折而上，望见山半累石数十，或偃或仰，小者可几，大者可席，盖《尔雅》所谓也。于是遂往，列坐其地，俯窥旁瞩，濛然然，曳若长练，凝若积雪，绵谷跨岭无一非梅者。……"这篇文章对于马驾山的评价是很高的。当下我们走上山径，拾级而登，山腰有轩有亭，解放前破败不堪，前几年已经过一番整修。我们在轩里小憩一会，就走上了山顶的梅花亭。亭作梅花形，所有藻井的装饰全嵌着一朵朵的小梅花，围着中央一朵大梅花，连亭柱和柱础也是作梅花形的，真是名副其实的梅花亭了。从亭中下望，见崦西一带远远近近全是白皑皑的梅花，活像是一片雪海，不禁拊掌叫绝，朗诵起昔人"遥看一片白，雪海波千顷"的诗句来。我想，三五月明之夜，疏影横斜，暗香浮动，梅花映月，月笼梅花，漫山遍野都是晶莹朗彻，真所谓玉山照夜哩。下了山，就在夹道梅花丛里行进，一阵又一阵的清香缭绕在口鼻之间，直把我们送到了柏因社。

柏因社俗称司徒庙，这是我一向梦寐系之的所在。苏州的宝树"清""奇""古""怪"四古柏就在这里，枯干虬枝，陆离光怪，可说是造物之主的杰作。有人说是汉光武时代的遗物，虽无从考据，至少也有一千年以上的高寿了。我三脚两步赶进去瞧时，不觉喜出望外，前几年的一次台风，只把那株"奇"刮断了一大根旁枝，搁住在下面的虬枝上；其他三株，依然老而弥健，苍翠欲滴。还有那较小的两株，也仍是好好的，倒像是它们的一双儿女，依依膝下似的。客堂中有两副楹联，都是歌颂四古柏的，其一是清同治年间吴云所作："清奇古怪画难状，风火雷霆劫不磨。"其二是光绪年间潘遵祁所作："此中只许鸾凤宿，其上应有蛟螭蟠。"我以为这些歌颂的语句并不过分，四株古柏确可当之无愧，但看那十二级的台风也奈何它们不得，不就是"风火雷霆劫不磨"的明证吗？

出了柏因社，仍由公路向石嵝进发。一路上随时随地都有一丛丛的白梅花，供我们闻香观赏。红、绿梅却不多见，据说在含蕊未放时，就把花苞摘下来，卖给收购站支援社会主义建设了。那么我们何必一定要看红、绿梅，还是欣赏那香雪丛丛的白梅花为妙。况且结了梅子，又是公社中一种有用的产品，经济价值很高，比那不结实而虚有其表的红、绿梅好得多了。

在石嵝住了一夜，第二天早上，又游了太湖边的石壁，领略那三万六千顷的一角。这一天半到处看到梅花，也随时闻到梅香，简直好像是掉在一片香雪海里，乐而忘返。在那石嵝西面不远的地方，有几座红瓦鳞鳞的建筑物矗立在梅花丛中，遥对太湖，风景绝胜，那是劳动人民的疗养院。石嵝精舍住持脱尘和尚，在山上种茶、种竹、种梅、种桃，是个生产能手，毛竹几百竿，直挺挺地高矗云霄，蔚为大观，全是他十多年来一手培植起来的。万峰台在石嵝高处，从这里四望山下的梅花，白茫茫一片，真是洋洋大观。下午二时半，我们就从潭东站搭车回去，身边带着四株小梅桩，当作新的旅伴，原来是昨天傍晚从光福公社的花田里像觅宝一般选购来的。还有那公社天井小队送给我的一大束折枝红、绿梅，安放在车窗边，倒也有色有香，似诗似画。于是我仍然一路看着梅花，看呀看的，一直看到了家里。

香雪海探梅必须算准时期，不要忘了日历。古人曾说"梅花以惊蛰为候"，大概每年惊蛰前后一星期内前去，才恰到好处，如果太早或太迟，那么梅花自开自落，是不会迁就你的。探梅的人们，最好能与山中人先作联系，探问梅花消息，开到七八分时，就可以前去，领略那暗香疏影的一番妙趣了。

选自《拈花集》，上海文化出版社1983年6月版

# 观莲拙政园

周瘦鹃

　　也许是因为我家祖祖辈辈传下来的堂名是爱莲堂的缘故，因此对于我家老祖宗《爱莲说》作者周濂溪先生所歌颂的莲花，自有一种特殊的好感。倒并不是为它出淤泥而不染，是花中君子，实在是爱它的高花大叶，香远益清，在众香国里，真可说是独擅胜场的。年年农历六月二十四日，旧时相传为莲花生日，又称观莲节，我那小园子里的池莲、缸莲都开好了，可我看了还觉得不过瘾，总要赶到拙政园去观赏莲花，也算是欢度观莲节了。

　　可不是吗？拙政园的水面，占全园面积的五分之三，池水沦涟，正可作为莲花之家；何况中部的堂啊，亭啊，轩啊，都是配合着莲花而命名的，因此拙政园实在是一个观莲的好去处。例如远香堂、荷风四面亭、倚玉轩，还有那船舫形的小轩"香洲"，以至西部的留听阁，都是与莲花有连带关系而可以给你坐在那里观赏的。

　　我们虽为观莲而来，但是好景当前，不会熟视无睹，也总要欣赏一下；况且这个园子已被列为第一批全国重点文物保护单位之一，真该刮目相看。怎么叫作"拙政"呢？原来明代嘉靖年间，御史王献臣因不满于权贵弄权，弃官归隐，把这里大宏寺的一部分基地造了一个别墅，取名拙政园。王死后，他的儿子爱好赌博，就在一夜之间把这园子输掉了。到了公元一八六〇年，太平天国忠王李秀成攻下苏州时，就园子的一部分建立忠王府，作为发号施令的所在。

从东部新辟的大门进去，迎面就看到新叠的湖石，分列三面，傍石植树，点缀得楚楚可观，略有倪云林画意。进园又见奇峰几座，好像是案头大石供。这里原是明代侍郎王心一归田园遗址，有些峰石还是当年遗物。这东部是近年来所布置的，有土山密植苍松，浓翠欲滴；此外有亭有榭，有溪有桥，有广厅作品茗就餐之所。从曲径通到曲廊，在拱桥附近的水面上，先就望见一小片莲叶莲花，给我们尝鼎一脔。这是最近新种的；料知一二年后，就可蔓延开去了。从曲廊向西行进，就是中部的起点，这一带有海棠春坞、玲珑馆、枇杷院诸胜，仲春有海棠可看，初夏有枇杷可赏，一步步渐入佳境。走过了那盖着绣绮亭的小丘，就到达远香堂，顾名思义，不由得想起那《爱莲说》中的名句"香远益清，亭亭净植"八个字来，知道堂名就由此而得，而也就是给我们观莲的好地方了。

远香堂面对着一座挺大的黄石假山，山下一泓池水，有锦鳞往来游泳，堂外三面通廊，堂后有宽广的平台，台下就是一大片莲塘，种着天竺种千叶莲花，这是两年以前好容易从昆山正仪镇引种过来的。原来正仪镇上有个顾园，是元代名士顾阿瑛"玉山佳处"的遗址。在东亭子旁，有一个莲池，池中全是千叶莲花，据说还是顾阿瑛手植的，到现在已有六百多年，珍种犹存，年年开花不绝。拙政园莲塘中自从把原种藕秧种下以后，当年就开了花，真是色香双绝，不同凡卉。第二年花花叶叶，更为繁盛，翠盖红裳，几乎把整个莲塘都遮满了。并蒂莲到处都是，并且一花中有四五芯、七八芯，以至十三个芯的，花瓣多至一千四百余瓣。只为负担太重了，花头往往低垂着，使人不易窥见花蕊，因此苏州培养碗莲的专家卢彬士老先生所作长歌中，曾有"看花不易窥全面，三千莲媛总低头"之句，表示遗憾。其实我们只要走到水边，凑近去细看时，还是可以看到那捧心西子态的。今夏花和叶虽觉少了一些，而水面却暴露了出来，让我们欣赏那水中花影，仿佛姹娅欲笑呢。

远香堂西邻的倚玉轩，与船舫形的香洲遥遥相对，北面的斜坡上还有一个荷风四面亭，三者位在三个角度上，恰恰形成鼎足之势，而三处都可观莲，因为都是面临莲塘的。香洲贴近水边，可以近观；倚玉轩隔一条花街，可以远观；而荷风四面亭翼然高处，可以俯观；好在莲花解意，婉娈可人，不论你走到哪一面，都可以让你尽情观赏的。穿过了曲桥，从假山上拾级而登，就见一座楼，叫作见山楼，凭北窗可以看山，凭南窗可以观莲，并且也可以远观远香堂后的千叶莲花了。

走进别有洞天，就到了园的西部，沿着起伏的曲廊向西行进，就看到一座美轮美奂的花厅，分作两半。一半是十八曼陀罗花馆，庭中旧时种有山茶十八株，而曼陀罗就是山茶的别号，因以为名。另一半是三十六鸳鸯馆，前临池沼，养着文羽鲜艳的鸳鸯，成双作对地在那里戏水，悠然自得。池中种着白莲，让鸳鸯拍浮其间，构成了一个美妙的画面；正如宋代欧阳修咏莲词所谓"叶有清风花有露，叶笼花罩鸳鸯侣"，真是相得益彰，而大可供人观赏、供人吟味的。

向西出了三十六鸳鸯馆，向北走过一座小桥，就到了留听阁，窗户挂落，都是精雕细刻，剔透玲珑。我们细细体味阁名，原来是从那句"留得残荷听雨声"的古诗句上得来的。这个阁坐落在西部尽头处，去莲塘不远，到了秋雨秋风的时节，坐在这里小憩一会，自可听到残荷上淅淅沥沥的雨声的。

选自《拈花集》，上海文化出版社1983年6月版

# 赏菊狮子林

周瘦鹃

　　节气已过小雪，而江南一带不但毫无雪意，天气还是并不太冷，连浓霜也不曾有过，菊花正开得挺好，正是举行菊展的好时光。大型的菊展，是在狮子林举行的。凡是苏州市各园林的菊花，几乎都集中于此，大大小小数千百盆，云蒸霞蔚地蔚为大观。

　　一进狮子林大门，就瞧见前庭陈列着不少盆菊，五色斑斓，似乎盛装迎客。沿着走廊北进，到了燕誉堂。堂前假山上、花坛里，都错错落落地点缀着菊花。堂上每一几，每一案，都陈列着大小方圆的陶盆、瓷盆，盆中都整整齐齐地种着细种、名种的菊花，真是形形色色、林林总总，任是丹青妙手，怕也没法儿一一描画出来。当初陶渊明所爱赏的，大概只有黄菊一种，怎能比得上我们今天的幸运，可以看到这样丰富多彩的各种名菊而大开眼界、大饱眼福呢！

　　这一带原是园中的建筑群。燕誉堂的后面，是一个小小结构的小方厅。从后院中，走出一扇海棠式的门，就到了揖峰指柏轩。再向西进，便是旧时建筑物中仅存的所谓古五松园。每一座厅、一座轩、一座堂，都陈列着多种多样的名菊，而这些厅堂前后都有院落，都有假山，也一样用多种多样的名菊随意点缀着。这处处都是不可胜数的名菊，都是公园、拙政园、留园、狮子林、网师园等花工们一年劳动的结晶。

揖峰指柏轩的前面，有一条狭长的小溪，溪上架着一条弓形的石桥，桥栏上齐整地排列着好多盆黄色和浅紫色的小菊花，好像是两道锦绣的花边，形成了一条绚烂的花桥。站在轩前抬眼望去，可见一座座的奇峰，一株株的古柏，就可明了轩名揖峰指柏的含义。此外还有头角峥嵘的石笋和木化石，都是五六百年来身历兴废的古物，还是元代造园时就兀立在这里的。这一带的假山迂回曲折，路复山重，要是漫不经心地随意溜达，就好像误入了诸葛孔明的八卦阵，迷迷糊糊地找不到出路。

荷花厅在揖峰指柏轩之西，厅前有大天棚很为爽垲，这是供游客们啜茗休憩的所在。棚临大池塘，种着各色名种荷花，入夏大叶高花，足供欣赏。现在荷花没有了，却可在这里赏菊。原来花工们别出心裁，在前面连绵不断的假山上，像散兵线般散放着一盆盆黄白的菊花，远远望去，倒像是秋夜散布天际的星斗一样。出厅更向西进，有一个金碧辉煌的水榭，上有蓝地金字匾额，大书"真趣"二字，并没款识，据说是清帝乾隆所写的。西去不多远，有一只石造的画舫，窗嵌五色玻璃，十分富丽；现在船舷头、船尾上，都密集地安放着各色小型的盆菊，形成了一只美丽的花船。沿着长廊再向西去，由假山上拾级而登，就是赏梅所在的暗香疏影楼。出楼向南，得一亭，叫作"听涛亭"，与荷池边的观瀑亭遥遥相对。原来这里是西部假山最高的所在，下有人造瀑布，开了机关，水从隐蔽着的水塔管中荡荡下泻，泻过湖石叠成的几叠水坝，活像山中真瀑，挂下一大匹白练来，气势磅礴，水声滔滔，边看边听，使人心腑一清。这是狮子林的又一特点，为其他园林所没有的。出亭，过短廊，入问梅阁。古诗云：

君自故乡来，应知故乡事。昨日绮窗前，寒梅着花未？

　　因阁下多梅树，就借用"问梅花开未"的意思，作为阁名。阁中桌凳，都作梅花形，窗上全是冰梅纹的格子，而又挂着"绮窗春讯"四字的横额，都是和梅花互相配合的。从这里一路沿廊下去，还有双香仙馆、扇子亭、立雪亭、修竹阁等建筑物，为了这一带已没有菊花，也就不用流连了。

　　选自《拈花集》，上海文化出版社1983年6月版

# 访古虎丘山

周瘦鹃

　　对于苏州虎丘最有力的赞词，莫如《吴地记》中的几句话："虎丘山绝岩纵壑，茂林深篁，为江左丘壑之表。吴兴太守褚渊过吴境，淹留数日，登览不足，乃叹曰：'昔之所称，多过其实，今睹虎丘，逾于所闻。'斯言得之矣。"不错，耳闻不如目睹，到了虎丘，才会一样地赞叹起来的。何况解放以后这几年间，年年不断地加以整修，二山门外开了河，造了桥；修好了云岩寺塔、拥翠山庄；最近又整理了后山，跟前山打成一片，顿使这破败不堪的旧虎丘，一变而为朝气蓬勃的新虎丘。

虎丘山吴王墓

开宗明义第一章，先得说一说虎丘的历史和传说。虎丘山又名海涌山，在城市西北八里许，高约十三丈，周约二百十丈。吴王阖闾葬在山中，当时以十万人造坟，临湖取土，用水银灌体，金银为坑。葬了三天，有白虎蹲踞坟上，因此取名虎丘。秦始皇东巡时，到了这里，要找寻给阖闾殉葬的扁诸、鱼肠等三千柄宝剑，正待发掘，却见一头虎当坟蹲踞着；始皇拔佩剑击虎，没有击中，却误中石上。那头虎向西逃跑二十五里，直到虎瞗（即今之浒墅关）才失踪了。始皇没有找到宝剑，而他所误击的石竟陷裂而开始成池，因此叫作剑池。到了晋代，司徒王珣和他的弟弟司空王珉把这山作为别墅，据说云岩寺塔所在，还有王珣的琴台遗址哩。唐代因避太祖名讳，改虎丘为武丘，可是唐以后，仍又沿称虎丘了。古今来歌颂虎丘的诗词文章很多，美不胜收，而我却偏爱宋代方仲苟的一首诗：

> 海涌起平田，禅扉古木间。出城先见塔，入寺始登山。堂静参徒散，巢喧乳鹤还。祖龙求宝剑，曾此凿屏颜。

我以为他这样闲闲着笔写虎丘，是恰到好处的。

一个风和日丽、柳绿桃红的大好春天，我怀着十分愉快而又带一些骄傲的心情，偕同苏州市文物保管委员会同人，走过了那条前年用柏油铺建的虎丘路，悠闲地踱上了虎丘山，先就来到了那座饱阅沧桑的云岩寺塔下。云岩寺塔是第一批全国重点文物保护的一个单位。过去在黑暗统治的时期里，它受尽了折磨，老是歪着头，破破烂烂地站在那里。解放以后，经过了几年的调查研究，做好了充分的准备，才在一九五六年给它整修起来。在整修过程中，人们在这七层的塔身里，发现了许多宝贵的文物，对于建筑、雕刻、丝织、刺绣、陶瓷、工艺各方面，都提供了有价值的历史艺术资料；并且从文字记载上，确定了这塔起建于公元九五九年，即周显德六年己未，而完成于公元九六一年，即宋建隆二年辛酉；屈指算来，它已足足达到了一千岁的高龄了。

出了塔，就到左旁的致爽阁去啜茗座谈。这是山上最高的一个建筑物，前后左右都有长窗短窗，敞开时月到风来，真可致爽，使人胸襟为之一畅。凭着后窗望去，远近群山罗列，耸翠堆蓝，仿佛是一幅山水大画屏，大可欣赏。阁中有老友蒋吟秋写作的一副对联："高丘来爽气，大地展东风。"书法遒劲，语句写实而含新意。可不是吗？高丘来爽气，在这里就可以充分体验得到，而遥望山下许多的新工厂和新烟囱；虎丘公社到处绿油油的香花（茉莉、玳玳、玫瑰、珠兰）和农作物，工农业并驾齐驱，也就是"大地展东风"啊！

从致爽阁拾级而下，向左转，到了云岩寺大殿前，走下那名为"五十三参"的五十三步石级，再向左去，过了那个传说当年清远道士养鹤的养鹤涧，沿着山路行进，就可达到那新经整修、大片绿化的后山。这一带石壁的上面，有平远堂、小吴轩、玉兰房等建筑物，高低起伏，错落参差，有如古画中的仙山楼阁一般，都是可以远眺下望，流连休憩的所在。

虎丘的中心是千人石，是一块挺大的大磐石，坎坷高下，好像是用大刀阔斧劈削而成，面积足有一二亩大，寸草不生，这是别的山上所没有的。北面有一座生公讲台，据说当时人们都坐在石上听生公说法，因此石壁上刻有篆书"千人坐"三字，就是说这里是可容千人列坐的。旧时另有一个传说：阖闾当年雇工千人造坟，坟里有许多秘密的机关，造成之后，怕被泄露出去，因下毒手，将这一千工人杀死，借此灭口，后人就把这块大磐石叫作"千人石"。

这座生公讲台,又名说法台,是神僧竺道生讲经的所在。传说他讲经时因为没有人相信,就聚石作为徒众,对他们大谈玄理,石都领会而点起头来。白莲池的一旁,有一块刻有篆体"觉石"二字的石,就是当时的点头石。这种神话,可发一笑,而"生公说法,顽石点头",后来却被引用作成语了。白莲池周围一百三十多步,巉石旁出,中有石矶,名为"钓月",池壁上刻有"白莲开"三字,古朴可喜。旧时又有一个神话:当生公说法时,正在严冬,而池中忽然开出千叶白莲花来,妙香四溢。现在池中也种有白莲花,洁白如玉,入夏可供观赏。

穿过千人石向北行进,见有两崖似被划开,中涵石泉一道,这就是剑池。池广六十多步,水深一丈有半,终年不干,可惜并不太清。崖壁上刻有唐代颜真卿所写的"虎丘剑池"四个大字和宋代米元章所写的"风壑云泉"四个大字,都是有骨有肉的好书法。旧时传说秦始皇和孙权都曾在这里凿石找寻阖闾殉葬的宝剑和珍物,两人各无所得,而凿处就形成了这个深池。当年池水大概是很清的,可以汲饮,所以唐人李秀卿曾品为"天下第五泉"。宋代张栻曾有《剑池赞》云:

> 湛乎渊渟,其静养也。卓乎壁立,其自守也。历四时而无亏,其有常也。上汲而不穷,其川不胶也。其有似乎君子之德乎?吾是以徘徊而不能去也。

以池水一泓,而比作君子之德,确是极尽其赞之能事了。

我们这一次是专为访古而来,而探访云岩寺塔,更是最大的任务。此外,逢到了古迹,也少不得要停一停,瞧一瞧。一路从剑池直到二山门,又探访了那个刻着陈抟像和吕纯阳像的二仙亭，那个曾由陆羽品为第三泉的石井，那个采取苏东坡"铁花绣岩壁"诗句而命名的铁花岩，那个利用就地山石雕成观世音像的石观音殿，那个百代艳名齐小小的真娘墓，那个一泓清味问憨憨的憨憨泉，那个相传吴王试过剑的试剑石，那个相传生公枕过头的枕头石。一路走，一路瞧，瞧它们还是别来无恙，我们也就得到了安慰。冷香阁下的梅花早已谢了，要看红苞绿萼，还须期之来年，因此过门不入。最后就到了拥翠山庄，这是一座山林中的小小园林，而又是当年赛金花的丈夫苏州状元洪文卿所发起兴建的。中有灵澜精舍、不波小艇、石驾轩、问泉亭等，气魄不大，而结构精巧。我们在这里流连半晌，便商量作归计；回头遥望云岩寺塔，兀立斜阳影里，仿佛正在那里对我们依依惜别呢。友人尤质君题诗云：

胜迹端凭妙笔传，溪山如画客情牵。十年阊阖新栽柳，七里山塘旧放船。致爽阁风吹不断，云岩寺塔故依然。支筇未信衰腰脚，还欲追登海涌巅。

瘦鹃作和云：

虎阜名高亘古传，一丘一壑总心牵。冷香阁下停华毂，绿水桥边系画船。百尺清泉仍湛若，千年古塔尚巍然。却因放眼还嫌窄，愿欲从君泰岱巅。

选自《拈花集》，上海文化出版社1983年6月版

# 观光玄妙观

周瘦鹃

　　同志，您到过苏州吗？如果到过苏州，那么您一定逛过玄妙观了。因为它坐落在城市的中心，仿佛一头巨兽，张口雄踞在那里，一天到晚不知要吐纳多少人。它的东西南北，都有通道，而前面的那条大街，就因这座玄妙观而称为观前街，可说是苏州市商业的心脏，一个最繁盛的地区。

　　远在公元二七七年前后，距今大约已有一千六百八十多年了，时在晋代咸宁中叶，苏州就有一个真庆道院，是道教的圣地。相传当初吴王阖闾曾在这个地点兴建他的宫殿，壮丽非凡，到公元七二八年前后，在唐代开元中叶，就改名为开元宫了。末了有将军孙孺勾结朱全忠兴兵叛变，攻入苏州，烧开元宫，只剩下了正殿和山门，巍然独存，乱平，才重行修建。到公元一〇〇九年，即宋代大中祥符二年，又改名为天庆观。淳熙六年，那正中供奉圣祖天尊的圣祖殿突然失火，随即重建，改名为三清殿，直到如今。公元一二六四年，即元代至元元年，把天庆观改名为玄妙观。至正末年，张士诚起义失败，在兵乱中又毁于火。公元一三七一年，即明代洪武四年，玄妙观早已修复，又改名为正一丛林。到了清代康熙年间，因康熙帝名玄烨，为了避讳之故，改作圆妙观。以后由清代中叶以至民国，却又恢复了玄妙观的旧称。看了玄妙观的历史沿革，真是变化多端，建了又毁，毁了又建，连名称也一改再改，莫名其妙。足见保存一个古迹，真是颇不容易的。

玄妙观中原有二十五殿，是个建筑群，现在却只剩下祖师殿、真人殿、天后殿、雷尊殿、星宿殿、火神殿、机房殿、药王殿、文昌殿、太阳宫，再加上一个最近失火被毁的东岳殿，已不到半数了。正中的三清殿，是最大的一个，俨然是各殿的老大哥。殿中供奉着三尊像，就是三清像，每尊各高五丈许，金光灿烂，宝相庄严。据旧时志书载称，殿高十二丈，用七十四根大柱子支撑着。这大概是原始的记录，足见建筑的雄伟。可是因为历代迭经改建，早就打了个很大的折扣。殿上盖着两重大屋顶，四角有高高翘起的飞甍，屋脊两端的大龙头，还是宋代的砖刻，十分工致。正中有铁铸的平升三戟，也是古意盎然。殿内的承尘上，原有鹤、鹿、云彩和暗八仙等彩绘的藻井，所谓暗八仙，就是传说中的八仙吕洞宾、铁拐李等所佩带的宝剑、芦葫等八种东西，本是丰富多彩的，却因历年来点烛烧香，乌烟瘴气，以致熏灼得模糊不清了。西壁上有挺大的一块石刻"老君"画像，原是唐代大画家吴道子的手笔，而由宋代名手照刻的，上面还有唐玄宗的像赞和颜真卿的题字，自是一件宝贵的文物。殿前横额，是朱地金字的"妙一统元"四字，笔致遒劲，并不署名，相传这还是元代金兀术的真迹，像他这么一个喑呜叱咤的武将，怎么写得出这一手好字，这毕竟是民间传说罢了。那么是谁写这四个字的呢？其实是清初吴江的书家金之俊，曾有人说他是金圣叹的叔父，却不可靠。殿门有一座青石的平台，三面石栏，原是五代遗制，由巨匠加工雕刻而成，在艺术上自有一定的价值，不过现在只残存一部分了。

老一辈的苏州人，总津津乐道三清殿后面原有的一座弥罗宝阁，是当时整个玄妙观中最精美的建筑物，上下共三层，像三清殿一般高大，据说是明代正统年间，由巡抚周忱和苏州知府况钟监造的。人们要是看过昆剧《十五贯》，总很熟悉这两个人物。况钟在那个时代，是苏州不可多得的好官。这座阁共有六十根用青石凿成的大柱子，每柱各有六面，一共就有三百六十面，面面雕着天尊像，并且全有名号，作为一年三百六十天的象征，倒也很有意思。阁上第一层供奉着"万天帝主"，左右供奉着三十六天将；第二层上供奉着"万星帝主"，左右供奉着"花甲星宿如尊"；第三层上有刘海蟾像的石刻，原来是松江大画家杨芝所画的。清初词人陈其年曾宠之以词《沁园春·秋日登姑苏元妙观弥罗阁》云：

> 肃肃多阴，萧萧以风，危乎高哉。见飞甍复檐，虹霓轇轕；梅梁藻井，龙鬼琵琶。灯烛晶荧，铎铃夏触，虎篆雷音百幅裁。锵剑佩，是南陵朱鸟，北极黄能。玲珑月殿云阶，况珠斗斓斒绝点埃。正井公夜戏，犀枰象博；麻姑昼降，绣帔瑶钗。叱日呼烟，囚蛟锁魅，五利文成未易才。银鸾背，笑蟾蜍窟里，金粟争开。

读了这首词，可以想象当年的盛况。可惜四十年前，阁中不知为何起了一场大火，竟化为灰烬了。后由地方士绅在这里造了一座中山堂，用以纪念孙中山先生。解放以后，一度改作第一工人俱乐部，给工人兄弟们作为文娱活动的场所。近三年来，南门已造好了工人文化宫，这里就改为观前电影院。要是还有谁发思古之幽情，提起这危乎高哉的弥罗宝阁来，大家都会茫然啦。

可不要小觑了这一座城市中的小小道观，据说旧时内外竟有三十六景之多，内景外景，各有十八个。其实无所谓景，只是历代留下的许多古迹。可是由于一年年饱阅沧桑，有的虽还存在，大半却已找不到遗迹了。现在可以供我们流连欣赏的，不过是三清殿前那座青石平台上的一部分石阑和殿内那块吴道子所画老君像的石刻；此外引人注目的，那就是殿外东面地上的一大块无字碑，巍巍然耸立在那里，已经几百度春秋了。原来明代洪武年间，大文学家方孝孺写了一篇大文章，就有人给刻在这块碑上，铁划银钩，不同凡品。后来朱棣硬从他侄子的手里篡夺了皇位，自称永乐帝，定要方孝孺给他写一道诏书，诏告天下。方孝孺天生一副硬骨头，誓死不从，因此牺牲了生命；并且十族都被株连，同遭残杀，连这大石碑上的碑文也不能幸免，全被铲除，就变成了一块无字碑。然而这碑上虽不着一字，却永远默默地在控诉着暴君的罪恶。

其他列入三十六景之内的，有水火亭、四角亭、六角亭、五十三参、一人弄、五鹤街、一步三条桥、和合照墙、麒麟照墙、望月桶、三星池、七泉眼、半月石水盂、运木古井、鱼篮观音碑、靠天吃饭碑、永禁机匠叫歇碑、八骏图石刻、赵子昂手书三门记石刻、坐周仓立关公像等等，真是五花八门，名目繁多，可惜的是现在十之七八都已找不到了。祖师殿前庭，有一座长方形的古铜器，名"武当山"，似是殿宇的模型，高四尺许，横五尺许，下有石座，高四五尺，这铜器铜色乌黑，上有裂纹。据说是宋代的作品，虽不像夏鼎商彝那么名贵，却也是玄妙观的一件"传家之宝"。

玄妙观中并没有什么宝塔，而三十六景内却有所谓"双宝塔"，其实并不是真的宝塔，而是东岳殿前庭的两株大银杏树。相传是宋代的遗物，分立两边，亭亭直上，好像是两座宝塔一样。每一株的树干粗可二三人合抱，枝叶四张，绿沉沉地荫满一庭；虽非宝塔，却是玄妙观的宝树。不料前年东岳殿失火，祸延银杏，直烧得焦头烂额，面目全非，虽然生机未绝，却已不像宝塔了。

过去的玄妙观，全是些杂货和饮食的店和摊，以及所谓"九流三教"的营生，全都集中在这里，杂乱无章，简直把那些富有历史价值和艺术价值的古文物，全都淹没了。一九五六年春，苏州市人民委员会就鸠工庀材，把它整理起来，顿时焕然一新，给观前街生色不少。正山门的两翼，有两座新式的三层大楼，一般人以为跟古式的正山门不大调和，何必画蛇添足。其实这是早就有了的，拆去未免可惜，所以刷新了一下，利用它们辟作商场。现在东面的大楼，是工艺美术品的陈列馆和服务部，苏州著名的刺绣、缂丝、雕刻、檀香扇等，应有尽有，满目琳琅，充满着艺术的气氛，使人目迷五色，恋恋不忍舍去。

玄妙观整修以后，古为今用，曾不止一次地在三清殿举行文物展览会和书画展览会；而最为别致的，是举行过一个饮食品展览会，给"吃在苏州"做了一个有力的说明。会中陈列佳肴美点一千余种，都是全市制菜制点名手的劳动结晶品。每一种佳肴和每一种佳点，都有一个五彩的结顶，用各种色彩的面和粉做成人物、花果、龙凤、"暗八仙"和十二生肖等等，制作非常精巧，不知要费多少工夫。其中最引人注目的，是黄天源冯秉钧老师傅手制的一座三清殿全景，全用糯米粉制成，黑白分明，色调朴素；每一扇门，每一根柱子，都很精细地给塑造了出来，连殿前平台的三面石阑和一只古铜鼎，也一应俱全，真是一件匠心独运的艺术品。只因体力劳动和脑力劳动互相结合起来，才有这样美好的成果。

这一座享寿一千六百多岁的玄妙观，终于换上了崭新的面貌，返老还童了。加上这几年来从事绿化，辟了花圃，种了许多柏、榆、桂和桃树等，更见得勃勃有生气。一年到头，不但苏州市民趋之若鹜，就是从各地来的游客以及国际友人们的游览日程表上，"观光玄妙观"也是一个必要的节目。

选自《拈花集》，上海文化出版社1983年6月版

# 苏州园林甲江南

周瘦鹃

江南园林甲天下，苏州园林甲江南。

这是前人对于苏州园林的评价。的确，苏州的园林，是一种艺术的结晶品，是由劳动人民费了不少心力创造出来的。

为什么苏州有很多园林呢？原因是在封建时代，有许多官僚地主和士大夫之流，看到苏州地方山明水秀，大可终老，于是请画师和专家们构图设计，鸠工庀材，造起一座一座园林来。当然，这些造园的钱，都是从人民头上剥削来的。

苏州园林的建造，是中国民族遗产的绘画、诗文、书法的综合体现，一般都富有诗情画意。城外一些园林的特点，在于尽可能利用自然；城内的园林，不能利用自然，那就模仿自然，例如掘池沼，堆山石，种树木，以构成自然的景色，然后就适当的环境，布置适当的建筑物。

构造园林时，首先是就园地的面积和形势，做出一个大致轮廓，定出主景部位，包括主山、主水、主要场地和主要建筑等；其次是察看地势的适宜处，逐步考虑叠石种树，安置附从建筑物，连接走廊、桥梁、道路和其他较小的部分。这个创造过程是一气呵成的，也是逐步发展的。苏州园林的景物，不论主景和次景，都是这样布置起来的。它们都有疏处、密处，并且高下曲折，互相掩映，处处有变化，处处却有呼应，务使在多种多样变化中求得统一，使整个园林，具有一种独特的风格。如拙政园以幽雅胜，留园以精致胜。

苏州园林在国民党反动派统治时期和日本军阀入寇时候，都被任意摧残，以致日就荒废。解放以后，经人民政府组织园林整修委员会逐一加以整修，每个园林不过花了三四个月时间，并尽量利用旧料和旧的装修，力求保持原来风格。今将已经整修而开放的六园，依创始先后，一一介绍如下：

# 沧浪亭

沧浪亭在南门内人民路三元坊学宫南，五代吴越时，是广陵王元璙的池馆。宋代庆历年间，大诗人苏舜钦子美出四万钱买了下来，他在北碕傍水处造了一座亭子，命名为"沧浪亭"，还作了一篇传诵一时的《沧浪亭记》。子美逝世后，屡次易主，后为章申公家所有，把原来的地面扩大，建造了阁和堂，并且买进了亭北跨水的洞山，造成了两山相对的雄关。南宋建炎年间，又为抗金名将韩世忠所得。由元代至明代，废作僧居。明代嘉靖年间，又改建为纪念韩世忠的韩蕲王祠。

清康熙年间，先建造了苏公祠，后在山巅造了个亭子，找到明代大书画家文徵明隶书的"沧浪亭"三字，揭在额上，还造了"自胜轩""观鱼处"和一个题为"步碕"的长廊。道光七年，巡抚梁章巨重修时，因他自己姓梁，添造了一间楼，以祠梁鸿。太平天国大军攻入苏州时，亭又被毁，直到同治十二年才把它修复，还造了一座明道堂。堂后是东菑和西爽；西面是五百名贤祠，壁上石刻，全是苏州自周初到明末的五百多个所谓名贤的画像。当然，这些人的历史评价，必须站在人民的立场，重新加以考虑，但在考古方面，无疑是有历史价值的。祠南为翠玲珑，以北为面水轩，藕花水榭，都是临水而筑的。沧浪亭的妙处也就在大门外临水一带，水中旧有莲花极多，入夏花繁叶茂，一水皆香。可惜在抗日战争时给敌伪搞得荡然无存，现在已经补种了一些，并在对岸种了许多碧桃和垂柳。

沧浪亭的特点，在于内景与外景互相结合，亭榭水石，参差错落，掩映有致；而复廊蜿蜒而东，廊壁花窗（又名漏窗）一百余种，形式各个不同，更是绝妙的图案画。南部的看山楼，在石屋上起建，石屋名"印心"，结构精妙，登楼一望，远山隐稳，都在眼前，而墙外南园一带的农田景色，也一览无余。

# 狮子林

狮子林在城东北部，位于新辟的园林路。创建于元代至正年间，本来是菩提正宗寺的一部分，清乾隆年间，改称"画禅寺"。园子在寺的东部，最初系僧人天如禅师和他的高徒维则特地邀请了当代倪云林、朱德润、徐幼文等大画家和十余位艺术家共同设计，而绘图的就是倪云林，所以更觉难得。只因佛书中有"狮子座"，就定名为"狮子林"。

园中假山独多，全用太湖石堆叠而成，嵌空玲珑，盘旋曲折，游人穿行这些繁复非常的假山时，往往峰回路转，尽在那迷离的山径中摸索，几乎找不到出路。可惜因为历年已久，经过后人一再整修，未免有些儿走样，但那本来面目，还是依稀可辨。

园中旧有许多名胜，现在大半存在，并有许多松柏等乔木点缀其间，更觉美具难并。元末，张士诚的女婿潘元绍曾经居住园中。清代康熙、乾隆二帝南巡，都曾到过此园。相传乾隆曾在一座亭子里眺望园景，写了"真有趣"三字，作为园中匾额。当时有一个随从的大臣以为不雅，请求把中间的"有"字赐予他，于是剩下了"真趣"二字。此亭此额至今尚存，并且整修得富丽堂皇。

此园后来为上海巨商贝润生所得。贝原为苏人，以颜料起家，他把狮子林大大修葺了一下，并且加上了一只金碧辉煌的旱船。贝死后，年久失修，解放后由苏州市园林整修委员会做局部整理，后又修了"指柏轩"和"古五松园"，都尽力保持旧时朴素的风格。在"问梅阁"附近，也修好了人造瀑布，一开机关，水就倾泻而下，好像一匹白练，水声淙淙，如鸣瑟筑，这倒是其他园林所没有的。

# 拙政园

拙政园在娄门内东北街。明代嘉靖年间，御史王献臣将原来大宏寺的废址改为别墅；他因晋代潘岳做官不得意，退归田园，种树种菜，曾有"此亦拙者之为政也"一句话，所以他就以潘岳自比，名其园为拙政园。后来他的儿子因赌博输了钱，把它卖给徐姓。清初为大学士陈之遴所得。那时园中有一株宝珠山茶，初春着花烂漫，红艳可爱，诗人吴梅村曾作长歌赞美过它。后来陈之遴因事获罪，被放逐到关外去，园地也被没收。以后一度归吴三桂的女婿王永宁，吴败，又被没收入官。再后几经变迁，到咸丰庚申年间，太平天国忠王李秀成攻下了苏州，就把它作为王府，成为人民革命史上一个很宝贵的遗迹。同治十年，改为八旗奉直会馆。入民国后，虽未开放，但游人只需出些钱给守门的，便可进去游览，但是堂宇亭榭，都已破旧了。抗战期间，曾为伪江苏省政府盘踞。胜利后，又一变而为社教学院。解放后，初由苏南文物保管委员会接收，略加修葺，即行开放。后来改归苏州市园林管理处管理，力求改善，大加整修，中断的走廊，坍毁的亭榭和湮没的花街，都一一修复，使全园景色，顿觉楚楚可观。

一进园门，就可瞧见一株枯干虬枝的紫藤，前有"文衡山先生手植藤"一碑，原来是明代大书画家文徵明所手植，历时四百余年，却老而弥健，暮春繁花齐放，美艳夺目，真如遮上了一个紫绿大天幕。走进二门，迎面就是一座假山，上多老树，浓翠欲滴。沿着山边走廊过桥，就是四面开窗的"远香堂"。向东行进，有"枇杷院""海棠春坞""玲珑馆"诸胜。更东是一片新辟的园地，占地约二十余亩。

远香堂西面有"南轩"，更西为"香洲"，是一座船舫式的建筑物；这一带更有"小沧浪""小飞虹""玉兰堂"诸胜，水石花木，互相映带，饶有清幽之趣。西边假山上有"见山楼"，楼下有轩，三面临水，向有莲花很多，炎夏在此赏莲，心目俱爽。

拙政园西部，旧时划归西邻张氏，别称"补园"。这里的结构，于花木水石之外，厅堂亭榭密集，和中部的疏朗各有佳处。南有一厅，隔而为二，面北的名"卅六鸳鸯馆"，窗外池塘中蓄有鸳鸯对对；面南的名"十八曼陀罗馆"，庭前种山茶十余株。此外还有象形的"笠亭""扇亭"，雕刻特精的"留听阁"，为尊重文徵明、沈石田二位大师而建的"拜文揖沈之斋"等建筑。极西有一道水廊，系用黄石、湖石堆砌，设计别具匠心。

拙政园的特点在于多水，水的面积约占全园五分之三，亭榭楼阁，大半临水，所以用桥梁或走廊彼此联系。水中都种莲花，到了夏季，万柄摇风，香远益清，简直是一片莲花世界了。

# 留　园

留园在阊门外虎丘路，原为明代太仆徐同卿旧居。清代嘉庆初年，为观察刘蓉峰所得。刘性爱石，所以园中搜罗了奇峰怪石很多，为其他园林所不及。光绪初年，归武进盛旭人，改称"留园"。

全园面积五十余亩，结构布局，富丽工巧。建筑物特多，到处有亭台楼阁，轩榭厅堂，它们全用走廊曲曲折折地联系起来。解放以前，屡遭摧残，破坏不堪。现已整修得美轮美奂，恢复旧观。

园的中部，以"涵碧山房"为主体，它前面有荷花池，另三面都有重叠的假山。东有"观鱼处"，西有"闻木樨香轩"，北有"自在处""明瑟楼"，假山高处还有"半亭"。这一带有山有水，有树龄数百年的古树，是一幅绝妙的山水画。

"五峰仙馆"俗称"楠木厅"，是全园最大的一个厅，前庭叠石，全是当时刘蓉峰搜罗来的。他曾替它们题上了"青芝""印月""一云""仙掌"等名称，总称"十二峰"，只因其中有的像猴，有的像鸡，有的像……所以后人就管它叫"十二生肖石"。从西边"鹤厅"前进，是玲珑曲折的"揖峰轩"和"还我读书处"，这里每一小庭都有石峰石笋。由"五峰仙馆"沿着走廊向北，经"冠云台"就到了俗称"鸳鸯厅"的"林泉耆硕之馆"。这座建筑的窗、门、挂落、挂灯等，雕刻得都很精细，它是全园最精美的处所。对面有一座狭长形的楼，名"冠云楼"，登楼可以看山。楼下有三座奇峰，恰与"林泉耆硕之馆"相对。

从"冠云楼"下来，经竹楼西行到"又一村"，在一片桃、杏中有瓜架构成的竹廊。更向南进，便见土山一座，名"小蓬莱"，系用大小黄石与土壤相间叠成，很自然。山上有亭二座，顶有大枫树十余株，绿荫如盖，深秋变作猩红，灿如霞彩，真所谓"霜叶红于二月花"了。山下有小溪蜿蜒向南，到"绿溪行"，和长廊相接，廊尽处有水榭，名"活泼泼地"，小小结构，装修得特别精致，倘以文章作比，那么这是六朝骈俪的小品文了。由此过窄廊出门，就接连中部的"涵碧山房"。

# 怡　园

怡园在南门内人民路乐桥以西，本为明代尚书吴宽故宅的一部分；太平天国失败后，为顾姓所得，就在住宅西部造园，命名"怡园"。怡园占地不多，而结构精巧，厅堂亭榭，位置得当，并能吸收其他园林的长处，加以融会贯通。

进了园门，经竹林小径前进，过"玉虹亭"，就到"石听琴室"，室外一角，有双峰并立，似在听琴。沿着曲廊进去，就到了全园的精华所在，假山绵延，亭榭相望，莲塘澄澈，古木参天，好像是《红楼梦》里的一幅大观园图，展开在面前，使人看了心旷神怡。

这里的假山，当初全是搜罗了其他废园中上好的太湖石，由名手设计堆叠而成，所以不论是竖峰、横峰、花台、驳岸所用的，都玲珑剔透；就是三块平凡的大石，因为安排得法，而且刻上了"屏风三叠"四个大字，也觉得突出而动目。山并不高，而布置得十分自然，"小沧浪"一带，尤其不凡，从莲塘北面山洞中进去，侧身从暗处石罅中拾级登山，可达山顶的"螺髻亭"。出"慈云洞"为"抱绿湾"，沿塘绕山而北，入"绛霞洞"，自下而上，又自上而下，使人迷迷糊糊，不知所从，这又是设计者在使狡狯捉弄人了。

莲塘上有曲桥通至"藕香榭"，再向西，经"逐窟""碧梧栖凤精舍"，就到形如画舫的"舫斋"，上有小阁，因窗外有松，可听松涛，所以叫"松籁阁"。再进即俗称"牡丹厅"的大厅，厅前种有牡丹。出厅由走廊转至"藕香榭"后，穿梅林，到"岁寒草庐"，前庭后庭，都用奇峰怪石随意点缀，更有石笋多株，和古柏、老梅、方竹等互相掩映，饶有诗情画意。

# 网师园

网师园在葑门内阔街头巷，前身是南宋时代侍郎史正志"万卷堂"故园的一部分，园名"渔隐"，占地极大。他死后被后裔出卖，一分为四。清代乾隆年间，归于退休的官僚宋宗元，大修了一下，取名"网师园"。宋去世之后，荒废了三十年，没人过问。直到嘉庆年间，才由一个名叫瞿远村的买了去，重行布置，格局一新，人称"瞿园"。到了光绪年间，归于合肥李鸿裔，作为晚年颐养之所，一时达官贵人，文人雅士，常在这里置酒高会，赋诗唱和，就成了一座名园。近四十年间，先后为张氏、何氏所得，一修再修，又起了变化。在抗战至胜利期间，大遭破坏，日渐荒芜。直到近几年间，由苏州市园林管理处接收下来，经之营之，费了不少人力物力，才恢复了它的青春。

园以大池塘为中心，建筑物以面南的"看松读画轩"为中心，轩前乔松古柏，苍翠欲滴，遥对黄石假山，峰峦突兀。旁有"濯缨水阁"，栏楯临水，自有"沧浪水清，可以濯缨"的意味。池塘南面都有曲廊，逶迤起伏，以"樵风径""射鸭廊"为名；而所有亭台轩榭，也给连接了起来。其中如"月到风来亭""竹外一枝轩""潭西渔隐""小山丛桂轩""琴室""蹈和馆"等，都是游人流连游眺的好去处。

从"看松读画轩"出来，沿着曲廊向右转，就到了另一境界，以"殿春簃"为中心建筑。旧时，前庭满种芍药，为了芍药开在春末，此屋因以"殿春"为名。现在虽已改种了蔷薇和月季，而花期正和芍药相同，所以"殿春"两字还是适用的。这一带叠石为山，洞壑幽深，中有清泉一泓，名"涵碧泉"，其上一亭翼然，名"冷泉亭"，在这里小坐看泉，自有一种静趣。

网师园虽面积不大，而布局却十分紧凑。除了庭园部分外，另有一部分是建筑群，厅堂楼阁，一应俱全，而仍有庭院树石作为陪衬，并不觉其单调。在苏州的园林中，网师园是较小的一个，如果以文章作比，可以比作一篇班香宋艳的绝妙小品文。

苏州的园林太多了，现在只将以上业经整修而开放的六处介绍出来，一则因为它们是宋、元、明、清四个朝代的民族遗产；二则因为它们的结构布局，也足以代表苏州一切园林的风格。我们在整修工作上虽已作了最大的努力，当然还有许多缺点，有待以后逐年的改善。我们一定要把苏州所有的园林，整修得尽善尽美，才不负"苏州园林甲江南"的美名。

选自《拈花集》，上海文化出版社1983年6月版